LA FORZA DI KINLEY

Team Delta Due, Libro 2

SUSAN STOKER

Copyright © 2021 di Susan Stoker

Titolo originale: *Shielding Kinley*

Traduzione dall'inglese di Patrizia Zecchin per One More Chapter Translations

Editing di Nadia Carena

Trovare Kenna
Trovare Monica
Trovare Carly
Trovare Ashlyn (7 Febbraio)
Trovare Jodelle (22 Luglio)

Armi & Amori: verso il futuro

Soccorrere Caite
Soccorrere Brenae
Soccorrere Sidney
Soccorrere Piper
Soccorrere Zoey
Soccorrere Avery
Soccorrere Kalee
Soccorrere Jane

Delta Force Heroes

Salvare Rayne
Salvare Emily
Salvare Harley
Il Matrimonio di Emily
Salvare Kassie
Salvare Bryn
Salvare Casey
Salvare Sadie
Salvare Wendy
Salvare Mary
Salvare Macie
Salvare Annie

Armi e Amori

Proteggere Caroline
Proteggere Alabama
Proteggere Fiona

Per Shawn
Non puoi sapere quanto sei forte, finché essere forte è l'unica scelta che hai.

CAPITOLO UNO

«L'HAI GIÀ INDIVIDUATA?» chiese Trigger a Lefty, mentre erano appoggiati al muro a osservare i politici entrare nella grande sala che avrebbero usato quella mattina per la riunione.

«No» rispose senza elaborare. Sapeva a chi si riferisse il suo amico. Kinley Taylor. L'assistente del sottosegretario per gli affari insulari e internazionali, Walter Brown.

Come parte del loro lavoro, il team Delta Force a volte veniva inviato oltreoceano per proteggere importanti personalità politiche e militari. Erano stati persino inviati agli ultimi Giochi Olimpici per assicurarsi che gli atleti americani fossero al sicuro. Fare da "babysitter" a diplomatici non era il loro compito preferito, ma quel giorno Lefty era più che felice di essere in Francia, a Parigi.

C'era un grande summit di funzionari provenienti da tutto il mondo. Non sapeva esattamente di cosa dovessero discutere e, in tutta onestà, non gli importava affatto. Non gli interessava la politica, cosa che per alcuni avrebbe potuto sembrare strana, considerando che il Presidente degli Stati Uniti alla fine poteva decidere il suo destino, ma non gliene fregava proprio; avrebbe fatto del suo meglio, qualunque lavoro gli fosse stato assegnato. Punto.

Ma quella missione sembrava diversa. Era ansioso, irrequieto e per la seconda mattina consecutiva, estremamente vigile – e non perché il vice segretario dell'agricoltura Johnatan Winkler, l'uomo che avevano il compito di proteggere, potesse essere in pericolo.

«Forse questa volta non è venuta con Brown.»

«È venuta» rispose Lefty. Sapeva che il sottosegretario non sarebbe andato da nessuna parte senza Kinley. Anche se erano stati insieme solo per pochi giorni molti mesi prima, quando si erano incontrati in Africa, sapeva che lei era di vitale importanza per il politico. Era intelligente e organizzata. Faceva ciò che il suo capo le chiedeva senza lamentarsi o esitare. Anche se ciò significava mettersi in pericolo... com'era successo.

Dato che a Brown non piaceva il caffè che offrivano al palazzo del governo dove si tenevano le riunioni a cui stava partecipando, aveva mandato Kinley a prendergli quello del bar del loro hotel. In quel momento però, si stava svolgendo una dimostrazione di protesta e lei ci si era ritrovata proprio nel mezzo. Per fortuna Lefty vedendola uscire dall'edificio l'aveva seguita, impedendo che venisse molestata e abusata per mano degli esaltati abitanti del luogo.

Kinley gli aveva detto che spesso faceva molto più del dovuto per il suo capo. Non contestava mai quando le chiedeva di fare cose che avrebbero potuto esulare dall'ambito dei suoi doveri professionali. Per quel motivo, Lefty era abbastanza sicuro che Brown l'avrebbe portata con sé ovunque andasse.

Inoltre... in quel momento, provava una sensazione che gli faceva rizzare i peli sulla nuca, una reazione che aveva avuto anche stando insieme a lei durante il loro primo incontro. Era come se il suo corpo sapesse che era vicina e agisse di conseguenza.

«Siamo stati di guardia ieri sera» disse Trigger. «Ho già parlato con Grover e Doc… sono pronti a sostituirci mentre le riunioni sono in corso, così puoi concentrarti a trovarla e parlarle, piuttosto che preoccuparti di proteggere Winkler.»

Lefty guardò sorpreso il suo amico. Pensava di aver fatto un ottimo lavoro a nascondere quanto desiderasse parlare con Kinley. Quanto *avesse bisogno* di scoprire perché non si era tenuta in contatto con lui dopo essere tornati dall'Africa. Aveva pensato che avessero creato un legame e, quando lei non aveva risposto a nessuna delle sue mail o messaggi, era rimasto deluso.

Aveva i migliori amici che chiunque potesse desiderare. Conosceva alcuni Delta che non andavano molto d'accordo con i loro compagni di squadra. Fortunatamente, Lefty sapeva di poter contare su Trigger, Brain, Oz, Lucky, Doc e Grover per qualsiasi cosa, a prescindere da che ora e da che problema fosse. Lavoravano insieme da così tanto tempo che potevano quasi leggersi nel pensiero; ed era sia una fortuna sia una rottura di palle.

«Andiamo» disse Trigger con una risatina. «Pensi che non sia ovvio che stai scalpitando per prenderla da parte e parlarle?»

Le labbra di Lefty si curvarono verso l'alto. Doveva sapere che i suoi amici avrebbero visto oltre le sue stronzate. «Sì, hai ragione. Ma non metterò a repentaglio la missione per farlo.»

Trigger scosse la testa. «Sai che nessuno di noi lo farebbe. Magari non ci piace il compito di guardia del corpo, ma non significa che non diamo il cento per cento.»

Lefty annuì. Lo sapeva. «Ok, lo apprezzo. Sinceramente, penso che mi stia evitando.»

«Sa come funziona il servizio di protezione. Brown ha il suo team, giusto?»

«Sì. Lo sta coprendo la squadra di Merlin.»

Il suo amico annuì. Merlin e i suoi quattro compagni di squadra erano di stanza a Washington DC, quindi venivano usati spesso per quel tipo di missioni. «Sanno cos'è successo in Africa?» chiese.

«Sì. E non ne erano felici.» Gli assistenti non erano inclusi ufficialmente nell'assegnazione di protezione, ma la maggior parte dei team inviati a fare quei lavori, facevano del loro meglio per proteggere anche tutti coloro che viaggiavano con la persona a cui dovevano coprire le spalle. In Africa, i team Delta erano sparpagliati a causa dei disordini che si verificavano all'esterno dell'edificio dove si svolgevano le riunioni, e Kinley era riuscita a sgattaiolare fuori quasi inosservata.

Non per la prima volta, Lefty fu molto contento di averla vista all'ultimo momento e seguita.

«Giusto. Ad ogni modo, volevo solo che sapessi che quando la troverai, siamo disposti a darti un po' di tempo e spazio per parlarle» disse Trigger.

Sapeva che il suo amico diceva sul serio e che gli altri non avrebbero provato rancore per il fatto di doverlo sostituire. Ora che Trigger viveva felicemente con Gillian, una donna che aveva incontrato durante una missione, voleva che tutti fossero contenti come lui.

«Grazie.» Era piuttosto sicuro che lui e Kinley non fossero destinati a stare insieme, non dopo il modo in cui lei lo aveva ignorato, ma *voleva* scoprire perché. Scoprire cos'avesse fatto per farle cambiare completamente idea.

Dieci minuti dopo, la donna a cui aveva pensato ininterrottamente da quando aveva sentito che Walter Brown sarebbe stato alla conferenza, girò l'angolo del corridoio. Si fermò di colpo quando vide Lefty e Trigger appoggiati al muro.

Ritrovò subito la sua compostezza e continuò a camminare verso di loro. Aveva delle cartelline tra le braccia ed era deliziosamente scompigliata.

I suoi capelli neri, lunghi fino alle spalle, erano un po' arruffati, come se ci avesse passato nervosamente una mano. Non si truccava mai molto e quella mattina non faceva eccezione. Lefty pensò che avesse messo un po' di mascara e del lucidalabbra, ma nient'altro. Portava un paio di scarpe con il tacco, non molto alto, ma che la facevano sembrare più slanciata. Indossava dei pantaloni neri e una camicetta rosso mélange a maniche corte. Un paio di orecchini d'oro a cerchio le adornavano le orecchie, l'unico altro gioiello era un orologio al polso sinistro. Lefty approvò silenziosamente; non era mai una buona idea mettere molti gioielli appariscenti quando si andava all'estero, anche a Parigi... una città che aveva una percentuale superiore alla media di negozi con prodotti costosi. Kinley era minuta, alta circa un metro e sessantacinque. Provava la sensazione di torreggiare su di lei ed era grazie alla sua bassa statura che era riuscito a portarla in salvo quella volta in Africa, strappandola via con facilità al bastardo che stava cercando di infilarle la mano nei pantaloni.

Lei evitò il suo sguardo, cosa che lo frustrò. Aveva un milione di domande da porle, ma lì nell'atrio, quando era evidente che fosse di fretta, non era il momento né il luogo. Non gradì affatto che non avesse provato nemmeno a salutarlo. Si scervellò cercando di capire cosa potesse aver detto o fatto per portarla a desiderare di non voler avere niente a che fare con lui, ma non gli venne in mente la minima cosa.

S'infilò nella sala riunioni senza nemmeno guardarlo.

Sospirando, Lefty serrò la mandibola. Ignorarlo non lo avrebbe fatto fuggire. Prima o poi avrebbe dovuto parlargli.

«Wow» disse Trigger sottovoce. «Quella è stata la freddezza più plateale che abbia visto da molto tempo.»

«Ho intenzione di accettare l'offerta che mi hai fatto

prima. Giuro su Dio, non ho detto o fatto nulla che giustifichi il suo comportamento così scontroso verso di me.»

«Lo so» replicò, mettendogli una mano sulla spalla in un gesto di supporto e comprensione. «Sei il più amabile tra tutti noi.»

Lefty annuì e la sua determinazione si rafforzò. Se Kinley pensava di poterlo ignorare e fingere di non aver condiviso un legame, si sbagliava di grosso.

Non era riuscito a dimenticarla. Era bella, affabile, non l'aveva trattato con deferenza solo perché era un operatore della Delta Force. Lefty aveva avuto la sua buona dose di donne che gli si erano gettate addosso dopo aver appreso ciò che faceva nell'esercito, quindi gli era piaciuto che lo trattasse come una "persona normale", che non fosse impressionata dal suo lavoro. Si sentiva protettivo nei suoi confronti perché era minuta e non esitava a fare tutto ciò che le veniva chiesto.

Anche la sua vulnerabilità l'aveva colpito nel profondo, gli faceva desiderare di tenerla tra le braccia e proteggerla dal grande mondo crudele.

———

Kinley Taylor fece un sospiro di sollievo quando riuscì a infilarsi nella sala riunioni senza dover parlare con Gage Haskins.

Lefty.

Sapeva che si era guadagnato quel soprannome durante l'addestramento di base, quando uno dei sergenti istruttori aveva scoperto che era mancino. Le sembrava piuttosto discriminatorio, ma lui l'aveva rassicurata dicendole che era stato sollevato di averne ricevuto uno di così innocuo.

Ma non riusciva a immaginare di chiamarlo Lefty, per quanto la riguardava non gli si addiceva. Per lei sarebbe sempre stato Gage.

Ricordava tutto di lui, fin dal momento in cui lo aveva visto per la prima volta. Si trovavano in Africa e lui era appoggiato a una parete, i suoi occhi vagavano costantemente per la stanza alla ricerca di pericoli. Non l'aveva notata, troppo concentrato sulle eventuali minacce che avrebbero potuto presentarsi, ma lei l'aveva decisamente *notato*. Non si era rasato e la barba ispida sul suo viso era un po' troppo lunga per essere considerata appropriata per un soldato normale, ma da tutto ciò che aveva letto e visto in TV, pensava che agli uomini delle forze speciali fosse permesso un po' più di margine rispetto agli standard. I suoi capelli castano scuro erano corti sui lati e un po' più lunghi sopra, nel tipico taglio militare. Aveva le sopracciglia folte e il suo sguardo intenso e penetrante l'aveva fatta rabbrividire... di eccitazione. La maglietta e i pantaloni cargo neri gli avevano dato un aspetto da duro e, per qualche ragione, Kinley si era sentita più al sicuro solo con la sua presenza.

La seconda volta che l'aveva visto, era stato quando uno degli uomini che stavano protestando contro il summit a cui stava partecipando il suo capo, l'aveva aggredita per strada. Walter Brown si era incazzato – il che non era esattamente una cosa rara – quando gli aveva portato un caffè non all'altezza dei suoi rigorosi standard, così l'aveva rimandata al loro hotel per farsene portare uno dal piccolo bar interno, perché se n'era innamorato dopo la prima mattina.

L'hotel si trovava a circa quattro isolati di distanza. Era uscita da una porta laterale, ma i manifestanti sembrava fossero ovunque. Aveva fatto del suo meglio per ignorarli, per cercare di rimanere ai margini della folla, ma non aveva funzionato molto bene. Nel momento in cui alcuni uomini l'avevano vista, l'avevano seguita, molestandola verbalmente e spaventandola a morte.

Poi le cose erano degenerate, uno di loro l'aveva afferrata all'improvviso, tentando di trascinarla in un vicolo. Kinley aveva combattuto con tutte le sue forze contro il tizio e i suoi amici che si erano uniti a lui, ma non aveva potuto competere con la loro superiorità numerica, la taglia e la forza.

Ma poi Gage era apparso dal nulla. Aveva messo al tappeto i due uomini che stavano cercando di slacciarle il bottone dei pantaloni e quando gli altri due erano indietreggiati, le aveva messo un braccio intorno alla vita e trasportata fisicamente lontano dal pericolo.

Avevano passato i quattro giorni successivi a parlare ogni volta che i loro programmi lo permettevano e l'infatuazione provata la prima volta che l'aveva visto era aumentata.

Tuttavia, quando era tornata a Washington, aveva iniziato a dubitare di se stessa. Perché Gage avrebbe dovuto essere interessato a *lei*? In realtà non era il tipo di persona con cui qualcuno avrebbe desiderato legarsi. Lo aveva imparato una lezione dopo l'altra, a cominciare da quella della madre naturale, che l'aveva abbandonata quando aveva solo due anni. Nessuno dei genitori affidatari con cui era stata nel corso degli anni aveva espresso alcun interesse ad adottarla. Alle medie aveva avuto una migliore amica, ma anche quella ragazza dopo un po' si era allontanata, decidendo che Kinley era una persona troppo strana da frequentare.

Era abituata a stare da sola. Si era fatta il culo al liceo, aveva ottenuto ottimi voti ed era andata al college con una borsa di studio. Nemmeno lì aveva stretto amicizie; era stata troppo occupata a studiare e lavorare. Aveva fatto uno stage a Washington e lì era rimasta, dopo aver accettato il suo primo impiego.

In qualche modo, era riuscita ad arrivare alla veneranda età di ventinove anni senza innamorarsi e senza avere nemmeno una persona da poter considerare un vero amico.

Il più delle volte, quelle due cose non la turbavano, ma quando era tornata nel suo appartamento solitario, dopo essere rientrata dall'Africa, aveva lasciato che le sue insicurezze avessero la meglio.

Era impossibile che Gage volesse essere suo amico. Perché avrebbe voluto fare amicizia con lei quando era ovvio che avesse già un gruppo affiatato di compagni? Inoltre, vivevano a mezza Nazione di distanza l'uno dall'altra.

Si era convinta che fosse stato solo educato quando le aveva detto di voler restare in contatto.

Ma lui aveva continuato a cercarla, anche se fin dall'inizio non aveva risposto ai suoi messaggi o chiamate. Voleva davvero credere che il suo interesse fosse genuino, ma era troppo diffidente per correre il rischio. C'erano state altre persone che avevano mostrato di volerla conoscere, lei aveva colto al volo l'occasione solo per rimanere delusa quando alla fine si erano allontanate.

Ma era stato difficile continuare a ripetersi che non lui non fosse davvero interessato, dato che continuava a mandarle messaggi.

Però, quando Kinley si era finalmente decisa a tirare fuori le palle e a rispondergli, lui aveva smesso di scriverle; aveva perso la sua occasione.

Sapeva che avrebbe potuto contattarlo *lei*, dirgli di aver rotto il telefono o di essere stata occupata, o inventare qualche altra scusa sul motivo per cui non aveva risposto, ma poi si era sentita stupida.

Il suo problema era che rifletteva troppo su tutto. Se fosse riuscita a essere più spontanea e a seguire la corrente, probabilmente avrebbe avuto più amici, sarebbe stata meno sola.

Dopo che Gage aveva smesso di contattarla, anche se ciò le aveva spezzato il cuore, Kinley aveva cercato di convincersi che, anche se gli avesse risposto, prima o poi sarebbe successo comunque. Come avrebbero potuto funzionare le cose tra di loro? Non vivevano nemmeno nello stesso Stato.

Kinley era... strana. Lo sapeva e di solito non le importava.

Era una persona introversa a cui piaceva stare da sola, passare la maggior parte del tempo a leggere nel suo appartamento. Aveva vissuto a Washington per anni e aveva visitato tutti i musei; amava la storia e aveva trascorso ore e ore ad assorbire le tracce del passato che avevano da offrire. Era andata a vedere anche alcune delle attrazioni più famose, facendo i tour storici e visitando i monumenti.

Le piaceva anche andare al cimitero nazionale di Arlington. Piangeva ogni volta che camminava vicino alle tombe. Piangeva per tutti gli uomini e le donne che erano morti servendo il loro Paese; le si stringeva il cuore, ma lo faceva lo stesso, solo perché voleva sapessero che non erano stati dimenticati.

Washington era piena di cose da fare e Kinley aveva cercato di sperimentarne il più possibile... ma lo aveva fatto sempre da sola.

Per gran parte della vita era stata contenta così ma, ultimamente, aveva cominciato a sentire il peso della sua solitudine. Voleva amici intimi da poter chiamare per andare a cena fuori. Voleva qualcuno con cui parlare degli ultimi film e libri. Non voleva più sentirsi sola al mondo.

Sapeva di aver rovinato tutto con Gage, che avrebbe dovuto vedere se le cose tra loro avrebbero potuto funzionare. Erano entrati davvero in sintonia durante i giorni trascorsi insieme. Lui era divertente, attento e intelligente. Ma aveva lasciato che le sue insicurezze avessero la meglio una volta tornata a casa; aveva pensato di non essere abbastanza carina, di non avere abbastanza esperienza, o anche di non essere abbastanza eccitante da riuscire a mantenere acceso l'interesse di un uomo come lui.

Così si era comportata da codarda e l'aveva ignorato. E si odiava per quello.

In un angolo della mente, Kinley sapeva che ci sarebbe stata la possibilità di rivederlo. Sapeva che le squadre della

Delta Force di tutto il Paese, erano occasionalmente incaricate di proteggere personaggi politici quando andavano oltreoceano. Accidenti, avrebbe potuto benissimo venire assegnato di nuovo al suo capo... ma aveva messo da parte quel pensiero folle e deciso che avrebbe affrontato il problema se e quando avesse rivisto Gage.

Ed era successo. Era lì. E Kinley non aveva assolutamente idea di cosa dirgli.

Quando aveva svoltato l'angolo del corridoio e lo aveva visto con uno dei suoi amici, di guardia fuori dalla stanza, aveva sperimentato un incredibile dejà vu. Era di nuovo vestito di nero e, sebbene avesse un po' meno barba rispetto alla prima volta che l'aveva visto, non era meno bello.

Sì, *era* bellissimo. Si era sentita attratta da lui fisicamente fin da subito, e quell'attrazione non era diminuita con il passare del tempo.

Aveva sentito il suo sguardo su di lei mentre camminava verso la porta della grande sala riunioni; Walter aveva dimenticato alcune cartelle che gli servivano quella mattina e le aveva chiesto di tornare indietro a prenderle.

Così, sentendosi a disagio e pregando di non cadere di faccia davanti a Gage, Kinley era scivolata all'interno della stanza fingendo di non averlo visto.

Appena chiusa la porta, si rese conto che probabilmente avrebbe dovuto almeno fare un cenno. O dire ciao o qualcosa del genere.

Dio, era pessima. Non c'era da stupirsi che non avesse amici. Era del tutto inetta socialmente.

Depressa e sapendo che il resto del summit sarebbe stato imbarazzante se avesse continuato a imbattersi in Gage, mise silenziosamente i documenti che Walter aveva dimenticato accanto a lui sul tavolo; la ignorò e non la ringraziò, ma per lei non fu un problema.

Kinley andò in fondo alla stanza, si sedette e prese un

blocco e una penna. Il suo lavoro era prendere appunti e in seguito trascriverli per il suo capo. Sapeva benissimo che lui non era interessato alla maggior parte dei discorsi e delle discussioni in corso, ma doveva conoscere almeno le basi nel caso gli avessero chiesto di commentarli successivamente.

Era difficile lavorare per Walter Brown. Era prepotente e non molto accorto riguardo ad alcune cose, come per esempio nel capire quando stava sfruttando troppo la sua assistente. Ma lei rimaneva, perché sebbene fosse un uomo duro, era giusto – per la maggior parte delle volte. Magari le faceva fare gli straordinari, ma poi rimediava permettendole di andarsene presto un altro giorno. La faceva diventare il suo portaborse quando erano in viaggio, ma poi le portava le ciambelle o la invitava a pranzo quando tornavano a casa.

Inoltre, a Kinley *piaceva* il suo lavoro. Vivere in prima persona il dietro le quinte del governo poteva essere frustrante e irritante, ma era anche estremamente interessante vedere tutti i dettagli di come venivano presi gli accordi e quanto le relazioni tra le parti interessate facessero davvero la differenza.

Secondo lei, Walter Brown non era un ottimo esponente, ma aveva amici altolocati che potevano fare cose piuttosto sorprendenti per aiutare i meno fortunati nel Paese. Kinley aveva fatto del suo meglio per indirizzare Walter, in modo discreto, a fare più beneficenza, ma molte volte la sua opinione non veniva presa in considerazione. Dopotutto, era semplicemente un'assistente.

A essere onesti, i suoi pensieri sul fatto di continuare a lavorare per Brown spesso oscillavano tra il voler smettere subito e l'essere determinata a restare e cercare di fare la differenza.

Per un secondo, Kinley pensò a Gage, al fatto che anche lui lavorasse per il suo Paese, ma in modo molto diverso. Combatteva per ciò che era buono e giusto e metteva a rischio la sua vita. Era un uomo onorabile e coraggioso, e non esitava a buttarsi in una situazione pericolosa per salvare una nullità come lei.

Kinley non era sicura che Walter avrebbe alzato un dito per aiutare qualcuno, se ciò avesse significato procurarsi anche solo un piccolo graffio.

Tuttavia, supponeva di essere ingiusta nei sui confronti. Gli uomini politici non erano addestrati nelle cose che facevano i soldati delle forze speciali. Ma comunque...

Kinley analizzò il proprio coraggio, mentre ascoltava solo a metà un rappresentante della Spagna parlare del riscaldamento globale. Se camminando vicino a quei manifestanti avesse visto qualcuno venire aggredito, com'era successo a lei, si sarebbe fermata per cercare di aiutare?

Avrebbe voluto dire di sì, che lo avrebbe fatto... ma in tutta onestà, non lo sapeva.

Non si considerava affatto coraggiosa. Non era avventurosa e preferiva di gran lunga rimanere al sicuro nel suo appartamento o nella familiarità di Washington, piuttosto che esplorare il mondo. Ma le piaceva pensare che avrebbe agito e messo la sicurezza di qualcun altro al di sopra della sua, in caso di necessità.

Scosse la testa e si costrinse a prestare attenzione, ma non poté fare a meno di chiedersi a cosa stesse pensando Gage dopo il loro incontro nel corridoio. Era stato contento di vederla? Incazzato perché non aveva risposto ai suoi messaggi e alle sue mail? Stava ringraziando la sua buona stella perché non gli aveva scritto? Odiava non saperlo, ma allo stesso tempo non aspettava con ansia il momento imbarazzante in cui si sarebbero trovati faccia a faccia e lei avrebbe dovuto parlargli.

CAPITOLO DUE

LA SERA SEGUENTE, Lefty si sentiva ansioso perché non era ancora riuscito a stare un momento da solo con Kinley per parlarle. Il tempo stava per scadere: la conferenza sarebbe durata solo un altro giorno e mezzo e se non avessero avuto la possibilità di chiarirsi, aveva la sensazione che il sottile legame di amicizia creato con lei, sarebbe andato davvero perso per sempre.

E qualcosa dentro di lui sapeva che se l'avesse persa, se ne sarebbe pentito per il resto della vita.

Quindi aveva portato rinforzi: la squadra Delta che era stata assegnata al capo di Kinley. Era notte fonda e Walter Brown si era ritirato nella sua camera da ore. Doc si era offerto di sorvegliare la sua porta per assicurarsi che non decidesse di fare una passeggiata notturna mentre Lefty parlava con l'altro team.

Erano tutti seduti nella stanza che lui condivideva con Grover e Oz, che in quel momento stavano sorvegliando Winkler mentre incontrava per un drink altri rappresentanti. Il resto della squadra che non era di turno, dormiva o stava esplorando Parigi.

«Ok, ci siamo tutti» disse Merlin. «Che succede?»

Lefty guardò i cinque uomini non sapendo da dove cominciare. Si sentiva un po' sciocco a dire loro che voleva passare un po' di tempo con una ragazza e aveva bisogno del loro aiuto, ma il problema era essenzialmente quello.

Mentre pensava a cosa dire, li studiò. Jangles, l'unico biondo del gruppo, con i suoi occhi azzurri e l'aspetto da ragazzo della porta accanto, non aveva problemi con il sesso opposto. Le donne di tutto il mondo ci provavano con lui in continuazione. Lefty lo aveva sentito lamentarsi per il fatto di vivere a Washington... e di essere "molestato" dalle mogli dei politici. Sapeva anche che a lui non piaceva che fossero le donne a fare la prima mossa. Preferiva di gran lunga cacciare che essere cacciato.

Woof aveva i capelli castani e un sorprendente feeling con i cani; aveva ottenuto per quello il suo soprannome. A prescindere se la squadra fosse impegnata in una missione pericolosa o svolgesse il compito di guardia del corpo, come in quel caso, i cani sembravano essere sempre attratti da lui. Non andava mai da nessuna parte senza un osso in tasca.

Zip aveva trent'anni ed era il più giovane del team. Aveva una brutta cicatrice sulla coscia che si era procurato in un incidente durante l'infanzia e che sembrava letteralmente una cerniera. Sorrideva costantemente ed era di gran lunga la persona più positiva che Lefty avesse mai incontrato. E avrebbe dovuto essere fastidioso, ma per qualche motivo non lo era.

Merlin era il vecchio del gruppo e il leader non ufficiale, anche se a trentacinque anni non era di certo vecchio e tutti gli davano il tormento perché i suoi capelli si stavano già ingrigendo. Non parlava molto, ma quando lo faceva, la gente ascoltava.

A completare la squadra c'era Duff. Era un figlio di

puttana grosso e burbero. La maggior parte delle persone gli stava a distanza e faceva di tutto per non inimicarselo.

Merlin e i suoi uomini passavano molto tempo a fare servizio di scorta, ma ciò non significava che fossero meno letali quando davano la caccia ai terroristi. Lefty li aveva visti in azione e non poteva negare che fossero bravi. Dannatamente bravi. Non c'erano molti team che avrebbe voluto a coprirgli le spalle se si fosse trovato in una situazione instabile, ma quegli uomini erano decisamente tra quelli.

«Ho bisogno del vostro aiuto» iniziò, spezzando il lungo silenzio seguito alla domanda di Jangles. «Non è una questione di vita o di morte, ma dato che state proteggendo Walter Brown, ho pensato che sareste stati le persone migliori a cui chiedere.»

Capì di aver suscitato il loro interesse.

«Brown è in pericolo?» chiese Woof.

«Non che io sappia» rispose con sincerità.

«È uno stronzo» borbottò Duff con uno sguardo accigliato. «Non sarei affatto sorpreso se avesse fatto incazzare qualcuno che ora vuole vederlo morto.»

Lefty non si prese la briga di nascondere la sua opinione. «Sono d'accordo con te. È riuscito a ingannare un sacco di persone facendo loro credere di essere un brav'uomo, ma lo abbiamo tenuto d'occhio abbastanza a lungo da sapere che anche se ha i suoi momenti, in generale tratta di merda chiunque pensi sia inferiore a lui, e prima o poi gli si ritorcerà contro.»

«Non sarà mai troppo presto per noi» mormorò Merlin.

«Ieri lo stronzo ha fatto piangere Kinley» disse Jangles scuotendo la testa. «Per nessuna ragione se non perché poteva farlo.»

Si irrigidì nel sentirlo. «Cos'ha fatto?» ringhiò.

O Jangles non si accorse del suo tono incazzato oppure semplicemente lo ignorò. «Aveva passato la maggior parte della serata a battere gli appunti delle riunioni del giorno precedente e la stampante del centro direzionale dell'hotel non funzionava. Lei li ha messi su una chiavetta USB e quando gliel'ha consegnata scusandosi per non essere riuscita a stamparli, lui è partito; le ha urlato contro, dicendole che c'erano dozzine di persone pronte a lavorare per lui.»

Lefty fece un respiro profondo per cercare di controllare la rabbia, ma non servì a molto. «Ho bisogno di parlarle. Senza che lei si guardi alle spalle per vedere dove sia Brown o si chieda se le domanderà di fare qualcosa di inutile, come portargli un altro cazzo di croissant dal negozio in fondo alla strada.»

Cinque uomini lo fissarono con sguardi intensi.

«Stai cercando una scopata sul lavoro?» gli chiese Duff.

«No... e vaffanculo per aver pensato che lei sia quel tipo di donna.»

«È interessante che abbia difeso l'onore di Kinley ma non il suo» disse Zip con un sorrisetto.

«Ascoltate, ho incontrato Kinley in Africa. Brown non è stato molto gentile nemmeno allora e per colpa sua è finita nel bel mezzo di una maledetta dimostrazione, perché l'aveva mandata a prendergli un caffè. Abbiamo parlato un po' e sembrava tutto a posto. Mi piaceva, volevo conoscerla di più. Ci siamo scambiati i numeri e l'indirizzo email e ho pensato che fosse interessata quanto me a rimanere in contatto. Ma non ha risposto a nessuno dei miei messaggi e ora non mi guarda nemmeno. Devo aver fatto un casino in qualche modo e vorrei solo sistemare le cose. Inoltre... quella donna ha bisogno di una pausa. Ha lavorato ininterrottamente da quando è arrivata qui.»

«Allora cosa vorresti da noi?» chiese Jangles.

«Voglio portar via Kinley per alcune ore domani mattina. I politici faranno una specie di brunch, non è niente di importante solo chiacchierate amichevoli, ma Brown probabilmente insisterà che Kinley rimanga contro il muro tutto il tempo, solo perché gli piace averla a sua completa disposizione. Voglio portarla a fare una passeggiata, a prendere un po' d'aria fresca, a guardare le attrazioni di Parigi per qualche ora. Ma non so come farlo senza che lui si comporti da stronzo o minacci di licenziarla.»

«Non potrebbe dirgli che sta male?» domandò Zip.

«Forse» rifletté Lefty. «Ma non sono sicuro che Brown sia il tipo d'uomo che la lascerebbe prendersi la mattinata libera nemmeno se non si sentisse bene.»

«Potrebbe dire di avere un po' di febbre e una leggera tosse» replicò Duff serio. «Se pensa che abbia preso un virus e che potrebbe contagiarlo, magari è disposto a lasciarla in pace.»

«Ahi, amico. Sei crudele» ribatté Zip, ma annuì mentre lo diceva.

«Ma non gli impedirebbe di chiamarla» brontolò Lefty.

«Potrei dargli un lassativo» disse Jangles con un ghigno malvagio. «Non riuscirebbe nemmeno a lasciare la sua stanza, ed è probabile che non farebbe sapere a nessuno, nemmeno alla sua assistente, di avere... problemi gastrointestinali.»

«Non sono sicuro che fare una cosa del genere a qualcuno sotto la nostra responsabilità sia l'idea migliore» replicò in tono secco Merlin.

«Si potrebbe dire solo che ha un'emicrania e vomito» disse Woof. «Oppure... oh! La so. Ha dei crampi davvero forti. Alla maggior parte degli uomini non piace parlare di *niente* che abbia a che fare con il ciclo mestruale. È meno complicato di un virus e potrà "riprendersi" in tempo per le riunioni pomeridiane. Posso anche offrirmi per fargli da assistente per tutta la mattina. Potrebbe non accettare, ma da quel che ho visto, in questo viaggio fa per lo più andare avanti e indietro Kinley per prendergli delle cose. Potrei anche prendere appunti se ne avesse bisogno.»

Lefty pensò per un momento al piano. Non era l'ideale. Brown avrebbe potuto comunque decidere di licenziare Kinley per essersi ammalata in un momento inopportuno o rifiutarsi di permettere a Woof di fargli da assistente. Ma non riusciva a pensare a nient'altro che avrebbe potuto funzionare. Voleva che Kinley trascorresse alcune ore con lui rilassata, ma senza mettere a repentaglio il suo lavoro.

Poi si ricordò della storia che gli aveva raccontato di quando, circa un anno prima, il suo capo aveva insistito che si prendesse un'intera settimana di ferie dopo che aveva preso l'influenza. Ne aveva parlato in Africa. Brown, in una rara dimostrazione di gentilezza, aveva persino ordinato e fatto portare a casa sua del brodo di pollo. Lefty era rimasto sorpreso che fosse stato così compassionevole, ma Kinley aveva semplicemente scrollato le spalle dicendo che aveva i suoi momenti.

«Va bene, dolori mestruali sia» disse agli altri ragazzi. «Grazie, Woof, per esserti offerto come galoppino di Brown. Sono in debito.»

«Sì, lo sei» ribatté con una risatina.

«Metterò Jangles in servizio alla sua porta per assicurarmi che nessuno cerchi di disturbarla» intervenne Merlin. «Nel caso in cui Brown decida di andare a trovarla o qualcosa del genere. Dubito che lo farà. Woof ha ragione, è difficile che voglia parlare di problemi femminili. Ciò non gli impedirà di chiamarla, ma se dovesse farsi vivo possiamo almeno creare un diversivo.»

«Grazie» disse Lefty con un sospiro di sollievo.

«Non giocare con i suoi sentimenti» lo avvertì Zip con un tono insolitamente serio. «È una delle persone più autentiche che abbia incontrato a Washington. Ha sempre un sorriso per noi e chiede in continuazione se abbiamo bisogno di qualcosa.»

«Già. E lo sai che molte delle persone che siamo incaricati

di proteggere si comportano come se non ci fossimo nemmeno» aggiunse Woof.

Lefty non fu sorpreso. Nel breve lasso di tempo che aveva trascorso con Kinley, era giunto alla stessa conclusione. Era tranquilla e introversa, ma non esitava mai a cercare di aiutare qualcuno che avesse bisogno. Dopo che lui l'aveva salvata da quell'aggressione, in effetti, aveva insistito perché si fermassero a una piccola bancarella dove una donna vendeva prodotti locali, acquistando ogni cosa.

Poi, dato che non sapeva cosa farsene di un carretto pieno di frutta e verdura, aveva chiesto che fossero dati a una ragazza che si trovava lì vicino con un bambino legato al petto e uno in braccio. Entrambe le donne l'avevano sommersa di gratitudine per la sua generosità.

Ma invece di essere compiaciuta, le aveva fermate con un gesto della mano, come per sminuire ciò che aveva fatto, poi gli aveva chiesto se poteva offrirgli il pranzo come ringraziamento per averla salvata.

Sì, Kinley Taylor era autentica fin nel profondo e sperava che lavorare a Washington e per gli stronzi come Brown non l'avrebbe mai cambiata.

«Non ho intenzione di giocare con i suoi sentimenti» Lefty rassicurò Zip e gli altri. «Come ho detto, abbiamo sentito... un'intesa, per mancanza di una parola migliore. Ma sono preoccupato perché non ha risposto a nessuno dei miei messaggi. Voglio solo parlarle, scoprire cosa sta succedendo.»

«Forse era stata solo gentile e pensava che tu fossi uno stronzo» suggerì Duff.

Lefty non si offese. «Forse è così... ma comunque è per questo che voglio parlarle. E non in un corridoio per due secondi.»

«Tanto per essere chiari» disse Merlin. «Vi starò alle calcagna.»

«Mi aspettavo che uno di voi l'avrebbe fatto» ammise per nulla preoccupato.

«Brown è la nostra missione, ma prendiamo sul serio la sicurezza di tutti coloro che sono associati a lui» lo informò Jangles.

Lefty annuì. Quello era solo un altro motivo per cui gli piacevano quegli uomini. Si comportavano proprio come il suo team. Che fossero assistenti, coniugi, figli... proteggevano chiunque viaggiasse con la persona a cui erano stati assegnati.

«Kinley non si accorgerà che sono lì» promise Merlin con sicurezza.

«Bene» disse. Poi li osservò uno a uno. «Lo apprezzo. So che avere a che fare con Brown non è esattamente un gioco e un divertimento.»

Jangles liquidò con un gesto della mano i suoi ringraziamenti. «Siamo abituati a trattare con uomini come lui. Non saprà mai che Kinley è andata a passeggio per Parigi... a patto che tu la riporti all'una, prima dell'inizio delle riunioni.»

«Lo farò» gli assicurò. Si alzò e strinse la mano a ognuno di loro.

Mentre se ne andavano, Jangles si voltò quando arrivò alla porta. Lefty si preparò per un altro avvertimento.

«Per la cronaca... Kinley è troppo in gamba per un posto come Washington. In apparenza, sembra quasi fragile, ma dev'essere d'acciaio dentro per aver vissuto e lavorato lì per tutto questo tempo. Non sottovalutarla, ma allo stesso tempo... guarda oltre l'apparenza per trovare la vera Kinley. Ho la sensazione che non abbia mai avuto la possibilità di sbocciare, di diventare chi è destinata di essere.»

E con quella sorprendente perla di saggezza, Jangles se ne andò chiudendo la porta dietro di sé.

Non ebbe molto tempo per meditare sulle parole dell'uomo dato che la suddetta porta si riaprì ed entrarono

Grover e Oz; Winkler doveva aver terminato la sua serata prima del solito.

«Tutto bene?» chiese Grover. «Abbiamo visto Merlin e la sua squadra andarsene.»

Annuì. «Sì, domani mi prenderò una mattinata libera. Sono già d'accordo con Trigger.»

«Kinley?» domandò Oz con un'intuizione che dimostrava quanto fossero legati.

«Già.»

«Era ora» disse con un sorriso, poi si fece serio. «Lo accetterai se dovesse dirti che non è attratta da te?»

«Sì. Se penserò che sia onesta. Ma il fatto è che... c'è stata una connessione, Oz. E non lo dico tanto per dire. Kinley è interessante e, sebbene non sia molto loquace, quando parla significa qualcosa. Non so cosa le stia passando per la testa, ma voglio assicurarmi che stia bene. Che non abbia ignorato i miei messaggi perché è nei guai o per qualche altra stupida ragione. Se davvero non le piaccio, lo accetterò. Ma non credo sia così.»

«Ti osserva quando non la guardi» disse Grover sedendosi sul divano letto dove aveva dormito.

Girò di scatto la testa. «Come scusa?»

«Quando non la stai guardando, ti segue con gli occhi» ripeté.

Lefty avrebbe dovuto essere elettrizzato di sentirlo, invece era solo confuso. «Perché diavolo mi ha evitato allora?»

«Non chiederlo a me» rispose con un'alzata di spalle. «Chiedilo a lei.»

«Ho intenzione di farlo» affermò con determinazione.

«Io le ragazze non le capisco» disse Oz con un sospiro. «Mai capite. Da quando avevo dieci anni e sono stato inseguito da una per tutto il parco giochi. Mi ha preso, mi ha baciato e poi ha detto a tutti che mi odiava.»

Grover scoppiò a ridere e Lefty non poté trattenere il sorriso che si aprì sul suo viso.

«Le piaci» continuò Grover dopo essersi ripreso. «Ma magari pensa che non dovrebbe provare quel sentimento, o forse pensa che *lei* non dovrebbe piacere a *te*. Non la conosco, ma se dici che era scattato qualcosa, ti credo. Soprattutto per il modo intenso con cui ti guarda.»

«E come fai a *sapere* così tante cose sulle donne?» gli chiese Oz.

Grover scrollò le spalle. «Ho tre sorelle.»

«Tre?» domandò incredulo. «Voglio dire, ti ho sentito parlare delle tue sorelle qualche volta, ma non mi ero reso conto che ne avessi *tre*.»

«Sì. Una più giovane e due più grandi. Ho anche un fratello minore. Io sto nel mezzo. Sono cresciuto ascoltando le mie sorelle spettegolare sugli studenti che frequentavano la loro classe, struggersi per gli appuntamenti e analizzare ogni piccola cosa facessero i loro ragazzi. Credimi quando dico, che sono praticamente un esperto quando si tratta di quello che pensano le donne» affermò con un sorrisetto.

«Allora perché sei ancora single?» lo provocò Lefty.

«Perché so quanto sono pazze» rispose senza esitazione.

Tutti e tre gli uomini risero.

«Sul serio, come facevamo a non sapere che hai tre sorelle?» insistette Oz, ovviamente incapace di superare quella rivelazione.

L'altro si strinse nelle spalle. «Non lo so. È che non ne parlo molto.»

«Sono single?» gli chiese.

Grover gli lanciò un'occhiataccia. «Non farti venire strane idee.»

Oz sollevò le mani come per difendersi. «Certo che no. Era solo una domanda!»

L'altro scosse la testa. «Scusa. Sono protettivo nei loro

confronti. Soprattutto con Devyn, mia sorella minore. Ha avuto una vita difficile. Ha ventinove anni, ma un'anima antica. Ha avuto la leucemia da piccola e di conseguenza si è persa gran parte della sua infanzia.»

«È terribile» disse Oz dispiaciuto.

«Già. Ma non permette minimamente a quell'esperienza di definirla. Ha più che compensato le cose divertenti che ha perso crescendo. Giuro su Dio, sarà la ragione per cui diventerò grigio prematuramente. È una ragazza selvaggia. Se non sta facendo paracadutismo o bungee-jumping, sta cavalcando un cammello attraverso l'Africa. Se c'è un'avventura, è pronta ad affrontarla.»

«Sembra una tipa divertente» disse Oz.

«Lo è. Ma tutto quel rincorrere il divertimento cela alcune ferite piuttosto importanti che porta dentro, ne sono sicuro. Ho provato a parlarle, ma glissa dicendo che sono solo un fratello maggiore protettivo. Il che è vero, ma se lei rallentasse solo per due secondi, penso che in realtà si godrebbe di più la vita.»

Rimasero tutti in silenzio per un momento. Poi Grover disse: «Comunque, credimi sulla parola, Lefty. Kinley è attratta da te, ma per qualche motivo ti tiene a distanza. Dovrai convincerla a fidarsi prima che ti dica il vero motivo per cui ti ha ignorato.»

«E come mi proporresti di farlo?» gli chiese, sinceramente grato per qualsiasi aiuto gli arrivasse.

«Direi... salvarla da un gruppo impazzito che vuole farle del male, ma l'hai già fatto e non ha funzionato» rispose con ironia.

«Grazie tante» borbottò Lefty.

«Sii paziente» disse Grover al suo amico. «Non stressarla. Vacci piano, dimostrale che non sei uno che perde le staffe. Magari apriti con lei, dille qualcosa che non hai mai detto a nessun'altra prima. E, decisamente, falla sentire speciale, così sarà sicura che non la stai prendendo in giro. Per quanto ne sa rimorchi donne in giro per il mondo.»

«Non è vero» sbottò. «E lo sai.»

«Io sì, ma lei no.»

Ciò lo fece riflettere. Lui e Kinley *erano* essenzialmente ancora estranei. Sì, avevano chiacchierato molto in Africa, ma non avevano avuto la possibilità di conoscersi davvero a un livello profondo. Ovviamente le aveva detto che era single, ma lei non poteva saperlo con certezza. Le relazioni a distanza non erano le sue preferite; erano difficili, ancor più quando non conoscevi veramente qualcuno.

«Ottima osservazione. Domani metterò bene in chiaro che non frequento nessuno, che ho passato più tempo sul campo di battaglia che in camera da letto e che voglio parlare con lei perché mi intriga.»

«Bene. Anche se probabilmente ci vorrà del tempo prima che ti creda davvero. Il mio consiglio è... non arrenderti. Se dovesse ignorarti di nuovo, continua a inviarle messaggi, anche se si tratta di cose stupide tipo quello che mangi per cena. Una donna di solito vuole sapere che stai pensando a lei anche quando non siete insieme.»

Lefty annuì. Era il primo ad ammettere di non essere esattamente un esperto di donne. Era uscito con qualcuna ma la maggior parte delle sue relazioni lo avevano... annoiato. Gli piaceva passare il tempo con le donne, ma non pensava costantemente a loro quando erano separati.

Non poteva dire lo stesso di Kinley. Non era una costante nei suoi pensieri, ma non poteva negare che quando vedeva certe cose, tipo una ragazza seduta al bar o una notizia su Walter Brown, veniva subito trasportato di nuovo in Africa e a quanto gli fosse piaciuto parlare con lei.

Lefty si preparò per andare a letto e dopo essersi sdraiato, fissò a lungo il soffitto, cercando di capire come avrebbe fatto a convincere Kinley a fidarsi di lui, ad aprirsi con lui, a credere veramente che volesse conoscerla meglio. Avrebbe iniziato con l'essere suo amico e forse le cose sarebbero progredite da lì.

Doveva ammettere di non essere sicuro di come sarebbe potuta andare passando a un livello più intimo, visto che lui viveva in Texas e lei a Washington, ma non si era mai sentito così determinato a convincere una donna a parlargli; doveva per forza essere un segno che forse, *forse*, era destino che diventassero qualcosa di più che solo semplici conoscenti.

Con una determinazione sempre più crescente, Lefty si ripromise di fare tutto il necessario per assicurarsi che Kinley capisse quanto fosse seriamente intenzionato a essere suo amico, a conoscerla meglio. Che gli piaceva davvero tanto.

Per qualche ragione, aveva la sensazione che sarebbe stato più facile a dirsi che a farsi.

CAPITOLO TRE

La mattina successiva Kinley aprì la porta della sua camera d'hotel alle 7:03. Teneva la testa bassa e stava pensando a quanto temesse quella giornata. Odiava gli incontri sociali in quel genere di conferenze; erano noiosi e le persone le parlavano raramente, così di solito non poteva far altro che rimanere in disparte.

Ma faceva tutto parte del lavoro. L'indomani sarebbe tornata a Washington e avrebbe potuto leggere durante tutto il volo. Sperava di non essere seduta accanto a qualcuno che volesse parlare. Lo odiava. Le cuffie aiutavano a far capire che non era interessata a chiacchierare, ma a volte nemmeno quello era sufficiente a scoraggiare un compagno di viaggio eccessivamente estroverso.

Era così concentrata a pensare a quale libro avrebbe letto durante il viaggio, che non si accorse nemmeno che ci fosse qualcuno appena fuori dalla sua stanza. Prima che si rendesse conto di ciò che stava succedendo, l'uomo l'aveva afferrata per un braccio facendola procedere lungo il corridoio.

Pronta a gridare e a strapparsi via da quella presa salda, alzò lo sguardo giusto in tempo per trattenersi dal farlo.

Era Gage che la teneva. Aveva un'espressione determinata sul viso e non sembrava dell'umore giusto per discutere.

Kinley guardò di nuovo verso la sua stanza e vide Jangles, uno degli agenti della Delta Force assegnati a proteggere il suo capo, di guardia davanti alla porta.

Le sorrise e fece il gesto di toccarsi la tesa di un cappello immaginario. «Divertitevi!» gridò.

Confusa, si voltò appena in tempo per vedere Gage aprire la porta delle scale che conducevano alla hall; la infilò dentro prima che potesse dire una parola ma invece di proseguire giù per le scale, l'appoggiò contro il muro e le lasciò andare il braccio. Fece addirittura un passo indietro, dandole un po' di spazio prima di parlare.

«Scusa se ti ho spaventata» disse con dolcezza. «Ma volevo farti uscire dal corridoio prima che Brown avesse la possibilità di vederti.»

«Di solito non si alza prima delle otto» lo informò. «Rimane sveglio fino a tardi. Penso che Drake Stryker, l'Ambasciatore degli Stati Uniti in Francia, fosse in visita nella sua stanza ieri sera. Si frequentano molto quando sono alle stesse conferenze e mi ha detto di non disturbarlo per nessuna ragione.»

«Ah, ok. Comunque, ho una proposta per te.»

Non poté far altro che fissare l'uomo a cui stava pensando da mesi. Quella mattina aveva un aspetto diverso, più abbordabile. Indossava un paio di jeans e una polo bianca a maniche corte. Riuscì a vedere una leggera peluria sul petto dove si apriva la maglietta e sul suo braccio sinistro notò l'intricato tatuaggio nero che aveva solo intravisto. Avrebbe voluto spingere in su la manica in modo da poterlo vedere tutto, ma riuscì a tenere le mani a posto... a malapena.

I suoi capelli erano un po' sparati in alto, come se li avesse asciugati con un asciugamano dopo la doccia e non si fosse preoccupato di pettinarli. Si era anche rasato di recente; non c'era segno dell'ombra di barba che si era abituata a vedere. Kinley non sapeva se le piacesse senza. Amava quando aveva un aspetto rude e un po' inavvicinabile. Le dava la sensazione che solo guardandolo, nessuno avrebbe osato avvicinarsi a loro.

«Kinley?» la chiamò con un piccolo sorriso sul viso.

«Oh... sì?»

«Ho una proposta per te» ripeté. «Mi piacerebbe che passassimo la mattinata insieme. Alla conferenza non faranno niente, solo il brunch sociale.»

«Oh, ma... Walter si aspetta che io sia lì» disse, con evidente delusione nella voce.

«Me ne sono occupato io. Ti ho fatto ottenere un paio d'ore libere» ammise Gage.

«Come hai fatto?»

«Ho parlato con Merlin e il suo team. Dirà a Brown che stamattina non ti senti bene. Che hai problemi mestruali.»

«Sul serio?»

«Sì. Scommetto che non è il tipo d'uomo che ti darà addosso per le mestruazioni. Mi sbaglio? Se non è così, dimmelo subito che possiamo pensare a qualcos'altro. Forse posso convincere Merlin a somministrargli dei lassativi, dopotutto.»

Kinley non poté fare a meno di ridere. «Lo farebbe davvero?»

«Per te? Sì, tutti lo farebbero. Piaci anche a loro, Kins, e vogliono che tu abbia un po' di tempo per esplorare Parigi questa mattina. Che ti diverta un po'.»

Era scioccata, ma le dava una bella sensazione che si preoccupassero per lei. «Sono abbastanza certa che Walter non lo metterà in dubbio. Voglio dire, ho dovuto chiamarlo una volta per dirgli che avevo vomito e diarrea a causa di un'intossicazione alimentare e non avrebbe potuto essere più veloce a concedermi il permesso. So che non ti piace, ma non è sempre così orribile. Penso che viaggiare tiri fuori il peggio di lui.»

Vedeva che Gage non le credeva, ma sembrava comunque sollevato che la scusa inventata per assicurarle qualche ora libera sarebbe stata sufficiente. Probabilmente avrebbe dovuto essere irritata che lui avesse pianificato tutto senza prima parlarle, ma si sentiva troppo lusingata che volesse passare del tempo con lei.

«Jangles resterà vicino alla tua porta nel caso Brown venga, ma immagino che non accadrà dopo quello che mi hai appena detto. Però mi assicurerò che torni per l'una per partecipare alle riunioni di oggi.»

«Grazie.»

«Non serve ringraziare. Vorrei parlarti senza dovermi preoccupare che Brown decida di aver bisogno di te e senza che tu scappi per risolvere i problemi del mondo. Mi sei mancata, Kins... e mi piacerebbe passare del tempo con te a Parigi. Che ne pensi?»

Kinley pensò di non aver nulla da dire. Avrebbe voluto parlare con Gage fin da quando l'aveva visto la prima volta all'inizio della settimana, ma più aveva cercato di evitarlo, più si era sentita a disagio.

«Solo parlare, Kins, niente di spaventoso. Sei mai stata a Parigi?»

Lei scosse la testa.

«Facciamo i turisti e nel frattempo parliamo. Comprerò dei macarons fantastici e potremo ingozzarci mentre visitiamo il Louvre, ciò che è rimasto di Notre Dame e, naturalmente, la Torre Eiffel. Che ne dici?»

Sapendo che *avrebbe* dovuto dire di no e andare invece al brunch, Kinley si ritrovò comunque ad annuire. Come avrebbe potuto resistere a quell'uomo? Aveva fatto di tutto perché avesse una mattinata di libertà. Non si era lamentata proprio la sera prima, di essere a Parigi e di non aver visto una sola cosa? La sua camera d'albergo si affacciava su un dannato vicolo, invece che sulla Torre Eiffel come aveva sperato. Ma quella era una città romantica, per gli innamorati, così era rimasta nella sua stanza troppo intimidita per uscire da sola.

Il sorriso che si aprì sul viso di Gage fu assolutamente bellissimo. «Bene. Ti prometto che ti divertirai.»

Kinley non ne era così sicura, era preoccupata per il discorso che voleva farle, ma avrebbe scelto in qualsiasi momento di passare del tempo con Gage piuttosto che stare contro una parete in una stanza piena di politici.

Poi, come se l'avesse fatto tutti i giorni della sua vita, le tolse la tracolla della valigetta, aprì la porta delle scale e la appoggiò per terra nel corridoio da cui erano appena usciti. Poi si voltò e le prese la mano posandosela sull'avambraccio.

Stargli così vicina la rese più impacciata del solito, il che era tutto dire. Le sembrava di essere troppo bassa per la maggior parte del tempo ma, accanto a Gage, invece di sentirsi a disagio per la sua taglia, aveva la sensazione che lui la circondasse; era più alto di lei di più di quindici centimetri e le piaceva averlo al suo fianco.

«Jangles prenderà la tua valigetta e si assicurerà che sia alle riunioni di questo pomeriggio» le disse mentre scendevano le scale.

«Ok.» Non c'era niente di prezioso nella sua valigetta... be', a parte il portatile di proprietà del governo. Il portafoglio era nella borsetta che portava a tracolla.

«Cosa vuoi vedere per primo?» le chiese mentre attraversavano la hall verso l'uscita. «Che ne dici di fare colazione? Possiamo fermarci in uno di quei bar con i tavolini all'aperto e prendere un caffè e qualche pasticcino per cui i francesi sono famosi.»

Kinley annuì. Non le importava *cosa* avrebbero fatto, stava trascorrendo del tempo con Gage, sapeva già che avrebbe ricordato quel giorno per il resto della vita.

Mentre camminavano, le sembrava di avere la testa posata su un perno girevole. Anche se era presto, c'era molta gente in giro. Tutt'intorno a loro c'erano persone che parlavano francese, e ciò rendeva quell'avventura ancora più surreale.

Gage trovò un piccolo bar e la fece sedere, e riuscì a ordinare la colazione anche se non parlava la loro lingua. Gli ci vollero un sacco di gesti e segni per farsi capire, ma in breve tempo avevano le tazzine di caffè espresso davanti a loro e un enorme piatto di pasticcini dolci e appetitosi.

«Questa non sarebbe la mia colazione abituale, ma dato che è un'occasione speciale, mi va benissimo» disse Gage.

Sapeva di dover fare qualcosa di più che limitarsi a fissarlo, così si costrinse a chiedere: «Un'occasione speciale?»

Lui sorrise raggiante. «Sì. Il nostro primo appuntamento.»

Kinley rimase sbalordita, poi aggrottò la fronte, confusa.

«Oh, non guardarmi in quel modo.» Le prese la mano. «Non avevo intenzione di parlarne così presto, ma penso che sia meglio se ci togliamo di mezzo questa conversazione così possiamo goderci il resto della giornata. Pensavo avessimo deciso di tenerci in contatto, una volta tornati dall'Africa.»

Non era una domanda, anche se in un certo senso lo era. Kinley si sentì contorcere lo stomaco. Non sapeva come spiegargli che temeva di non valere il suo tempo, che aveva avuto dubbi dal momento in cui era rientrata a casa. Si leccò le labbra e cercò di pensare alle parole giuste. Ma lui parlò di nuovo prima che potesse farlo lei.

«Mi è stato riferito che potresti pensare che io mi comporti sempre così... che faccia amicizia con le donne e dia loro il mio numero e la mia mail. Non lo faccio. Sei la prima e non sto mentendo su questo. Non abbiamo avuto molto tempo per stare insieme in Africa, ma pensavo davvero che fosse scattato qualcosa. Non vedevo l'ora di conoscerti meglio, anche se solo via internet. Ci sono rimasto male quando non hai risposto a nessuno dei miei messaggi.»

Kinley lo studiò. Sembrava sincero. Tuttavia, non aveva molta esperienza con gli uomini. Accidenti, non aveva *per niente* esperienza con gli uomini... tranne che con i politici, e ogni cosa che usciva dalla *loro* bocca era una bugia; tante belle parole per indurre gli altri a sostenerli con il loro voto o con il portafoglio.

Gage non sembrava affatto così. Voleva credergli... ma doveva capire che lei non era come la maggior parte delle donne.

«Sono vergine» sbottò.

Le due parole rimasero sospese nell'aria in un lungo momento di silenzio, e Kinley avrebbe voluto morire. Sì, era ciò che stava pensando, ma non aveva avuto intenzione di spifferarlo in quel modo.

«Voglio dire... non sono come le donne che hai conosciuto in passato. Sono una nerd. Esco e faccio delle cose, ma in genere sempre da sola, non con gli amici. Però mi *piace* stare da sola. Non mi deprimo se rimango nel mio appartamento tutto il fine settimana, se non faccio niente o non vado da nessuna parte. Sono pienamente soddisfatta della mia compagnia. La maggior parte delle persone pensa che io sia strana. *Lo sono.* Non sono brava con le relazioni; mentre crescevo non ho mai avuto nessuno che mi mostrasse come ci si dovrebbe comportare. Dico sempre la cosa sbagliata, come adesso, e sono imbarazzante.

È che... non ti ho risposto perché sapevo che dopo un po' avresti capito quanto sono strana e avresti dovuto trovare un modo per prendere le distanze da me. Ho pensato che un giorno mi sarei svegliata e resa conto che non ti sentivo da un po' e che, quando ti avrei chiesto il motivo, mi avresti detto che eri stato impegnato e sarebbe finita così.»

Kinley si rese conto di essere senza fiato quando finì di parlare, per la fretta di far uscire le parole, ma voleva essere il più onesta possibile con Gage. «Se passi del tempo con me perché vuoi portarmi a letto, non succederà.»

«Respira, Kinley» disse calmo, racchiudendole la mano nelle sue. «Prima di tutto, mi incuriosisci proprio *perché* sei diversa da qualunque donna abbia conosciuto prima. Penso che sia fantastico che tu sia felice anche da sola. Non hai bisogno di nessun altro che approvi le tue simpatie e antipatie. Sei quella che sei, ed è davvero stimolante. Non me ne frega un cazzo se sei strana. In effetti, mi *piace* il tuo modo di esserlo.

Non succederà che mi svegli una mattina e cerchi di trovare un modo di chiudere la nostra amicizia. A essere sinceri, credo che sarai tu quella che si stancherà di *me*. Kins, è più che ovvio che sei più intelligente di me. Sei più gentile, più paziente e sicuramente una persona migliore. Solo il fatto che tu consideri la prospettiva di essere mia amica va oltre la mia comprensione, eppure lo voglio più di quanto possa spiegare.

Inoltre... pensi che mi scoraggi il fatto che tu sia vergine?» chiese, con un tono più basso. «Non è così. Ma per la cronaca, in questo momento voglio solo essere tuo amico. Sono attratto da te? Sì. Ma i tempi in cui mi bastavano delle avventure di una notte sono finiti. Voglio conoscere una donna prima di condividere il mio corpo con lei. Voglio sapere cosa la rende felice, quali film le piacciono. Voglio incontrare i suoi amici e la sua famiglia e sentire un legame profondo prima di andarci a letto. Forse mi fa sembrare una ragazzina, ma non mi interessa.»

«Non *ho* amici né una famiglia» ammise Kinley sottovoce. Non riuscì a leggere l'espressione sul suo viso, ma non voleva la sua pietà, quindi continuò: «Ti ho detto che sono un tipo strano, non stavo mentendo. Sono cresciuta con una serie di famiglie affidatarie e nessuna ha mai voluto adottarmi. Probabilmente perché trascorrevo la maggior parte del tempo a leggere in camera mia piuttosto che a interagire con chiunque ci fosse in casa. Sono riuscita a ottenere alcune borse di studio per il college – essere in affido mi ha aiutato – e quando ho lasciato la mia ultima casa, ho preso tutte le mie cose e non sono più tornata... non che fossi stata invitata.

Al college ho passato tutto il tempo a studiare e quando mi sono laureata, ho trovato un lavoro a Washington, grazie a uno degli stage che avevo fatto. Ho provato a farmi degli amici, ma sono tutti troppo interessati a scalare la carriera politica e dopo alcuni dolorosi errori, ho imparato che per avere amici dovrei essere qualcuno che non sono.» Scrollò le spalle. «È più facile trascorrere il tempo da sola nel mio appartamento.»

«Ascoltami e ascolta bene» disse Gage, mettendole una mano sul lato del collo e chinandosi verso di lei.

Kinley si irrigidì, quel tocco era piacevole. Molto piacevole. I suoi capezzoli si inturgidirono sotto il reggiseno di cotone bianco e fu davvero scioccata dalla reazione del suo corpo.

«Mi stai ascoltando?» chiese, e lei poté sentire il suo respiro caldo contro la guancia.

Annuì.

«Voglio che con me tu sia esattamente quella che sei. Mi *piaci*, Kinley. Che importa se non sei come le altre persone? Questo ti rende unica. Condividerò i *miei* amici con te. E la mia famiglia. Non ho fratelli o sorelle, ma i miei genitori ti amerebbero. Direi proprio che sarebbero felici di adottarti, ma l'ultima cosa che voglio è che tu sia mia sorella... anche se solo sulla carta.»

Kinley osò a malapena respirare. Poté solo fissare gli occhi castani di Gage e chiedersi come diavolo avesse avuto la fortuna di catturare il suo interesse.

«Dammi una possibilità» le disse. «Siamo tutti strani a modo nostro. Sai che lavoro faccio, ci saranno momenti in cui non sarò disponibile e non potrò comunicare con te. Potrebbe durare una settimana o due mesi. Ma non rinunciare a me, ok?»

«Ok.»

«Pensavo di aver detto o fatto qualcosa che ti avesse fatta incazzare» continuò. «Mi sono scervellato per cercare di capire il motivo per cui mi ignorassi. Odiavo quella sensazione... perché mi piaci, Kins. Mi piace la tua innocenza, e non mi riferisco al sesso – anche se, ribadisco, *non* mi scoraggia sapere che nessuno ti ha mai toccata prima – sto parlando del modo in cui vedi il mondo. È come se guardassi dritto nel cuore delle persone. Riesci a vedere le cose come stanno. Penso che questo sia ciò che mi ha incuriosito di te sin dall'inizio. Mi hai guardato e non hai visto un soldato alto e spaventoso, hai visto Gage. E nessuno mai vede il vero *me* la prima volta che mi guarda.»

«Non hai detto o fatto niente di sbagliato, sono io» ammise con dolcezza Kinley.

«Ok.» Si fissarono per un istante prima che lui chiedesse: «Lo senti anche tu, vero?»

Non l'aveva mai visto così insicuro prima, ma non aveva bisogno di chiedergli cosa intendesse. Lo sapeva. Così annuì.

L'accarezzò sotto la mascella con il pollice, poi lasciò cadere la mano e si risistemò sulla sedia. Le diede un colpetto sul braccio. «Mangia, Kins. Dobbiamo camminare molto questa mattina, soprattutto se vogliamo vedere tutto prima di riportarti alla conferenza.»

Kinley raccolse il croissant dal piatto, ma prima di addentarlo, disse: «Se vorrai riprovare a mandarmi una mail o un messaggio... risponderò.»

Adorò il sorriso che gli spuntò sul volto. «Mi piacerebbe» rispose semplicemente.

Ma per qualche motivo, Kinley non poteva fermarsi lì. «A volte mi dimentico di controllare i messaggi perché, oltre a

Walter, non è che abbia gente che mi scrive quindi, se non ti rispondo subito, non pensare che ti stia di nuovo ignorando. Va bene?»

«D'accordo, Kins. Non mi aspetto che tu risponda entro dieci secondi. Mi basta solo che non mi tagli di nuovo fuori.»

«Non lo farò. Lo giuro.»

Si guardarono per un altro lungo momento. Si sentì vulnerabile come non mai, ma cercò di fargli vedere la sua sincerità. Alla fine, lui annuì e poi le indicò il cibo. «Mangia.»

«Prepotente» mormorò.

Fece un sorrisetto. «Già.»

Sorridendo, Kinley iniziò a mangiare.

———

Qualche ora più tardi, dopo aver visitato gli Champs-Elysées e l'Arco di Trionfo, aver scattato qualche foto fuori dal Louvre e mangiato macarons fino a farsi venire mal di pancia, andarono alla Torre Eiffel.

«Vuoi salire?» le chiese.

Aveva la testa piegata indietro e stava fissando l'iconico monumento francese a occhi spalancati. «No.»

«No?» disse stupito.

«No» confermò. «Ho fatto delle ricerche prima di partire... non perché pensassi di avere la possibilità di vederlo così da vicino, ma... solo per curiosità. Comunque, il terzo piano non è molto grande, non c'è molto spazio. Non credo che ti piacerebbe lassù e non ci entreresti affatto bene. E... non mi piace stare troppo vicino alle persone. È solo che... è bellissimo da quaggiù, non vorrei rovinare tutto andando in cima e vedere i graffiti che sono sicura ci siano.»

«Va bene, Kins. Possiamo restare qua.» Avrebbe voluto aiutarla a superare la sua ovvia paura della torre ma, in realtà, non avevano il tempo di aspettare la lunga fila per i biglietti.

Non sapeva se temesse l'altezza o se fosse davvero il fatto di stare vicino agli altri, ma voleva aiutarla a superare *qualsiasi* paura.

Piccoli passi, ricordò a se stesso. Quel giorno era per Kinley per farla divertire, non per scacciare tutte le sue fobie.

Non aveva più distolto lo sguardo dalla torre e Lefty sorrise. La prese per il gomito e la condusse con cautela a una panchina vicina. La fece sedere mentre continuava a guardare in alto e lui non interruppe i suoi pensieri.

Aveva ragione, non parlava molto, ma quando lo faceva, gli sembrava sempre di imparare qualcosa. Non aveva voluto andare al Louvre perché era il più grande museo del mondo e per rendergli giustizia, avrebbe avuto bisogno di ore e ore per visitarlo tutto. Lo aveva anche informato che si diceva che una mummia di nome Belfagor infestasse il posto.

Non gli era piaciuto sentire che non avesse amici o una famiglia, ma non pensava che glielo avesse confidato per suscitare pietà. Aveva usato lo stesso modo concreto con cui gli aveva detto quale fosse il suo ristorante preferito, che le piacevano di più i macarons alla vaniglia e ciò che faceva nel suo lavoro. Per lei, era solo un dato di fatto della sua vita, e ciò gli faceva desiderare ancora di più mostrarle come fosse la vera amicizia. Voleva presentarla a Gillian, farle passare del tempo con gli altri ragazzi della squadra, dimostrarle che era simpatica e apprezzabile.

Si era *sforzato* di cancellare dalla mente la sua ammissione di essere vergine, ma ovviamente non riusciva a smettere di pensarci; aveva ventinove anni e lo sconvolgeva che non avesse fatto l'amore con nessuno. Gli uomini intorno a lei dovevano essere dei perfetti idioti, il che non era esattamente una sorpresa, considerando che lavorava in ambienti politici, ma comunque...

Nelle ultime ore si era lasciata sfuggire qualche altra cosa mentre parlavano e da quello che aveva capito, c'erano stati solo un paio di fidanzati nella sua vita, ma non appena avevano iniziato a farle pressioni per avere più di quanto volesse dare – che fosse a livello fisico o sociale – aveva chiuso la storia. Aveva confessato che era più semplice occuparsi da sola dei propri bisogni fisici che avere a che fare con l'ego degli uomini.

Lefty avrebbe mentito se non avesse ammesso che gli sarebbe piaciuto mostrare a Kinley perché si dava tanta importanza al sesso, ma poche ore non era un tempo sufficiente per fare qualcosa più che cercare di cementare il legame che sentiva tra loro.

Le relazioni a distanza erano complicate e se avesse potuto almeno essere suo amico, gli sarebbe andato bene.

Mantenne gli occhi su Kinley mentre fissava la torre. Non aveva idea di cosa le stesse passando per la mente e lo trovava intrigante da morire. Avrebbe potuto semplicemente chiederglielo, ma si stava divertendo troppo a guardarla osservare il mondo intorno a lei per interromperla.

Dopo più o meno altri cinque minuti, Kinley sbatté le palpebre e girò la testa verso di lui. «Ti stai annoiando?» gli chiese.

«No» rispose Lefty con sincerità.

Lei aggrottò la fronte. «La maggior parte delle persone ormai si sarebbe stufata.»

Lui scrollò le spalle. «Non sono la maggior parte delle persone.» Guardò l'orologio, poi di nuovo lei. «Abbiamo altre due ore prima di dover tornare alla conferenza. Se vuoi rimanere qui a guardare la Torre Eiffel per tutto il tempo, è quello che faremo.»

«*Tu* cosa vorresti fare?» gli chiese.

«Quello che vuoi» le rispose senza esitazione.

Corrugò la fronte e Lefty pensò che fosse davvero adorabile. «Non ti importa se sto seduta qui senza parlarti?»

«No.»

«E se ti ignorassi totalmente?»

«Nemmeno» ripeté.

Fece un piccolo verso con la gola, poi guardò di nuovo l'enorme torre di fronte a loro e non disse nient'altro. Scivolò con il sedere per terra appoggiando la testa sulla panchina e Lefty si sistemò tranquillamente accanto a lei.

Nessuno dei due disse una parola e quando le prese la mano, non si ritrasse. Se quella era la Kinley "strana", Lefty decise che *strano* gli piaceva. Un sacco.

———

Dopo altri dieci minuti passati a guardare la Torre Eiffel, Kinley decise che era sufficiente. Lefty riuscì a farla stare ferma abbastanza a lungo da poterle scattare una foto di fronte al monumento prima che gli chiedesse se Notre Dame fosse troppo lontana. L'aveva rassicurata che non lo era e si incamminarono. Rimasero in silenzio per tutto il tragitto, Kinley si limitò a osservare il panorama e ad ascoltare i suoni intorno a lei.

Non fu sorpreso quando, una volta arrivati a Notre Dame, lei si fermò in mezzo al marciapiede limitandosi a fissare il bellissimo edificio antico. Lefty si mise di guardia, assicurandosi che nessuno la urtasse mentre osservava la chiesa.

«Ho pianto quando ho visto l'incendio al telegiornale» disse dopo un momento. «Sono contenta che la grande vetrata colorata sia stata risparmiata.»

«Anch'io» replicò, poi decise sul momento di telefonare a sua madre e tirò fuori il cellulare. Sapeva che si alzava presto; era *molto* mattiniera. Andava a letto verso le otto di sera e si svegliava verso le quattro ogni mattina. Quando un giorno le aveva detto che era pazza, aveva semplicemente alzato le spalle dicendo che le piaceva il mattino perché tutto era tranquillo e silenzioso.

Sapendo che probabilmente era in piedi, anche se in California era molto presto, toccò il numero e mise la chiamata in vivavoce. Mentre suonava, sentì gli occhi di Kinley addosso. Incontrò il suo sguardo quando sua madre rispose.

«Ehi, figliolo. Tutto bene?»

«Sì, tutto ok. Sono a Parigi» disse senza preamboli.

«Parigi?» sussurrò lei. «Ti prego, dimmi che stai facendo il turista.»

Lefty rise. «In effetti sì, motivo per cui ti ho chiamata. Andiamo su FaceTime, ok?»

«Certo. Non è che fossi qui nuda e abbia deciso di rispondere comunque alla telefonata del mio unico figlio.»

Lui ridacchiò e adorò la risatina che sfuggì a Kinley. Toccò l'icona che avrebbe permesso a sua madre di vederlo.

«Ehi, tesoro» gli disse con dolcezza quando vide il suo viso.

«Ehi, mamma» rispose. «Sei magnifica.»

Alzò gli occhi al cielo e scosse la testa. «Sempre un adulatore» lo accusò.

«Sai che non mento mai. Prima di dirti perché ho chiamato, devo farti conoscere qualcuno.»

«Gage, no» sussurrò Kinley, ma lui la ignorò.

«Mamma, voglio presentarti Kinley Taylor. Kinley, questa è mia madre, Molly.»

«Ciao, Kinley» la salutò mentre lui l'attirava accanto a sé in modo che anche il suo viso rientrasse nello schermo. «Mi piacciono i tuoi capelli! Il nero sembra brillare al sole.»

«Ehm... grazie. Li ho lavati stamattina» ribatté, e la sentì irrigidirsi come se fosse imbarazzata per ciò che aveva detto.

Ma sua madre non perse un colpo. «Buon per te. Giuro che io sono dipendente dallo shampoo a secco. A volte Kaden, mio marito, deve costringermi a fare la doccia.»

Lefty la sentì rilassarsi accanto a lui. «Non l'ho mai provato. Funziona davvero?»

«Oh, sì. È fantastico! Chiederò a Gage di darmi la tua mail

e ti invierò i nomi di quelli che secondo me funzionano meglio. Non sono tutti fatti allo stesso modo, sai.»

«Grazie» disse Kinley.

«Comunque, mamma, ti ho chiamata perché in questo momento siamo di fronte a Notre Dame» la informò.

«No!» esclamò lei.

«Secondo te ti avrei chiamata da Parigi per poi mentire su qualcosa del genere?»

«No, se volevi vivere per vedere un altro giorno» ribatté sua madre. «Fammi vedere! Mi mostri solo il tuo brutto muso. Non ho mai visto Notre Dame di persona.»

«Non credo che dovrei mostrartelo solo per quello che hai appena detto» la prese in giro. Si rivolse a Kinley. «Mia madre ama Notre Dame. È sempre stata innamorata di questo edificio da che ricordo. Ci sono state volte in cui pensavo che lo amasse più di *me* quand'ero piccolo. Una volta, sono riuscito a convincere un amico che doveva venire qui per un incarico a comprare il disegno della cattedrale di un artista di strada, per regalarglielo al suo compleanno. Pensavo che sarebbe morta quando l'ha aperto.»

«Stai zitto» si lamentò sua madre.

Lefty continuò a stuzzicarla, prolungando la sua trepidazione. «Un anno aveva programmato di venire a Parigi con papà, ma ha dovuto sottoporsi a un'appendicectomia d'urgenza così hanno saltato.»

«Gage» lo minacciò. «Gira quel maledetto telefono o giuro che racconterò a Kinley di quella volta che ti sei fatto la pipì addosso mentre eri in fila alla Disney, aspettando di vedere Topolino.»

«Avevo quattro anni» informò Kinley ammiccando. «E Topolino era il mio eroe, ovvio che mi sono fatto la pipì addosso.»

«Gage!» Molly Haskins piagnucolò.

Prima che lui si decidesse a non far più soffrire sua madre,

Kinley prese il telefono e puntò l'obiettivo verso l'iconico edificio. «Da questo punto di vista, è difficile dire che c'è stato un incendio» iniziò. «Guardi, la vetrata colorata è ancora praticamente perfetta.»

Poi, come se avesse fatto i tour di Notre Dame per tutta la vita, continuò a offrirle quell'esperienza indimenticabile, andando in giro e mostrandole ogni piccola cosa.

A Lefty non importava, era felice che legassero grazie a quel posto. Aveva sempre pensato che l'ossessione di sua madre per Notre Dame fosse un po' strana, ma vedere quel suo amore venire nutrito da Kinley, era un dono.

«E guardi, questo non si vede in nessuna delle foto della cappella» continuò, puntando il telefono verso i piedi. Erano nella piazza davanti alla chiesa e guardavano una sorta di rosa dei venti incisa nella pietra. «*Point zéro des routes de France.*» Poi tradusse: «Punto zero delle strade francesi. Questo è il punto esatto da dove si calcola la distanza di Parigi rispetto a ogni altra città del Paese.»

Sentì sua madre sospirare contenta. «Grazie per il tour. Non hai idea di cos'abbia significato per me. Un giorno ci andrò, ma vederlo oggi e sentirti raccontare tutto è stato speciale.»

Lefty capì che Kinley non sapeva come rispondere, quindi le circondò le spalle con un braccio e la attirò al suo fianco, togliendole di mano il telefono. «Qualunque cosa tu voglia sapere su qualsiasi cosa, è probabile che Kins te la possa dire. È intelligentissima.»

«Quello che voglio sapere è quando mio figlio troverà il tempo per venire a trovare i suoi genitori» scherzò Molly.

Lui ridacchiò. «Spero presto, mamma.»

Poi sua madre si rivolse a Kinley. «Dice sempre così. Scommetto che tu non lo dici ai *tuoi* genitori.»

«Non li ho» rispose senza giri di parole.

«Oh. Be', cavoli, ho fatto una gaffe, vero?» borbottò, scuotendo leggermente la testa. «In tal caso, forse dovresti venire a trovare me e Kaden. Dato che nostro figlio ci sta trascurando, possiamo portarti in giro per San Francisco. Ci piacerebbe ospitarti. Ogni amico di Gage è anche amico nostro. Sei mai stata qui? Possiamo procurarci i biglietti per Alcatraz. È affascinante. E i leoni marini giù al molo sono uno spettacolo da non perdere...»

«Mamma» la interruppe.

«Che c'è?»

«Datti una calmata.»

Fu sorpreso di sentire Kinley fare una risatina. La guardò con un sopracciglio sollevato.

«Hai davvero avuto il coraggio di dire a tua madre di darsi una calmata?» gli chiese.

«Sì. Vedi quant'è offensivo?» Ma lo disse ridendo. «Mi piaci, Kinley. Parlavo sul serio quando ho detto che dovresti venire a trovarci. Non riesco a immaginare come ci si sente ad aver perso i genitori e sono più che disposta a essere una madre surrogata per te.»

«*Non* ti è permesso adottarla, mamma» affermò in tono serio. Kinley lo guardò e lui continuò: «Potete essere amiche, condividere consigli di bellezza e puoi corromperla a non fare la doccia per settimane di seguito, ma in ogni caso, tu e papà non la adotterete.»

«Perché no?» chiese Molly.

Lefty si limitò a sollevare le sopracciglia.

«Oooooh! Giusto. Ok, niente adozione, perché sarebbe imbarazzante se iniziassi a uscire con tua sorella, no?»

«Mamma!» Scosse la testa. «Sei impossibile.»

«Ho imparato da mio figlio» ribatté con un sorriso, poi riportò la sua attenzione su Kinley. «Dico sul serio, tesoro. Se hai bisogno di una pausa dagli stronzi di Washington, sei più che benvenuta qui. E prima che tu lo chieda, Gage ci ha già parlato un po' di te, so che ti ha incontrata in Africa e che lavori a Washington. Abbiamo spazio più che sufficiente in casa e potrai rimanere per tutto il tempo che desideri. Mio marito ti annoierà a morte mostrandoti la sua stanza dei cimeli sportivi − non credergli quando ti dirà che è l'eredità di Gage... è tutta spazzatura − e una sera ti porterò al quartiere di Castro e faremo festa nei gay bar. È divertentissimo e quei ragazzi sono così simpatici.»

«Ok, basta. Ora riattacco» borbottò Lefty.

Kinley gli mise una mano sull'avambraccio per fermarlo. Be' se fosse stato ciò che voleva, sarebbe rimasto lì tutto il giorno ad ascoltare sua madre parlare di ubriacarsi in un nightclub frequentato da gay.

«Grazie» disse. «Non sono mai stata a San Francisco. Se lei... se lei e suo marito verrete a Washington, sarò felice di essere la vostra guida turistica. Non l'ho ancora visitata tutta, dato che tendo a stare molto a casa, ma posso vedere se riesco a trovare dei buoni gay bar e portarvi in giro.»

Molly Haskins gettò indietro la testa e rise quasi in modo isterico. «Mi piacerebbe molto, grazie, Kinley. Figliolo, togli il video e il vivavoce.»

Lefty lo fece e si portò il cellulare all'orecchio. «Ehi, mamma.»

«Mi piace» disse subito. «È diversa da qualsiasi donna con cui sei uscito prima. È intelligente e divertente e troppo in gamba per quelli come te.»

Lefty quasi si soffocò. «Be', grazie, mamma» borbottò.

«Procedi con cautela con lei» suggerì. «È timida e immagino che non sia abituata a qualcuno come te.»

«Qualcuno come me?»

«Già. Una brava persona. Che la tratterà come una principessa e che non vuole farle del male.»

Era fantastico sapere che sua madre lo vedesse in quel modo. «Lo farò.»

«Bene. E assicurati che sappia che ero seria riguardo all'invito a venire qui. E se lei invece non fosse stata seria quando mi ha proposto di andare a Washington con tuo padre, fammelo sapere. Perché ho *proprio* intenzione di pianificare quel viaggio.»

«Va bene.»

«E, Gage?»

«Sì?»

«Grazie per aver condiviso Notre Dame con me. Ha significato tanto.»

Lefty chiuse gli occhi e sospirò. «Ti voglio bene, mamma.»

«Anch'io ti voglio bene, figliolo. Adesso... vattene. Vai a salvare il mondo o roba del genere.»

«Certo. Ti chiamo quando torno negli Stati Uniti.»

«Vedi di farlo. Ciao.»

«Ciao.»

Chiuse la chiamata e vide Kinley fissarlo, i suoi occhi brillavano di curiosità. «Le piaci, voleva assicurarsi che lo sapessi. E mi ha detto che sei troppo in gamba per me.»

«No, non l'ha detto» protestò lei.

Le prese di nuovo la mano e iniziò a camminare lentamente verso l'area in cui si trovava l'hotel e dove si sarebbe tenuta la conferenza. «Sì, invece. E voleva anche che scoprissi se volevi sul serio far loro da guida turistica se dovessero venire a Washington.»

Kinley scrollò le spalle. «Sì, anche se farei schifo visto che io stessa non ho visto molto, oltre ai musei. Ma posso fare qualche ricerca se so a cosa sono più interessati. Posso scoprire quali attrazioni vorrebbero visitare e prendere i biglietti. Potrei persino riuscire a portarli a fare un tour della Casa Bianca, se volessero.»

Lefty si fermò e portò la mano libera sul suo collo, come aveva fatto durante la colazione, e lei sentì come una scossa attraversarle il corpo. «Se verranno a trovarti, saranno solo interessati a conoscerti, Kinley. Se vuoi puoi portarli in un museo o a vedere alcuni monumenti, ma vorranno soprattutto passare del tempo con te.»

«Ma... non li conosco nemmeno» protestò.

«Hai passato trenta minuti a regalare a mia madre una delle cose più emozionanti della sua vita. Non hai idea di quanto sia profonda la sua ossessione per Notre Dame. Quando hai detto che hai pianto guardando il filmato della chiesa in fiamme, sapevo che tu e lei sareste andate perfettamente d'accordo. E avevo ragione. Grazie per non aver pensato che mia madre sia pazza perché adora in quel modo quel mucchio di pietre.»

«Non è pazza» protestò Kinley. «Mi è piaciuta.»

«Bene. Perché sei piaciuta anche a lei. Ed ero serio anch'io, non osare firmare nessun documento che permetta loro di adottarti. Sarebbe imbarazzante per me uscire con la mia sorellastra.»

Sorprendentemente, Kinley rise, ma si calmò subito. «Non vorrebbero adottarmi. Non mi vuole nessuno.»

«Ti sbagli» le disse con foga. «Io ti voglio come amica. Gillian, la fidanzata di Trigger, non appena ti incontrerà vorrà esserti amica. E lo vogliono anche il resto dei ragazzi del mio team. Accidenti, piaci anche a Jangles e la sua squadra. Non sei più sola, Kinley, capito?»

Lo fissò così a lungo che Lefty ebbe paura di essersi spinto troppo oltre. Che sarebbe stata d'accordo solo per farlo tacere. Invece, chiuse gli occhi, fece un respiro profondo e annuì.

«Guardami, Kins.» Li riaprì subito. «Se hai bisogno di me, ci sono, senza se e senza ma. Anche se ti serve qualcuno solo per lamentarti della tua giornata. Va bene?»

«Va bene» sussurrò. «Ma devi sapere una cosa.»

«Cosa?»

«Paperino è più interessante e ha più personalità di Topolino.»

Lefty sbuffò. «Sì, certo» disse, togliendo la mano dal collo e attirandola contro il suo fianco. Dovette lasciarle andare l'altra mano per farlo, ma era una bella sensazione sentirla incollata a lui.

«È vero. È più divertente e ha una presenza molto più forte sullo schermo di Topolino» insistette lei con un piccolo sorriso.

Mentre tornavano all'hotel, Lefty si rese conto di essersi divertito di più nelle ultime cinque ore di quanto non succedesse da molto tempo. Kinley gli era piaciuta quando l'aveva incontrata nel bel mezzo di un caos, ma era quasi sorpreso di quanto si sentisse attratto da lei dopo aver passato del tempo insieme in un'atmosfera rilassata.

Si scambiarono battute mentre facevano un breve pranzo in un bar e imparò più cose su di lei come persona, quando ordinò del cibo da asporto per darlo a un senzatetto che aveva visto seduto su una panchina di fronte al bar.

Sapendo che avrebbe avuto pochissimo tempo, se non nullo, da passare con lei una volta tornata al lavoro, la fermò appena fuori dall'edificio dove si stava svolgendo la conferenza.

«Mi scriverai quando tornerai a casa, vero?» chiese, la delusione di essere stato ignorato era ancora fresca nella sua mente.

«Lo prometto» lo rassicurò Kinley, afferrandogli la mano e stringendogliela. Era la prima volta che lo toccava di sua spontanea volontà. «Come ho detto prima, cercherò di migliorarmi nel controllo della posta e dei messaggi, ma potrebbe volerci un po' perché diventi una routine. Non sono proprio abituata a comunicare con altre persone.»

«Va bene, so essere paziente. E se dovessero mandarmi in missione, mi assicurerò di dirti per quanto tempo *penso* che starò via. Anche se sarà sempre una supposizione» la avvertì.

«Capisco» disse, e Lefty ebbe la sensazione che fosse proprio così.

«Non so quando le nostre strade si incroceranno di nuovo, ma non vedo l'ora.»

«Anch'io» ammise timidamente. «Non posso promettere di essere la migliore amica del mondo, perché non so come si fa, ma ci proverò.»

«Sii solo te stessa. È tutto ciò che voglio.»

«Ok.»

«Ok» ripeté Lefty. Avrebbe voluto baciarla, ma non sembrava giusto. Si portò invece le loro mani unite alla bocca e le baciò le dita. «Stai attenta là fuori, Kins. Guardati le spalle e, se hai bisogno di me, tutto ciò che devi fare è contattarmi.»

«Grazie» mormorò.

Rimasero a fissarsi sul marciapiede per un lungo momento, poi si costrinse a lasciarle andare la mano. Fece un passo indietro e lei lo salutò con un piccolo cenno, indietreggiando. Andò a sbattere contro la porta e arricciò il naso per la sua goffaggine. Poi si voltò e scomparve nell'edificio.

Facendo un respiro profondo, Lefty si girò e andò verso l'albergo. Per la prima volta quella mattina, vide Merlin appoggiato a un edificio vicino. Aveva detto che li avrebbe seguiti ed era evidente che l'avesse fatto. L'altro uomo annuì e si unì a lui quando gli passò vicino.

«Sembra che vi siate divertiti oggi» osservò.

«Sì» concordò.

«Non l'avevo mai vista sorridere» continuò Merlin. «Sei la persona giusta per lei.»

Apprezzò l'osservazione dell'uomo. Non era così sicuro che Merlin avesse ragione, ma ormai era troppo tardi. Era riuscito a esaudire il suo desiderio di conoscere meglio Kinley e ora, in un certo senso, non poteva immaginare la sua vita senza di lei... anche se solo come amici.

Camminarono in silenzio per il resto della strada fino all'albergo. Lefty doveva dare il cambio al suo compagno di squadra e scoprire quale fosse il programma di Johnathan Winkler per il resto della giornata. Sperava di avere la possibilità di rivedere Kinley, ma anche se non fosse successo, si sentiva molto meglio ora che si erano chiariti. Sperava solo che avrebbe mantenuto la parola e che gli avrebbe scritto una volta tornata a casa.

CAPITOLO QUATTRO

QUELLA SERA, dalla finestra della sua stanza d'albergo, Kinley fissava con aria assente il vicolo. Il pomeriggio era stato difficile, in parte perché le sarebbe piaciuto essere ancora in giro per Parigi con Gage.

Walter non aveva fatto troppe domande sulla sua mattinata, se non per chiederle se si sentisse meglio. La scusa dei dolori mestruali sembrava essere stata davvero efficace e il suo capo non aveva avuto alcun sospetto; non aveva la minima idea che fosse andata a godersi Parigi.

Pensò che avrebbe dovuto sentirsi in colpa, ma non gliene importava. Era dura lavorare per Walter, e ogni tanto faceva qualcosa che le rendeva ancora più difficile prendere la decisione di restare o andarsene; come quella di mandarle il brodo di pollo quando era stata male l'anno prima.

Sembrava che Woof avesse fatto un buon lavoro come assistente temporaneo, prenotando anche la cena per lui e Drake Stryker, l'Ambasciatore degli Stati Uniti in Francia. Era l'ultima sera che avrebbero trascorso insieme a Parigi e avevano deciso di andare in un ristorante di lusso. Prenotare cene non faceva parte delle sue mansioni, ma quando erano lontani da Washington Kinley aiutava sempre se poteva. Ovviamente, Walter era così abituato a darle quel tipo di compiti, che non aveva esitato a chiedere a un soldato della Delta Force di fare la stessa cosa.

La cerimonia di chiusura della conferenza sarebbe avvenuta la mattina successiva e lei e il suo capo sarebbero partiti subito dopo. Kinley aveva sperato di avere l'opportunità di trascorrere più tempo con Gage, ma non lo aveva più visto da quando lo aveva lasciato fuori dal centro congressi.

Per la prima volta nella vita, non avrebbe voluto rimanere da sola nella sua stanza d'albergo. Avrebbe voluto cenare con Gage. Parlargli di più. Vivere indirettamente le esperienze tramite lui.

Sospirando, guardò l'orologio. Era l'una di notte e avrebbe dovuto dormire, ma i pensieri su Gage continuavano a turbinarle nella testa. Era stata in imbarazzo quando aveva chiamato sua madre, ma dopo aver appreso quanto l'altra donna amasse Notre Dame, era stata felice di farle fare un tour virtuale e raccontarle il più possibile dell'edificio.

Si era pentita di averla invitata a Washington non appena le parole le erano uscite di bocca, ma ora che aveva avuto il tempo di ripensarci, immaginò che fosse impossibile che Molly e suo marito avrebbero accettato l'offerta. La donna si era solo comportata in modo gentile.

Kinley era così assorta nei suoi pensieri, che quasi si perse l'attività nel vicolo sottostante.

Aveva già spento le luci da un po' per avere una visione migliore delle stelle, e non si era preoccupata di riaccenderle. Non c'era letteralmente nient'altro da guardare dalla sua camera; non c'era la vista su qualche parte della città. Quando notò del movimento, Kinley spostò l'attenzione di sotto.

Una berlina nera era entrata nel vicolo e riconobbe la targa diplomatica sul retro. Il suo cervello impiegò un secondo per fare due più due, ma quando vide qualcuno dirigersi verso l'auto, riconobbe Drake Stryker, l'uomo con cui il suo capo aveva trascorso la serata.

Ma non era solo.

Aveva la mano intorno al bicipite di una donna che sembrava completamente ubriaca; non riusciva a camminare dritta e sarebbe caduta a faccia in giù se lui non fosse stato lì a sostenerla. La coppia era uscita da una porta laterale dell'hotel, probabilmente una di servizio, ma non ne era sicura al cento per cento.

La donna indossava una canotta rossa e una gonna corta. Aveva lunghi capelli castani arruffati che le scendevano selvaggi sulle spalle. Non riusciva a vedere il suo viso, dato che guardava a terra, immaginò che fosse molto bella.

Ma furono le sue scarpe ad attirare davvero l'attenzione di Kinley.

Non era mai riuscita a portare i tacchi alti, cosa che non la turbava, tranne quando vedeva altre donne indossare scarpe che le piacevano. E quelle della tipa insieme a Drake le piacevano *davvero* molto. Avevano la zeppa con i brillantini argentati dietro. Anche se non c'era molta luce nel vicolo, luccicavano comunque a ogni passo che faceva.

Drake guardò da una parte all'altra della strada, poi cinse la donna con un braccio. Praticamente la sollevò da terra per aiutarla a salire in macchina. In pochi secondi furono dentro e l'auto cominciò a percorrere lentamente il vicolo. Poco dopo svoltarono l'angolo alla fine della strada e sparirono dalla vista.

Drake Stryker era sposato, come Brown, ma avere relazioni extraconiugali non era fuori dall'ordinario nei circoli politici; erano comuni come i bar. Era un peccato che la società fosse cambiata così tanto nel corso degli anni e che a nessuno importasse se gli uomini e le donne che ricoprivano posti di potere andavano a letto con qualcuno con cui non erano sposati. Assumere escort e andare con le prostitute era un po' più un tabù, ma la maggior parte delle persone guardava semplicemente dall'altra parte quando succedeva. Inizialmente a Kinley aveva dato molto fastidio, ma dopo aver lavorato per così tanti anni a Washington, ne era diventata immune.

Sospirò. Un tempo voleva essere proprio come quella donna. Spensierata, cosciente della sua sessualità, una che non temeva di avere avventure se ne avesse avuto voglia. Ma più vecchia diventava, più desiderava solo trovare qualcuno con cui poter trascorrere il tempo a casa. Qualcuno che sarebbe stato felice di ordinare cibo a domicilio e passare una serata a guardare la TV e a leggere.

Più tempo Kinley trascorreva da sola, più si rendeva conto che trovare qualcuno, uno chiunque, con cui passare la vita era quasi impossibile. Di certo non avrebbe incontrato nessuno che la attraesse e con quei requisiti nel suo lavoro, e dato che non le piacevano i bar o i siti online di appuntamenti, e non aveva amiche che potessero presentarla a uomini che conoscevano, era destinata a essere lo stereotipo della zitella dei tempi passati.

Allontanandosi dalla finestra, si costrinse ad avvicinarsi al letto e a sdraiarsi ancora una volta. Doveva dormire un po'. Walter sarebbe stato di sicuro irritabile l'indomani, soprattutto se lui e il suo amico avevano appena trascorso la serata con la donna del vicolo. Kinley non tollerava i tradimenti, ma ciò che facevano erano affari loro. Finché le pagavano lo stipendio, poteva voltare la testa e fingere di non aver visto le indiscrezioni del suo capo.

Quell'atteggiamento indifferente verso il tradimento era un altro motivo per cui non voleva avere niente a che fare con un uomo immischiato nella politica. Non voleva stare con qualcuno che l'avrebbe tradita, e pur ammettendo di non essere la persona migliore al mondo, lei non sarebbe mai stata infedele.

Chiudendo gli occhi, Kinley costrinse il suo corpo a staccare. Tra la cerimonia di chiusura, portare Walter all'aeroporto e fare il check-in, e il volo di ritorno negli Stati Uniti, l'indomani sarebbe stata una giornata molto lunga e faticosa.

Kinley appoggiò la testa sullo schienale e chiuse gli occhi. Si trovava su un posto nel mezzo – ovvio – e le persone ai suoi lati si erano addormentate appena l'aereo era decollato. Walter, per fortuna, era seduto in prima classe, così avrebbe potuto rilassarsi e non preoccuparsi per il suo capo durante tutto il volo.

Era stato particolarmente problematico per tutto il giorno, si era comportato da stronzo fin dal momento in cui aveva aperto la porta quando era andata a bussare per svegliarlo. Le aveva urlato contro che non era pronto e che doveva andare a prendergli un caffè e una brioche per colazione e portarglieli alla conferenza. Una volta lì, si era lamentato di fronte agli altri esponenti perché il suo caffè non era stato preparato correttamente. Si era comportato in modo scontroso e antipatico anche con il povero autista durante il viaggio verso l'aeroporto, e Kinley era morta d'imbarazzo quando aveva fatto una scenata al bancone della compagnia aerea perché non si era ritrovato nel posto che lei gli aveva prenotato.

Tutto sommato, era stata contenta quando era scomparso nella lounge per i passeggeri di prima classe, così si era potuta prendere una pausa dalla sua cattiveria e rilassarsi.

Kinley non aveva più visto Gage, il che era stata una delusione, ma forse era meglio così. Era strano quanto le mancasse e, naturalmente, era stato difficile non confrontare il suo comportamento con quello di Walter. Laddove il suo capo era scortese e altezzoso, Gage tollerava le sue stranezze e faceva di tutto per essere educato, non solo con lei, ma con tutti quelli con cui entrava in contatto. Non si era persa il fatto che avesse lasciato buone mance ai camerieri dei bar e che non avesse detto nulla quando si era fermata in mezzo al marciapiede – in realtà aveva impedito che gli altri le andassero addosso.

Nel bagaglio a mano aveva addirittura una piccola confezione di macarons, che le aveva comprato semplicemente perché sapeva che erano i suoi preferiti e pensava le sarebbe piaciuto portarsi a casa dei dolcetti.

Per la prima volta nella vita, Kinley desiderò non essere chi era. Di essere il tipo di donna che poteva andare a letto con un uomo senza coinvolgere il cuore. Di essere più estroversa. Più normale. Desiderò di avere qualcuno con cui parlare di Gage e di come la facesse sentire. Quello era uno di quei momenti in cui avrebbe avuto bisogno di un'altra donna, che l'aiutasse ad analizzare i sentimenti che le travolgevano la mente *e* il corpo.

Le altre ragazze almeno avevano sorelle o mamme con cui parlare; lei non aveva nessuno. Non c'era letteralmente una singola persona con cui si sentisse a suo agio ad aprirsi. Era deprimente e scoraggiante.

Scosse la testa, raddrizzò le spalle e aprì gli occhi. No, non sarebbe caduta nell'autocommiserazione. Lei e la sua vita erano ciò che erano e i piagnistei mentali non avrebbero cambiato nulla.

Aveva lavorato duramente per arrivare dov'era e, tutto considerato, aveva fatto un lavoro straordinario. Crescendo, aveva conosciuto molte ragazze che si erano trovate nella sua stessa situazione ma che non se la passavano altrettanto bene. Lei aveva una laurea, un buon lavoro, un tetto sopra la testa. Non aveva bisogno di amici o di un uomo per rendere bella la sua vita; lo era *già*.

Accese il tablet e aprì il libro che aveva iniziato mentre

aspettava l'aereo. Poteva anche essere una persona solitaria e troppo pratica, ma adorava leggere romanzi rosa. Alla fine, in quelle storie si risolveva sempre tutto, e le davano il lieto fine emotivamente soddisfacente di cui la sua psiche aveva bisogno. Si sarebbe limitata a vivere indirettamente le vite dei protagonisti dei libri che amava. La vita reale non era così e desiderarlo, le avrebbe portato solo dolore.

Era contenta che lei e Gage avessero chiarito le cose tra loro, ma lui viveva dall'altra parte del Paese. Era anche un soldato e da quello che aveva visto, erano secondi solo ai politici quando si trattava di tradire, maltrattare le loro partner e divorziare.

Sentendosi in colpa per aver inserito Gage nella stessa categoria di alcuni membri del personale militare che aveva incontrato, iniziò a leggere con determinazione. Aveva ancora molte ore tutte per lei prima di atterrare e dover avere di nuovo a che fare con Walter.

Decisa a godersi ogni minuto, si perse nelle parole davanti a lei.

———

Kinley sospirò di sollievo quando finalmente entrò nel suo appartamento, lasciò cadere i bagagli in mezzo alla stanza e si trascinò verso il divano. Viveva in un monolocale vicino al centro e non era mai stata così felice di essere a casa.

Invece di essere rilassato dopo aver viaggiato in prima classe, coccolato dagli assistenti di volo, e aver potuto dormire sdraiato, il suo capo era sembrato ancora più nervoso di quando avevano lasciato Parigi.

Quando non aveva trovato il loro autista ad aspettarli al ritiro bagagli – Kinley aveva ricevuto un messaggio che l'avvertiva che era in ritardo – Walter aveva borbottato di non essere in grado di trovare persone valide ultimamente. Poi aveva lasciato a lei il compito di accoglierlo senza prendersi nemmeno la briga di chiacchierare con lui mentre gli portava la valigia alla limousine.

Non era stato molto divertente ritrovarsi intrappolata nell'auto con il suo capo mentre si lamentava del jet lag e di essere stanco. Era rimasta anche sorpresa quando invece di tornare subito a casa, aveva detto all'autista di portarli in ufficio in modo che potessero lavorare un po', nonostante fosse tardo pomeriggio.

Kinley avrebbe voluto obiettare, ricordargli che lei non aveva avuto un sedile reclinabile sull'aereo e non aveva dormito molto, ma dato che era stressato e scontroso, aveva tenuto per sé i suoi pensieri.

In ufficio, quando non era riuscita a ricordare immediatamente alcuni dei nomi degli esponenti politici che avevano incontrato alla conferenza, era diventato ancora più scorbutico.

Non si era mai sentita così sollevata, come quando si era deciso di averne abbastanza e aveva annunciato che se ne sarebbero andati.

Quando l'autista li aveva accompagnati a casa, la prima fermata era stata per Walter che, una volta sceso dalla limousine, l'aveva sorpresa chinandosi dentro l'abitacolo per ringraziarla di averlo accompagnato a Parigi. Si era scusato per essere stato così antipatico e le aveva augurato di dormire bene.

Nonostante la sua gentilezza alla fine del viaggio, una volta allontanato, Kinley aveva tirato un sospiro di sollievo e probabilmente anche l'autista.

Ormai era tardi e, per abitudine, prese il telecomando e accese la TV. Non le piaceva guardare i notiziari, ma a causa del suo lavoro, doveva tenersi al passo con gli avvenimenti politici.

Prestando attenzione solo a metà al giornalista, Kinley fu

sorpresa quando qualcosa attirò la sua attenzione sullo schermo. Cercò rapidamente il telecomando e alzò il volume.

... la quattordicenne è stata trovata nel quartiere degli Champs-Elysees a Parigi. È stato determinato che la causa della morte è da strangolamento e, proprio come le altre cinque giovani donne trovate negli ultimi sei mesi, il livello di alcol nel sangue era quattro volte il limite legale ed è risultata positiva alla ketamina. I cittadini di Parigi sono turbati perché Lo Strangolarore dei Vicoli – o L'Étrangleur des Allées – come la stampa francese ha soprannominato l'assassino, continua a mietere vittime. Ci sono pochi indizi sull'identità dell'omicida.

Kinley non riusciva a staccare gli occhi dallo schermo. Mentre il giornalista parlava, un video stava riproducendo la scena del crimine. Si vedeva un corpo coperto da un telo grigio, di cui erano visibili solo i piedi.

Nel momento in cui il giornalista passò a una nuova notizia, l'immagine cambiò.

Kinley balzò in piedi e afferrò il suo bagaglio a mano, tirando fuori freneticamente il portatile da lavoro. Fu una sofferenza attendere che si accendesse e non riusciva a togliersi dalla testa i piedi della ragazza assassinata.

Una volta connesso al wi-fi, aprì il motore di ricerca e digitò Lo Strangolatore dei Vicoli. Le immagini che apparvero erano orribili e inquietanti, ma lei era interessata alla vittima più recente.

Cliccò sulla foto della giovane donna coperta dal telo e zumò sulle scarpe.

Rimase a fissare l'immagine per un minuto intero poi, incredula, si accasciò indietro sulla sedia al tavolo della cucina. Avrebbe riconosciuto quelle scarpe ovunque.

Le aveva ammirate giusto la sera prima a Parigi.

La tipa che aveva visto entrare nell'auto di Drake Stryker, indossava esattamente le scarpe che erano ai piedi della vittima nella foto sullo schermo del computer.

Non poteva essere una coincidenza. Sapeva che la donna del vicolo e la vittima dovevano essere la stessa persona.

Una ragazzina di quattordici anni...

Se non fosse rimasta alla finestra ad ammirare quelle scarpe, non avrebbe fatto molto caso alla notizia; purtroppo, ogni giorno venivano uccise delle persone. Ma non solo aveva visto quella povera ragazza subito prima che venisse assassinata... aveva anche un'idea abbastanza chiara di chi l'avesse fatto.

Kinley avrebbe voluto urlare. Piangere. Ma non fece nulla di tutto ciò, si limitò a rimanere seduta lì in cucina, scioccata.

C'era la possibilità che Stryker l'avesse accompagnata a casa o dovunque l'avesse rimorchiata, e che qualcun altro si fosse approfittato di lei. Ma nel profondo, sapeva che non era così. Abbordare prostitute era una cosa, e troppi politici lo facevano, ma quello era completamente diverso.

Aveva bisogno di dirlo a qualcuno.

Ma a chi? Chi le avrebbe creduto?

Avrebbe potuto andare alla polizia, ma tutto ciò che aveva erano un paio di scarpe; il telo nascondeva il resto del corpo e ovviamente i vestiti. Le prove erano a dir poco deboli. Chi poteva sapere quante paia di quelle scarpe erano state vendute e venivano indossate dalle donne parigine?

E Stryker era l'Ambasciatore degli Stati Uniti in Francia. Era stato nominato dal Presidente stesso.

Kinley stava iniziando a farsi prendere dal panico, si alzò e camminò avanti e indietro nel suo piccolo appartamento. *Doveva* dirlo a qualcuno.

Poi le venne in mente un'altra cosa: Walter aveva passato la serata con Drake.

La ragazza era stata con loro? Sapeva quanti anni avesse? In caso positivo, non *poteva* credere che Walter sapesse la sua età. Non era l'uomo più gentile del mondo, ma non pensava che fosse un pedofilo. Era sposato e aveva due figli adolescenti. Era un capo rigido, sì, ma aveva anche visto il suo lato compassionevole. Non la ringraziava sempre, ma non era necessario farlo per aver svolto il suo lavoro.

Era scontroso quando viaggiavano, ma chi non lo era?

Aver trascorso del tempo con il suo amico durante l'ultima notte a Parigi, non significava che avesse partecipato a qualche nefasto incontro con una minorenne.

Però Kinley non conosceva bene Drake. Avrebbe potuto essere stato lui a invitare la ragazza. Forse entrambi gli uomini avevano pensato che fosse più vecchia e dopo aver appreso la sua vera età, Drake l'aveva immediatamente accompagnata a casa.

Doveva essere andata così. Magari l'aveva lasciata da qualche parte e in seguito si era imbattuta in qualcuno che l'aveva uccisa.

Di certo il suo capo avrebbe voluto sapere che qualcuno aveva ucciso una ragazza con cui erano stati. Che lei era stata vittima di un famigerato serial killer. Walter lo avrebbe detto a Drake, così si sarebbero rivolti alle autorità. A quel punto, aggiornarlo sulla situazione le sembrò la cosa giusta da fare. Se si fosse trovata nei panni del suo capo *lei* avrebbe voluto che qualcuno la avvisasse.

Presa la decisione, Kinley afferrò il cellulare e toccò il numero di Walter. Non sarebbe stato felice di essere interrotto a casa; l'aveva avvisata che se avesse avuto davvero bisogno di contattarlo fuori orario, avrebbe dovuto mandare un messaggio o una mail. Ma quella era un'emergenza.

Il telefono squillò quattro volte prima che lui rispondesse.

«Pronto?»

«Signor Brown, sono Kinley.»

«Le ho chiesto di non chiamarmi quando sono a casa. Lavoriamo già abbastanza in ufficio. Ciò che deve dirmi può aspettare fino a domani.»

«Scusi» si affrettò a dire. «Ma appena rientrata ho guardato il telegiornale. Ha sentito parlare dello Strangolatore dei Vicoli?» disse tutto d'un fiato.

«Il cosa?» le chiese.

«Non cosa, *chi*. Lo Strangolatore dei Vicoli. È un serial killer di Parigi. Ha ucciso qualcun altro la scorsa notte.»

«E io che diavolo c'entro?» le domandò in tono confuso.

«Penso di aver visto la vittima ieri sera» spiegò in tono sommesso. «Ero sveglia e la mia camera d'albergo si affacciava sul vicolo. Ho visto il suo amico, il signor Stryker, uscire dall'albergo con una donna. Almeno *pensavo* fosse una donna. Ho ammirato le sue scarpe e quando ho visto le foto dell'ultima vittima, indossava le stesse scarpe. Aveva quattordici anni, signore. Era... era insieme a lei e al signor Stryker la scorsa notte?»

Ci fu un lungo silenzio all'altra parte della linea, poi Walter finalmente parlò. «Mi sta dicendo che pensa che l'Ambasciatore in Francia sia un serial killer e che ieri sera sono uscito con lui e la sua ultima vittima?»

Detto in quel modo, sembrava ridicolo, ma Kinley non cedette. «Be', non necessariamente. Ma ho riconosciuto le scarpe che indossava...»

«Mi prende in giro?» la interruppe. «Giuro su Dio che questa è la prova più debole che abbia mai sentito in vita mia. Nessun poliziotto la prenderà sul serio. Mi sento offeso per conto di Drake. Quell'uomo non è un assassino più di quanto non lo sia io! Per sua informazione, siamo rimasti soli la scorsa notte. Abbiamo parlato di politica e della conferenza. Abbiamo bevuto qualche drink, poi se n'è andato. Se ha rimorchiato qualcuno al bar al piano di sotto dopo aver lasciato la mia stanza, sono affari suoi. Ha visto il viso della donna?»

«No» ammise lei. «Era troppo buio e teneva la testa bassa.»

«Quindi sta basando la sua accusa solo sulle scarpe che indossava» disse Walter.

Kinley si morse il labbro e non rispose. Avrebbe potuto precisare di aver visto anche i vestiti e i capelli, ma sarebbe stata necessaria una chiamata alla polizia di Parigi per avere la conferma che corrispondessero a quelli della vittima. E considerando quanto suonava sciocco il suo capo, decise di tenere la bocca chiusa. Non avrebbe condiviso quell'informazione rischiando di sconvolgerlo ulteriormente.

«Ha raccontato a qualcun altro questa storia assurda?» le chiese.

«No» rispose con sincerità. «Ho voluto prima parlare con lei dato che voi due siete amici ed eravate insieme ieri sera. Ho solo pensato che dovesse saperlo.»

«Giusto. *Ero* con lui la scorsa notte ma non c'erano donne, o ragazze, con noi. Sono certo che qualunque cosa lei abbia visto fosse totalmente innocente. È probabile che sia stata una pura coincidenza che la donna che stava accompagnando a casa ieri sera avesse le stesse scarpe di quella trovata morta in un vicolo. Mi ha capito?»

«Sì, signore» rispose Kinley in modo automatico.

«Dopo aver viaggiato tutto il giorno sarà stanca. È comprensibile che sia troppo esausta per pensare chiaramente.»

«Sono sicura che sia così, signore» ammise cupa.

«Le suggerirei di non parlarne con nessun altro. Se lo fa, verrà derisa in tutta Washington.» Sbuffò. «Sarebbe la sua parola contro quella di un uomo rispettato e gran lavoratore... che è amico del Presidente. Dorma signorina Taylor. Domattina si sentirà meglio. Dato che oggi ha lavorato fino a tardi, le do la mattinata libera. Ci vediamo dopo pranzo.»

«Sì, signore» replicò. Era contenta di non dover andare la mattina presto, ma si sentiva ancora insicura riguardo all'intera situazione.

«Grazie per avermi chiamato e spiegato» disse Walter, la sua voce era bassa e sembrava sincera. «Apprezzo che non abbia permesso a quei pensieri di avvelenarle la mente e non abbia fatto qualcosa di folle come chiamare la polizia. Accusare un uomo innocente è una cosa seria e non sarebbe stato bello per lei – o per me. Ci vediamo domani. Buonanotte.»

Non le diede il tempo di salutarlo e Kinley continuò a tenere il telefono in mano per un momento prima di metterlo giù.

Tutto ciò che aveva detto aveva un senso... ma per qualche ragione, non riusciva a scrollarsi di dosso la convinzione che ciò che aveva visto la notte precedente fossero gli ultimi momenti di vita di quella poverina. Non si teneva bene in piedi e, ora che ci pensava, era sembrato che Stryker l'avesse praticamente costretta a salire in macchina.

Ma erano bastate le parole del suo capo per farle dubitare dei suoi pensieri. Ma aveva ragione, chi diavolo le avrebbe creduto? Non aveva alcuna prova che la ragazza fosse stata con Drake e Walter, e chi poteva dire che l'Ambasciatore non l'avesse abbordata al bar dell'hotel per accompagnarla innocentemente da qualche parte?

Sentendosi sconfitta e a disagio, Kinley si costrinse ad alzarsi e a prendere la valigia. La disfò e andò nel ripostiglio in cui teneva la lavatrice e l'asciugatrice per far partire un carico di bucato, continuando a discutere tra sé e sé.

Quando si cambiò e infilò a letto, era ormai convinta di aver reagito in modo esagerato. Migliaia di persone avevano quelle stesse scarpe e lei aveva semplicemente interpretato male ciò che aveva visto. Era stato il video del telegiornale che le aveva messo in testa idee strane. Il potere della suggestione era forte, lo aveva imparato durante quegli anni di lavoro in politica.

Nonostante quello, ebbe un sonno agitato. Visioni di bambine che piangevano chiedendo aiuto, riempirono i suoi sogni.

———

«Abbiamo un problema» disse Walter al suo amico non appena l'altro uomo rispose al telefono.

«Quale?» chiese Drake.

«La mia assistente ieri notte ti ha visto far salire quella puttana nella tua macchina.»

Ci fu silenzio dall'altra parte della linea per un momento prima che Drake imprecasse con ferocia. «Sul serio?»

«Sì.»

«Cosa ci faceva alzata a quell'ora?»

«Non ne ho idea. È strana. Probabilmente nel suo tempo libero le piace spiare le persone. Ma mi ha chiamato preoccupata perché il telegiornale qui negli Stati Uniti ha riportato una storia sul ritrovamento del corpo di una ragazza di cui lei ha riconosciuto le scarpe.»

«*Cazzo*» sibilò. «Cos'hai detto?»

«Le ho detto che era pazza. Che non era possibile che tu fossi un assassino. Mi ha chiamato perché sa che siamo amici e *anche* che abbiamo passato la serata insieme. *Non posso* essere coinvolto in questa storia.»

«Be', è troppo tardi. Sei coinvolto quanto me. Non è che fare sesso con le adolescenti sia una cosa fuori dall'ordinario per te» ribatté.

«Forse no, ma fare sesso con una minorenne è molto diverso da ucciderla» replicò con rabbia Walter.

«È stata tua l'idea di trovare una prostituta minorenne per soddisfare la tua fantasia di un *ménage*» insistette Drake. «Hai detto che non ti bastava più solo condividere pornografia infantile. Sei *tu* che hai organizzato tutta questa faccenda. Il fatto che sia toccato a me coprire le nostre tracce non dovrebbe essere una cazzo di sorpresa.»

«Non sapevo che l'avresti uccisa!»

«Cosa pensavi che avrei fatto? Che le avrei accarezzato la testa per poi lasciarla andare?» gli chiese sarcastico. «Non appena ha scoperto i nostri nomi, il suo destino è stato segnato. Pensavamo che avremmo potuto divertirci e farla franca, ma non è andata così. Essere paranoici ora non aiuta, quindi smettila di lamentarti e cerca di capire cosa fare per far tacere la tua piccola assistente spiona. Se beccano me, beccano anche te.»

Walter fece un respiro profondo. Non gli piaceva trovarsi in quella situazione... ma non poteva negare che la scorsa notte fosse stata eccitante.

Quando si era reso conto per la prima volta di essere attratto dalle minorenni era rimasto scioccato, persino inorridito. Ma era stato così facile trovare foto e video online... la rete ne era invasa. Che male avrebbe fatto guardare?

Ma in breve tempo, non gli era più bastato; aveva sedotto e pagato le poche ragazzine con cui era andato a letto negli States.

L'appuntamento a Parigi doveva essere privo di rischi. Aveva affrontato l'argomento con Drake perché avevano condiviso video di pornografia infantile in alcune chat room online.

All'epoca era sembrata una grande idea parlare con lui di un ménage con una prostituta minorenne. E il vero incontro era stato una delle notti più eccitanti della sua vita; non era mai diventato così duro come quando aveva scopato quella ragazza insieme al suo amico e collega.

Drake lo aveva rassicurato che l'avrebbe riportata dove l'aveva rimorchiata senza che nessuno se ne accorgesse;

nessuno avrebbe saputo che avevano passato la notte con qualcuno abbastanza giovane da poter essere la loro figlia. O nipote.

Walter era sollevato che avessero entrambi usato il preservativo, così non ci sarebbe stato il loro DNA all'interno del corpo della ragazza, ma non aveva idea se i tecnici forensi avrebbero potuto trovarne altro, come capelli o impronte digitali.

E nessuno dei due avrebbe immaginato che qualcuno vedesse Drake lasciare l'albergo con lei.

Doveva fare qualcosa per limitare i danni, altrimenti lui e l'Ambasciatore erano potenzialmente fottuti. Il fatto che non avesse ucciso nessuno, non avrebbe avuto importanza. Se le sue preferenze sessuali fossero state scoperte, la sua carriera e il suo matrimonio sarebbero stati praticamente distrutti.

«Kinley non ha amici né una famiglia» disse Walter al suo collega. «Conosco qualcuno che mi deve un favore. Posso chiedergli di minacciarla per assicurarmi che tenga la bocca chiusa.»

«Non puoi semplicemente minacciarla» l'avvertì Drake. «È diversa da noi. Dirà a *qualcuno* ciò che ha visto. Bisogna eliminarla prima che accada.»

«Non conosco nessuno che possa farlo.»

«Cazzo!» imprecò Drake. «Va bene. Me ne occuperò io. L'ultima cosa di cui ho bisogno è che il Presidente pensi che abbia qualcosa a che fare con un omicidio. Mi sono fatto il culo per arrivare dove sono e nessuna fottuta segretaria mi rovinerà. Ho più potere ora di quanto ne abbia mai avuto in vita mia. Non me lo porterà via.»

«Fa in modo che non desti sospetti» lo avvertì. «Deve sembrare un incidente. O magari un suicidio.»

«Lo so. Non sono un idiota» disse Stryker.

A Walter venne un'idea. «Posso far piazzare qualcosa sul suo computer per poterla accusare di tradimento e non avrò altra scelta che licenziarla. Nessuno oserà assumerla dopo un fatto del genere. E nessuno farà fatica a credere che una ragazza senza famiglia, che ha osato tradire il suo Paese, si sia buttata sotto a un autobus o a un treno in movimento a causa dei sensi di colpa.»

«Non farla troppo complicata» lo avvertì Drake. «Mantienila semplice. Ma penso che licenziarla possa aiutarci. Almeno metterà una certa distanza tra voi due.»

Parlarono ancora un po' del modo migliore per assicurarsi che Kinley Taylor non dicesse a nessun altro ciò che aveva visto. Stryker lo rassicurò ancora una volta che avrebbe assunto qualcuno che si occupasse di lei, il che fu un sollievo per Walter.

«Il tuo lavoro è allontanarla dall'ufficio. Non chiamarmi più finché non sarà fatto» gli ordinò e riattaccò senza dire altro.

Walter si appoggiò allo schienale della sedia e si portò le mani tremanti giunte sotto il mento. Non aveva molto tempo per sistemare le cose. Era meglio che il presunto tradimento venisse scoperto al più presto, come se non fosse riuscita a coprirne le tracce prima che partissero per Parigi.

Annuendo tra sé e sé, si sentì sicuro del suo piano; ciò che sarebbe stato scoperto nella mail della sua assistente gli avrebbe dato un'ottima ragione per licenziarla.

Provò una piccola fitta di rimorso. Kinley era una gran lavoratrice e non aveva mai avuto un'assistente più competente. Ma aveva avuto la sfortuna di guardare nel posto sbagliato al momento sbagliato. Se non avesse visto Drake far salire la ragazza nella sua limousine, non si sarebbero trovati in quella situazione.

Il pensiero di farla uccidere lo turbava enormemente, ma sapeva di non avere altra scelta. Non voleva andare in prigione, era fin troppo consapevole di quello che succedeva ai pedofili quando venivano rinchiusi. La scelta era tra la sua vita o quella di Kinley, e lui voleva vivere.

In realtà Walter odiava essere attratto dalle ragazzine... gli sarebbe piaciuto non esserlo... ma non poteva farci niente. Era fatto così. Ma non avrebbe mai dovuto coinvolgere Drake nelle sue fantasie.

Non aveva idea se la ragazza fosse il suo primo omicidio o meno e non voleva saperlo. Già così sapeva troppo. Ma se il suo amico fosse *davvero* Lo Strangolatore dei Vicoli...?

Deglutendo a fatica, Walter chiuse gli occhi. Tutta la situazione era andata fuori controllo e c'era il pericolo che peggiorasse.

«Walter» disse sua moglie da in fondo al corridoio «è tardi. Vieni a letto!»

Sospirando, si costrinse a rispondere. «Sto arrivando, cara.»

Avrebbe dovuto sentirsi più in colpa per ciò che lui e il suo amico avevano in programma di fare a Kinley, forse avrebbe dovuto anche fermare tutto, ma le loro carriere politiche erano più importanti di qualcuno così insignificante.

Lei aveva pensato di fare la cosa giusta chiamandolo ma, in realtà, era stato il peggior errore della sua vita.

CAPITOLO CINQUE

KINLEY, sbalordita e sconvolta, rimase sul marciapiede a fissare l'edificio in cui aveva lavorato negli ultimi otto anni. Quando era arrivata al lavoro quella mattina, non aveva pensato a nient'altro che alla ricerca che doveva finire per scrivere il prossimo discorso pubblico per Walter.

Due ore più tardi, era lì fuori dopo essere stata licenziata.

Erano tornati da Parigi da due giorni e il fatto che fosse passata così velocemente dall'avere un lavoro sicuro, anche se a volte rognoso, all'essere disoccupata, le diede le vertigini.

Era stata chiamata nell'ufficio del direttore delle risorse umane e interrogata riguardo a una mail che avrebbe presumibilmente inviato ad alcuni degli altri assistenti – *e a un giornalista* – prima che lei e Walter partissero per la Francia. Era l'itinerario del suo capo, inclusi gli orari e i luoghi di ogni riunione del convegno.

Anche un tirocinante alle prime armi sapeva di non dover proferire parola riguardo a dove sarebbero stati i politici e quando; non l'avrebbe inviata assolutamente mai a un giornalista. Rendere pubbliche quelle informazioni era come invitare un terrorista o un elettore fuori di testa a fare un attentato.

Negli ambienti politici quello era tradimento.

Kinley aveva cercato di dire al direttore delle risorse umane che non aveva inviato nessuna mail di quel tipo, ma lui non l'aveva ascoltata. Aveva le prove davanti a sé: una mail con data e ora inviata dal suo account governativo di posta elettronica.

Era stata licenziata all'istante e un agente di sicurezza l'aveva accompagnata nel suo ufficio, guardandola torvo e con le braccia incrociate mentre raccoglieva tutti i suoi effetti personali. Non le avevano nemmeno permesso di salutare Walter o gli altri assistenti o stagisti... non che fosse molto legata a loro, ma comunque...

Sapeva che avrebbe dovuto essere turbata, piangere, ma aveva difficoltà a elaborare tutto ciò che era appena accaduto. Un momento prima era seduta alla sua scrivania a fare ricerche e mezz'ora dopo era fuori con le sue cose in una scatola di cartone, come una patetica eroina dei film degli anni Ottanta.

Con la mente in preda a un turbinio di pensieri, Kinley si voltò e iniziò a camminare lungo il marciapiede. Non sapeva cosa fare. Era altamente improbabile che sarebbe riuscita a ottenere di nuovo un lavoro come assistente nei circoli politici, soprattutto se tutti pensavano che avesse commesso un tradimento. Ma cos'altro avrebbe potuto fare?

Non ne aveva la minima idea.

Si avviò verso la stazione della metropolitana, immersa nei suoi pensieri. Il suo monolocale era pagato per tutto il mese, ma l'affitto non era esattamente economico... anche per essere una stanza unica. Sicuramente sarebbe riuscita a trovare qualcos'altro, con uno stipendio simile a quello che aveva preso lavorando per il sottosegretario.

Kinley era così persa nei suoi pensieri da non prestare

molta attenzione alla gente intorno a lei. Non era insolito, perché aveva scoperto che se guardava negli occhi qualcuno, in genere quella persona sentiva il bisogno di parlarle, cosa che preferiva evitare.

Mentre si trovava sulla banchina in attesa della metro, cominciò pian piano a metabolizzare il fatto di essere davvero disoccupata. Era ingiusto, dato che Kinley sapeva di non aver fatto niente di sbagliato. Non aveva idea di come fosse finito nella sua posta in uscita l'itinerario di Walter, di certo lei non l'aveva spedito a nessuno, ma non le era stata nemmeno data la possibilità di spiegare.

Odiandosi per essere semplicemente rimasta a fissare scioccata il direttore delle risorse umane, mentre le delineava ciò che si supponeva avesse fatto, Kinley prese una decisione lì per lì: sarebbe tornata indietro e avrebbe chiesto di parlare di nuovo con lui. Voleva che qualcuno del reparto informatico spiegasse come diavolo avevano trovato quella mail, quando sapeva di non aver inviato niente a nessuno.

Il treno stava arrivando alla stazione, ma non le importava di perderlo; era concentrata sul fatto di essere stata trattata ingiustamente e sul desiderio di rimediare.

Un secondo prima che riuscisse a voltarsi per lasciare la banchina, qualcuno la spinse forte da dietro.

Kinley si rese conto che stava cadendo, ma dato che aveva le braccia impegnate, non riuscì a impedirlo e la scatola volò dritta sulla traiettoria del mezzo in arrivo.

Cadde con violenza sul cemento levigato e riuscì a mala-pena ad afferrarsi al bordo della banchina e a non scivolare giù, sui binari sottostanti.

Due secondi dopo passò il treno, schiacciando le sue penne preferite, una foto di lei con il Presidente scattata quattro anni prima e altre cianfrusaglie che aveva accumulato negli anni di lavoro.

Le pulsava il mento per averlo sbattuto a terra, ma poté

solo fissare con orrore il metallo scintillante del treno che sfrecciava a pochi centimetri dalla sua testa.

«Santo cielo!» disse un uomo accanto a lei. «Sta bene? Buon Dio, è quasi caduta sui binari!»

«Sta sanguinando» aggiunse una donna. «Sembra che abbia colpito il mento. Le fa male?»

Kinley non riusciva a pensare a nient'altro che al fatto di essere stata quasi schiacciata dal treno. In tutti i suoi anni da pendolare non era mai successo, nemmeno una volta, che avesse temuto di poter cadere sui binari.

Ma mentre si trovava stesa sul pavimento freddo, si rese conto esattamente di quanto fosse stata vicina a morire.

«Mi dispiace per la sua roba» aggiunse l'uomo mentre cercava di aiutarla a mettersi a sedere.

Sbattendo le palpebre, lo lasciò fare. «Va tutto bene» lo rassicurò, più per l'automatica necessità di essere educata che di sapere veramente ciò che stava dicendo.

Una donna le porse un fazzoletto e lei non ebbe il tempo di chiederle se fosse pulito prima che glielo posasse sul mento. Kinley scacciò via la mano e tenne da sola la stoffa contro la ferita sanguinante. «Grazie» disse alle persone intorno a lei. «Sto bene ora. Andate, o perderete il treno.»

«Oh, non potrei mai lasciarla così» ribatté la donna preoccupata.

«Guardi, non sanguina quasi più» replicò, non avendo idea se fosse vero o meno. Odiava essere riempita di premure, soprattutto da estranei. Mentre cresceva non c'era mai stato nessuno che si prendesse cura di lei o che le stesse dietro quando stava male, e ora si sentiva solo in imbarazzo.

Dopo altri trenta secondi, entrambi i suoi aiutanti finalmente annuirono e salirono sul treno. Kinley si alzò in piedi e barcollò un attimo.

Riusciva ancora a sentire la mano sulla schiena; sapeva che

non c'era niente lì, ma aveva la sensazione che la sua pelle bruciasse.

Qualcuno l'aveva *spinta*! Volevano proprio che cadesse sui binari davanti alla metropolitana in arrivo.

Kinley non era stupida, sapeva mettere insieme due più due.

Aveva visto un possibile serial killer con la sua ultima vittima poche ore prima che la ragazza fosse trovata brutalmente assassinata. Aveva espresso le sue preoccupazioni al suo capo, che era amico del presunto assassino. Poi, due giorni dopo, era stata licenziata e spinta quasi sotto a un treno.

Stranamente, l'emozione più forte che provava in quel momento era rabbia, non paura. Oh, la paura c'era, ma per fortuna riusciva a contenerla.

Kinley era dispiaciuta per il suo telefono; l'aveva gettato nella scatola degli effetti personali quando aveva liberato la scrivania. Adesso era in mille pezzi sotto i binari della metropolitana, insieme a tutto il resto delle sue cose.

Stringendosi la borsa addosso – grazie a Dio l'aveva messa a tracolla e non nella scatola – si avviò verso le scale mobili tenendo il fazzoletto insanguinato contro il mento.

Doveva andarsene. Chiunque avesse cercato di ucciderla poteva essere ancora lì a osservare, aspettando un'altra opportunità per sbarazzarsi di lei.

Quando tornò in strada, non esitò e chiamò un taxi. Per fortuna, ne era apparso subito uno appena uscita dalla stazione. Salì con gratitudine e diede al tassista il suo indirizzo.

Mentre viaggiavano, Kinley continuava a non riuscire a rilassarsi. Qualcuno avrebbe potuto fare in modo che il taxi facesse un incidente o andare addosso all'auto di proposito.

La sua mente era in tumulto, mentre pensava a tutti i modi in cui avrebbero potuto ucciderla. Una rapina finita male, un furto d'auto, un'effrazione. Non era al sicuro e lo sapeva.

Ora aveva la totale certezza che ciò di cui era stata testimone a Parigi fosse esattamente ciò che aveva temuto.

Drake Stryker, l'uomo scelto dal Presidente per rappresentare gli Stati Uniti nei suoi rapporti con la Francia, era lo Strangolatore dei Vicoli.

E gli indizi dimostravano che il suo capo – ex capo – lo sapesse o fosse coinvolto.

Sapeva di non aver inviato nessuna mail che svelasse il suo programma, ma non aveva modo di dimostrarlo. Così come non aveva alcuna prova di ciò che aveva visto in quel vicolo in Francia.

Be', non era vero. Aveva visto la ragazza. Sapeva cosa indossava e avrebbe potuto descrivere le sue scarpe, ma sapeva anche che la polizia avrebbe avuto difficoltà a credere che la ragazza avesse trascorso la serata con l'Ambasciatore degli Stati Uniti.

A Kinley faceva male la testa e all'improvviso si sentì ancora più sola al mondo di quanto non lo fosse stata un'ora prima.

Poi pensò di nuovo al suo telefono rotto e sussultò. Il suo cellulare! Normalmente non le sarebbe importato che fosse andato distrutto; non era che ne avesse bisogno per parlare con gli amici o altro, ma...

Gage.

Le aveva inviato un breve messaggio per farle sapere che era tornato in Texas e che si sarebbe messo in contatto presto.

Ma ora il suo telefono non c'era più. Avrebbe potuto prenderne uno nuovo e rispondere al suo messaggio, ma non appena fece quel pensiero, lo respinse. Se Stryker e Brown avevano qualcuno che poteva piazzare prove false nella sua e-mail e farla licenziare, sicuramente avrebbero potuto far hackerare anche il suo telefono e trovare il messaggio di Gage.

Kinley chiuse gli occhi per il sollievo di non avergli risposto, ma capì che non poteva collegarsi con lui elettronicamente. L'ultima cosa che voleva era metterlo nei guai.

Faceva un lavoro top secret e altamente sensibile. Se Stryker avesse messo gli occhi su Gage, probabilmente sarebbe stato in grado di organizzare qualcosa che avrebbe fatto licenziare anche *lui*. Era già abbastanza brutto essere disoccupata e avere, forse, un serial killer che la voleva morta per ciò che aveva visto... ma se avesse coinvolto Gage in quel casino, non si sarebbe mai perdonata.

Kinley sapeva cosa doveva fare: doveva andarsene. Sparire da Washington DC, finché non avesse capito quale fosse il passo successivo da intraprendere.

Non aveva nemmeno intenzione di stare zitta. Quella ragazza a Parigi aveva solo quattordici anni. Doveva essere stata spaventata a morte. O forse era come lei... sola e alla disperata ricerca di una sorta di affetto.

Ma Kinley aveva bisogno di tempo per capire quale sarebbe stato il suo prossimo passo. Come avrebbe potuto smascherare Stryker e forse il suo ex capo, senza morire?

Quando il tassista si fermò davanti al suo appartamento non aveva ancora trovato risposte. Lo pagò con i pochi soldi che aveva nella borsa e uscì. Si precipitò nel piccolo atrio e corse su per le scale, non volendo rimanere intrappolata nell'ascensore con qualcuno che magari la voleva morta.

Anche dopo aver chiuso la porta dietro di sé, Kinley non si sentì al sicuro.

Senza nemmeno preoccuparsi di guardarsi intorno, corse in camera da letto e tirò fuori un grande borsone dall'armadio.

Alcune cose non cambiavano mai. Anche se era fuori dal giro degli affidamenti da oltre dieci anni, si assicurava comunque di avere sempre una borsa pronta da riempire in un attimo. C'erano state troppe case in cui l'avevano mandata via all'improvviso. Doveva solo metterci dentro ciò che avrebbe potuto trasportare da sola, quindi avere un borsone robusto era imperativo.

Kinley aveva imparato a non attaccarsi alle cose materiali. Aveva dovuto lasciarne troppe indietro nel corso degli anni. Con quello in mente, inserì ciò che poté, reprimendo qualsiasi attaccamento emotivo potesse avere per i cuscini, asciugamani e altri articoli per la casa che avrebbero potuto essere facilmente sostituiti.

Quando finì di fare i bagagli, scrisse un biglietto per il suo padrone di casa e lo mise in una busta, insieme a un altro mese di affitto. Sperava di tornare prima della fine del mese successivo, ma a essere sincera non era sicura che ce l'avrebbe fatta.

Quando fu tutto a posto, Kinley si appoggiò con la schiena al frigorifero e scivolò giù sedendosi sul pavimento.

Avvolse le braccia intorno alle ginocchia piegate e abbassò la testa. Si rese conto di tremare; paura e adrenalina, probabilmente. Non era ancora mezzogiorno, ma voleva aspettare che fuori fosse buio prima di uscire di soppiatto. La sua macchina era parcheggiata in un garage a circa due isolati da lì. Non la usava molto, perché era più facile prendere i mezzi pubblici a causa del traffico terribile in città, ma non era mai stata così grata come in quel momento di avere la sua affidabile Toyota Corolla.

Aveva commesso un errore colossale chiamando Brown la notte in cui era tornata in città e aveva visto quel notiziario ma, in quel momento, pensava fosse la cosa migliore da fare. Avrebbe dovuto sapere di non potersi fidare di lui. Non le era stato dimostrato ripetutamente che non poteva fidarsi di nessuno?

Puoi fidarti di Gage.

Le parole le balzarono subito in testa.

Avrebbe voluto negarle, dire alla sua stupida mente che non lo conosceva nemmeno. Non avrebbe potuto mai affidargli letteralmente la sua vita.

Ma non l'aveva già fatto? In Africa, aveva pensato di trovarsi a un passo dall'essere violentata e uccisa dai manifestanti, ma poi era comparso lui e l'aveva portata in salvo. Due secondi in sua compagnia e Kinley aveva provato un conforto che non aveva mai conosciuto prima.

Quello era uno dei motivi per cui non aveva risposto quando l'aveva contattata dopo quel viaggio. L'aveva spaventava quanto Gage le piacesse. Quanto lo rispettasse. Ma se lui avesse finito per essere come tutte le altre persone della sua vita che l'avevano abbandonata, sarebbe stato straziante.

Ma a Parigi aveva dimostrato di essere un brav'uomo, che avrebbe potuto essere un buon amico... se lei glielo avesse permesso. Ma era giusto portargli a casa quella situazione? Presentarsi lì e dire tipo: "Ciao! Ho visto un serial killer con la sua ultima vittima e ora vuole uccidermi".

No, non era affatto giusto.

Sarebbe andata a nord, poi a ovest. Magari in South Dakota, che sembrava essere nel bel mezzo del nulla. Era ciò di cui aveva bisogno in quel momento, nascondersi finché non avesse potuto contattare l'FBI o qualcun altro. I poliziotti di una piccola città non le avrebbero creduto, ma forse qualche federale sì. O per lo meno, avrebbero indagato sulla sua accusa che Drake Stryker e Walter Brown in qualche modo potessero essere coinvolti nel caso dello Strangolatore dei Vicoli.

Kinley scosse la testa. Sapeva di trovarsi in una situazione quasi impossibile da portare avanti. Nessuno le avrebbe creduto. Accidenti, lei stessa faticava a crederci.

Più rimaneva seduta sul pavimento della cucina, aspettando che il sole tramontasse in modo da scappare al riparo dell'oscurità, più era spaventata. Chiunque avesse cercato di ucciderla ci avrebbe riprovato. Probabilmente sapeva dove viveva e Brown aveva chiaramente dei contatti con esperti informatici. Che possibilità poteva avere lei?

Non molte. Ma non era sopravvissuta a ciò che la vita le aveva gettato addosso fino a quel momento, solo per arrendersi ora. Per la maggior parte, le sue famiglie affidatarie non l'avevano maltrattata, ma un paio le avevano fatto pensare che forse non ce l'avrebbe fatta a uscirne. Invece c'era riuscita.

Era sopravvissuta a quelle e sperava di riuscire a sopravvivere anche a questo casino.

Fece un respiro profondo e pian piano trovò la sua determinazione. Non le era mai piaciuto molto Walter Brown. Aveva chiuso un occhio sulle relazioni extraconiugali che aveva durante i viaggi, aveva sopportato la sua arroganza e il suo cattivo umore e il fatto che si prendesse il merito delle sue ricerche e idee, ma non avrebbe *mai* pensato che potesse abbassarsi a quel livello.

Si alzò lentamente in piedi, andò in bagno e si pulì la ferita sul mento. Aveva smesso di sanguinare da molto ed era stata così intenta a fare le valigie e a prepararsi a partire che se n'era dimenticata. Il taglio in sé non era poi così grave e non pensava servissero punti... non che in caso contrario avrebbe avuto tempo di andare al pronto soccorso. Si mise un cerotto a farfalla e non le importò che sembrasse strano.

Tornò in cucina e svuotò metodicamente il frigorifero di tutto ciò che avrebbe potuto guastarsi. Grata di aver deciso di andare a fare la spesa più tardi quella settimana, così non avrebbe sprecato molto cibo, cucinò il pollo che aveva programmato di mangiare per cena quella sera.

Ora che la sua paura iniziale era svanita, poteva davvero pensare con un po' più di razionalità. Avrebbe portato con sé tutto il cibo possibile, insieme al suo borsone, e si sarebbe fermata a un bancomat prima di uscire dalla città. Non sarebbe riuscita a prendere molti contanti, ma l'indomani si sarebbe fermata in una filiale della sua banca e avrebbe svuotato il conto.

Poi avrebbe guidato il più a lungo e il più lontano possibile, usando solo i contanti per pagare cibo e benzina. Una volta arrivata in una città dove si sarebbe sentita relativamente al sicuro, avrebbe preso in considerazione l'idea di contattare qualcuno delle forze dell'ordine per spiegare ciò che aveva visto. Avrebbe comprato uno di quei telefoni usa e getta che non potevano essere rintracciati.

Per un momento, Kinley pensò ancora una volta di mettersi in contatto con Gage. Aveva memorizzato la sua mail, il numero di telefono e persino il suo indirizzo, come se fosse stata un'adolescente alla sua prima cotta. Avrebbe saputo come aiutarla, non aveva dubbi, ma l'ultima cosa che voleva era che la persona che aveva cercato di ucciderla desse la caccia a lui.

Odiava il fatto che se le avesse scritto, lei non avrebbe risposto – di nuovo. Avrebbe pensato che lo stesse ignorando ancora, anche se aveva promesso di non farlo.

Ma era necessario non contattarlo, per la sua sicurezza. Non lo avrebbe messo in pericolo intenzionalmente. Magari, una volta che fosse rimasta lontano da Washington per un po' e si fosse sentita più sicura, avrebbe potuto chiamarlo. Chiedergli scusa per non aver risposto. Di nuovo. Avrebbe potuto dirgli che aveva smarrito il telefono, il che non sarebbe stata esattamente una bugia.

Con la sensazione di aver perso qualcosa di prezioso, Kinley accantonò il pensiero e si concentrò sulla pulizia della cucina. Gage Haskins sarebbe stato meglio senza di lei.

Quando eri la bambina affidataria strana, lo eri per sempre.

———

Lefty sospirò quando guardò il telefono e non vide alcun messaggio da parte di Kinley. Grover gli aveva detto di darle tempo, di non rinunciare a lei, ma non gli piaceva che lo stesse di nuovo ignorando. Era passata una settimana e non aveva ancora sue notizie. Gli aveva detto che avrebbe potuto metterci un po' prima di rispondere, ma una settimana gli sembrava eccessivo. Stava cercando di essere paziente, ma era difficile. Aveva provato a chiamarla un paio di volte ma il telefono non squillava nemmeno, partiva direttamente la segreteria telefonica. Le aveva scritto un messaggio e una mail, chiedendole come stesse e facendole sapere che pensava a lei, senza alcun risultato.

E per concludere la sua settimana di merda, aveva appena scoperto che lui e il resto della squadra stavano per essere mandati in missione. Voleva disperatamente far sapere a Kinley che sarebbe stato irraggiungibile per un po'... ma sembrava che lei lo stesse di nuovo snobbando. Era frustrante e irritante allo stesso tempo.

Aveva pensato di aver penetrato le barriere che aveva innalzato, ma era evidente che non fosse così. Forse lavorare a Washington e tra i politici l'aveva trasformata in una bugiarda migliore di quanto si aspettasse.

«Che problema c'è?» chiese Trigger mentre caricavano le ultime attrezzature sull'aereo su cui sarebbero partiti nel giro di poche ore.

«Niente.»

«Non ha risposto ai tuoi messaggi?»

Lefty sospirò. «No.»

«Forse lei...»

Alzò una mano interrompendo le parole dell'amico. «Una volta posso perdonare. Ma due volte? Quando aveva giurato che non mi avrebbe più ignorato?» Scosse la testa. «Basta. Non posso più farlo. Le amicizie a distanza sono già abbastanza difficili senza che debba fare io tutto il lavoro. Avrebbe dovuto solo dirmi che non le interessava essere mia amica. Avrei capito l'antifona.»

«Kinley non mi ha dato l'impressione di essere una donna senza cuore.»

«Nemmeno a me» disse con un'alzata di spalle. Il suo silenzio faceva molto male. Dopo la giornata trascorsa insieme a Parigi, era stato certo che avrebbe avuto sue notizie. Che avrebbero potuto iniziare una sorta di relazione, anche se non convenzionale, a distanza. Ma il suo silenzio la diceva lunga.

«Andiamo» lo esortò Trigger, dandogli una pacca sulla schiena. «Una volta che saremo immersi fino al collo in questa missione, ti dimenticherai di lei.»

Lefty annuì. Una missione difficile e pericolosa era proprio ciò di cui aveva bisogno per scacciare Kinley dalla sua mente... per sempre.

CAPITOLO SEI

KINLEY, seduta nella sua macchina, fissò il condominio combattuta sul fatto se andare o meno a bussare alla porta di Gage.

Di nuovo.

Si trovava nel parcheggio del suo complesso di appartamenti da due giorni.

Quando aveva lasciato Washington DC, dieci giorni prima, aveva programmato di andare in South Dakota o da qualche parte nella zona nord occidentale. Aveva prelevato cinquemila dollari dal suo conto bancario e si era diretta a ovest. Lungo la strada si era fermata in alcuni motel di merda, insicura e nervosa. Poi, un giorno, dopo essere arrivata in Colorado, si era ritrovata a svoltare verso sud. Aveva passato la notte a Denver. Poi a Pueblo. Poi a Santa Fe e prima di rendersene conto, stava tornando a est, verso il Texas. Precisamente a Killeen.

Andarci era stato stupido.

Folle.

Eppure, eccola lì.

Non era riuscita a togliersi Gage dalla testa e, più ci

pensava, più si rendeva conto che probabilmente lui aveva dei contatti che avrebbero potuto aiutarla. Sapeva che facendo così lo avrebbe messo in pericolo, perché se qualcuno l'avesse seguita o avesse scoperto dove fosse, avrebbero pensato che lei gli avesse detto ciò che era successo. Quindi c'erano due opzioni da considerare: andarsene subito e fare ciò che aveva pianificato all'inizio o ingoiare il rospo e fidarsi di Gage.

Aveva deciso di rischiare e dirgli tutto.

Ma non si era aspettata che non ci fosse. Avrebbe dovuto considerare quella possibilità. Faceva parte della Delta Force, sapeva che avrebbe potuto essere inviato in missione senza preavviso. Glielo aveva detto lui stesso. Kinley si chiese se le avesse mandato un altro messaggio, se avesse provato a farglielo sapere.

Fu pervasa di nuovo dal senso di colpa. Odiava non sapere se avesse provato a contattarla, ma ancora di più sapere che probabilmente pensava fosse una stronza colossale per non aver risposto ai suoi messaggi, se gliene avesse mandati.

E ora era ferma nel parcheggio del suo complesso di appartamenti come una stalker. Ma non aveva letteralmente nessun altro posto dove andare. Aveva dormito in macchina per la maggior parte degli ultimi dieci giorni, era sporca e puzzolente e la sua pancia brontolava per mancanza di cibo. Erano le nove del mattino e Kinley aveva sperato di riuscire a beccare Gage, ma non era stato così. Non era ancora tornato a casa.

Avrebbe potuto benissimo ricominciare a guidare senza meta, ma la sua determinazione era aumentata. Non voleva lasciare che Stryker − o Brown, se fosse coinvolto − se la cavasse dopo ciò che aveva fatto. Se fosse stato veramente lo Strangolatore dei Vicoli, doveva essere fermato. E in quel momento, lei era nella posizione per farlo accadere.

Non voleva che nessun altro soffrisse per mano sua.

Ma era anche spaventata. Poteva ancora sentire quella

mano sulla schiena, che cercava di spingerla sulla traiettoria del treno in arrivo. Era stata fortunata a uscirne solo con un taglio sul mento.

Kinley era immersa nei suoi pensieri così, quando qualcuno bussò inaspettatamente sul finestrino, urlò e si lanciò verso il lato del passeggero per allontanarsi dalla persona che pensava stesse per entrare e ucciderla.

Aveva il sedere sull'altro sedile pronta ad aprire la portiera e scappare, quando alzò lo sguardo e incontrò un paio di occhi verdi colmi di rimorso. La donna bionda all'esterno fece un ampio passo indietro e sollevò le mani mostrandole di essere disarmata.

«Mi dispiace, mi dispiace tanto!» disse. «Non volevo spaventarti. Ero solo preoccupata per te e volevo assicurarmi che stessi bene.»

Con il cuore che batteva a un milione di chilometri all'ora, Kinley si costrinse a fare un respiro profondo. Cazzo, sarebbe morta d'infarto prima che lo scagnozzo di Stryker avesse potuto trovarla per ucciderla.

Imbarazzata per la reazione esagerata, si spinse del tutto sul sedile del passeggero, aprì la portiera e scese; poteva anche essersi agitata a causa della donna che si era presentata all'improvviso, ma non era stupida, non sarebbe finita dritta nelle sue grinfie se fosse stata lì per farle del male.

«Mi dispiace davvero» ripeté. «Pensavo mi avessi visto avvicinarmi. Mi chiamo Gillian, Gillian Romano, e vivo in questo complesso con il mio fidanzato. Ti ho notata parcheggiata qui anche ieri, ma non ci ho dato peso finché non ti ho vista bussare alla porta del nostro amico stamattina. Lefty non c'è.»

Si sentì confusa per un secondo. Chi era Lefty? Poi si ricordò che era lo stupido soprannome di Gage.

Il suo stomaco sprofondò. Sapeva che non era a casa, ma per qualche ragione, sentirlo confermare rese la sua situazione di merda ancora più orribile. «Sai quando tornerà?» le chiese.

Gillian si strinse nelle spalle con uno sguardo dispiaciuto. «No, mi dispiace. E non ho potuto fare a meno di notare che hai dormito qui la scorsa notte. Vuoi... vuoi venire a fare colazione con me?»

Kinley poté solo fissare incredula l'altra donna. Era bella. I suoi capelli biondi erano puliti e lucenti. Indossava un paio di jeans e una maglietta con ritratto un bassotto con un paio di occhiali da sole.

«Non mi conosci, perché dovresti invitarmi nel tuo appartamento? C'è anche il tuo fidanzato?» chiese sospettosa. Aveva sentito parlare di donne che ne attiravano altre in trappola, permettendo ai loro compagni di rapinare le vittime e talvolta di fare cose anche peggiori.

«No, Walker non è qui. È con Lefty.»

«Il tuo fidanzato ha un soprannome?» le domandò, comprendendo.

Gillian inclinò la testa e la studiò, come se stesse valutando se rispondere o meno. Alla fine, ammise: «Trigger.»

«Lo conosco» disse con un piccolo sorriso, sentendosi sollevata.

«Davvero?»

Annuì. «Alto. Capelli neri. Spalle da nuotatore.»

«È Walker. Scusami, ma come ti chiami?» le chiese, stavolta sembrando lei un po' sospettosa.

«Kinley.»

«Kinley...? Oh! Walker mi ha detto che Lefty parlava di una donna di nome Kinley. Devi essere tu!»

Rimase sorpresa da quell'affermazione. «Ha parlato di me?»

«Be', non proprio con me, ma se hai conosciuto Lefty e il mio fidanzato, allora sai quanto sono legati. So che non mi conosci, ma ti assicuro che sono completamente innocua.»

«Oh... ehm... ok.» Non sapeva cosa pensare di quella donna. Sembrava sincera e sembrava conoscere Gage, ma non era sicura di potersi fidare davvero di qualcuno. A parte Gage, ecco.

«Dopo averti visto bussare alla porta di Lefty e poi dormire in macchina, sono dovuta scendere» disse Gillian. «A essere onesti, Walker non ne sarebbe felice; non gli piace nemmeno che prenda un Uber. Ma sono brava a giudicare le persone... nonostante un recente errore di valutazione. Ti ho vista quaggiù ieri e la scorsa notte, e mi dispiaceva per te. Come ho detto, non so quando tornerà Lefty, ma posso offrirti la colazione e ascoltare la tua storia, se vuoi.»

Avrebbe voluto rifiutare educatamente e andare per la sua strada. Ma c'era un non so che nell'altra donna che glielo rese quasi impossibile. Gillian era aperta e amichevole ed era qualcosa che Kinley non aveva sperimentato molto nelle ultime due settimane.

Annuì timidamente.

«Grande! Prendi tutto ciò che ti serve. Lavoro da casa e, a essere sincera, sto andando un po' fuori di testa. Mi piace stare da sola, ma sono anche abituata a stare con le persone... cosa che mi rendo conto non ha senso. Sono un'organizzatrice di eventi e in questo momento sono in pausa tra una pianificazione e l'altra, sarei felice di avere compagnia.»

Kinley non aveva mai incontrato nessuno come Gillian. Era estroversa e accogliente e le faceva desiderare qualcosa che non aveva mai avuto... qualcuno con cui parlare dei suoi problemi.

Si allungò verso il sedile posteriore e prese il suo borsone. Non l'avrebbe lasciato lì, nel caso Gillian avesse secondi fini. Prese le chiavi, bloccò le serrature della Corolla e la seguì verso le scale.

«Mi sono trasferita in questo complesso con Walker qualche mese fa» le spiegò. «Prima lui aveva un piccolo appartamento e non ci stavano proprio tutte le nostre cose. Ora mi sento totalmente coccolata con tre camere da letto. Ovviamente lui sta già parlando di trovare una casa, ma io non sono ancora pronta. Abbiamo trovato questo posto perché Lefty viveva già qui. Ha parlato con l'amministratore quando si è liberato un appartamento e penso che a loro due piaccia proprio vivere così vicini. E poi permette anche a me di avere un po' di spazio; quando Walker è esageratamente protettivo, gli dico di andare a trovare il suo amico così da darmi un po' di pace e tranquillità.» Ridacchiò e Kinley non poté fare a meno di fare un sorriso.

Salirono insieme le scale e Gillian aprì la porta e la precedette all'interno. Per un secondo, ebbe il folle pensiero che quella potesse essere una trappola; la persona che era stata assunta per ucciderla avrebbe potuto seguirla e stava usando Gillian come esca... ma lo respinse subito. Aveva la sensazione che chiunque l'avesse spinta a Washington non si sarebbe preoccupato di usare un sotterfugio così elaborato, la volta successiva avrebbe semplicemente tirato fuori una pistola e le avrebbe sparato.

Inoltre, se qualcuno l'avesse seguita, aveva avuto ampie opportunità di ucciderla durante il lungo viaggio, ogni volta che era stata costretta a fermarsi per qualche ora a riposare prima di riprendere la strada.

Kinley posò il borsone vicino al divano che le indicò Gillian poi si sedete.

«Posso offrirti qualcosa da bere? Ho messo i biscotti nel forno prima di scendere per vedere se ti andava di unirti a me. Posso fare anche delle uova, se vuoi. Oppure ho fiocchi d'avena e frutta.»

Sentì gli occhi riempirsi di lacrime e cercò disperatamente di trattenerle. Dopo dieci giorni passati a fuggire, a dormire in macchina e a fare tutto il possibile per tenere un basso profilo in modo da non essere trovata, la semplice offerta di qualcosa da mangiare e da bere stava rischiando di farle perdere il controllo delle sue emozioni.

Voltò la testa e si morse il labbro per cercare di dominarsi, ma non funzionò; due lacrime le rigarono le guance.

«Kinley? Se nessuna di queste opzioni ti piace, posso... oh!» Gillian si interruppe di botto quando alla fine si rese conto di quanto fosse turbata la sua ospite.

Senza dire altro, si avvicinò al divano, si sedette e la abbracciò.

Kinley non era un tipo da coccole. Non era abituata a essere toccata. Non riusciva nemmeno a ricordare l'ultima volta che qualcuno l'aveva abbracciata. Ma quella sconosciuta, una donna che aveva incontrato solo pochi minuti prima, le stava mostrando più compassione e affetto sincero di quanto avesse sperimentato da molto tempo.

Era troppo da sopportare. Normalmente, avrebbe ripreso il controllo e sarebbe riuscita a fermare le lacrime, ma non in quel momento.

Si aggrappò a Gillian come se fossero amiche da sempre e pianse. Pianse perché aveva paura. Pianse perché qualcuno aveva cercato di ucciderla. Pianse per aver perso il lavoro che aveva da anni. Pianse perché non sapeva cosa fare. Pianse per la povera ragazza di Parigi che era stata uccisa.

E pianse perché sapeva nel profondo, che Gage era turbato e sicuramente incazzato per non aver ricevuto sue notizie dopo che gli aveva promesso di rimanere in contatto.

Non sapeva quanto fosse rimasta aggrappata a Gillian ma, alla fine, si rese conto di star singhiozzando tra le braccia di una donna che probabilmente si stava pentendo di averla invitata a casa sua.

«Ti senti meglio?» le chiese, guardandola negli occhi.

Kinley scosse la testa. Non stava affatto bene. Il suo viso era gonfio e aveva bisogno di una doccia, indossava gli stessi vestiti da giorni ed era spaventata a morte. Non aveva idea di che accoglienza avrebbe ricevuto da parte Gage, ma non aveva letteralmente nessun altro posto in cui andare. Nessun altro a cui rivolgersi. Non sarebbe stata sorpresa che lui si rifiutasse di farsi coinvolgere nel suo problema.

«Andiamo» disse Gillian con dolcezza, prendendole la mano.

Si lasciò tirare in piedi.

«Una doccia ti farà sentire al cento per cento meglio. Poi, quando avrai finito, metteremo i tuoi vestiti in lavatrice. Sono più alta di te, ma ho una maglietta e dei pantaloni comodi che potrai indossare se vuoi.»

Ancora una volta, Kinley fu colpita dalla sua generosità. «Sei sempre così accomodante con le donne strane che incontri per caso?» le chiese.

Gillian ridacchiò. «No» disse con fermezza. Smise di camminare, lasciò cadere la mano di Kinley e si voltò per guardarla. La fissò a lungo e poi disse: «Il punto è questo. Conosci Lefty e conosci Walker... cioè, Trigger. Ciò significa che probabilmente conosci anche il resto dei ragazzi della squadra. Se è così, è probabile che tu li abbia incontrati in veste ufficiale... se capisci cosa intendo. Il fatto che ti sia presentata qui a bussare alla porta di Lefty, in un'auto con la targa di Washington DC, mi dice che hai bisogno del suo aiuto.

E mi sono trovata anch'io nei tuoi panni. Ragazzi, se è vero. Se avessi fatto finta di non averti vista, non mi avrebbe reso migliore delle persone che il mio fidanzato e il suo team passano la vita a cercare di eliminare.»

Kinley sapeva bene che Gage e i suoi amici erano Delta Force. E ovviamente anche quella donna ne era consapevole. «So chi e cosa sono» le confermò.

«Bene. Quindi hai una buona ragione per essere qui e voler parlare con Lefty. Lui e gli altri sono partiti per una missione circa una settimana fa. Non so quando torneranno.»

Sospirò. Avrebbe proprio dovuto andarsene. Stava mettendo in pericolo Gillian rimanendo lì. Accidenti, avrebbe messo in pericolo anche Gage, ma aveva deciso di parlargli – non aveva letteralmente *nessun altro* a cui rivolgersi – e la generosità di quella ragazza era un dono che non poteva lasciarsi sfuggire. «Mi piacerebbe fare una doccia» disse sommessamente.

Gillian sorrise. «Vieni. Ti trovo qualcosa da indossare per dopo e laveremo la tua roba.»

«Grazie.»

Lei agitò la mano. «Figurati.»

Quindici minuti dopo, Kinley si stava godendo la più bella doccia della sua vita. L'acqua era calda, la pressione perfetta... eppure, non era rilassata.

Si sarebbe mai sentita di nuovo al sicuro?

Chiuse gli occhi, e ricordò con perfetta chiarezza la sensazione di quella mano sulla schiena. Per meno di un secondo, aveva semplicemente pensato che qualcuno stesse cercando di oltrepassarla in modo sgarbato. Ma mentre stava cadendo, aveva capito subito che non era stato un incidente.

Inoltre, non riusciva a scacciare dalla mente le scarpe di quella ragazzina; era stata così affascinata da quelle dannate calzature luccicanti, che avrebbe voluto sapere dove le aveva comprate così da poter vedere se ne avevano un modello basso. Kinley non portava i tacchi, mai, ma di certo le sarebbe piaciuto poterlo fare.

Averle viste in TV tutte scintillanti ai piedi della ragazza, mentre il resto del corpo era coperto da un telo, era ancora estremamente sconcertante.

Kinley sapeva che avrebbe dovuto chiamare l'FBI e parlare con qualcuno, ma adesso era diventata paranoica. Se Drake Stryker fosse stato un serial killer e il suo ex capo coinvolto in qualche modo in tutta quella sordida vicenda, chi poteva sapere chi altro era implicato tra le alte sfere del governo? Il Presidente sapeva che l'uomo che aveva nominato Ambasciatore in Francia era un assassino? Sapeva che frequentava minorenni? In caso positivo, magari lo sapevano anche i federali?

Aveva troppe domande; c'erano troppe incognite per rischiare di chiamare qualcuno che lavorava per l'FBI e fargli sapere a cos'avesse assistito. Era ancora terrorizzata che Walter avesse ragione, che nessuno le avrebbe creduto.

Gage ci crederà.

Quel pensiero le balzò subito in testa. E quello era il motivo per cui Kinley era andata in Texas. Sapeva che non avrebbe dubitato di lei. Non si conoscevano da molto tempo, ma era convinta di quello.

Non aveva idea di dove avrebbe dormito quella notte, o quanto tempo ci sarebbe voluto perché Gage tornasse dalla missione, ma sarebbe rimasta in Texas finché non avesse avuto la possibilità di parlargli. L'avrebbe aiutata a capire cosa fare.

Uscì dalla doccia, non proprio felice per la sua situazione, ma decisamente più pulita, e ciò l'aveva aiutata a schiarirsi le idee. Indossò dei pantaloni con l'elastico in vita − che erano troppo lunghi, ma al momento non le importava − e una maglietta, e si spazzolò i capelli. Fece un respiro profondo e uscì dal bagno.

C'era un profumo meraviglioso nell'aria, di pane appena sfornato e uova. Il suo stomaco brontolò.

«La lavatrice e l'asciugatrice sono nella stanza accanto al bagno nel corridoio» disse Gillian quando la vide sulla soglia. «Fai come fossi a casa tua.»

Kinley annuì e andò dove indicato dalla sua nuova amica. Riempì la lavatrice con i vestiti sporchi e la avviò. Era incredibile quanto una doccia e la prospettiva di vestiti puliti potessero farla sentire molto meglio.

La colazione fu buona quanto il profumo. I biscotti erano

un po' scuri sul fondo, ma Kinley pensò che fosse stata colpa sua, per aver distratto Gillian. Le uova erano cotte alla perfezione e anche il melone aveva un sapore buonissimo.

Finito di mangiare, Kinley lavò i loro piatti e poi andarono a sedersi sul divano mentre aspettavano che i suoi vestiti si asciugassero.

«Puoi dirmi cosa sta succedendo?» le chiese Gillian.

Scosse la testa. «No.»

L'altra donna non si arrabbiò, annuì semplicemente. «Se Lefty non dovesse tornare oggi, dove alloggerai?»

«Troverò un posto. Pensi che staranno via ancora per molto?»

Lo sguardo comprensivo sul viso di Gillian quasi la uccise. «Onestamente non lo so. È la cosa peggiore quando frequenti un Delta. Potrebbero stare via per tre giorni o tre mesi. Quando torna a casa, Walker non può dirmi dov'è stato o ciò che è successo. Lo ammetto, è difficile. *Molto* difficile. Ma non perché non riesca a vivere da sola. Ce l'ho fatta benissimo per oltre dieci anni dopo il liceo. Più che altro è che mi preoccupo e mi manca stare con lui.»

La capiva. Era preoccupata per Gage e loro praticamente non si conoscevano.

Gillian continuò. «Ma confido che Lefty e gli altri copriranno le spalle a Walker. Quei ragazzi darebbero la vita per i loro compagni e ciò mi dà conforto.»

Per la milionesima volta, Kinley pensò che confidandosi con Gage lo avrebbe messo in pericolo. E non solo lui, anche il resto della sua squadra.

All'improvviso la stanza cominciò a sembrare troppo piccola e stretta.

Si alzò bruscamente. «Devo andare.»

«Rimani» ribatté Gillian, alzandosi a sua volta. «Quando Lefty tornerà, ti aiuterà a risolvere il problema.»

«Non è così semplice.»

«Non lo è mai. Ti ha raccontato come mi hanno conosciuto lui e il resto dei ragazzi?»

Kinley avrebbe voluto andarsene. Prendere i suoi vestiti, che fossero a asciutti o meno, e sparire dal Texas. Ma era come bloccata sul posto. Che lo volesse ammettere o no, era davvero curiosa riguardo a Gillian, così scosse la testa.

«Dai, siediti. È una storia troppo lunga per raccontarla stando in piedi.»

Si sedette sul bordo del divano, pronta ad alzarsi e andarsene non appena l'asciugatrice avesse terminato.

«L'aereo su cui mi trovavo è stato dirottato e portato in Venezuela.»

Quelle parole la riscossero dai suoi pensieri. «Che cosa?»

«L'aereo su cui mi trovavo è stato dirottato e portato in Venezuela» ripeté.

«Merda» mormorò Kinley. All'improvviso i suoi problemi non sembravano più così grandi e spaventosi.

«Sì. Mi hanno fatto trattare con i negoziatori e per fortuna è arrivato Walker che ha iniziato a parlare con me.»

Per i successivi venti minuti, rimase seduta in silenzio, affascinata dalla storia che Gillian le stava raccontando. Parlava di spacciatori, rapimenti e persino di una sparatoria. Era qualcosa di assurdo, ma gliela stava riportando con calma, come se non fosse stata chissà cosa.

«Penso che tu sia la persona più forte che abbia mai incontrato» le disse con sincerità Kinley quando finì di raccontare.

Gillian scosse la testa. «Non lo sono affatto. Voglio dire, sono un'organizzatrice di eventi, per l'amor del cielo. Passo la vita a pianificare feste e cerimonie. Non sono un eroe; non ho mai nemmeno impugnato una pistola. Mi piace la gente, ma mi piace anche stare a casa a leggere un libro. Anche se sono convinta che *tutti* siamo più forti di quanto pensiamo. Non sappiamo mai quanto possiamo esserlo finché non è la nostra unica opzione. Se mi avessi detto che un giorno mi sarei ritrovata a essere un ostaggio, non ti avrei creduto. Se mi avessi detto che sarei riuscita a stare davanti a una donna che mi teneva sotto tiro con una pistola, rifiutandomi di salire in macchina, ti avrei riso in faccia. Mi piace compiacere le persone, faccio ciò che mi viene detto, ma in quel momento sapevo che se fossi salita su quell'auto, sarei morta.»

«Vorrei essere più forte» ammise Kinley.

«Non ti conosco, ma ho la sensazione che tu lo sia più di quanto credi. D'altronde, nessuno chiede che succedano certe cose nella vita. Nessuna persona vuole avere una malattia cronica. O che il suo bambino muoia. O che il suo compagno venga ucciso in battaglia. Nessuno chiede di crescere in povertà o di essere un senzatetto. Nessuno vuole nascere con una disabilità che lo costringa a lottare ogni giorno della sua vita. Impariamo ad essere forti perché non abbiamo altra scelta.

E quando ci troviamo in situazioni in cui abbiamo dovuto esserlo, minimizziamo ciò che abbiamo fatto e quanto siamo stati fantastici. Magari non ti senti coraggiosa o forte, ma ho la sensazione che tu sia in cima alla lista quando si tratta di quelle qualità.»

Kinley era senza parole. Non sapeva cosa rispondere. Soprattutto perché era il miglior complimento che avesse mai ricevuto. Pensò alla sua vita, a quanto fosse stata dura, e si rese conto che Gillian forse aveva ragione. Non era facile crescere senza genitori o affetto, ma in qualche modo c'era riuscita. Non era stato facile lavorare a Washington DC, ma aveva fatto anche quello.

Non aveva idea se sarebbe riuscita a uscire dal casino in cui si era trovata solo per aver guardato dalla finestra dell'hotel nel momento sbagliato (o era il momento giusto?) ma doveva avere fede. «Grazie» disse dopo un lungo momento.

«Prego» rispose tranquillamente Gillian. «So che hai detto che dovevi andartene, ma ti dispiacerebbe restare qui ancora un po'? Mi sono sentita sola senza Walker. Devo solo fare ancora qualche telefonata stamattina, dato che ho in programma un party per la moglie di un soldato per festeggiare i due anni dalla remissione del cancro, ma mi piacerebbe avere un po' di compagnia.»

Avrebbe dovuto rifiutare e andarsene, invece si ritrovò ad annuire.

«Grande!» disse lei con entusiasmo.

Tre ore dopo, Kinley alzò lo sguardo dal libro che stava leggendo e sbatté le palpebre sorpresa. Gillian le aveva detto di prendersi qualsiasi libro volesse leggere dalla libreria e dopo aver trovato una storia d'amore che le sembrava interessante, si era sistemata sul divano per iniziarla.

Si era alzata solo una volta, per piegare il bucato e indossare qualcosa di suo, e poi si era immersa di nuovo nel romanzo.

Voltò la testa e vide Gillian seduta dall'altra parte del divano, intenta a leggere anche lei.

Non poté trattenere un sorriso.

«Che c'è?» le chiese l'altra che aveva alzato gli occhi e visto la sua espressione.

«Io... siamo solo sedute qui una accanto all'altra a leggere. Non a parlare.»

«Oh. Scusa, ti stai annoiando?» le domandò, chiudendo il libro.

«No!» esclamò Kinley. «Non è affatto così. È solo che... è perfetto. Per tutta la vita sono stata presa in giro perché riuscivo a isolarmi completamente mentre leggevo. I genitori affidatari mi dicevano che era un comportamento scortese e quando uscivo con gli amici mi sentivo sempre come se fossi *obbligata* a parlare.»

«Oh mio Dio, anch'io» disse Gillian con un sorriso. «Cioè, ammetto che mi piace parlare, ma sono anche felice di stare lì seduta e basta. Inoltre, sto divorando tutto di questo autore.

Prima mi sono costretta a finire un po' di lavoro, ma sono felice di avere la possibilità di star seduta a leggere. È bello averti qui, anche senza parlare.»

Le sorrise. Guardò l'orologio e si rese conto che era giunto il momento di andarsene. Posò il libro e si alzò.

«Te ne vai?» le chiese Gillian.

«Sì.»

«Va bene. Ma domani tornerai, vero?»

Kinley sbatté le palpebre sorpresa.

«Voglio dire, non so quando torneranno Walker e gli altri, quindi dovrai venire a vedere se Lefty è rientrato, giusto? Mi farebbe piacere passare ancora un po' di tempo con te.»

«Io... mi piacerebbe» le disse.

«Grande. Siamo d'accordo. Hai un telefono? Posso chiamarti se ho notizie da Walker.»

Scosse la testa. «No. Ne avevo uno, ma l'ho perso.» Non era proprio la verità, ma era tutto ciò che era disposta a confessarle. Si era comprata un telefono usa e getta, ma non voleva ancora avere alcun legame elettronico con nessuno, che Stryker e Brown avrebbe potuto usare contro di lei.

«Va bene. Portati via pure il libro che stavi leggendo» le offrì Gillian.

Le venne quasi da piangere. Conosceva quella donna solo da poche ore e l'aveva trattata meglio di tutti i suoi cosiddetti amici nel corso degli anni. «Grazie. Prometto di non rovinarlo.»

Lei agitò la mano. «Non c'è niente da rovinare» replicò vivacemente. «Voglio dire, è un libro. Le pagine potrebbero sporcarsi e la copertina strapparsi, ma ciò non cambierebbe il contenuto.»

E quella sembrava proprio la metafora della sua vita. A guardarla esteriormente, era un disastro. Piccola, strana, distaccata... ma dentro era una brava persona, desiderosa di mostrare al mondo di poter essere la migliore compagna e amica, se solo le fosse stata data una possibilità.

«Fai attenzione là fuori, ok?» le disse Gillian mentre Kinley prendeva il suo borsone e si avviava verso la porta.

«Certo» rispose. Non poteva prendersela con lei per non averle chiesto di restare. *Era* un'estranea, dopotutto. Non sarebbe stato intelligente o sicuro chiederle di passare lì la notte. Era già abbastanza folle che l'avesse invitata a entrare nel suo appartamento. Ma non avrebbe mai dimenticato la gentilezza di Gillian.

Prima di lasciare il complesso di appartamenti, bussò alla porta di Gage, pur sapendo che non avrebbe risposto. Quando ovviamente non successe, andò alla macchina e mise il borsone sul sedile posteriore. Non sapeva dove andare, ma almeno era pulita e non aveva più fame.

Avrebbe solo dovuto aspettare. Alla fine sarebbe tornato e lei gli avrebbe parlato per ricevere i suoi consigli.

Magari le cose non sarebbero andate come avrebbe voluto, lui avrebbe potuto dirle di non poterla aiutare, così si sarebbe ritrovata di nuovo sola, ma per ora si sentiva bene. Si era fatta una nuova amica e avrebbe fatto tutto il possibile per tenere Gillian al sicuro dai pericoli che sentiva di avere alle calcagna.

Alla fine, chiunque avesse cercato di ucciderla l'avrebbe trovata, e l'ultima cosa che voleva era mettere a rischio la vita di qualcun altro.

CAPITOLO SETTE

LEFTY SI PASSÒ una mano sul viso. Era sporco, stanco e si sentiva destabilizzato a causa dell'intensa missione che lui e il team avevano appena terminato. Erano stati inviati in Iran per cercare di salvare un cittadino americano, figlio di un giudice federale, che pensava sarebbe stato divertente scalare il Monte Damavand; era alto più di cinquemila e cinquecento metri e sembrava essere stato nella lista dei desideri dell'uomo. Ma aveva ignorato il fatto che l'Iran non gradiva che le persone, soprattutto gli americani, attraversassero i loro confini illegalmente. Il tizio non era riuscito a ottenere il permesso per la scalata e aveva deciso di affrontarla comunque.

I Delta avevano trascorso gran parte del tempo alla pianificazione della missione di salvataggio, avevano dovuto lavorare sotto copertura e quando non erano riusciti a farlo rilasciare usando le vie diplomatiche, avevano avuto il permesso di tirarlo fuori dalla prigione iraniana con la forza, se fosse stato necessario.

Alla fine, purtroppo, non era servito. L'uomo aveva deciso

di essere stanco di aspettare che lo liberassero e cercato di evadere da solo. Quella scelta si era conclusa con la sua morte.

Tutti i piani e i sotterfugi dei Delta erano stati vani. C'erano voluti quattro giorni prima che la squadra uscisse di nascosto dall'Iran dopo il fallito tentativo di salvataggio e Lefty era esausto.

Provava rabbia verso quell'uomo per aver pensato che scalare una montagna fosse più importante che restare a casa con la moglie e la figlia. Era incazzato con il governo iraniano per non aver scelto di considerarlo solamente giovane e stupido e di rilasciarlo con una multa e un severo monito.

Di certo non aiutava l'umore di Lefty il fatto che non appena erano atterrati in Europa, per prendere l'aereo per tornare a casa, aveva controllato i suoi messaggi... e non ne aveva ricevuto nemmeno uno da Kinley.

Gli aveva promesso che si sarebbe tenuta in contatto e le aveva creduto. Se fosse passata solo una settimana avrebbe potuto trovare delle giustificazioni riguardo al motivo per cui non aveva scritto o chiamato, ma dopo due settimane senza farsi sentire le probabilità che fosse accidentale, o una svista, erano basse. Si sentiva un idiota. *Errare è umano, perseverare è diabolico.* Avrebbe dovuto imparare la lezione la prima volta. Kinley sembrava una brava persona, qualcuno che avrebbe voluto conoscere meglio. Ma le relazioni a distanza erano già abbastanza difficili, se non era disposta nemmeno a incontrarlo a metà strada, Lefty sapeva che non avrebbe potuto esserci nulla tra loro. Gli dispiaceva davvero tanto.

Il viaggio di ritorno negli Stati Uniti era stato lungo, ma non era riuscito a dormire né a smettere di pensare a lei e al motivo per cui avesse deciso di ignorarlo una seconda volta. Non aveva senso e si chiese se magari ci fosse qualche problema.

Dopo essere atterrati, erano in attesa di essere congedati prima di avviarsi verso le rispettive abitazioni. Lefty aveva intenzione di tornare a casa e dormire per ventiquattr'ore di fila. Una volta riposato, avrebbe avuto la mente più lucida per mettere le cose in prospettiva. Doveva togliersela dalla testa una volta per tutte, cosa che sapeva sarebbe stata più facile a dirsi che a farsi.

Era andato alla base con Trigger, perché ora vivevano nello stesso complesso di appartamenti. Era tardi, le dieci passate, e il suo amico aveva appena riattaccato dopo aver parlato con Gillian

«Sta bene?» gli chiese.

Trigger annuì. «Sì.»

La risposta fu concisa, ma aveva sentito stralci di conversazione ed era chiaro che Gillian fosse entusiasta del suo ritorno e il sentimento era reciproco.

«Fa sul serio?» borbottò Grover lì vicino, sorpresa e confusione evidenti nel suo tono.

Lefty si allarmò subito. «Che c'è?» gli chiese.

Anche gli altri uomini del team si irrigidirono mentre aspettavano di sentire cosa avesse stupito così tanto il loro amico.

«Devyn ha intenzione di trasferirsi qui.»

«Devyn?» domandò Lucky. «Chi è?»

«Mia sorella» rispose, fissando il telefono. «Mi ha lasciato un messaggio nella casella vocale, dicendo che ha lasciato il lavoro e che si trasferisce in Texas.»

«È quella più giovane, giusto?» chiese Oz.

«Sì. È la piccola di famiglia.»

«Sta bene?» si informò Brain.

«Non lo so. Voglio dire, pensavo che amasse il suo lavoro. È un'assistente veterinaria e ogni volta che abbiamo parlato non aveva altro che cose positive da dire al riguardo» rispose Grover, con evidente preoccupazione.

«Non la richiami?» chiese Lucky.

«Ho provato, ma non risponde. Però è tardi, è probabile

che stia dormendo.»

«Facci sapere se hai bisogno di qualcosa» disse Lefty, dando una pacca sulla spalla dell'amico. «Sai che siamo sempre disponibili.»

«Certo. Non ho idea di quali siano i suoi piani, ma potrebbe aver bisogno di aiuto per scaricare il camion del trasloco o qualcosa del genere» li avvisò.

«Qualsiasi cosa serva, ci siamo» ribadì Lucky.

Furono interrotti dal loro ufficiale in comando che li congedò e, poco dopo, Lefty era seduto nella Chevy Blazer di Trigger, dove appoggiò la testa sullo schienale del sedile e chiuse gli occhi.

«Tutto bene?» gli chiese il suo amico.

«Sì.»

«Ancora niente da Kinley?»

«No. Ma va bene così. Voglio dire, non è che ci fosse realmente la possibilità che stessimo insieme. Non con lei a Washington e io qui. Dio sa che è già difficile avere una relazione normale, una a distanza non avrebbe mai funzionato» disse, cercando di convincersi.

«Ma sei comunque preoccupato per lei» replicò Trigger con inquietante intuizione.

Lefty sospirò. «Abbiamo trascorso sei ore insieme. Eravamo in sintonia. Ho addirittura chiamato mia *madre* mentre ero con lei. Ha promesso che ci saremmo sentiti. Non so più cosa pensare.»

«Domani potresti chiamare Winkler e vedere se può indagare. So che eravamo solo le sue guardie del corpo, ma sembrava piuttosto alla buona... per essere un politico. Lui e Brown lavorano nello stesso edificio, così potresti almeno sapere se sta bene.»

Era un buon suggerimento, ma al momento non era pronto a fare granché per quanto riguardava Kinley. «Sì, ci penserò.»

Trascorsero diversi minuti in silenzio mentre viaggiavano verso il loro complesso di appartamenti.

«Allora, Gillian sta bene?» chiese Lefty.

«Sì. Ha detto che è stata impegnata a pianificare e a leggere.»

«Riesce a stare ferma abbastanza a lungo da leggere? Giuro che riesco a immaginarla correre di qua e di là e contemporaneamente parlare al telefono, scrivere una mail e leggere.»

Trigger rise. «Strano, ho pensato la stessa cosa la prima volta che l'ho incontrata. Ma saresti sorpreso, perché ama star seduta e oziare e se sta leggendo un libro, dimentica di parlarle.»

«Sono felice per te» disse al suo amico. «Sul serio. Gillian è fantastica. È una delle persone più gentili che abbia mai incontrato. Sarebbe disposta a offrire tutto ciò che possiede se pensasse che qualcuno potrebbe averne bisogno. È piuttosto raro al giorno d'oggi. La gente pensa solo a se stessa.»

«È una cosa eccezionale, ma fa anche paura» ammise Trigger. «Vuole sempre comprare cibo e altro per i mendicanti. Uno di questi giorni tornerò a casa e scoprirò che ha invitato qualche sfortunato a vivere con noi.»

Lefty rabbrividì. «Sì, non va bene» confermò. Ma non riusciva a smettere di pensare al momento in cui Kinley aveva regalato un pasto a un senzatetto a Parigi, e che in Africa aveva comprato tutta la bancarella di generi alimentari di una povera donna.

«Ma non la cambierei per niente mondo» disse Trigger. «Non vorrei mai che diventasse insensibile. Voglio che mantenga per sempre quell'empatia che ha verso gli altri. Vorrei solo che allo stesso tempo fosse un po' più attenta alla sua sicurezza.»

«Però le hai fatto smettere di usare gli Uber, giusto?» gli chiese.

«Sì. Ma quella è solo la punta dell'iceberg.»

Entrarono nel parcheggio del complesso di appartamenti e dopo essere scesi dal veicolo, Lefty fece un cenno con la testa all'amico. «Grazie per il passaggio.»

«Figurati. Non avrebbe senso andare alla base con due auto. Grazie ancora per averci aiutato a ottenere un appartamento qui.»

«Nessun problema. Nessun progresso nella ricerca di una casa?»

Trigger si strinse nelle spalle. «Stavamo cercando, ma Gillian dice che è contenta di stare qui, per ora.»

«Una donna a cui non importa delle cose materiali è davvero incredibile» osservò.

«Oh, lo so e credimi, ne sono grato. Non le interessano affatto le dimensioni dell'appartamento o gli abiti firmati e cose del genere, ma in un certo senso ciò mi fa venire ancora più voglia di darglieli» disse ironicamente Trigger.

«Vai» lo incitò, spingendolo in modo scherzoso. «Vai a casa dalla tua donna.»

«È una stupida» disse Trigger dopo aver fatto qualche passo. «Kinley intendo. Sei uno degli uomini migliori che abbia mai conosciuto. Non sa cosa si sta perdendo ignorandoti.»

«Grazie.» Quelle parole non lo fecero sentire meglio, ma le apprezzò lo stesso. «Ci vediamo.»

«A domani» disse Trigger, poi si voltò e salì di corsa le scale.

Lefty raggiunse il suo appartamento più lentamente. Sapeva cosa lo stesse aspettando: una casa buia e vuota che puzzava un po' di muffa per essere stata chiusa per due settimane. Prima di andarsene aveva buttato via ciò che pensava avrebbe potuto andare a male nel frigorifero, ma dimenticava sempre qualcosa.

Sospirando, raddrizzò le spalle. Quella era la sua vita, a

prescindere da ciò che aveva pensato sarebbe potuto succedere con Kinley.

Aprì la porta dell'appartamento e lasciò cadere il borsone sul pavimento appena dentro. Più tardi si sarebbe occupato del bucato. In quel momento, tutto ciò che voleva era una doccia e un letto.

————

Lefty gemette quando il suo telefono squillò la mattina successiva. Aprì un occhio e vide che erano le undici. Aveva dormito molto, ma avrebbe potuto benissimo continuare per altre dodici ore.

Armeggiò con il cellulare che continuava a suonare e finalmente riuscì a toccare il pulsante per rispondere.

«'onto?»

«Sono Trigger. Devi venire nel mio appartamento. Subito.»

Si svegliò di colpo. «Cos'è successo? Gillian sta bene?»

«Sta bene. Ma deve dirti una cosa che vuoi di sicuro sentire.»

Impiegò un momento per stabilizzare il battito del cuore. «Dio, non farmi mai più prendere uno spavento del genere, Trigger. Cazzo, pensavo davvero fosse successo qualcosa di grave.»

«*Potrebbe*. Porta qui il tuo culo. Non sto scherzando.» E riattaccò.

Lefty posò di nuovo la testa sul cuscino borbottando quanto fosse rompipalle il suo amico. Se arrivato nell'altro appartamento avesse scoperto che Gillian aveva organizzato una colazione di bentornato, si sarebbe incazzato. Gli sarebbe andato bene mangiare, dato che sapeva di non avere nulla in casa, ma comunque...

Scese dal letto e andò in bagno. Usò velocemente il wc, si lavò i denti e non si prese la briga di radersi, poi indossò un paio di jeans e una maglietta. Prese le chiavi e se le mise in tasca prima di uscire e andare da Trigger.

Sollevò la mano per bussare, ma la porta si aprì prima che potesse farlo; il suo amico aveva uno sguardo preoccupato.

Quell'espressione tesa gli fece capire che non c'era una festa a sorpresa di bentornato. Lo seguì dentro e vide Gillian camminare avanti e indietro davanti al divano.

«Lefty!» esclamò quando lo vide. «Grazie a Dio sei qui.»

Aggrottò la fronte non riuscendo a capire cosa diavolo stesse succedendo. «Cosa c'è che non va?»

«Be', forse niente, o forse molto. E mi dispiace *tanto*! Mi sono... distratta ieri sera quando Walker è tornato a casa e non ci ho pensato fino a stamattina» spiegò, arrossendo e con uno sguardo un po' colpevole.

«Prendi un respiro, Di» disse Trigger, usando il soprannome che le aveva dato in Venezuela. Andò da lei e la abbracciò.

Lefty non poté fare a meno di provare una fitta di... gelosia? Non che non volesse che Trigger avesse quel legame con Gillian... era solo che lo avrebbe voluto anche lui. E dopo aver incontrato Kinley, aveva pensato che ci fosse una piccola possibilità di averlo, ma ormai sembrava sempre meno probabile.

«A posto?» le chiese Trigger fissandola.

Lei annuì e si voltò verso Lefty. «Penso che Kinley potrebbe essere ancora in città.»

Quelle parole lo scombussolarono. «Come scusa?»

«Lo so, è pazzesco. Ma è venuta qui a cercarti.»

Quando non spiegò ulteriormente, le ordinò: «Ricomincia da capo e non tralasciare nulla.»

«Giusto. È stato circa una settimana dopo che siete partiti. Avevo notato una donna il giorno prima, ma non ci avevo dato molto peso. Stava bussando alla tua porta e tu ovviamente non eri a casa. Ma poi è tornata il giorno dopo, e quello *successivo* è rimasta seduta in macchina nel parcheggio. L'avevo notata lì la sera prima... e il mattino dopo la sua auto era nello stesso punto e lei era ancora dentro. Aveva una brutta cera, Lefty. Stavo male per lei, così sono andata nel parcheggio per parlarle.»

«Hai capito cosa intendevo?» disse Trigger, incontrando lo sguardo di Lefty con un accenno di esasperazione. «Stiamo ancora lavorando sulla percezione della sicurezza personale.»

Gillian lo spinse sul petto, ma lui non si mosse, la attirò solo più vicino.

«Comunque, mi ha detto che si chiamava Kinley e mi sono ricordata che Walker mi aveva accennato che avevi trascorso del tempo a Parigi con qualcuno che aveva quel nome. Non conosco alcun dettaglio, ma sapere che ti conosceva mi ha fatto sentire meglio. Così l'ho invitata a colazione. Come ho detto, aveva una brutta cera.»

«Cosa vorresti dire?» le chiese bruscamente.

«Calma, amico» lo avvertì Trigger.

Lefty fece un respiro profondo e annuì.

«Solo che aveva l'aspetto di una che aveva dormito in macchina. I suoi capelli avevano un gran bisogno di essere lavati e i vestiti erano molto stropicciati. E...» esitò un attimo, ma poi proseguì. «Non aveva per niente un buon odore. Non disgustoso, ma come se non si fosse fatta la doccia da un po'. Così l'ho convinta a venire qui – e non è stato facile – abbiamo mangiato e si è fatta la doccia. Le ho lasciato lavare i vestiti e ci siamo fatte compagnia.»

«Compagnia?» chiese Lefty, perplesso.

«Sì. È stato davvero fantastico, devo ammetterlo. Ho lavorato un po' e lei ha letto e quando ho finito, mi sono seduta anch'io a leggere.»

Le labbra di Trigger si contrassero. «Quindi siete state sul divano e non avete parlato, ma avete letto?»

Gillian sorrise. «Sì. Sai quant'è difficile trovare qualcuno che si senta a suo agio a rimanere seduto accanto a te a leggere senza doversi preoccupare di fare conversazione? Voglio dire, voglio bene a Wendy, Ann e Clarissa, ma quelle tre parlano davvero tanto. Kinley non ha sentito il bisogno di farlo solo per il gusto di ascoltare la sua voce.»

«E poi che è successo?» incalzò Lefty, desiderando che continuasse per poter capire il motivo per cui Kinley era andata lì e dove avrebbe potuto essere in quel momento.

«Se n'è andata» disse Gillian con un'alzata di spalle. «Non sapevo quando sareste tornati, quindi l'ho invitata a venire la mattina successiva per poter passare ancora del tempo insieme. E lo ha fatto. L'ho vista ogni mattina per tre giorni, ma non gli ultimi due. Ha detto che non aveva un telefono, quindi non ho potuto chiamarla per sapere se andasse tutto bene. Sono preoccupata per lei. Sembrava quasi disperata di parlarti e ora sei tornato, ma all'improvviso non si è più fatta vedere. Non mi piace.»

Neanche a Lefty piaceva. Non riusciva a capire come mai Kinley fosse in Texas, dato che lavorava a Washington. E perché diavolo stava dormendo in macchina? E dov'era il suo telefono?

Non aveva senso... e ciò attivò mille campanelli d'allarme nella sua testa. «Che macchina guidava?»

«Una Toyota Corolla beige.»

Fece una smorfia. Ce n'erano un'infinità e ciò rendeva ancora più difficile trovarla.

«Chiamo gli altri ragazzi» disse Trigger.

Lefty avrebbe voluto protestare. Sapeva che erano tutti stanchi quanto lui, ma avrebbe apprezzato l'aiuto.

«Vuoi che chiami la polizia?» chiese Gillian.

«No» rispose subito.

Lei inarcò un sopracciglio in una muta domanda.

Prese un respiro profondo e cercò di spiegare. «C'è qualcosa che non quadra. Kinley non dovrebbe essere in Texas, vive e lavora a Washington, e di certo non mi piace che pensi abbia dormito in macchina. La polizia farebbe diramare una segnalazione per la sua auto, ma se fosse nei guai, ciò potrebbe peggiorare le cose.»

«In che senso? Pensi che sia ricercata?»

Lefty avrebbe voluto ridere alle sue parole, ma non c'era niente di divertente in quella situazione. Niente di niente. «No, ma non so *cosa* stia succedendo. Pensavo che non rispondesse ai miei messaggi e mail perché non voleva parlare con me, ma se il motivo fosse un altro?»

«Magari sta cercando di passare inosservata» suggerì Trigger.

«Esatto. Quindi non voglio ancora coinvolgere la polizia. Se dovesse passare troppo tempo potrei non aver scelta, ma per ora voglio vedere se riusciamo a trovarla da soli. Killeen non è poi così grande, magari saremo fortunati.»

«Potrei chiedere di aiutarci anche ad Ann, Wendy e Clarissa.»

«Grazie, ma per ora manteniamo un profilo basso» le disse Lefty avvicinandosi e mettendole le mani sulle spalle. «Grazie per aver fatto amicizia con lei.» Esitò un attimo. «Pare che non abbia amici, quindi apprezzo quello che hai fatto.»

«È assurdo» disse Gillian con veemenza. «Non la conosco molto bene, ma mi piace tanto. Ti trasmette un senso di... calma. Non so se sia proprio la parola giusta, ma per ora direi che va bene. Non c'è stato un momento in cui mi sia sentita obbligata a intrattenerla. Era del tutto felice di star lì seduta sul divano a leggere. Ma sa benissimo sostenere una conversazione; abbiamo parlato di uno dei miei prossimi eventi e mi ha dato delle idee fantastiche. E un giorno ho avuto problemi a trovare qualcosa che rientrasse nel budget del mio cliente e lei mi ha offerto alcuni suggerimenti e trucchi per negoziare una tariffa migliore con la struttura. Mi piace, Lefty. Spero che stia bene.»

«Lo spero anch'io» rispose. Le lasciò le spalle e scambiò un'occhiata con Trigger che gli indicò con la testa la porta d'ingresso. Capendo che voleva parlare del loro piano d'azione lontano da Gillian, annuì.

«Grazie ancora per avermelo fatto sapere.»

«Mi dispiace tanto di non aver pensato di chiamarti ieri sera. Ero così eccitata che Walker fosse a casa.»

Lefty sbuffo e rise. «Lo so. Non lo vedevi da un po'.»

Lei annuì, ma rimase accigliata. «Mi sento malissimo. Sono una persona orribile per non averci pensato subito. Avrei dovuto dirtelo ieri.»

«Non c'è problema. Sul serio.» Certo, avrebbe voluto saperlo la sera prima, ma era stanco e non avrebbe dormito sapendo che Kinley era andata a cercarlo. C'erano buone probabilità che dovesse essere al top della forma quando l'avesse trovata. Non si sarebbe presentata lì se non fosse successo qualcosa di grave.

Sì sentì più determinato che mai. Kinley era lì. Era andata da lui. *Da lui*. La tempistica era stata pessima, dato che era in missione, ma l'avrebbe trovata e capito cosa stesse facendo in Texas. Sapeva che non sarebbe andata se non fosse stato importante.

Dopo meno di trenta minuti, Lefty era nel parcheggio del suo complesso di appartamenti circondato da tutti e sei i membri del suo team. Nessuno si era lamentato di doversi muovere nel giorno libero.

Trigger aveva appena finito di raccontare ai ragazzi ciò che aveva detto Gillian.

«È qui da qualche parte» disse Lefty. «Lo sento. Dobbiamo solo trovarla. Non conosco il suo numero di targa, ma sarà di sicuro di Washington DC. Se ha davvero dormito in macchina, probabilmente avrà cercato un posto sicuro, tipo il parcheggio di un'attività commerciale aperta 24 ore su 24 o un altro luogo non troppo isolato. C'è la possibilità che non sia nemmeno più in città... ma per qualche motivo, penso che non se ne sia andata. È venuta fin qui per vedermi ed è molto determinata. Non la vedo come una che molla prima di aver portato a termine ciò che si è prefissata. Se la trovate, non avvicinatevi. Chiamatemi e rimanete a osservarla. Va bene?»

Tutti annuirono.

Amava la sua squadra. Non si preoccupavano di chi era al comando o di chi dava gli ordini. Il loro ego veniva messo da parte prima di iniziare una missione. E quella *era* una missione, anche se non assegnata dal loro Paese.

Lefty indicò a ognuno le diverse zone della città in cui cercare e andarono tutti alle loro auto.

Brain si trattenne mentre gli altri si allontanavano. «Stai bene?» gli chiese.

Scrollò le spalle. «Starò meglio quando scoprirò cosa diavolo sta succedendo.»

«Vuoi che veda cosa riesco a trovare con il computer?»

Esitò, poi scosse la testa. «Il mio istinto mi dice di aspettare. Di scoprire cosa sta succedendo, prima di fare qualsiasi altra cosa che potrebbe allertare qualcuno e far capire che lei si trova in zona e che la stiamo cercando.»

Brain lo studiò a lungo. «Pensi che la stiano monitorando elettronicamente?»

«Onestamente? Non ne ho idea. Ma so che questo comportamento non è da lei. Non è il tipo da alzarsi una mattina, lasciare il lavoro, dormire in macchina e fare la misteriosa. È intelligente, Brain. Parsimoniosa con i suoi soldi. Non dovrebbe aver alcun motivo per non prendere una stanza in un hotel mentre mi sta aspettando. Pensavo non rispondesse ai miei messaggi perché non voleva parlare con me, ma se invece ci fosse di più dietro? Ha detto a Gillian di non avere un telefono, ma so che ce l'ha, o ce *l'aveva*. Ma se invece non volesse usarlo? A questo punto, ho più domande che risposte e non mi quadra proprio.»

«Vuoi che parli con Winkler?»

«No!» esclamò. Poi prese un respiro per cercare di calmarsi. «Non dico che lui non abbia informazioni, perché sappiamo tutti quanto sia piccola la comunità politica a Washington, ma se lei stesse scappando da qualcuno di loro? E se non volesse far sapere loro dove si trova? Se iniziamo a fare domande, potrebbe ritorcersi contro e portare qui qualcuno che lei non vuole vedere.»

«Comprensibile» concordò Brain. «Ma se ti serve qualcosa, basta che tu lo dica e sai che mi farò in quattro per ottenere tutte le informazioni di cui hai bisogno.»

«Grazie. In questo momento devo solo trovare Kinley e assicurarmi che stia bene. Poi penseremo a cosa fare. Spero che abbia solo avuto l'opportunità di prendersi una vacanza e che non ci siano problemi. Sono abbastanza presuntuoso da sperare che volesse trascorrere quella vacanza con me, ma il mio istinto mi dice che c'è qualcosa che non va.»

«La troveremo» disse Brain, dandogli una pacca sulla spalla. «E per la cronaca, non che importi, ma mi piace. Non la conosco molto bene, ma da quello che ho visto sembra che sia una con i piedi per terra, contenta anche solo di sedersi lì e godersi la giornata, se capisci cosa intendo.»

Lefty annuì. Capiva perfettamente. Ricordava quanto fosse stata felice di star seduta su una panchina a guardare la Torre Eiffel. Non aveva avuto la necessità di parlarne e non si era scattata un milione di selfie davanti al monumento. Le era bastato osservarla e godersi l'esperienza, e ciò gli era davvero piaciuto tanto.

Brain gli fece un cenno con il mento e si diresse verso la sua macchina. Lefty fece un respiro profondo e salì sul suo pick-up. A ogni minuto che passava, la sua ansia aumentava. Doveva trovare Kinley e farlo velocemente.

CAPITOLO OTTO

«L'HO TROVATA» disse Lucky, quando Lefty rispose al telefono, dopo un'ora di ricerche.

Quello era il bello di Lucky e di come aveva ottenuto il suo soprannome. Era sempre incredibilmente fortunato in quasi tutto ciò che faceva. Dal non essere ferito per un soffio durante le missioni, al trovare informazioni sconosciute necessarie per completare un lavoro, e Lefty non era mai stato così grato per la fortuna del suo compagno di squadra come in quel momento.

Fece inversione di marcia dopo essersi fatto dare l'indirizzo. Lucky gli aveva anche promesso che avrebbe chiamato il resto della squadra e sapeva che sarebbero tutti corsi lì.

Non aveva detto molto altro, solo di aver trovato la sua macchina e di esserci passato vicino una volta per vedere se fosse stata all'interno. L'aveva vista al posto di guida, ma non si era fermato. Una parte di Lefty avrebbe voluto che andasse ad assicurarsi che stesse bene, ma l'altra voleva essere la persona che lei avrebbe visto per prima.

Kinley aveva incontrato Lucky, ma non aspettandosi di

vedere qualcuno, avrebbe potuto spaventarsi se avesse bussato all'improvviso sul finestrino.

Guidò più in fretta che poté.

Dopo sette minuti e mezzo, accostò il pick-up accanto a quello del suo compagno di squadra. Si trovavano nel parcheggio di uno stabilimento. Era stata una scelta intelligente, dato che era pieno di macchine giorno e notte per via dei vari turni, e anche se qualcuno l'avesse notata, non avrebbe necessariamente pensato che fosse una cosa troppo strana.

Oltre a Lucky, c'erano già anche Grover, Doc e Brain, mentre Trigger e Oz stavano arrivando. Non volendo aspettare gli altri, Lefty andò verso l'auto di Kinley e la vide con la testa posata al poggiatesta e gli occhi chiusi. Ad ogni passo, il suo battito aumentava. Poteva sentire l'adrenalina scorrere in tutto il corpo.

Provò ad aprire piano la portiera, ma era bloccata. Non avrebbe voluto bussare sul finestrino e spaventarla, ma non aveva altra scelta.

Bussò due volte e iniziò a sudare quando Kinley non si mosse. Forse non stava semplicemente dormendo. Forse c'era davvero qualcosa che non andava.

«Cazzo» mormorò e bussò di nuovo, questa volta più forte.

Trattenne il respiro e quando la vide muovere in modo quasi impercettibile la testa, lo lasciò andare. Era viva. Dio, per un secondo aveva pensato di essere arrivato troppo tardi. Di aver perso la sua occasione con lei per sempre.

«Kinley?» gridò. «Apri la portiera.»

La vide socchiudere gli occhi e poi richiuderli.

Bussò ancora una volta sul finestrino. «Kinley!» gridò più forte. «Apri la portiera.»

Finalmente li riaprì e la vide mimare il suo nome con la bocca.

«Sì, sono io, Gage. Apri, tesoro. Lasciami entrare.» Lefty

trattenne di nuovo il respiro mentre guardava la sua mano alzarsi e armeggiare con il bracciolo della portiera. Sembrava molto scoordinata, il che non era da lei. Sì, magari era stordita dal sonno, ma quello sembrava diverso. «Così, piccola, dai, apri» sussurrò.

Alla fine, proprio quando temeva di dover rompere il finestrino, sentì sbloccarsi la serratura.

In due secondi Lefty aprì la portiera e si inginocchiò al suo fianco.

Kinley, sempre con la testa appoggiata al sedile, aveva richiuso gli occhi. Le toccò il braccio e fece una smorfia sentendola bollente. «Scotta» disse rivolto agli altri, poi si voltò di nuovo verso di lei.

«Ehi, Kins.»

«Gage» sussurrò.

«Sono qui.»

«Freddo» mormorò, rabbrividendo.

«Merda.» borbottò Doc dietro di lui. «Dobbiamo portarla da un dottore.»

Come se le parole del suo amico fossero state una sorta di elisir magico, Kinley spalancò gli occhi. «Niente dottori!» esclamò agitata.

L'afferrò per le spalle. «Tranquilla, Kins.»

Sapeva che non avrebbe mai dimenticato lo sguardo nei suoi occhi; era un misto di panico e terrore. «Niente dottori» ripeté. «Mi troverà... e anche *te*.»

«Chi ti troverà, Kins?»

Ma lei chiuse gli occhi e si accasciò contro di lui. «Niente dottori...» disse per la terza volta.

Rendendosi conto che non era nelle condizioni di rispondere a nessuna delle sue domande, Lefty cedette. «Va bene, niente dottori.»

«Promettilo» sussurrò senza aprire gli occhi e afferrandogli il bicipite con una forza sorprendente; sentì le sue unghie scavare nella pelle.

«Promesso» le confermò deciso.

Ogni muscolo del suo corpo si rilassò così tanto da farlo preoccupare. «Kinley?»

Non rispose.

«Merda» mormorò prima di allungarsi un po' e mettere due dita sulla pulsazione nel collo. «È veloce, ma costante» disse ai suoi compagni di squadra, che erano radunati dietro di lui a guardare.

«Davvero non la porterai da un dottore?» gli chiese Grover. «Sta male, amico.»

Lefty guardò di nuovo i suoi amici. «No. La porto a casa con me. Se peggiora, chiamo Doc.»

Tutti guardarono l'altro uomo. Aveva ottenuto quel soprannome perché prima di decidere di arruolarsi nell'esercito, aveva frequentato la facoltà di medicina. Erano tutti paramedici certificati, grazie alla loro formazione, ma quel nome gli era rimasto.

«Se vuoi riporto la sua macchina a casa tua» si offrì Lucky.

«Sì, ce ne occupiamo noi dell'auto» disse Trigger. «Tu pensa solo a portarla a casa. Se hai bisogno di Gillian, sarà felice di aiutare. In effetti, ho la sensazione che insisterà.»

Lefty annuì. Non aveva pensato ad altro che a trovare Kinley e portarla da lui, quindi era grato che i suoi amici si stessero occupando del resto. «Grazie ragazzi. Brain, puoi aiutarmi a tirarla fuori?»

L'amico si mise al suo fianco e lo aiutò ad alzarsi mentre la tirava fuori. Barcollò un attimo quando si raddrizzò con Kinley tra le braccia, ma Brain e Doc erano lì a sostenerlo. Aveva la febbre alta e si mosse a malapena solo per rannicchiarsi meglio contro di lui.

Gemette un po' quando Lefty iniziò a camminare verso la Blazer di Trigger, ma non protestò. Lo stava davvero spaventando, ma non lasciò trasparire nessuna preoccupazione nella sua voce quando disse: «Ci sono io, Kins.»

Rabbrividì sentendo le sue labbra sfiorargli la pelle sensibile sotto l'orecchio. Era ovvio che non lo stesse facendo per cercare di eccitarlo, ma il suo corpo reagì comunque a quella vicinanza.

«Freddo» mormorò di nuovo.

Lefty rafforzò la presa su di lei e, ancora una volta, i suoi amici lo aiutarono mentre saliva sul retro dell'auto di Trigger. Sapeva che avrebbe dovuto farla sedere e metterle la cintura di sicurezza, ma non riusciva a lasciarla andare. Senza contare che ogni volta che allentava la presa, sembrava che lei cercasse di fondersi con il suo corpo.

Tenendola così vicina, non poté fare a meno di pensare che probabilmente non si faceva la doccia da un paio di giorni. Non che avesse un cattivo odore, ma non aveva nemmeno il profumo fresco e pulito che aveva sentito quando erano usciti insieme a Parigi.

La sentì rabbrividire contro di lui e non era una buona cosa considerando che non faceva per niente freddo. Trigger li riportò a casa velocemente, ma in sicurezza, e Lefty aspettò che aprisse la portiera prima di cercare di scendere dall'auto con Kinley tra le braccia. Salì in fretta le scale fino al suo appartamento.

«Sono passata» mormorò lei contro il suo collo.

«Lo so. Mi dispiace di non esserci stato.»

«Stavi salvando il mondo. Io non sono importante.»

Lefty aggrottò la fronte. «Se avessi saputo che eri qui, avrei mandato qualcuno ad aiutarti. Uno degli altri miei amici della Delta Force.»

Lei scosse debolmente la testa. «No... volevo solo te.»

Trigger gli aprì la porta e Lefty non poté soffermarsi a pensare a quanto l'avessero fatto sentire bene le sue parole, doveva concentrarsi su altre cose. Andò dritto in camera da letto e si chinò per sdraiarla sul materasso.

Kinley rimase aggrappata al suo collo.

Curvo su di lei, si tenne su con le mani. «Devi lasciarmi andare, Kins.»

«No» protestò.

Lefty non voleva mostrarsi divertito, ma lo era. Non riuscendo a trattenersi, si chinò e le sfiorò la guancia con le labbra. «Lasciami andare, tesoro. Devo assicurarmi che tu sia a posto.»

Kinley aprì gli occhi a quel tocco contro la pelle. «Gage?»

«Sì?»

«Mi hai scritto qualche messaggio?»

Aggrottò la fronte confuso. «Sì, non li hai ricevuti?»

«Il mio telefono è andato distrutto» lo informò. «Non ti stavo ignorando.»

Anche se stava male e aveva la febbre, Lefty vide la preoccupazione e la sincerità nel suo sguardo. Le mise una mano sulla guancia e lei rilassò i muscoli del collo lasciando tutto il peso della testa nel suo palmo. «Ok, Kins» le disse.

«Ma sono contenta che il mio telefono si sia rotto perché ti ha tenuto al sicuro.»

Lefty era molto confuso. «In che senso?» le chiese.

Kinley sospirò e chiuse di nuovo gli occhi. «Grazie per avermi portato in albergo. Parleremo domani quando mi sentirò meglio» mormorò.

«Vuoi che mandi Gillian per aiutarla a cambiarsi?» domandò Trigger, ignorando il commento sull'albergo. Era chiaramente disorientata.

Si alzò con riluttanza e la coprì con la trapunta dato che continuava a tremare.

Si rivolse al suo amico. «No, non farla venire qui. Se Kinley dovesse essere contagiosa, l'ultima cosa di cui hai bisogno è che si ammali anche lei. Ha indosso una maglietta e dei leggings, dovrebbe stare abbastanza comoda con quelli.»

«Se hai bisogno di noi, chiama.» Non era un'offerta, ma un ordine.

Annuì. «Lo farò. Grazie per aver radunato la truppa.»

Trigger ignorò i suoi ringraziamenti. «Tra qualche ora torno a vedere come va. La porterai al pronto soccorso se dovesse peggiorare?»

«Non posso. A meno che non abbia scelta. Devo onorare i suoi desideri. Dev'essere successo qualcosa di *davvero* molto grave, Trigger. Se non vuole andare da un dottore, devo credere che abbia un'ottima ragione.»

«Per la cronaca, sembra più preoccupata per *te* che per lei.»

«Ho pensato la stessa cosa e non ha alcun senso.»

«Per ora qui è al sicuro. Assicurati che guarisca, poi potrai trovare le risposte a tutte le tue domande. Basta che non dimentichi che non sei da solo, hai il tuo team in attesa di aiutarti. E Gillian. Lo hai sentito tu stesso, le piace davvero Kinley. Non so cos'abbia la tua donna da far venire voglia alla gente di fare i salti mortali per aiutarla, ma è così.»

«Non è la mia donna» protestò, ma quelle parole gli lasciarono l'amaro in bocca.

«Dici?» replicò Trigger, ma non gli diede il tempo di rispondere. «Me ne vado. Ci vediamo dopo.»

Guardò il suo amico voltarsi e lasciare la stanza. Sentì la porta d'ingresso chiudersi e sapeva che si sarebbe assicurato di bloccare la serratura sulla maniglia mentre usciva. Ripromettendosi di andare a chiudere a chiave e mettere il catenaccio da lì a poco, osservò di nuovo Kinley.

I suoi capelli neri erano sporchi e aggrovigliati, le guance erano arrossate e la pulsazione sul collo era accelerata.

Fece un respiro profondo e andò in bagno per prendere una salvietta e inumidirla. Aveva bisogno di rinfrescarla e buttarle giù la febbre, ma voleva anche ripulirla. Sapeva che avrebbe odiato sentirsi o essere sporca una volta sveglia, e lui si ripromise di fare tutto il necessario per metterla il più possibile a suo agio.

Quattro ore dopo, la febbre non era ancora scesa. Kinley si dimenava sul letto e gemeva e anche se scottava, si stringeva addosso le coperte come se fosse sdraiata nuda in Alaska in pieno inverno.

«Devo rinfrescarti» mormorò Lefty, più a se stesso che a lei. Non aveva detto ancora niente di coerente e lui era sempre più preoccupato di dover cedere e portarla al pronto soccorso.

«Lascialo in pace!» gridò di punto in bianco, spaventandolo a morte. «Lui non c'entra niente!»

«Kinley, sei al sicuro.»

«Gage?» chiese, chiaramente confusa.

«Sì, sono io.»

Spalancò gli occhi e lo fissò senza lo sguardo offuscato che aveva avuto nelle ultime quattro ore. «Scarpe luccicanti» disse con urgenza.

«Che cosa?»

«Erano le scarpe» mormorò, chiudendo gli occhi.

Lefty sospirò frustrato. Non aveva alcun senso.

Doveva agire.

La lasciò sul letto e andò in bagno, aprì i rubinetti regolando la temperatura dell'acqua in modo che fosse fresca; non era così insensibile da immergerla in un bagno gelido, ma non le sarebbe piaciuto comunque essere costretta a stare dentro l'acqua appena tiepida. Al suo corpo surriscaldato, sarebbe sembrato di essere in un bagno di ghiaccio.

Tornò in camera mentre la vasca si riempiva e si preparò psicologicamente. Sarebbe stato più difficile per lui che per lei, ma doveva farlo. Non sapeva se Kinley lo avrebbe odiato quando fosse stata più coerente, ma se ne sarebbe occupato più tardi. Preferiva di gran lunga avere tra le mani una donna imbarazzata piuttosto che morta.

Si sedette accanto a lei e cercò di valutare il suo stato mentale. «Kinley, dobbiamo toglierti i vestiti così posso portarti nella vasca.»

Nessuna risposta.

«Kins?»

Gemette.

Decidendo che forse era meglio che non fosse completamente lucida, Lefty tirò indietro le coperte e ignorò il gemito che le sfuggì per aver perso il calore. La spogliò della maglietta e dei leggings il più in fretta possibile e con distacco, ma non riuscì a costringersi a toglierle le mutandine e il reggiseno; gli sembrava di aver tradito la sua fiducia spogliandola, anche se era per il suo bene.

Sapeva che avrebbe potuto chiamare Gillian per farsi aiutare, ma sentiva un profondo bisogno di prendersi cura di Kinley da solo. Aveva la sensazione che lei lo stesse in qualche modo proteggendo. Non sapeva da chi o da cosa, ma da quel poco che aveva detto, era chiaro che fosse spaventata a morte e stesse fuggendo.

Si chinò e sollevò una Kinley quasi nuda, amando la sensazione di tenerla tra le braccia. La sua pelle era troppo calda e pallida, ma il suo corpo si adattava perfettamente a lui. Alta un metro e sessantacinque era minuscola rispetto al suo metro e ottantacinque, ma era sinuosa nei punti giusti. Tenne lo sguardo lontano dal suo seno e si concentrò su quanto fosse liscia la pelle sotto le sue mani. Lei seppellì di nuovo il naso nel suo collo e Lefty sapeva che non si sarebbe mai stancato di provare quella sensazione.

Sapendo che non c'era un modo piacevole per immergerla e di aver commesso un errore a non togliersi i jeans e la camicia prima di prenderla in braccio, scavalcò il bordo della vasca, grato di essersi già tolto scarpe e calzini.

L'acqua gli entrò subito nei pantaloni, ma se ne accorse a malapena.

«Non sarà molto piacevole» mormorò. «Tieniti a me, Kins.»

Lei gemette, non era sicuro se per accettazione o disappunto. Lefty si sedette con molta cautela dentro la vasca, rabbrividendo per la temperatura e appena Kinley toccò l'acqua, strillò e inarcò la schiena, cercando di scappare.

«Lo so» mormorò dispiaciuto «ma ne hai bisogno. È importante.»

«T-t-anto freddo» si lamentò continuando a cercare di raddrizzarsi e di allontanarsi sia da lui sia dall'acqua.

Desiderando che la vasca fosse più profonda, Lefty cambiò posizione e fece sedere lei sul fondo. Si inginocchiò e la fece sdraiare con più gentilezza possibile. Non fu facile, lei continuava a combatterlo schizzando l'acqua tutt'intorno a loro, mentre calciava e cercava di uscire dalla vasca.

Nel giro di un minuto fu troppo esausta e non poté far altro che sdraiarsi. I suoi seni si sollevavano su e giù per l'agitazione e Lefty sapeva che se non fosse stata così tanto male, non sarebbe mai riuscito a tenerla ferma. Per una donna della sua altezza, era incredibilmente forte.

«So che fa freddo, ma il tuo corpo è troppo caldo, Kins. Devo raffreddarti.»

«Farò la brava» disse in un tono spaventosamente piatto e privo di emozioni. «Non entrerò più di nascosto in cucina a prendere cibo. Lo prometto.»

Il corpo di Lefty si irrigidì. Di cosa stava parlando?

«Ti prego. Lasciami alzare e non sentirai più la minima parola da me. Non ti darò fastidio. *Per favore*.»

«Kinley, sei con me, Gage. Sei al sicuro. Stai male e sto cercando di abbassarti la temperatura corporea.»

«Non tenermi sotto! Farò la brava. Farò la brava!» piagnucolò, supplicando.

A quelle parole Lefty si sentì morire. Non sapeva chi l'avesse punita tenendola sott'acqua, ma ora era difficilissimo riuscire a tenerla ferma. Assolutamente impossibile.

La sollevò e si sdraiò mettendosela sopra di sé. Quella posizione non aiutava molto ad abbassarle la temperatura, dato che l'acqua le lambiva solo i lati del corpo invece di coprirlo tutto, ma non voleva che rivivesse nemmeno un secondo di qualunque tortura avesse subito in passato.

«Shhhh, sei al sicuro. Ci sono io, devi solo stringerti a me.»

Tremando, Kinley si sistemò su di lui, infilò le braccia sotto il suo corpo aggrappandosi alla sua schiena. Lefty raccolse l'acqua con le mani e fece il possibile per rinfrescarla. Andò avanti così per circa cinque minuti, poi non riuscì più sopportare di sentirla tremare, così avvolse le braccia intorno a lei e la tenne contro il proprio corpo. Era praticamente nuda, mentre lui era completamente vestito, ma provò solo un tenero affetto e preoccupazione per la donna tra le sue braccia.

«Se potessi fare a cambio con te, lo farei» sussurrò.

Con sua sorpresa, lei scosse la testa. «No. Non auguro la mia vita a nessuno.»

Si costrinse a rimanere nella vasca per altri cinque minuti circa. Quando il corpo di Kinley finalmente smise di tremare e rimase ferma, sdraiata sul suo petto, Lefty prese un profondo respiro sapendo di doversi alzare.

Uscire dalla vasca tenendola in braccio fu più difficile che entrarci; lei non fu d'aiuto, era praticamente in stato comatoso, ma la sua pelle era più fresca. La stese con delicatezza sul tappeto, si tolse in fretta i vestiti fradici lasciandoli ammucchiati sul pavimento e andò in camera, indossò un paio di boxer e una maglietta, poi ne tirò fuori una grigia dell'esercito da un cassetto, per Kinley.

Si prese il tempo di cambiare le lenzuola. Ora che era un po' più pulita di quando l'aveva portata nella sua camera la prima volta, voleva che dormisse su lenzuola fresche di bucato.

Quando tornò in bagno, Kinley non si era mossa da dove l'aveva lasciata e vederla lì, completamente immobile, non fu piacevole. Si inginocchiò accanto a lei e le tastò il polso, sollevato quando lo sentì lento e forte. La asciugò alla meglio, poi le infilò in modo goffo la maglietta dalla testa togliendole in fretta il reggiseno prima che potesse bagnarla.

Dovendo toglierle anche le mutandine, chiuse gli occhi e gliele tirò giù con dolcezza sui fianchi e sulle cosce. In qualsiasi altra circostanza, sarebbe stato un atto sensuale, ma mentre stava così male non lo era affatto.

Non appena tolte le abbassò del tutto la maglietta, coprendola, poi si inginocchiò e la prese di nuovo in braccio. Questa volta lo aiutò un po', mettendogli le braccia intorno al collo e tenendosi stretta quando lui si alzò.

La posò delicatamente sul letto e tirò su le coperte. Kinley sospirò e si girò su un fianco, piegando le gambe in posizione fetale.

Non aveva idea di quanto rimase seduto sul bordo del materasso a guardarla dormire, sapeva solo che gli sembrava giusto averla lì. Odiava che stesse così male, ma non poteva negare che gli piacesse vederla nel suo letto.

Lefty si costrinse ad alzarsi, doveva prepararle qualcosa, non sapeva quando avesse mangiato l'ultima volta. Prima di lasciare la stanza, fece scorrere il dorso delle dita lungo la sua guancia e sussurrò: «Qualunque sia il tuo problema, lo risolverò, Kins. Mi dispiace di non esserci stato quando avevi bisogno di me, ma ora sono qui.»

Lei non rispose, ma era giusto così. Tanto, stava parlando più a se stesso che a lei.

————

Kinley deglutì e le sembrò di succhiare dei batuffoli di cotone. Non capiva perché avesse la bocca così secca e le facesse male ogni muscolo del corpo. Senza aprire gli occhi, cercò di ricordare perché si sentisse così di merda, ma aveva un vuoto.

Era ovvio che fosse ammalata, ricordava di non essersi sentita molto bene, ma non riusciva a individuare esattamente cosa fosse successo di recente.

Aprì gli occhi e si irrigidì.

Non riconosceva il posto. Non era il suo appartamento a Washington, quello era certo.

E in quell'istante, i ricordi presero il sopravvento.

Era scappata da Washington perché qualcuno aveva cercato di spingerla sotto la metropolitana. Era andata in Texas, solo per scoprire che Gage non c'era. Aveva dormito in macchina, aspettando che tornasse dalla missione in cui si trovava, e... e niente. Il resto era un vuoto.

Ricordava di aver incontrato Gillian e di aver passato qualche giorno con lei, ma una mattina si era sentita così male e non era andata al suo appartamento. Aveva deciso di restare in macchina nel parcheggio di uno stabilimento.

E ora... ora cosa? Dov'era? Che giorno era?

Si strofinò la fronte cercando di ricordare qualcosa, qualunque cosa, ma senza fortuna.

Sentì un rumore e si raddrizzò a sedere spingendosi indietro sul letto. Il rapido movimento la fece ondeggiare. La stanza girò e pensò per un secondo che sarebbe svenuta. Per pura forza di volontà, si costrinse a rimanere dritta e tenne gli occhi incollati alla porta dall'altra parte della stanza.

Quando fece un respiro profondo, si rese conto di riconoscere il lieve profumo che aleggiava e pochi secondi dopo, la porta si aprì silenziosamente e apparve Gage. Indossava un paio di pantaloni della tuta e una vecchia maglietta. Sembrava non si rasasse da diversi giorni e aveva gli occhi iniettati di sangue. Teneva in mano una ciotola ed era concentrato a tentare di non rovesciarla mentre camminava verso il letto.

Si fermò quando alla fine alzò lo sguardo e vide che lo stava fissando.

«Kins?» chiese gentilmente.

Kinley deglutì a fatica e annuì.

«Sei sveglia? *Davvero* sveglia?»

Era una domanda strana; era lì seduta a guardarlo. «Sì.»

Gage si avvicinò con cautela e mise la ciotola sul comodino accanto al letto, poi le tastò la fronte. Lei rabbrividì alla sensazione del suo tocco.

«Sei più fresca.»

«Più fresca di cosa?» chiese confusa, ma poi altre cose penetrarono pian piano nella sua coscienza. Era in quella che doveva essere la sua camera, nel *suo* letto... e non indossava nient'altro che una maglietta. Le coperte erano completamente in disordine e la stanza era un disastro. C'era roba da vestire dappertutto sul pavimento e vide alcuni asciugamani qua e là. C'erano un paio di tazze sul comodino, accanto alla ciotola che aveva appena posato.

Si leccò le labbra secche. «Che ci faccio qui?»

Lui si accigliò. «Non ti ricordi niente?»

Kinley scosse la testa.

«*Cosa* ricordi?»

«Ero nella mia auto» rispose.

Il suo cipiglio si accentuò. «E basta?»

«Sì. Quando sei tornato?»

«Tre giorni fa.»

«*Cosa?*»

«Sono tornato tre giorni fa» ripeté. «Sono venuto a casa, ho dormito per circa otto ore di fila, ho ricevuto una chiamata da Trigger e ho parlato con Gillian, che era molto preoccupata per te dato che non ti vedeva da due giorni. I ragazzi e io ci siamo sparpagliati, ti abbiamo trovata nella tua macchina e ti ho riportata qui. Hai avuto la febbre alta per quarantotto ore. Questa è la prima volta che penso tu sia davvero lucida.»

Lo fissò incredula. «Ti sei preso cura di me?» gli chiese.

Lefty si sentì a disagio, non capiva perché lo stesse chiedendo. «Gillian è venuta un paio di volte, ma non c'eri molto con la testa. Mi dispiace per... ehm...» Indicò il suo corpo con la mano. «Ho dovuto spogliarti perché eri bollente e dovevo abbassarti la temperatura. Poi hai vomitato. Non sono stato abbastanza veloce a portarti in bagno, quindi ho dovuto cambiarti la maglietta. Ma *giuro* che ero più interessato a coprirti che a guardare il tuo corpo nudo.»

Kinley spalancò gli occhi. Era impossibile elaborare tutto ciò che le stava dicendo. «Ti sei preso cura di me?» ripeté.

«Già» rispose con un'espressione preoccupata, probabilmente perché lei stava ripetendo le cose. «Sei stata irremovibile sul fatto di non voler andare dal dottore. Trigger mi ha detto che stavo facendo una stupidaggine, che avresti potuto subire danni al cervello se la febbre non fosse scesa, ma sapevo che dovevi avere una buona ragione per non voler andare al pronto soccorso. Ma devo dirtelo, Kins, se la scorsa notte non si fosse abbassata, ti avrei portata e avremmo affrontato le conseguenze in seguito. Mi hai spaventato, tesoro.»

A Kinley girava la testa. Aveva un sacco di cose da dirgli sul motivo per cui era lì. Su ciò a cui aveva assistito a Parigi, e perché non aveva voluto lasciare alcun tipo di traccia elettronica che Drake Stryker o Walter Brown avrebbero potuto usare per trovarla... ma, al momento, non riusciva a superare il fatto che Gage si fosse effettivamente preso cura di lei mentre stava male.

Le si riempirono gli occhi di lacrime che iniziarono a scenderle sulle guance. Non fece niente per asciugarle, mantenne lo sguardo su Gage. «Non posso credere che ti sia preso cura di me.»

Lui si sedette sul letto, la fronte aggrottata. «Stavi *malissimo*, Kins.»

«Non l'ha mai fatto nessuno.»

«Be', escludendo la parte in cui mi hai vomitato addosso, non è stato difficile» disse con un sorriso.

Kinley scosse la testa. «Non capisci. Nessuno si è mai preso cura di me quando sono stata malata.» Si stava ripetendo, ma non sapeva come farglielo capire. «La prima volta che ricordo di essere stata veramente male, ero alle elementari. Credo fosse un'influenza. La mia mamma affidataria è andata fuori di testa, mi ha detto che non aveva tempo per occuparsi di una casa piena di bambini malati e di rimanere chiusa nella mia stanza e non uscire finché non fossi stata meglio. Mi ha portato dei cracker e dell'acqua, ma per il resto sono rimasta da sola.»

Un muscolo nella mascella di Gage si contrasse. Portò una mano sul suo viso e le asciugò una lacrima con il pollice, ma non disse nulla.

«Ricordo di essermi ammalata anche quand'ero un'adolescente, e anche quella volta ho dovuto affrontarlo da sola. La mia famiglia affidataria stava per partire per una vacanza e non volevano cancellare solo perché stavo male, così mi hanno lasciata a casa e sono andati avanti con i loro piani.»

«Ti hanno lasciata a casa da sola quando stavi male, per andare in *vacanza*?»

Kinley scrollò le spalle. «Non ero un vero membro della loro famiglia ed ero abbastanza grande per prendermi cura di me. Avevano programmato il viaggio da mesi. Ho capito.»

«Be', io no. È una stronzata! È stato un abuso.» Sembrava voler dire qualcos'altro, ma strinse le labbra con rabbia.

«Che c'è?»

«Mi avevi dato a intendere di non aver subito abusi quando eri in affidamento.»

«Infatti» disse, asciugandosi le lacrime. «Non proprio. Non com'è successo a molti altri ragazzi.»

Gage le prese la mano e se la portò alla bocca baciandone il palmo. Il cuore di Kinley sussultò nel petto, ma mantenne lo sguardo su di lui.

«Davvero non ricordi nulla degli ultimi giorni?»

Si strinse nelle spalle. «Ho qualche flash qua e là.»

«Tipo?» insistette Gage.

Fece un respiro profondo e chiuse gli occhi, cercando di ricordare. «Che avevo tanto freddo. Poi caldo. Che avevo sete e quanto mi facesse male lo stomaco mentre vomitavo.»

«Guardami, Kinley.»

Riaprì gli occhi e fissò il suo sguardo castano scuro. Si sentì di nuovo in colpa quando notò quanto fosse stanco.

«Non sei più sola» le disse con fermezza. «Mi dispiace che tu abbia avuto degli esempi pessimi come genitori. Anche se eri una bambina in affido, quelle famiglie ti hanno trattata male. Lasciarti sola, rinchiuderti nella tua stanza, escluderti dalle loro attività familiari... è stato un abuso.» Scosse la testa quando lei aprì la bocca per protestare. «Sei una donna straordinaria e ora che so qualcosa di ciò che hai dovuto subire, sono ancora più impressionato. Ma hai finito di stare da sola. Ti ci saranno voluti ventinove anni per trovare la tua famiglia, ma ora ce l'hai fatta.»

Kinley lo guardò accigliata. Non capiva.

«*Io* sono la tua famiglia» le disse Gage. «E Gillian. Trigger, Brain, Oz, Lucky, Doc e anche Grover. Sei venuta in Texas per un motivo, uno a cui arriveremo dopo che avrai mangiato, magari fatto una doccia e ti sentirai più a tuo agio. Quando sarai malata non dovrai *più* soffrire da sola, non m'importa se sarà solo un raffreddore, ci sono persone qui che si prenderanno cura di te, che si faranno in quattro per assicurarsi che tu stia bene. Capito?»

Scosse la testa. No, non capiva affatto. «Non li conosco nemmeno.»

«Loro ti *conoscono*. Sanno chi sei *qui*.» Posò la mano sopra il suo cuore.

Kinley sapeva che lo avrebbe sentito battere all'impazzata, ma non si tirò indietro. Era come se fossero nell'intimo di una piccola bolla, senza nulla d'imbarazzante o strano tra loro.

«Gillian era sconvolta quando non ti ha più vista. Le piaceva stare con te, ha detto che l'hai persino aiutata molto con il suo lavoro e a contrattare sul prezzo.»

«Non ho fatto chissà cosa» protestò.

«Per lei sì.»

«Sul serio, Gage. Non abbiamo fatto davvero nulla. Mi sono seduta sul suo divano e ho letto uno dei libri che mi ha prestato. Non abbiamo nemmeno parlato molto.»

«Ma non capisci? È per *quello* che le piaci. Perché trasmetti un senso di calma. Perché sei entrata nella sua vita e ti sei adattata. Ti è sembrato imbarazzante stare lì una accanto all'altra per ore senza parlare, ma solo a leggere?»

Scosse la testa.

«Appunto. Perché eri te stessa e hai permesso a lei di essere se stessa. E Trigger sapeva già molte cose su di te perché gliele avevo raccontate io, ma dopo aver sentito quanto piaci a Gillian, il tuo posto nella sua vita si è consolidato. Gli altri ragazzi hanno chiamato e mandato messaggi ininterrottamente per chiedere come ti sentivi, se stavi meglio, se avevamo bisogno di qualcosa. Non hai ricevuto nessuno dei miei messaggi o delle mie mail, vero?»

Sbatté le palpebre, confusa dal cambio di argomento. Si accigliò e scosse la testa.

«Esatto. Tutti i ragazzi sapevano quanto fossi arrabbiato quando pensavo che mi stessi ignorando di nuovo, ma nel momento in cui hanno saputo che il tuo telefono era andato distrutto, hanno capito che probabilmente non avevi nemmeno *ricevuto* la maggior parte dei miei messaggi. Senza contare che è ovvio che tu sia nei guai e quindi, evitando di rispondere, hai fatto sì che quei guai non si presentassero alla mia porta.»

Kinley impallidì davanti al suo straordinario intuito.

«No, non spaventarti» le ordinò Gage, interpretando correttamente la sua reazione. Portò le mani sul suo viso costringendola a guardarlo. «Respira, Kins. Hai detto molte cose che non avevano senso mentre avevi la febbre, ma il solo fatto che tu sia qui e abbia dormito in macchina la dice lunga, senza che tu debba dire una parola. Perché sei venuta in Texas?»

«Era sulla mia strada?»

«Sbagliato. Ritenta» replicò Gage in tono duro.

Chiuse gli occhi. Si sentiva destabilizzata e nuda, e non solo perché era seduta sul letto di Gage con indosso solo una delle sue magliette.

«Guardami, Kins.»

Con riluttanza riaprì gli occhi.

«Perché sei venuta da me?»

Ed eccoli al nocciolo del problema. Era andata in Texas, ma soprattutto era andata da lui. Sapeva che l'avrebbe aiutata e anche se così facendo l'avrebbe messo in pericolo, era comunque corsa dritta da Gage. Aveva preso la decisione di fidarsi di lui, quindi doveva ingoiare il rospo ed essere coraggiosa per una volta nella vita. «Perché sei il mio unico amico e sapevo che mi avresti aiutata.»

«Puoi dirlo forte» confermò con un tono strano. «Ti aiuterò qualunque sia il problema. Ma non sono il tuo unico amico, anche Gillian e il resto della mia squadra lo sono. So che per te sarà difficile abituarti, ma non sei più sola. Se ti viene il raffreddore e hai bisogno di fazzoletti ma non hai voglia di andare a comprarli, chiami uno di noi. Se il tuo wc trabocca e hai bisogno di un idraulico, chiami. Vuoi semplicemente che qualcuno stia seduto in silenzio nella stessa stanza mentre leggi un libro, *chiami*. Capito?»

Kinley si leccò le labbra e scosse la testa.

Gage sorrise. «Capirai. Ti avevo portato un po' di minestra nella speranza di riuscire a farti mangiare. Ma è ancora meglio averti trovata sveglia e di nuovo lucida. Hai fame?»

«Vorrei sapere cos'ho detto quando deliravo.»

Lui scosse la testa. «Non importa ciò hai detto a causa della febbre alta. Ciò che conta è che tu sia qui. Sei venuta a chiedermi aiuto e per un uomo come me, questo dice più di quanto potrebbero mai fare le parole.»

«Un uomo come te?» chiese confusa.

«Sì. Ora, vuoi andare in bagno prima di mangiare?»

Kinley era frustrata. Aveva bisogno che Gage capisse che il fatto che fosse lì lo stava mettendo in pericolo. Era sembrata una buona idea quella di andare in Texas mentre stava guidando senza meta attraverso il Paese, ma ora ci stava ripensando.

«Kinley, concentrati. Bagno o cibo?»

«Bagno» disse in modo meccanico.

Gage sorrise. «Dai su. Ti prendo una maglietta pulita e mentre fai le tue cose, cambio le lenzuola. La febbre finalmente è scesa la scorsa notte e hai sudato su tutto il letto. No, non sentirti in imbarazzo. Ero felicissimo perché significava che stavi migliorando e non avrei dovuto portarti al pronto soccorso.»

Scostò le coperte e Kinley tirò giù in modo goffo la maglietta per coprire le parti intime. Ma da gentiluomo, Gage girò la testa, senza guardare finché non fu sicuro che fosse in piedi. Poi l'accompagnò in bagno.

«Dammi solo un secondo» disse uscendo, lasciandola lì aggrappata al ripiano per aiutarsi a non perdere l'equilibrio. Tornò con una maglietta in mano prima che lei potesse muoversi.

«Non provare ancora a farti la doccia. So che probabilmente ti senti sporca, ma penso che tu sia ancora un po' troppo instabile per stare in piedi. Dopo aver mangiato e fatto un pisolino, vedremo come ti senti e potrai farla più tardi, ok?»

Kinley annuì. Era strano avere qualcuno che si prendesse cura di lei come faceva Gage, ma non poteva negare che fosse bellissimo.

Lui posò la maglietta sul bancone, si chinò e le baciò la fronte; premette le labbra contro la sua pelle per un lungo momento poi mormorò: «Sono contento che tu ti senta meglio, Kins» e se ne andò.

Guardandosi allo specchio, Kinley quasi urlò per lo spavento. Dio, aveva un aspetto orribile. Era pallida e aveva le borse scure sotto gli occhi. I suoi capelli neri sembravano letteralmente un nido, erano completamente arruffati e aggrovigliati.

Gemendo, si appoggiò al ripiano con entrambe le mani e abbassò la testa, abbattuta.

Non era mai stata bella. Lo sapeva. Ma per una volta nella vita, avrebbe voluto essere diversa. Avrebbe voluto essere spiritosa e saper flirtare. Avrebbe voluto che Gage fosse affascinato dalla sua bellezza. Invece, gli aveva vomitato addosso, aveva delirato a causa della febbre ed era un patetico disastro.

«Kinley!» gridò Gage dall'altro lato della porta.

«Sì?» rispose.

«Smettila di pensare. Fai ciò che devi, cambiati e torna qui prima che la minestra si raffreddi troppo.»

Non riuscì a trattenere un sorriso. Non aveva idea di come facesse a sapere che era lì a rimuginare su tutto. «Tranquillo. Faccio più in fretta che posso.»

Non sapeva come ci fosse riuscito, ma in qualche modo solo con una frase le aveva dato una svegliata facendola allo stesso tempo sorridere. Era proprio nei guai. Non era sicura di riuscire ad andarsene. Gage le faceva provare cose che non aveva mai provato per nessuno. Era come se la sua vita fosse passata dal bianco e nero al technicolor, semplicemente perché era vicino a lui.

Trenta minuti dopo, con la pancia piena, Kinley era seduta sul divano nel soggiorno. Lui l'aveva riempita di premure mentre mangiava, assicurandosi che non si sentisse male e che riuscisse a non vomitare la minestra. Le aveva anche portato una bottiglia di Pedialyte, un preparato salino, e quando lei era rimasta confusa, le aveva detto che conteneva tutto ciò che serviva per non disidratarsi.

Poi le aveva chiesto se volesse sedersi in soggiorno mentre lui chiamava i suoi amici per aggiornarli sulle sue condizioni e non volendo restare da sola, aveva acconsentito.

Adesso era seduta sul divano, mezza addormentata, rintanata sotto una coperta morbidissima. Lo aveva mezzo ascoltato mentre telefonava a Trigger e poi a Brain. Aveva avuto l'impressione che i suoi amici avrebbero contattato il resto dei ragazzi per far sapere loro come stava.

Gage si avvicinò al divano e Kinley si rese a malapena conto di ciò che stava facendo, finché non si sedette accanto a lei, la sollevò e se la sistemò sulle ginocchia.

«Cosa fai?»

«Mi rilasso» disse sospirando.

Rimase rigida, non era abituata a essere toccata da nessuno e di certo non a stare seduta sulle ginocchia di un ragazzo. Non sapeva dove mettere le mani o cosa fare.

«Non ti farò del male, Kins» mormorò. «Sono esausto. Non ho dormito molto bene in questi due giorni perché ero preoccupato per te.»

Si rilassò un po'. «Mi dispiace» sussurrò.

«Tranquilla. Non c'è altro posto in cui vorrei stare. Inoltre, dovresti essere abituata... è una delle poche posizioni in cui sembrava che ti calmassi.»

Kinley lo guardò. «Davvero?»

«Sì.»

Kinley aveva indossato un paio di mutandine che Gage aveva tirato fuori da una pila di vestiti appena lavati. Aveva anche messo i leggings, ora puliti, che Gillian le aveva prestato la settimana prima e che non aveva più restituito. Era più che consapevole che l'unica cosa che la separava da lui erano pochi strati di cotone. Non riusciva nemmeno a pensare a quale fosse stata la situazione mentre stava male.

«Stai di nuovo pensando troppo» la accusò, senza aprire gli occhi. Le teneva un braccio intorno alla schiena e l'altro appoggiato sulle cosce; il peso delle sue braccia era confortante piuttosto che soffocante.

«È solo che... mi hai vista nuda» sbottò.

Gage non si irrigidì nemmeno. «Sì. Ma onestamente, ero più preoccupato di quanto fosse calda la tua pelle e se il tuo cervello stesse per friggere per notare davvero qualcos'altro.»

Kinley tirò un sospiro di sollievo.

Finché non parlò di nuovo.

«Ma posso dire con certezza, che il fatto che tu sia ancora vergine è un dannato miracolo. Sei bellissima, Kins. Ogni curva e centimetro di te è perfezione. Non dubitare mai della mia attrazione solo perché mi sono occupato di te senza allungare le mani. Un uomo che fa una cosa del genere mentre deliri per la febbre non solo sarebbe un bastardo, ma un molestatore che andrebbe rinchiuso per sempre.»

Le sue parole le fecero venire la pelle d'oca sulle braccia. Aveva ragione. Se avesse detto che era stata dura tenere le mani lontane mentre si prendeva cura di lei, sarebbe rimasta sconvolta. Ma il fatto che l'avesse trovata attraente, aiutò a farla sentire meno come un mostro appena strisciato fuori da un buco nel terreno.

Si costrinse a rilassarsi e si appoggiò a lui.

«Ecco, così» mormorò Gage. «Sei al sicuro qui. Rilassati. Faremo entrambi un pisolino, poi penseremo a cosa fare.»

Dormire sopra di lui era comodo. Molto comodo. Chiuse gli occhi, e l'ultima cosa che pensò fu quanto sarebbe stato fantastico addormentarsi abbracciata a Gage ogni notte.

———

Lefty era esausto. Tra lo stress dato dalla preoccupazione per Kinley e il semplice fatto di non aver dormito molto negli ultimi giorni, era pronto a crollare. Ma non riusciva a smettere di pensare a ciò che lei aveva *confessato*.

Aveva detto molte cose mentre delirava per la febbre, alcune senza molto senso. Ma aveva capito che era spaventata a morte, che era fuggita da Washington DC terrorizzata e che era da lui per chiedere aiuto.

Non avevano passato molto tempo insieme, però alla fine si era creato davvero quel legame che lui pensava di aver già sentito. Non lo aveva ignorato, semplicemente non aveva ricevuto i messaggi e le mail che le aveva inviato. E ora era lì tra le sue braccia, al sicuro. Avrebbe fatto tutto il necessario perché restasse così.

Dovevano parlare, aveva bisogno di sapere cosa diavolo stesse succedendo e di cosa avesse tanta paura. Ma prima doveva riposarsi. Kinley sarebbe stata bene e se voleva riuscire a pensare lucidamente, così da poter capire come risolvere qualsiasi problema la turbasse, doveva dormire un po'.

Era stato bello tenerla stretta mentre stava male, anche se era molto preoccupato. Lefty aveva dormito a singhiozzo, svegliandosi di scatto ogni volta che lei si muoveva, estremamente cosciente dei suoi bisogni. Ma sapere che stava meglio e sentirla rilassata tra le sue braccia era una sensazione ancora più bella.

Le baciò la fronte e lei si raggomitolò ancora di più contro di lui, e quel piccolo movimento gli scaldò il cuore.

Che lei lo sapesse o no, Kinley Taylor era sua.

Chiunque avesse cercato di farle del male o di prendere ciò che era suo, avrebbe scoperto che nonostante in genere fosse un tipo accomodante, quando qualcuno a cui teneva veniva minacciato, cambiava tutto.

CAPITOLO NOVE

KINLEY ERA SEDUTA al tavolo accanto alla cucina e cercò di non andare fuori di testa al pensiero della conversazione che sapeva di dover affrontare.

Quando si erano svegliati dopo aver fatto un pisolino sul divano, Gage l'aveva riportata in bagno aspettando fuori mentre lei faceva la doccia. In qualche modo era riuscita a non cadere e uccidersi, si era vestita e poi lui era entrato per aiutarla con i capelli. Ci aveva messo un po' a pettinarli, ma non era sembrato infastidito da quel compito. Kinley si era quasi addormentata di nuovo, seduta sulla sedia che le aveva portato in bagno così che stesse comoda mentre le districava i capelli.

In seguito, mentre lui si radeva e si faceva la doccia, si era rannicchiata sul divano. Gage aveva preparato una cena salutare a base di pollo al forno e fagiolini, che lei aveva a malapena toccato.

Poi, quando pensava che le avrebbe chiesto di spiegare cosa ci facesse lì, l'aveva sorpresa chiamando sua madre.

Aveva chiacchierato per un po' prima di farle sapere che Kinley era andata a trovarlo. Molly non era sembrata sorpresa, solo felicissima di poter parlare con lei. Le aveva detto quanto le dispiacesse che fosse stata male e poi condiviso un sacco di storie imbarazzanti su Gage da piccolo.

Successivamente, avevano guardato la TV finché Kinley non si era addormentata sul divano. Lui l'aveva portata in camera, sistemata nel letto e se n'era andato. Era stata sia sollevata sia delusa, il che non aveva alcun senso, ma era talmente stanca che non era riuscita a rimanere sveglia abbastanza a lungo per cercare di capire quale fosse il suo problema.

Era giunto il mattino e la sua tregua era finita. Erano passate più di due settimane da quando qualcuno aveva tentato di ucciderla e sapeva che chiunque fosse stato, probabilmente era là fuori a cercarla. Non sapeva come comportarsi o se fossero stati Drake Stryker o il suo ex capo a ordinare di eliminarla.

Gage aveva preparato un'abbondante colazione a base di waffle e uova e sebbene non fosse riuscita a mangiare molto, aveva fatto il possibile per buttare giù qualcosa. Adesso era seduto di fronte a lei e sorseggiava una tazza di caffè.

«Dobbiamo parlare» disse, e per quanto fosse nervosa, Kinley fu quasi sollevata che fosse finalmente giunto il momento di condividere con qualcun altro il peso di ciò che aveva visto. Si sentiva in colpa perché sapeva che non appena l'avesse detto a Gage, sarebbe stato in pericolo anche lui, ma mantenere il segreto era un inferno per la sua salute mentale.

In realtà, lo aveva messo in pericolo nel momento in cui era andata in Texas.

Non riusciva a smettere di pensare a quella povera ragazza, che probabilmente quando si era messa quelle scarpe scintillanti era stata elettrizzata e nervosa per l'imminente serata, e invece era finita uccisa in un vicolo. Nessuno meritava una cosa del genere. Soprattutto non una ragazzina che non aveva nemmeno avuto la possibilità di iniziare a vivere la sua vita.

Kinley si spaventò quando sentì bussare alla porta e vide Gage sospirare. «Immagino che siano Gillian e Trigger. Ha detto che avrebbe cercato di impedirle di venire, ma credo non abbia avuto successo. Vuoi che li ignori?»

Si accigliò. «Sarebbe scortese» disse.

Lui sorrise, ma si limitò a scrollare le spalle.

«Non mi dispiacerebbe vederla» ammise Kinley.

Senza dire altro, Gage spinse indietro la sedia, fece il giro del tavolo per andare da lei, si chinò e le baciò dolcemente la tempia e andò alla porta d'ingresso.

Kinley adorò quel gesto. Si era appena alzata quando Gillian irruppe nella stanza.

«Oh mio Dio, hai un aspetto decisamente migliore!» esclamò. «Sono così felice che tu stia bene!» Lasciò cadere sul pavimento la borsa che aveva in mano, si precipitò verso di lei e la abbracciò forte.

Sorpresa da quella dimostrazione di affetto, Kinley poté solo rimanere lì e ricambiare in modo goffo l'abbraccio.

«La stai soffocando, Gilly» disse Trigger, con un tono evidentemente divertito e colmo d'amore.

«Ma va» replicò Gillian, ma fece comunque un passo indietro. «Sul serio, stai benissimo. Lefty si è occupato di te in modo eccellente. Avrei voluto venire ad aiutare, ma ha detto che non voleva che mi ammalassi anch'io e che aveva tutto sotto controllo.»

Non aveva nemmeno pensato al fatto che avrebbe potuto farlo ammalare e si voltò allarmata verso di lui. «Stai bene?»

«Sì, sto bene, Kins.»

Così ora non solo era preoccupata che un eventuale sicario avrebbe potuto andare a cercarlo, ma che avrebbe potuto contagiare Gage.

«Sto *bene*» ripeté.

«Ti ho portato altri libri da leggere» la informò Gillian, riportando l'attenzione di Kinley su di lei. «Non ero sicura se avessi finito quello che ti avevo prestato e dato che io odio restare senza nuovi libri da leggere, ho pensato che ti avrebbe fatto piacere averne altri. Ne ho un sacco, quindi ogni volta che ti va di venire a curiosare, sentiti libera di farlo. Sei sempre la benvenuta a casa nostra. Rimarrai qui con Lefty? Perché sarebbe fantastico!»

Trigger si avvicinò alla sua fidanzata e le mise una mano sulla bocca, impedendole di dire qualsiasi altra cosa. «Quello che vuole dire è... siamo contenti che tu ti senta meglio e se hai bisogno di qualcosa, devi solo chiedere.»

Ma le ultime parole di Gillian erano già andate a segno. Kinley non aveva pensato troppo a quello che avrebbe fatto dopo aver raccontato tutto. Era stata felice di stare con Gage, ma in quel momento si rese conto che poteva essere... imbarazzante. Non si frequentavano, anche se lui *era* l'unico uomo che l'avesse mai vista nuda. Avrebbe dovuto decidere dove andare. Non appena gli avesse raccontato la sua storia e il motivo per cui era lì, avrebbe dovuto trovare un posto dove stare e pensare ai suoi piani futuri.

«Respira, Kinley» disse Lefty, mettendole un braccio intorno alle spalle. «Sei in via di guarigione, ma mi sentirei molto meglio se non fossi a spasso per la città. Potresti avere una ricaduta.»

«Non posso restare, Gage» mormorò.

«Ne parleremo dopo» replicò lui con calma.

«Non volevo metterti a disagio» disse Gillian con rimorso. «Ho solo pensato... non so cos'abbia pensato. Ma se hai bisogno di un posto dove stare, puoi sempre venire da me e Walker. Ormai per me sei un'amica e mi sentirei orribile se tornassi a dormire in macchina quando abbiamo una camera per gli ospiti in cui potresti stare.»

«Non dormirà mai più in macchina» affermò Gage con fermezza.

«Ok. Va bene.»

Bussarono di nuovo alla porta e Kinley lo guardò con aria interrogativa.

«Vado io» si offrì Trigger. «Fai il bravo» lo ammonì Gillian scherzosamente prima che andasse alla porta.

In pochi secondi, la stanza si riempì con il resto degli uomini del team.

«Hai un aspetto decisamente migliore dell'ultima volta che ti ho vista» disse Brain.

«Assolutamente» gli fece eco Oz.

«Mi fa piacere vederti di nuovo in forma» aggiunse Lucky.

«Ho portato le chiavi dell'auto» Doc informò Gage, posando il portachiavi sul bancone.

Grover non disse nulla, ma la salutò con un piccolo cenno del mento.

La stanza adesso era affollatissima e fu sorpresa di non sentirsi affatto soffocare. Era la persona di gran lunga più bassa, ma Gage le aveva messo il braccio intorno alle spalle e al suo fianco, si sentiva al sicuro e a suo agio. Era una sensazione strana, che non aveva mai provato prima in mezzo a un gruppo di persone. Di solito si metteva contro un muro e faceva il possibile per passare inosservata.

«Ehm... ciao?» disse Kinley incerta. Aveva già incontrato quegli uomini a Parigi e in Africa, ma non capiva perché fossero tutti lì in quel momento.

«Cosa ci siamo persi?» chiese Lucky. «Hai iniziato senza di noi?»

«No» rispose Gage. «Gillian è voluta venire a salutare.»

«Iniziato cosa?» domandò Kinley, fissandolo.

Strinse il braccio intorno alla sua spalla, ma non rispose.

«Credo sia arrivato il momento che me ne vada» borbottò Gillian con riluttanza. «Non so cosa stia succedendo, ma spero che tu sappia che anch'io sono pronta ad aiutarti. Se hai bisogno di qualcosa, ci sono.»

Kinley riuscì solo ad annuire. Lei le sorrise poi si alzò in punta di piedi per baciare Trigger prima di andarsene.

Nessuno parlò finché non uscì. Nel momento in cui la porta si chiuse, Gage disse: «Se volete un caffè, servitevi da soli.» Condusse Kinley in soggiorno e la fece accomodare a un'estremità del divano. Si sedette attaccato a lei, senza darle un minimo di spazio. La coscia massiccia toccava la sua e anche se era infilata in un angolo, non si sentì minacciata.

Alla fine, anche gli altri si sistemarono in giro per la stanza e la guardarono quasi con trepidazione.

«Kins, è arrivato il momento di raccontarci tutto» disse con dolcezza Gage.

Sentendosi un'idiota perché non se l'era aspettato, scosse la testa. «No, voglio parlare solo con te.»

«Non funziona così» le spiegò serio. «So che hai paura, è ovvio. Ma questi uomini ci coprono le spalle. Sai che siamo una squadra. Non abbiamo segreti l'uno per l'altro e non c'è nessuno di cui mi fidi di più per avere un aiuto ad assicurarmi che tu sia al sicuro.»

A Kinley non piaceva. Aveva programmato di dire a Gage ciò che aveva visto, ma anche sperato di ridurre al minimo il numero di persone in pericolo. Avrebbe dovuto immaginarlo. Lei era stata da sola per tutta la vita; non aveva minimamente pensato che avrebbe voluto condividere quei fatti con i suoi amici.

«Non è che non mi fidi di loro, è solo...» Si interruppe, incerta su come spiegare ciò che provava senza offendere quei grandi uomini alfa intorno a lei.

«È solo cosa?» le chiese.

A quel punto, non ebbe altra possibilità che spifferare ciò che stava pensando, così fece un respiro profondo e spiegò. «È già abbastanza brutto che metta in pericolo la *tua* vita.

Non voglio che nessun altro si faccia male a causa mia. E più persone lo sanno, più vite sono a rischio.»

Nella stanza calò il silenzio per un attimo prima che Brain chiedesse: «È seria? Dici sul serio, Kinley?»

Non riuscì a interpretare il suo tono, quindi si limitò ad annuire.

«Cazzo» mormorò Oz.

«Kinley, guardami» disse Gage.

Voltò la testa e vide che aveva un'espressione divertita. «Sai cosa facciamo, ciò che siamo mandati a fare in tutto il mondo. Stai seriamente cercando di *proteggerci*?»

«Non capisci. È una cosa orrenda» sussurrò.

«Allora diccelo, così possiamo aiutarti a risolvere qualunque cosa sia» la esortò.

Kinley guardò gli altri sei uomini nella stanza. Erano tutti concentrati su di lei e poteva vedere nei loro sguardi compassione e autentico affetto. Non stavano fingendo di essere pazienti, lo erano. Aveva la sensazione che sarebbero rimasti seduti lì tutto il giorno se ci fosse voluto tutto quel tempo perché lei trovasse il coraggio di dire il motivo per cui era lì.

Il pensiero che qualcuno di loro venisse ferito o morisse a causa di ciò che stava per raccontare la metteva estremamente a disagio.

«Ho visto qualcosa che non avrei dovuto» disse dopo un momento.

Quando non spiegò ulteriormente, Doc le chiese: «Che cos'hai visto?»

Era arrivato il momento. C'erano probabilmente solo un paio di persone che sapevano cos'avesse visto in quel vicolo: il suo ex capo e Stryker. Dubitava che uno dei due avesse detto al sicario perché avrebbe dovuto ucciderla, ma era possibile. Raccontandolo agli uomini seduti nel soggiorno di Gage, lo avrebbero saputo più del doppio delle persone. Sarebbe stata una cosa negativa? Non ne aveva davvero idea.

Fece un respiro profondo e decise di continuare. «Due settimane fa, proprio prima di lasciare Parigi, lo Strangolatore dei Vicoli ha fatto un'altra vittima.»

Gli uomini intorno a lei sembrarono confusi, ma annuirono.

«Ricordo di averlo visto al telegiornale» disse Grover. «Una ragazza è stata trovata in un vicolo dall'altra parte della città rispetto a dove si teneva la conferenza, giusto?»

Kinley annuì. «L'ho visto anch'io al telegiornale quando sono tornata a Washington. E...»

O adesso o mai più. Non si sarebbe davvero sorpresa se nessuno le avesse creduto. Lei stessa faticava a crederci, e se non fosse stata licenziata e qualcuno non avesse provato a farla fuori, avrebbe potuto continuare a pensare di aver immaginato tutto.

Gage le prese la mano, intrecciò le loro dita e strinse. Quel gesto le diede il coraggio sufficiente per continuare.

«Quell'ultimo giorno a Parigi non ero molto stanca ed ero ancora sveglia nel cuore della notte. Stavo guardando fuori dalla finestra, desiderando di avere una vista migliore di un semplice vicolo vicino all'hotel. Ad un certo punto è arrivata un'auto... aveva la targa diplomatica... e da una porta laterale dell'albergo è uscito un uomo che teneva una donna per un braccio. Era chiaramente ubriaca o qualcosa del genere perché riusciva a malapena a camminare. Ho riconosciuto quell'uomo. Era Drake Stryker.»

«L'Ambasciatore degli Stati Uniti in Francia?» chiese Brain per chiarezza.

«Sì.»

«Sei sicura che fosse lui?» domandò Doc.

«Al cento per cento. Ha sollevato lo sguardo solo per un secondo e ho visto il suo viso molto chiaramente» rispose con fermezza. «È salito in macchina con la donna e se ne sono andati.» Fece una pausa, cercando di racimolare i pensieri.

Nessuno degli uomini intervenne. Nessuno le disse di sbrigarsi e proseguire con la storia. Rimasero pazientemente seduti, in silenzio, aspettando che lei continuasse.

«Quando sono tornata nel mio appartamento a Washington, era tardi e ho acceso la TV per avere un po' di rumore di fondo. C'era in onda il telegiornale, stavano parlando di un'altra vittima, uccisa dallo Strangolatore dei Vicoli. Era lei. La donna del vicolo.»

Sentì qualcuno inspirare bruscamente ma non sapeva chi fosse.

«Come lo sai?» le chiese Trigger con calma. Non sembrava dubbioso, solo curioso.

«Le sue scarpe» sussurrò Kinley.

«Scarpe luccicanti» disse Gage accanto a lei.

Lo guardò sorpresa. «Sì, come facevi a saperlo?»

«Le hai nominate quando stavi male. Scusa, non volevo interromperti. Vai avanti.»

Sentendosi a disagio, si chiese cos'altro avesse blaterato, ma continuò. «Esatto, aveva un paio di scarpe con le zeppe alte e scintillanti. Quando l'ho vista nel vicolo dietro l'hotel, ricordo di aver pensato che mi piacevano tanto, rammaricandomi perché non avrei mai potuto indossarne un paio; i tacchi alti mi fanno male ai piedi. Ma erano così belle e mi hanno fatto pensare a Cenerentola.» Rise, ma non era un suono divertito. «Quando il notiziario ha trasmesso un video dalla scena del crimine, hanno mostrato un corpo coperto da un telo, ma i suoi piedi erano fuori. Aveva ancora quelle scarpe. Poi ho scoperto che non era affatto una donna, era una ragazzina. Aveva quattordici anni. Sono andata fuori di testa.»

«Comprensibile» mormorò Oz.

«So cos'ho visto. Non significava che l'Ambasciatore fosse un serial killer, ovviamente, ma non riuscivo a togliermelo dalla mente. Aveva passato la serata con il mio capo, e non potevo sapere se avesse rimorchiato la ragazza dopo che si erano incontrati e poi l'avesse lasciata da qualche parte, e *in seguito* lo Strangolatore dei Vicoli l'avesse trovata e uccisa, o cosa. Così ho chiamato Walter per parlargliene. L'ultima cosa che volevo fare era accusare l'Ambasciatore senza avere delle prove.»

«Merda» disse Brain.

«Già. Merda» fece eco Kinley. «Ha cercato di dissuadermi, mi ha detto di non aver mai visto la ragazza e che stavo immaginando tutto. Che la polizia non mi avrebbe creduto, che probabilmente c'erano migliaia di donne che avevano quelle stesse scarpe. Ho iniziato a dubitare di me.»

Quando non disse nulla per un po', Grover chiese: «Poi cos'è successo?»

Sospirò. «Sono stata licenziata.»

«Che cosa? Perché?» domandò Gage indignato.

Era bello che fosse arrabbiato per lei, ma non cambiava il modo in cui si era sentita quando l'avevano cacciata. «Sono stata chiamata dalle risorse umane due giorni dopo e mi hanno informata che mi licenziavano per sospetto tradimento.»

«Tradimento? È una stronzata!» esclamò Lucky

Kinley gli sorrise. «Grazie per la fiducia. Ma avevano la prova che avessi inviato il programma di Walter a un indirizzo Gmail non protetto, quello di un giornalista, tre giorni prima della nostra partenza per Parigi. E questo genere di cose è decisamente contro ogni protocollo, per ovvie ragioni. È così che i politici vengono assassinati. Hanno detto che dato che non potevano più fidarsi di me, il mio impiego sarebbe stato interrotto con effetto immediato.»

«Hai visto la mail?» chiese Brain.

Annuì. «Sì. Era solo l'itinerario e una nota, presumibilmente da parte mia, che diceva che tutto stava andando come previsto. Ma *non* l'ho scritta io né inviata. Lo giuro.»

«Nessuno pensa che tu l'abbia fatto» disse Gage.

Ma Kinley non aveva finito. «Già. Be', ho dovuto liberare subito la mia scrivania. Hanno messo un agente della sicurezza a sorvegliarmi per tutto il tempo, per assicurarsi che non rubassi nulla, immagino. È stato molto umiliante ed ero davvero confusa per essere stata accusata di qualcosa che non avevo fatto e di non aver nemmeno avuto la possibilità di difendermi.

Tornando a casa con tutte le mie cose in una scatola di cartone – che cliché – non ho prestato molta attenzione a tutto ciò che mi circondava e mentre stavo aspettando la metropolitana, qualcuno mi ha dato una forte spinta. Avevo appena deciso di tornare indietro e provare a perorare la mia causa e... all'improvviso le mie cose sono volate via; la scatola è caduta sui binari. Per fortuna sono riuscita ad aggrapparmi al bordo della banchina e due secondi dopo è sfrecciato il treno, ricordo che i miei capelli sventolavano dal vento che ha provocato. Quando mi sono guardata intorno, non ho visto nessuno che avesse l'aspetto di uno che stesse cercando di uccidermi, ma ero *sicura* che fosse ciò che era appena successo.»

Nessuno disse una parola per un momento, ma Brain si alzò e iniziò a camminare su e giù per la stanza.

«Sono tornata al mio appartamento e ho preso la borsa da viaggio. Ne tengo sempre una pronta con alcune delle cose che ritengo importanti. L'ho imparato quando ero in affidamento, dato che molto spesso non ho avuto la possibilità di mettere in valigia tutto quello che possedevo. Ad ogni modo, ci ho buttato dentro alcuni vestiti e ho lasciato un biglietto per il mio padrone di casa, più l'affitto del mese successivo. Ma immagino che per quando avrò risolto questa situazione, avrà svuotato l'appartamento della mia roba e affittato a qualcuno altro.» Si strinse nelle spalle. «Ho aspettato che si facesse buio e sono sgattaiolata verso la mia macchina che si trovava in un garage a pochi isolati di distanza. Il giorno successivo ho prelevato cinquemila dollari dal mio conto e da allora non ho più utilizzato la carta di credito.»

«Mossa intelligente» disse Brain mentre continuava a camminare. «Se sono riusciti a inserire una mail falsa nel tuo account, probabilmente sono anche in grado di monitorare dove e quando utilizzi la tua carta di credito.»

«È proprio quello che ho pensato» ammise Kinley.

Poi fece un respiro profondo. C'era riuscita, aveva detto loro ciò che era successo. Nessuno aveva detto che fosse pazza per aver insinuato che l'Ambasciatore potesse essere un serial killer o per aver pensato che qualcuno l'avesse spinta su quel binario.

Per tutta la vita, le persone avevano dubitato di lei. Era una bella sensazione che ora le credessero.

«Perché sei venuta qui?» le chiese Trigger.

Kinley guardò la sua mano stretta in quella di Gage. Si sentiva in imbarazzo ad ammettere la sua vera ragione, ma fino a quel momento era stata onesta, non voleva iniziare a mentire. «Non l'avevo programmato. Stavo andando a nord ovest. In South Dakota o da qualche altra parte. E l'ho fatto; ho guidato senza meta per un po', ma poi mi sono ritrovata a dirigermi a sud, verso il Texas. Non volevo mettere in pericolo nessun altro. Ero sicura di sapere ciò che era successo su quella piattaforma, ma sapevo anche che se volevo convincere qualcuno ad ascoltarmi, a credermi, avevo bisogno di aiuto. Ho pensato che forse Gage avrebbe potuto conoscere qualcuno dell'FBI degno di fiducia.»

Sentì delle dita sotto il mento e si girò verso di lui mentre le accarezzava la guancia con il pollice prima di dire: «Hai fatto la cosa giusta. Io e il mio team ti aiuteremo. Se l'Ambasciatore è un pedofilo e un assassino, non se la caverà. Senza contare che scommetterei qualsiasi somma che quel coglione del tuo capo ci è dentro fino al collo. Mi dispiace di non essere stato a casa quando sei arrivata.»

Lei scrollò le spalle. «Dovevo immaginare che avresti potuto essere in missione.»

«Ti terrò al sicuro, Kins» le disse con tenerezza, fissandola negli occhi.

«Non puoi prometterlo.»

«Posso e lo faccio.»

Kinley sapeva che se Stryker o Brown l'avessero voluta davvero morta, avevano i soldi per assumere qualcuno che lo facesse accadere, ma era comunque bello sapere che Gage era disposto a fare il possibile per proteggerla. Non era sicura di aver fatto la cosa giusta confidandosi con lui e il suo team, ma ormai era fatta. Avrebbe dovuto convivere con le conseguenze delle sue azioni.

Sperava solo che quelle conseguenze non includessero la morte dell'uomo seduto accanto a lei... o dei suoi amici.

CAPITOLO DIECI

Lefty avrebbe voluto urlare, lanciare le cose. Uccidere chiunque avesse *osato* toccare Kinley. Ma doveva controllarsi, lei aveva bisogno che fosse calmo e razionale. Serviva anche un piano.

«Brain?» chiese, mentre osservava il suo amico andare avanti e indietro. Era l'uomo più intelligente della squadra e quando si comportava così, significava che la sua mente stava facendo gli straordinari.

«Purtroppo Brown aveva ragione, sarà difficile dimostrare che Stryker è un serial killer solo in base alle scarpe, soprattutto considerando che era notte fonda, quindi buio, e lei era a un paio di piani sopra il vicolo. Ma l'hotel ha sicuramente delle videocamere e dovrebbe essere abbastanza facile provare almeno che la ragazza era con lui quella notte, e forse anche Brown. Dovrebbe essere relativamente facile anche tracciare il traffico telefonico e gli scambi di mail tra i due uomini, compreso tutto ciò che potrebbe sembrare sospetto.»

«"Sospetto" come la pornografia infantile» suggerì Trigger.

«Esatto. Quella ragazza aveva quattordici anni e se ricordo bene, anche le altre vittime dello Strangolatore dei Vicoli erano minorenni. La polizia potrebbe tracciare i movimenti dell'Ambasciatore e confrontarli con i posti in cui le ragazze sono state viste l'ultima volta. Ma alla fine, Kinley ha ragione, non può semplicemente andare dalla polizia locale e manifestare i suoi sospetti. Non la prenderebbero sul serio e sarebbe la sua parola contro quella di un amico del Presidente. Per non parlare del fatto che quei crimini sono avvenuti in Francia. Spetterà alla polizia di Parigi dare seguito a qualsiasi accusa. Brown può essere indagato qui negli Stati Uniti per la questione della pornografia infantile ma, alla fine, è un caso di cui dovranno occuparsi le autorità francesi.»

«A meno che non abbia ucciso anche prima di venire dislocato oltreoceano» disse Lefty.

«Giusto. È improbabile che il suo desiderio per le ragazze minorenni si sia manifestato solo dopo essere arrivato in Francia.»

«Che ne dite di Cruz Livingston?» chiese Trigger all'improvviso.

Kinley inclinò la testa. «Chi?»

«Cruz Livingston» rispose Lefty. «È un agente dell'FBI che lavora a San Antonio. Lo conosciamo tramite un amico di un amico. Potremmo chiedergli di investigare ma di mantenere le cose non ufficiali fino a quando non ci dirà cosa ne pensa. Magari potrebbe indagare sugli omicidi avvenuti a Washington che coinvolgono ragazze minorenni, e avviare anche un'indagine sulla pornografia infantile. È possibile che possa anche scagionarti dalle accuse di tradimento. Non hai inviato tu quelle mail, e sono sicuro che con le sue connessioni potrebbe provarlo. L'ultima cosa che vogliamo è che un avvocato difensore porti in tribunale quella roba.»

«Potrei fare anch'io qualche ricerca» disse Brain. «Qualunque informazione dovessi scoprire non sarà ufficiale e non sarebbe una cosa negativa se la passassi a Livingston così da agevolarlo. Onestamente, se l'unica prova in mano all'accusa sono le scarpe, è molto probabile che il caso non vada da nessuna parte. Ma se ci fossero video e altre prove...»

Lefty si voltò di nuovo verso Kinley. «Tu rimani qui.»

Lei sbatté le palpebre. «Non posso.»

«Puoi e lo farai. Sei pazza se pensi che ti lascerò andare a stare in un hotel o nella tua macchina o in giro da qualche parte, quando qualcuno ha già tentato di ucciderti una volta.»

«Potrei essermi immaginata tutto» disse debolmente.

«Non ci credi più di me. Se fosse così, non saresti qui adesso» ribatté Lefty.

Si morse il labbro rifiutandosi di incontrare i suoi occhi.

«Guardami, Kins» le sussurrò.

Attese finché non portò lo sguardo sul suo. «Non è qualcosa che finirà presto, Stryker ha molto potere grazie ai suoi legami politici. Assumerà l'avvocato più costoso e di successo che riuscirà a trovare. Il pubblico ministero dovrà essere ben organizzato e preparato prima di accusarlo di qualsiasi cosa. Nel frattempo, non sei al sicuro, soprattutto perché sembra che Stryker abbia già fatto un primo passo per farti tacere. Sei venuta da me per un motivo. Era la cosa giusta da fare e farò tutto il possibile per proteggerti.»

«Lo apprezzo, ma una parte di me si domanda ancora perché accetti di aiutare una persona che per te non è nessuno. E ora mi rendo conto di aver messo a repentaglio le vostre carriere. Voglio dire, non so se voi ragazzi possiate combattere contro due politici arrivisti che conoscono personalmente il Presidente. Mi pare ovvio che non ci abbia pensato bene come avrei dovuto.»

«Non è vero che non sei nessuno» disse Gage con fermezza. Si sporse in avanti e non le permise di distogliere lo sguardo. «Sei Kinley Taylor. Sei divertente e intelligente e non sono riuscito a smettere di pensare a te da quando ti ho incontrata quella prima volta in Africa. Sei premurosa e gentile, e anche se non sono contento delle ragioni che ti hanno portata qui, non posso negare di essere felicissimo di vederti.»

Lefty pensò che Kinley non stesse nemmeno respirando, ma continuò, fregandosene dei suoi amici che ascoltavano. «Non sono preoccupato per il mio lavoro, perché credo in te. Se dici di aver visto l'Ambasciatore con l'ultima vittima dello strangolatore, ti credo. Troveremo un modo per inchiodarlo così non potrà più far del male a nessun altro.»

«È amico personale del *Presidente*» insistette Kinley. «Non sai che tipo di potere esista a Washington. Avrei dovuto tenere la bocca chiusa.»

«Come si chiamava?» le chiese.

«Emile Arseneault» gli disse, sapendo esattamente di chi stesse parlando.

«Pensi che non valga la pena combattere per Emile?»

Kinley stava già scuotendo la testa prima che lui finisse di fare la domanda.

«Esatto. Qualcuno deve difendere coloro che non possono farlo da soli. Emile di certo non può parlare di quello che le è successo e non mentirò dicendo che sarà facile, perché non lo sarà. Ma se tu fossi il tipo di donna che potrebbe ignorare l'omicidio di una ragazza, non sarei così attratto da te.»

Kinley arrossì.

«Mi sa che è arrivato il momento di andarcene» disse Doc, con evidente divertimento nella voce.

«Ti farò sapere tutto ciò che scopro» lo informò Brain. «Inizierò con alcune ricerche di base su Internet. Non mi addentrerò troppo perché l'ultima cosa che voglio è portare un sicario direttamente in Texas.»

«Quando sei pronta per parlare con Cruz, fammelo sapere e lo contatterò» si offrì Oz.

«Mia sorella arriverà in città domani, ma sai che ci sono se hai bisogno di qualcosa» disse Grover.

«Ti serve aiuto con il trasloco?» gli chiese Lucky.

Grover lo fissò per un momento prima di annuire. «Sarebbe fantastico. Non so quante cose abbia portato. Ho l'impressione che se ne sia andata abbastanza in fretta, ma non mi ha detto ancora nulla.»

«È nei guai?»

«Con Devyn non si può mai dire» rispose con sincerità.

«Vengo a casa tua domani mattina così possiamo andare insieme al suo appartamento.»

«Perfetto.»

Trigger aspettò che tutti uscissero prima di rivolgersi a Kinley. «Mi aggrego a ciò che ha detto Gillian, sei la benvenuta a casa nostra ogni volta che vuoi. Non serve che chiami per avvisare, ma se non dovessimo aprirti subito, potremmo essere occupati.» Mosse le sopracciglia su e giù in modo suggestivo, facendola ridere.

«Penso che chiamerò, se per te va bene» replicò con un sorriso.

Trigger sorrise a sua volta, ma poi tornò serio. «Gillian è amichevole. Un po' troppo forse. Piace alla gente, ma è esigente quando deve decidere di chi vuole essere amica, soprattutto dopo ciò che è successo in Venezuela e successivamente.»

«Ehm... ok?» disse Kinley confusa.

«Ciò che sto cercando di dire è che è raro che entri in sintonia con qualcuno con la stessa facilità con cui è successo con te. Ha tre amiche da una vita e da quando la conosco, non si è mai sforzata di legare con nessun altro. Purtroppo per me e per la mia tranquillità, è proprio da lei invitare una persona nel nostro appartamento per far sì che possa mangiare, fare la doccia e il bucato. *Ma* non cercherebbe di persuaderla a restare e di certo non le presterebbe i suoi preziosi libri. Le piaci, Kinley. Quando ha detto che le sarebbe piaciuto passare più tempo con te, diceva sul serio. Ti considera già una sua amica.»

Lefty aveva una mano posata sulla schiena di Kinley, così sentì i suoi muscoli irrigidirsi. Si mosse senza pensarci, attirandola al suo fianco. Lei rimase rigida nel suo mezzo abbraccio e fissò Trigger mentre continuava.

«Non solo, ma piaci anche a *me*. Conosco Lefty da molto tempo e non l'ho mai visto così agitato per una donna. Agitato in senso buono, intendo. Fidati di lui e di noi in questa situazione. Non sarà facile e non ci sarà una soluzione rapida, ma faremo tutto ciò che è in nostro potere per proteggerti da chiunque voglia metterti a tacere.»

Kinley lo studiò per un lungo momento prima di annuire. «Grazie.»

«Prego.» Trigger si voltò e lasciò l'appartamento dopo aver fatto un cenno con il mento a Lefty, che si premurò di chiudere a chiave. Quando si girò verso Kinley, lei stava fissando la porta. «Andiamo, Kins» disse, attirandola di nuovo al suo fianco e riconducendola al divano. «Come ti senti? Vuoi qualcosa da mangiare? Un po' di succo d'arancia?»

Lei scosse la testa.

«Parlami» la implorò. «Cosa ti passa per la testa?»

Incontrò il suo sguardo e riuscì a vedere quanto fosse confusa e sopraffatta. Non aveva idea di come fosse riuscito a comprenderla così bene in così poco tempo da poter interpretare le sue emozioni.

«Non capisco.»

«Cosa non capisci, tesoro?» le chiese con dolcezza.

Lei si strinse nelle spalle. «Sono solo me stessa. Non ho mai avuto amici. Ti ho detto che sono strana. Non capisco come possa piacere ai tuoi amici quando mi conoscono da pochissimo. Dovrebbero essere diffidenti. Ho portato una situazione pericolosa dritta a casa tua, che potrebbe porre fine alla vostra carriera, così.» Fece schioccare le dita per dimostrare il suo punto di vista. «Stryker o Brown potrebbero rovinarvela tranquillamente con una sola parola alla persona giusta. Dovresti spedirmi il più lontano possibile.»

«Non succederà» le disse Lefty. Aveva bisogno che lei lo ascoltasse, quindi fece qualcosa che non aveva mai fatto prima: usò le sue dimensioni e la sua forza per sopraffare una donna. La costrinse a indietreggiare finché non fu mezza sdraiata sul divano e si sedette vicino al suo fianco mettendo le mani su entrambi i lati del suo corpo, intrappolandola.

«Ho bisogno che mi ascolti, Kins. E che mi ascolti davvero. Capito?»

Lei annuì con gli occhi spalancati, e la sentì afferrargli gli avambracci con le dita e le sue unghie affondare nella pelle.

Avrebbe voluto abbassare lo sguardo per vedere le sue mani su di lui, ma si costrinse a guardarla negli occhi. «Non so cosa ci sia in te che mi fa desiderare di uccidere i tuoi draghi. Sono furioso con Brown per aver distrutto così la tua fiducia in te. E prima che tu lo difenda, non c'è altra spiegazione per cui quella mail sia stata trovata non appena ti sei confidata con lui; ha chiamato subito Stryker raccontandogli tutto e uno di loro, o entrambi, ha deciso che dovevi essere fatta fuori e assunto qualcuno per fare il lavoro sporco.»

Lei annuì appena e si leccò le labbra. Lefty fu distratto per un secondo dalla lucentezza lasciata dalla sua lingua. Avrebbe davvero voluto chinarsi e assaporarla, ma si trattenne... a malapena.

«Trigger non mentiva, gli parlo di te da mesi. Mi piaci tanto, Kinley. L'ultima cosa che voglio fare è approfittare di questa situazione, ma devo ammettere che non mi dispiace che tu abbia bisogno di un posto dove stare. Non ho intenzione di oltrepassare i limiti con te, puoi dormire nel mio letto e io starò qui.»

«Gage, no!» esclamò, stringendo le sue dita sul suo braccio. «Non è giusto.»

«Sei pronta a lasciarmi dormire con te?» le chiese. «E intendo davvero dormire, nient'altro... per ora.»

Lei si morse il labbro e distolse lo sguardo.

Lefty la tenne per il mento finché non lo guardò di nuovo. «Come pensavo. Dormire sul divano fa sì che stia tra te e la porta così da proteggerti più facilmente» le disse. «Voglio che ti abitui a me. Che tu veda che non sono come gli altri stronzi inutili che chiaramente hai incontrato nella tua vita. Voglio che impari a conoscermi, con i miei difetti e tutto il resto.

Quando mi inviterai nel tuo letto... o nel *mio* letto, a seconda dei casi... voglio che tu sia convinta al cento per cento del fatto che io voglio essere lì. Che sei una donna straordinaria che merita il meglio dal suo uomo, il quale dovrebbe amarti e incoraggiare la tua cosiddetta stranezza, non cercare di *cambiarti*. Voglio che tu mi desideri tanto quanto io desidero te, al punto che faresti qualsiasi cosa pur di avermi.»

Kinley lo fissò ma non parlò.

«Questa situazione non è l'ideale» continuò Lefty, affermando l'ovvio. «Ma ciò non significa che non possiamo conoscerci come qualsiasi altro uomo e donna che si frequentano. Puoi scoprire le mie stranezze proprio come io scoprirò le tue. So già che quando stai male soffro anch'io. Mi fa impazzire. Mi è stato impossibile lasciare il tuo fianco. Gillian si era offerta di darmi il cambio così avrei potuto dormire un po', ma ho rifiutato. C'è qualcosa in te che mi intriga e voglio vedere dove può portare. Ma... e questa è la parte importante...» disse solennemente facendo una pausa.

Kinley si leccò di nuovo le labbra e ancora una volta Lefty dovette costringersi a non muoversi, a non chinarsi e coprirle con le sue. «Quale?»

«Non sei obbligata a fare qualcosa che non vuoi.»

Lei aggrottò la fronte.

«Mi piaci, non posso mentire, ma se non provi lo stesso

sentimento per me, non ho intenzione di andare fuori di testa o diventare violento. Non ti metterei le mani addosso più di quanto non lo farei con mia madre o con chiunque altro ami. Potrò essere dispiaciuto e triste, ma ti è permesso provare ciò che provi. *Non* sentirti obbligata ad avere una relazione con me se non pensi che un giorno potresti amarmi. Preferisco di gran lunga essere tuo amico e averti nella mia vita a qualunque titolo, piuttosto che tu stia con me senza provare i miei stessi sentimenti.»

Le parole erano uscite senza che Lefty ci pensasse.

«Non farti prendere dal panico» disse, quando vide che stava proprio per succedere. «*Non* sto dicendo che ti amo, non ti conosco ancora abbastanza bene per saperlo, ma posso onestamente dire che non sono mai stato così affascinato da una donna come lo sono da te. Ho la sensazione che mi ci vorranno anni per scoprire tutti i tuoi segreti e in realtà non vedo l'ora. Ogni pezzo di te che scoprirò mi sembrerà una vittoria. Sto solo dicendo che qui con me hai un posto sicuro dove stare, senza condizioni. Ti aiuterò a prescindere dal nostro rapporto personale perché è la cosa giusta da fare. Per te e per Emile, e per tutte le altre vittime dello Strangolatore dei Vicoli. Capito?»

Lei annuì, ma disse: «Rimarrai deluso.»

«Non è possibile» replicò senza esitazione. «Semmai, sarai *tu* quella che rimarrà delusa. Non ho avuto la forza di lasciare che Gillian ti aiutasse quando stavi male, nonostante sapessi che sarebbe stata la cosa giusta da fare. Sarò forte fisicamente, ma quando si tratta di te, sono debole.»

Kinley portò una mano sul suo viso e Lefty sentì il battito accelerare quando gli toccò la guancia. «Sei l'unico uomo che mi abbia mai visto in quel modo. Sono... pensi... merda.» Chiuse gli occhi e fece per abbassare la mano, ma lui mise subito la sua sopra, mantenendo la connessione tra loro.

«Che c'è? Puoi chiedermi qualsiasi cosa, tesoro.»

Lo guardò negli occhi e gli chiese: «Ero... ok?»

Sbatté le palpebre confuso. «In che senso?» domandò, incerto su cosa intendesse.

«Lascia stare» mormorò.

«Se mi stai chiedendo se mi è piaciuto ciò che ho visto mentre ti tenevo tra le braccia, la risposta è no.»

Lei si irrigidì, ma Lefty continuò. «Non mi è piaciuto che scottassi a causa della febbre, che il tuo corpo sembrasse bruciare dall'interno. Non mi è piaciuto che mi guardassi come se non mi vedessi o che ti dimenassi tra le mie braccia perché avevi paura che ti avrei tenuta sott'acqua. E non mi è piaciuto toglierti i vestiti per metterti nella vasca, cambiarti la maglietta quando vomitavi, o farti gli impacchi con un panno freddo per cercare di abbassarti la febbre.

Ero completamente concentrato sul farti stare meglio, non su come fosse il tuo corpo. Sono un uomo, Kinley, ma non un bastardo. Non ti avrei mai guardata con desiderio mentre eri poco cosciente e impotente.

Ma se mi chiedi se ti trovo attraente, la risposta è un sonoro sì. Ora che stai meglio e so che non dovrò tradire la tua fiducia portandoti da un dottore, dato che era chiaro che non lo volessi − per una buona ragione, potrei aggiungere − sappi che per tutta la mattina ho combattuto contro una maledetta erezione. Solo guardarti mangiare, bere... accidenti, anche solo stare seduto qui e vedere che ti mordi il labbro mi ha fatto diventare duro e desideroso di toccarti. Non devi assolutamente preoccuparti per quanto riguarda il tuo corpo, Kins.»

Lei arrossì, ma gli piaceva che non avesse l'espressione imbarazzata che aveva visto prima.

«Anche a me piace il tuo corpo» gli disse timidamente.

Lefty sorrise. «Bene. Adesso mi alzo e trovo qualcosa da fare in cucina. Non so cosa, ma lo scoprirò. Se resto ancora qui con te che sei tutta morbida e dolce sotto di me, potrei dimenticare le mie parole galanti e fare qualcosa che ti farà pensare che sia un verme.»

«Un verme?» disse, ridacchiando.

«Sì. Stai bene dopo tutto quello che è successo oggi?»

Ci pensò su per un secondo, poi scrollò le spalle. «Ho altra scelta?»

«Sì che ce l'hai. Quello che ti è successo per tutta la vita è orribile. Non è giusto e ti meriti molto di più. Se fossi un uomo migliore ti lascerei andare, così che tu possa trovare qualcuno che non deve star via per settimane di seguito, che vive in una grande casa e fa un lavoro normale dalle nove alle cinque.»

«E se non fosse ciò che voglio?»

«Cosa *vuoi*?»

«Essere amata per quella che sono» rispose subito. «È ciò che ho desiderato per *tutta* la vita. Non ho bisogno di vestiti eleganti, gioielli o una casa enorme. Desidero solo qualcuno che voglia *me*.»

Lefty sentì il cuore sobbalzare. Chiedeva così poco, ma in un certo senso chiedeva tutto. Avrebbe voluto essere l'uomo che poteva darle ciò che il suo cuore desiderava, ma lo spaventava a morte. «Non accontentarti mai» le ordinò.

«Non lo farò» sussurrò lei.

Non riuscì a trattenersi dal chinarsi e baciarle la fronte. Poi si alzò e andò in cucina per trovare qualcosa che lo tenesse occupato prima che i suoi desideri sopraffacessero il suo buon senso.

———

Kinley, stordita, rimase sdraiata sul divano proprio dove Gage l'aveva lasciata. Le ultime ore erano state emozionanti. Da quando aveva lasciato Washington, in un certo senso la sua vita era completamente cambiata. Sembrava davvero che piacesse a Gillian, il che era pazzesco perché tutto ciò che aveva fatto era stato scroccare e star seduta sul divano a leggere un libro, ma non si sarebbe lamentata.

Gli amici di Gage le credevano, anche se ciò avrebbe potuto danneggiare seriamente le loro carriere. Stavano già cercando di trovare un modo per aiutarla e, sorprendentemente, conoscevano persino un agente dell'FBI che poteva essere disposto ad ascoltare ciò che aveva da dire.

E poi c'era Gage.

Non poteva fare a meno di sentirsi sopraffatta da tutto ciò che le aveva detto, ma in senso positivo. Per tutta la vita era stata invisibile per gli altri. Ma lui la *vedeva*. Per di più sembrava che gli piacesse ciò che vedeva. Era pazzesco. Folle. Ma allo stesso tempo sentiva che fosse giusto.

Dalla prima volta che gli aveva parlato in Africa, Kinley aveva sentito un legame con lui. Non aveva senso e non aveva mai avuto nemmeno la minima speranza che potesse sentirlo anche lui, ed era parte del motivo per cui non gli aveva mandato un messaggio dopo essere tornata. Aveva solo cercato di proteggersi da un'altra delle tante delusioni della sua vita.

Ma ora eccola lì, nel suo appartamento. E le aveva detto che l'avrebbe fatta dormire nel suo letto. Era quasi surreale. Voleva essere abbastanza sicura di sé da dirgli che poteva dormire con lei. Fare di *più* che dormire. Ma sapeva che se avesse fatto sesso con lui e dopo l'avesse lasciata, l'avrebbe distrutta.

Non voleva fare la preziosa, almeno non di proposito, ma non aveva mai incontrato un uomo – o una donna, per quel che importava – a cui si sentisse sicura di poter affidare il suo corpo e il suo cuore. E fino a quando non fosse successo, sarebbe rimasta vergine.

Pensare a Gage e al sesso la agitava... ma non in modo negativo. Provava la sensazione di essersi finalmente svegliata dopo essere rimasta addormentata per moltissimo tempo. Sistemandosi meglio sul divano si strofinò le cosce e ciò le ricordò quanto tempo era passato dall'ultima volta che si era data sollievo.

Chiuse gli occhi e si sentì improvvisamente esausta.

Non sapeva se fosse passato un minuto o un'ora, ma ad un certo punto sentì Gage stenderle sopra una coperta. Rannicchiandosi in quel calore, Kinley sorrise quando percepì le sue labbra contro la tempia.

«Dormi, Kins.»

«Sono così stanca» mormorò.

«Sei stata molto male. Il tuo corpo si sta ancora riprendendo. Pensa a rilassarti.»

«Gage?»

«Sì?»

«Grazie per avermi creduto.»

«Ti crederò sempre, Kinley» disse con fermezza. «E crederò *in* te.»

Si addormentò con quelle belle parole che le risuonavano in testa.

———

«Questa è una stronzata. Dev'essere messa a tacere!» abbaio Drake Stryker al telefono usa e getta di cui si sarebbe sbarazzato dopo quella telefonata.

«È intelligente» rispose Simon King, un uomo noto per essere disposto a svolgere lavori sporchi che nessun altro voleva fare.

«È una ragazza, non può essere *tanto* intelligente» lo schernì Stryker. «Non posso credere che tu abbia mandato all'aria un lavoro semplice.»

«Non farmi incazzare» ribatté Simon bruscamente. «Se la

vuoi morta, puoi venire negli Stati Uniti e occupartene da
solo.»

Stryker fece un respiro profondo. Non poteva permettersi
di perdere King. Aveva bisogno che si occupasse lui del suo
enorme problema. Non avrebbe passato il resto della vita in
prigione. *Assolutamente no.* Soprattutto non a causa di una
troia ficcanaso. Doveva assicurarsi che tenesse la bocca chiusa
su ciò che aveva visto. «Scusa. Sono solo frustrato» disse al
sicario che aveva assunto per trovare e uccidere Kinley
Taylor.

«Ok. Ha avuto fortuna su quella banchina della metropolitana. Stava iniziando a girarsi quando l'ho spinta ed è caduta
con l'angolazione sbagliata. Non avevo pianificato di fare il
lavoro in quel momento, ma comunque di farlo quando si
fosse presentata l'opportunità. Ad ogni modo, l'ho seguita
fino a casa e quando sono entrato nel suo appartamento
quella notte, era evidente che se ne fosse già andata. Sono
rimasto a osservare per un po', ma non è più tornata. Hai altre
informazioni da darmi per proseguire?»

Stryker aggrottò la fronte. *Odiava* quella situazione. Aveva
dovuto trascinare altra gente dentro quel casino e non andava
bene; meno persone erano coinvolte, meglio era. Ma lui e
Brown avevano avuto bisogno di qualcuno che inserisse la
mail nel suo account, e lo stesso uomo stava controllando i
suoi conti bancari e cercando di rintracciarla elettronicamente. «Ha prelevato la maggior parte dei suoi soldi non
molto tempo dopo il tuo tentativo di ucciderla. Ha fatto il
pieno di benzina a Washington e da allora non ha più usato la
carta di credito.»

«State monitorando la sua targa?»

Stryker digrignò i denti. «Sì, ma non è così facile. Ha
evitato le strade a pedaggio e il mio uomo non ha tempo di
controllare tutte le telecamere del Paese per cercare di
trovarla.»

«E gli amici? La famiglia?»

«Non ha nessuno.»

«Be', questo rende le cose più difficili» disse King senza alcuna emozione. «Allora potrebbe essere letteralmente ovunque nel mondo.»

Quella mancanza di emozione era ciò che lo rendeva un bravo sicario. Non andava in agitazione per la persona che era pagato per uccidere. Non gli importava. Donne, adolescenti, vecchi... avrebbe fatto fuori chiunque se il prezzo fosse stato giusto.

«Non ha lasciato il Paese, questo lo sappiamo, e dato che il suo telefono è stato distrutto sui binari – grazie a te – non abbiamo nemmeno *quello* su cui lavorare.» Cercò di non suonare incazzato, ma lo irritava il fatto che uno dei sistemi migliori che avevano a disposizione per rintracciarla, fosse stato letteralmente fatto a pezzi nel tentativo di ucciderla.

Stryker non aveva avuto altro che sfortuna per quanto riguardava Kinley Taylor e la cosa cominciava a turbarlo. Era come se l'universo fosse dalla parte di quella donna piuttosto che dalla sua.

«Mi hai assunto per ucciderla, non per tenere traccia delle sue cazzo di cose» ringhiò King.

«Vabbe'. Ad ogni modo, il mio uomo ha dato un'occhiata ai suoi tabulati telefonici degli ultimi sei mesi circa, e l'unica persona che l'ha chiamata o ha inviato messaggi al di fuori del suo lavoro è stato un ragazzo che vive in Texas.»

«E?» chiese King.

«Non gli ha mai risposto, ma sembra che lui volesse che fossero più che amici, se capisci cosa intendo. Ma c'è un problema.»

«Cioè?»

«È nell'esercito. Delta Force.»

«Qual è il collegamento?» chiese King, senza suonare minimamente preoccupato.

Pazzo figlio di puttana, pensò Stryker. «Non ne siamo a conoscenza. Ma era a Parigi qualche settimana fa. Lui e il suo team erano incaricati di proteggere Johnathan Winkler, e c'erano anche in Africa mesi fa come guardie del corpo del capo di Kinley Taylor. Forse si sono conosciuti allora.»

«Non so, né mi interessa chi cazzo sia Winkler, ma se è tutto quello che hai, dammi i dettagli e andrò in Texas a controllare.»

Stava iniziando a odiare quello stronzo, ma gli diede le informazioni che il loro contatto era riuscito a scovare su Gage Haskins.

«Avrò bisogno di contanti per arrivare laggiù» lo informò King.

Trattenendo una risposta acida, Stryker acconsentì.

«E ora il mio compenso per questo lavoro è di due milioni invece di uno.»

«Che cosa? Assolutamente no!» esclamò. «Abbiamo concordato per uno. Non puoi modificare i termini adesso!»

«Non posso? Ho io il coltello dalla parte del manico. Volerai negli Stati Uniti per trovarla tu stesso? La ucciderai *tu*?»

«Potrei» sibilò. «Non sarebbe la prima stronza che soffoco. Non è così difficile come pensi.»

King ridacchiò, ma non era divertito. «Mi sembra che due milioni non siano un prezzo molto alto da pagare se le tue mani rimangono pulite. Non so perché desideri così tanto che questa ragazza muoia... ma posso scoprirlo.»

Stryker era furioso, avrebbe voluto poter attraversare il telefono e ammazzare quel maledetto bastardo. «Va bene. Due milioni. Ti faccio fare un bonifico con quello che ti serve per andare in Texas, ma non riceverai un centesimo della cifra pattuita finché non avrò la prova che è morta. Se non respira, non potrà dire a nessuno ciò che ha visto.»

«D'accordo» ribatté King all'Ambasciatore e chiuse la chiamata.

Stryker la voleva morta, non gli importava quando sarebbe successo; l'indomani, la prossima settimana, tra dieci anni. Aveva osato accusarlo. *Lui*. Era il cazzo di Ambasciatore in Francia. Aveva cenato con il Presidente; aveva addirittura scopato sua moglie in una delle camere da letto della Casa Bianca, mentre il marito era in un viaggio umanitario.

Se Kinley Taylor pensava di fare la spia, si sbagliava di grosso.

A nessuno importava delle adolescenti che aveva ucciso. Erano fuggitive o prostitute. Spazzatura. Esseri umani da usare e gettare via, importanti quanto le gomme sputate per terra.

Però, non aveva altra scelta che accettare i termini di King. Non poteva volare negli Stati Uniti e occuparsene da solo senza essere scoperto. Quell'uomo lo aveva in pugno e lo sapevano entrambi.

«Maledetto stronzo» mormorò Stryker prima di gettare il telefono a terra e calpestarlo. Quando non fu nient'altro che un mucchio di minuscoli pezzi di plastica, ripercorse il vicolo per andare dove il suo autista lo stava aspettando con l'auto pronta a partire.

Doveva chiamare Walter e scoprire se avesse sentito qualcosa sull'assistente scomparsa e per assicurarsi che anche lui avesse tenuto la bocca chiusa sull'intera faccenda. Tuttavia, non era molto preoccupato, Brown era coinvolto in quel casino quanto lui. Poteva non aver ucciso la puttana quella notte di qualche settimana prima, ma di certo si era divertito con lei, filmando anche alcuni video per la sua collezione personale. Gli aveva anche fatto un favore informandolo subito di ciò che gli aveva detto la sua assistente.

Aveva bisogno che Walter Brown fosse i suoi occhi e le sue orecchie a Washington DC. Se al Presidente fosse arrivata anche solo una minima insinuazione, Stryker sapeva che sarebbe stato licenziato in tronco; il Presidente avrebbe fatto tutto il necessario per coprirsi il culo e se ciò avesse significato scaricare tutte le colpe ai suoi amici, tanto peggio.

«Ti troverò, Kinley Taylor» sussurrò, mentre si sedeva contro la preziosa pelle del sedile posteriore dell'auto fornita dal governo. «Ti pentirai di non aver tenuto la bocca chiusa.»

CAPITOLO UNDICI

GLI ULTIMI GIORNI erano stati strani per Kinley. Non si era sentita affatto intrappolata nell'appartamento. Non le importava di stare da sola e non era stato difficile promettergli che non sarebbe andata da nessuna parte, che non avrebbe nemmeno messo un piede fuori dalla porta quando lui andava a lavorare. A Gage sarebbe piaciuto prendersi qualche giorno libero per stare con lei, ma Kinley lo aveva cacciato via dopo aver promesso di non uscire per nessun motivo.

L'appartamento era sorprendentemente confortevole. Di solito si sentiva a disagio negli spazi di qualcun altro, non voleva toccare niente o rischiare di rovinare qualcosa. Sapeva che era una conseguenza dell'essere stata in affidamento per tanto tempo. Tutte le case in cui aveva vissuto non erano state sue e l'avevano sgridata talmente tante volte per aver toccato cose che non le appartenevano, che aveva imparato a tenere giù le mani.

Ma la casa di Gage era accogliente. Non aveva soprammobili costosi in giro e tutti i libri sugli scaffali erano consumati, come se li avesse letti molte volte. Sul divano aveva coperte e cuscini e da quando dormiva lì, profumavano di lui. Spesso

Kinley ci schiacciava un pisolino, dopo che lui se ne andava, circondandosi di quelle note terrose.

Dato che non aveva mai dormito – o fatto altro – con un uomo, non si era resa conto di quanto potesse essere confortante addormentarsi con la fragranza maschile nelle narici. Ma forse era solo il profumo di Gage che aveva la capacità di calmarla.

Un giorno, sentendosi annoiata, aveva riorganizzato la sua cucina e solo successivamente aveva temuto che avrebbe potuto incazzarsi con lei. Invece si era limitato a sorridere, a stringerla in un abbraccio e a ringraziarla.

Parlavano tantissimo, dal momento in cui lui tornava a casa fino all'ora di andare a letto. Si era ritrovata ad aprirsi e a raccontargli cose che non aveva mai detto a nessuno. In cambio, le aveva raccontato storie sulla propria infanzia, che invece di farla sentire triste per non aver avuto la fortuna di crescere in un ambiente stabile, l'avevano resa felice per *lui*. Senza contare che le piaceva già sua madre, ma sentendo dai racconti che persona meravigliosa fosse davvero, ora la adorava.

Vivere con un uomo era stata di sicuro una rivelazione. Aveva pensato che non si sarebbe affatto sentita a suo agio, ma qualcosa in Gage aveva reso quell'esperienza... facile. Aveva temuto che si sarebbero dati fastidio a vicenda e che avrebbe detto costantemente cose imbarazzanti, ma in realtà erano caduti in una routine che sembrava funzionare.

Prima di andare a letto lui si preparava i vestiti da indossare la mattina e una volta alzato andava a farsi la doccia nel bagno della sua camera. Il rumore dell'acqua inevitabilmente la svegliava, così andava in cucina a preparare il caffè, prima di rannicchiarsi sotto la coperta ancora calda sul divano dove aveva dormito Gage.

In seguito lui si scusava per averla svegliata, prendeva una tazza di caffè e si sedeva accanto ai suoi piedi per parlare degli impegni della giornata. La avvertiva di non uscire e poi se ne andava. Kinley dormiva ancora un po' poi si alzava e faceva la doccia. Gage tornava a casa nel pomeriggio e decidevano se ordinare la cena o preparare qualcosa insieme. Lei sceglieva sempre di cucinare, perché adorava lavorare con lui in cucina.

Era sabato e Gage aveva il giorno libero. Dato che Kinley era una creatura abitudinaria, si svegliò alla stessa ora degli ultimi giorni. Rimase stesa a pensare a lui che dormiva sul divano nell'altra stanza. Aveva provato di nuovo a convincerlo di fare cambio, ma lui aveva rifiutato dicendo che il giorno in cui l'avrebbe fatta dormire su un divano scomodo mentre lui era in un letto confortevole, avrebbe lasciato l'esercito e rinunciato alla sua tessera da maschio... qualunque cosa significasse.

Kinley scese dal letto in silenzio e prese il cuscino. Andò in soggiorno e guardò Gage dormire per un momento. Aveva un braccio sopra la testa e un piede che sporgeva dalla coperta. In precedenza, non aveva pensato a cosa indossasse a letto, ma da dove si trovava sembrava fosse completamente nudo.

La coperta era un po' scesa e mostrava il suo petto muscoloso... e le venne una voglia matta di esaminare i tatuaggi che si vedevano. Non era più nudo di quanto sarebbe stato in costume in spiaggia o in piscina, ma dato che stava dormendo sembrava una cosa molto più intima.

Il pensiero di unirsi a lui sul divano non le era sembrato tanto strano poco prima, ma ora era indecisa. Avrebbe dovuto tornare in camera e dormire lì. Non voleva svegliarlo uno dei pochi giorni in cui poteva riposarsi di più.

«Kins? Cosa c'è che non va? Stai bene?» chiese assonnato.

Accidenti. Doveva aver fatto rumore senza rendersene conto.

«Sto bene» mormorò. «Stavo per...» Indicò il corridoio dietro di lei.

«Vieni qui» disse Gage, tendendole la mano.

Kinley si morse il labbro, indecisa. Avrebbe voluto tornare di corsa nella sicurezza della camera, ma un'altra parte di lei voleva restare. Voleva prendergli la mano e vedere cosa sarebbe successo.

Non le disse nient'altro. Non le fece pressione in alcun modo. Rimase lì con l'aria scompigliata, assonnata e... sexy.

Si avvicinò a lui, mettendo la mano nella sua.

La soddisfazione sul suo viso fu evidente, ma non disse nulla. La tirò giù in modo che fosse seduta di fianco a lui. «Posa il cuscino, non ne avrai bisogno. Sdraiati, tesoro.»

Come in trance, Kinley sollevò i piedi e li portò sul divano. Gage le mise un braccio intorno alla vita e la attirò a sé finché non furono così appiccicati da sembrare quasi una cosa sola.

Rimase rigida tra le sue braccia, chiedendosi cosa diavolo dire.

«Dormi» le sussurrò e lei rabbrividì quando il suo respiro caldo le sfiorò la pelle sensibile del collo.

Dormi? Era serio?

Gage strofinò il naso contro i suoi capelli per un secondo e mormorò: «Hai sempre un profumo così buono.»

«Penso che dovesse essere la mia battuta» si lasciò sfuggire.

Lui ridacchiò e le strinse la vita. «Stai comoda?»

Ci pensò su per un secondo prima di annuire.

«Abbiamo un'altra ora e mezza prima di doverci alzare e iniziare a prepararci» le disse.

Dovevano andare al nuovo appartamento della sorella di Grover. C'erano stati problemi con la consegna della sua roba che era stata trattenuta da qualche parte e sarebbe finalmente arrivata quella mattina, così tutti si erano offerti di aiutarla con il trasloco.

Non ne era entusiasta. Le piaceva nascondersi nell'appartamento di Gage, si sentiva al sicuro come non succedeva da molto tempo. Inoltre, non faceva mai una bella impressione la prima volta che qualcuno la incontrava, quindi non era proprio elettrizzata di conoscere Devyn. Sapeva che era alta, bionda e bella, e Kinley non aveva avuto esperienze piacevoli con donne del genere. Ma avrebbe preferito farsi strappare le unghie una a una piuttosto che confessarlo a Gage... o a Grover.

«Non ti perderò di vista» la rassicurò, fraintendendo la sua tensione.

«Non sono preoccupata per quello» ammise.

«Bene. Perché finché sei con me, sei al sicuro.»

L'aveva detto più volte negli ultimi giorni e Kinley non ne dubitò nemmeno per un secondo. «Lo so.»

«Allora, cosa ti turba?»

«Niente. Stavo solo pensando a oggi. E... ehm... sei comodo?» gli chiese, volendo cambiare argomento.

Si irrigidì dietro di lei, poi tolse il braccio dalla sua vita e in qualche modo riuscì a mettere qualche centimetro di spazio tra loro. «Merda» mormorò. «Non ci ho pensato. Mi dispiace. Non volevo trascinarti contro di me in quel modo o farti pressione. Torna a letto, non è ancora il momento di alzarci.»

Il cuore di Kinley sprofondò. Non era stata sua intenzione fargli pensare che non le piacesse stargli vicino. Era così stupida. Sembrava dire sempre la cosa sbagliata al momento sbagliato.

Senza pensarci, si voltò in modo da essere di fronte a lui. Si spostò in avanti e fece scivolare un braccio sotto il suo corpo e l'altro intorno alla vita. Poi si dimenò per sistemarsi premendo il naso contro il suo collo. Lo tenne stretto come se fosse un gigantesco orsacchiotto.

«Kinley?» chiese incerto.

«Non voglio tornare a letto» disse ostinata. «Sto bene qui.»

«Grazie a Dio» mormorò circondandola di nuovo con le braccia e spostandosi per mettersi supino con lei contro il fianco per metà sdraiata sopra di lui. Stavano belli stretti, ma a Kinley non importava.

Gage si sistemò meglio e tirò su la coperta, così si ritrovò avvolta come in un bozzolo, circondata dal suo profumo e dal calore del suo corpo. Era nudo tranne che per un paio di boxer... e non aveva mai provato una sensazione più bella.

«Va meglio?» le chiese, quando sospirò contenta.

Annuì contro la sua spalla. Avrebbe voluto memorizzare il momento, ma essere tra le sue braccia era come una droga, così sentendosi esausta chiuse gli occhi.

«Dormi, Kins.»

«*Mmmm*» mormorò.

Pensò di averlo sentito ridacchiare, ma si addormentò prima di poterci riflettere.

———

Lefty era completamente sveglio.

Era stanco perché non aveva dormito molto. Ogni piccolo rumore l'aveva fatto balzare a sedere allarmato, per paura che qualcuno stesse cercando di entrare nel suo appartamento per arrivare a Kinley.

Brain era stato molto scrupoloso nella ricerca di risposte, ma fino a quel momento non aveva avuto molto successo. Cruz Livingston, l'agente dell'FBI, sarebbe arrivato a Killeen da San Antonio entro qualche giorno, per ascoltare di persona la storia di Kinley. Lefty non aveva idea di quali sarebbero stati i passi successivi, ma si ripromise di rimanere al suo fianco in ogni fase del percorso.

Non aveva mai vissuto con una donna, non aveva mai avuto il desiderio di farlo, ma doveva ammettere che tornare a casa dopo aver lavorato tutto il giorno, era molto più bello con Kinley che lo aspettava nell'appartamento. Il suo sorriso timido e accogliente faceva sparire tutte le fitte e i dolori dovuti all'allenamento con il team. Amava cucinare con lei, non era la cuoca migliore, ma d'altronde nemmeno lui.

Lei gli aveva giurato di essere perfettamente felice di nascondersi a casa sua e non aveva avuto l'impressione che stesse mentendo.

Inoltre, sembrava che non fosse interessata alle cose che facevano la maggior parte delle donne. Non aveva accennato alla necessità di comprare altri vestiti; aveva portato con sé un po' di indumenti, ma sembrava le piacesse indossare i leggings con le sue magliette che le stavano larghe, e di certo non si sarebbe lamentato. Amava vederla con la sua roba. Forse era il cavernicolo in lui, ma vedere la sua maglietta troppo grande scivolarle addosso, faceva ringhiare di approvazione qualcosa nel suo profondo.

Kinley aveva dimostrato di non avere alcun problema a rimanere nel suo appartamento tutto il giorno a dilettarsi con qualcosa. Non sembrava affatto che stesse impazzendo. Era una donna felice di stare da sola, qualcosa che non aveva mai sperimentato prima, e gli piaceva.

Più le stava vicino, più ne era affascinato e più cresceva il legame che aveva sentito in Africa e a Parigi. Amava parlare con lei di tutto e di niente. Si era aperta raccontandogli della sua infanzia e sentire alcuni dettagli gli aveva fatto male al cuore. Se c'era mai stata una ragazza che aveva implorato di poter avere qualcuno che l'amasse, quella era Kinley.

Quando lei aveva insistito, le aveva raccontato alcune storie sulla sua famiglia e si era sentito in colpa per essere stato così fortunato e viziato, ma lei gli aveva detto che le faceva bene al cuore sentire quanto fosse stata felice la sua infanzia.

Era lì solo da poco, ma Lefty non aveva idea di come avesse fatto a vivere senza vederla ogni giorno della sua vita.

Lo faceva ridere ma allo stesso tempo calmava qualcosa nel profondo della sua anima.

Ma la calma che aveva provato negli ultimi giorni era stata gettata fuori dalla finestra nel momento in cui l'aveva presa tra le braccia sul divano.

L'aveva toccata spessissimo, abbracciandola, circondandole le spalle, mettendole le mani sulla vita per spostarla nella cucina angusta, ma non era stato niente in confronto a quello.

Si era messa un'altra delle sue magliette, ma le gambe erano nude e intrecciate con le sue, e dovette sforzarsi di non aprirgliele e premere il cazzo duro tra le sue cosce.

Vergine, pensò. Non doveva fare nulla che avrebbe potuto spaventarla. Inoltre, aveva promesso di comportarsi bene.

I respiri lenti e regolari di Kinley erano caldi contro il suo petto e strinse la presa su di lei. Solo tenerla così lo faceva sentire soddisfatto e contento, più di quanto si fosse mai sentito dopo aver scopato una qualsiasi delle donne con cui era stato.

Lefty non lo capiva, ma decise di non star lì a rifletterci troppo. Non aveva avuto intenzione di metterle fretta, di attirarla tra le sue braccia, ma ora che era lì, non aveva idea di come diavolo sarebbe riuscito a dormire di nuovo senza stringerla.

L'ora e mezza passò troppo in fretta. Lefty era rimasto sveglio tutto il tempo, desiderando che l'orologio si fermasse per restare così per sempre.

La sveglia sul telefono suonò e si chinò per prenderlo dal tavolino accanto al divano e disattivarla. Kinley gemette e si rannicchiò di più contro di lui.

«Non sei una persona mattiniera?» chiese.

Lei scrollò le spalle.

«Ma ti sei alzata con me ogni giorno questa settimana.»

«Ma quando te ne andavi tornavo subito a dormire sul divano» mormorò.

Lefty ridacchiò. «Sul divano? Quando hai un letto comodissimo?» la prese in giro.

«Profuma di te» disse sommessamente.

Lefty chiuse brevemente gli occhi e gli ci volle tutta la sua forza di volontà per non girarsi e intrappolarla sotto di lui.

Vergine, vergine, vergine, cantilenò tra sé e sé. «Devo ammettere che la mia camera mi piace di più ora che profuma di *te*» le disse.

Kinley alzò la testa e lui le sorrise. I suoi capelli erano un disastro, appiattiti da un lato e arruffati dall'altro. Aveva una piega sulla guancia per essere stata sdraiata su di lui e gli occhi erano annebbiati dal sonno. «Non sono pronta per... sai. Ma questo mi è decisamente piaciuto» ammise, indicando con un cenno il suo petto.

Lefty sorrise. Non si esprimeva molto chiaramente appena sveglia, avrebbe dovuto ricordarlo. Ma chi stava prendendo in giro? Era impossibile che dimenticasse qualcosa di lei. «È piaciuto anche a me, ma sta a te decidere ciò che vuoi o non vuoi fare.»

Guardò i suoi occhi rischiararsi e fissarlo. «Io... pensi che possiamo provare il letto stasera? Voglio dire, se non ti va o se ti mette a disagio, va bene, io...»

Le mise il dito sulle labbra. «Mi piacerebbe molto.»

«Non lo faccio per provocarti» disse seria dopo aver allontanato la bocca dal suo dito.

«Lo so. Riesco a controllarmi, Kins. Ti turberà se dovessi sentire la mia erezione contro di te? Perché posso riuscire a controllare dove metto le mani e cosa facciamo a letto, ma non posso proprio tenere a freno la mia reazione a te.»

Lei arrossì, ma non distolse gli occhi. «Non mi turberà» gli disse. «Sarò anche vergine, ma ho... ehm... visto foto, video e cose del genere. So come funziona il sesso, ho avuto degli orgasmi e ho usato dei sex toy.»

Lefty inspirò profondamente e chiuse di nuovo gli occhi.

Pensare alla donna tra le sue braccia che si masturbava e usava un vibratore, gli fece quasi perdere la testa. Non gli piaceva il porno, non lo trovava affatto eccitante, ma pensare di guardarlo con Kinley... sì, avrebbe potuto decisamente farlo.

«Gage?» Si tirò un po' indietro preoccupata.

Strinse il braccio intorno a lei e le impedì di allontanarsi. Aprì gli occhi e sapeva che probabilmente aveva le pupille dilatate. Il suo cazzo era duro e pronto a scopare, ma fece del suo meglio per ignorarlo. «Meglio» le disse. «Posso affrontare il fatto che tu sia vergine, ma il pensiero di doverti insegnare *proprio tutto* è un po' scoraggiante.»

Gli sorrise timidamente.

«Devo alzarmi e fare la doccia se vogliamo arrivare in orario all'appartamento di Devyn questa mattina» le disse.

Il suo sorriso vacillò. «Oh... ok.»

Lefty si sporse in avanti e strofinò il naso dietro al suo orecchio arrischiandosi a leccarle la pelle prima di mordicchiarle il lobo. «Mi servirà un po' più di tempo sotto la doccia per occuparmi di... cose. Averti tra le braccia per l'ultima ora e mezza è stata la più dolce tortura.»

Sollevò la testa e la guardò.

Lei stava ancora arrossendo, ma disse: «Penso di aver bisogno anch'io di una doccia molto lunga. Sai... per assicurarmi di essere pulita prima di incontrare la sorella di Grover.»

Lefty gemette e un'altra visione di lei con i rivoli d'acqua che scorrevano sul suo corpo e la mano tra le gambe fu sufficiente a far uscire una goccia di seme dal suo cazzo per l'eccitazione.

«Su, donna. Accendi la macchinetta del caffè e rilassati un po'. E non preoccuparti, Devyn ti amerà. Vuoi sapere come lo so?»

«Come?»

«Perché sei tu.» Si raddrizzò a sedere con Kinley tra le

braccia e la sistemò sul cuscino accanto a lui. Il suo cazzo era ancora duro e fece il possibile per ignorare come fece scorrere lo sguardo lungo il suo corpo. Rimase lì fermo per un momento, godendosi il modo in cui le sue pupille si dilatavano mentre lo osservava.

«Ti piace quello che vedi?» le chiese. Di solito non era imbarazzato riguardo al proprio corpo, ma quella era Kinley, la sua opinione era importante.

Lei si leccò le labbra e annuì.

Lefty non poté resistere alla tentazione di toccarla ancora una volta prima di ritirarsi in bagno per occuparsi dei suoi bisogni; fece scorrere le nocche lungo il suo viso, poi la afferrò sulla nuca, si chinò e la baciò sulla fronte scendendo poi con le labbra a sfiorarle la guancia.

«Cerco di fare presto» le disse e uscì dalla stanza, cercando di pensare a qualcosa che non fosse la pelle morbida di Kinley e a quanto avesse bisogno di lei nella sua vita in pianta stabile.

———

Kinley non sapeva come avrebbe fatto a sopravvivere alla mattinata. Primo, per aver dormito abbracciata a Gage. Non aveva mai riposato meglio e non era mai stata così comoda. Non aveva idea che dormire con un uomo potesse essere così bello, ma era sicura che fossero semplicemente le *sue* braccia a darle quella sensazione.

Secondo, il disagio di aver ammesso che si masturbava. Avrebbe voluto morire all'istante, ma in qualche modo Gage non l'aveva reso tanto imbarazzante, soprattutto quando le aveva fatto capire che lo avrebbe fatto anche lui sotto la doccia.

Aveva visto la sua erezione sotto i boxer – impossibile non notarla – e l'aveva impressionata e spaventata a morte allo stesso tempo. Non era un'esperta, ma le sue dimensioni erano scoraggianti. Aveva sperato di perdere la verginità con qualcuno con un pene più piccolo della media, ma quello di Gage non era minimamente piccolo.

Alla fine, non se l'era sentita di masturbarsi nella sua doccia, ma ci aveva pensato. E Gage, essendo Gage, dopo che si erano vestiti non aveva reso le cose imbarazzanti, avevano bevuto il caffè e le aveva tostato un bagel spalmandoci sopra del formaggio proprio come piaceva a lei.

Erano arrivati all'appartamento di Devyn ed entrati nel bel mezzo della Terza Guerra Mondiale. Almeno era stata quella l'impressione; Grover non era contento che la sorella avesse scelto quel complesso di appartamenti, perché non si trovava in una zona sicura e lei aveva replicato che era dispotico e ridicolo e che a ventinove anni sapeva prendersi cura di sé.

Il battibecco tra i due era stato piuttosto divertente e più stava con loro, più diventava invidiosa. Avrebbe dato qualsiasi cosa per avere un fratello o una sorella, soprattutto uno come Grover. Era iperprotettivo ed era evidente che la sua preoccupazione per Devyn venisse dal cuore. Kinley aveva avuto molti "fratelli e sorelle" nel corso degli anni, ma nessuno si era preoccupato di lei come faceva lui.

C'era anche Gillian ad aiutare e Gage aveva ordinato a entrambe di rimanere dentro e assistere nel posizionamento delle scatole. Kinley era stata completamente d'accordo, dato che l'avrebbe tenuta lontana dalla vista di chiunque avesse avuto intenzione di farle del male. In alcuni momenti riusciva a dimenticare che probabilmente c'era qualcuno che stava cercando di trovarla – *e ucciderla* – per ciò che aveva visto, ma essere fuori dalla sicurezza dell'appartamento di Gage la rendeva cauta e molto vigile riguardo a tutto ciò che potesse sembrare fuori dall'ordinario.

In quel momento, era seduta su una poltrona in un angolo del piccolo soggiorno per non essere d'intralcio, mentre osservava Devyn ordinare ai ragazzi dove mettere le sue cose. Probabilmente, se non fosse stata lì a guardare nell'istante preciso in cui lei si era allungata per prendere una scatola da una pila che Grover aveva trasportato, non avrebbe notato nulla, ma il grande livido sul fianco di Devyn era inequivocabile.

Era giallognolo e quasi guarito, ma sapeva che qualunque cosa lo avesse causato doveva aver fatto un male cane.

Inspirò bruscamente, ma Devyn e Grover non la sentirono mentre scomparivano in una stanza, continuando a litigare.

Lucky invece se ne accorse. «Cosa c'è che non va?» le chiese.

«Cos'è successo a Devyn?»

Lui socchiuse gli occhi. «Cosa intendi?»

Esitò al tono della sua voce. «Ehm... non sono affari miei, lo so. Sono rimasta solo sorpresa dalle dimensioni del livido sul suo fianco. È enorme.»

Non poté fare a meno di notare l'espressione di Lucky indurirsi. «Da quale lato?»

«Destro. Ora è quasi guarito, ma è piuttosto grande.»

«Glielo chiederò e mi assicurerò che stia bene.»

Kinley non pensava fosse una buona idea, dato che in realtà non erano nemmeno affari *suoi*, ma apprezzava che sembrasse preoccupato per lei. «Non ho avuto molte opportunità di parlarle oggi, ma mi piace.»

Lucky era distratto, ma disse: «Sono sicuro che anche tu piaccia a lei.» E si allontanò.

«Ehi, Kinley, ti va di aiutarmi qui?» le chiese Gillian. «Giuro che Devyn ha ottomila tazze e solo due piatti.»

Annuì e si alzò, ancora preoccupata per quel livido. Era stata presa a calci una volta in una delle case in cui era in affidamento e aveva fatto malissimo, per settimane. Devyn non si muoveva come se stesse soffrendo, ma aveva la sensazione che dietro alla persona disinvolta che fingeva di essere, ci fosse molto di più. Gage le aveva raccontato che da piccola aveva avuto la leucemia e quello lasciava un segno indelebile su chiunque.

Due ore dopo, Kinley era seduta sul divano con Devyn e Gillian. Brain, Oz e Doc avevano deciso di tornare a casa. Grover e Gage stavano portando gli scatoloni vuoti al centro di riciclaggio, Trigger era andato a comprare qualcosa da mangiare e Lucky era seduto in macchina nel parcheggio a tenere d'occhio l'edificio, per ogni evenienza. Gage non aveva voluto lasciarla senza protezione, quindi lui si era offerto di restare a sorvegliare, ma quando si era sistemato su una sedia in un angolo del soggiorno, Devyn lo aveva guardato male indicandogli la porta.

Sorprendentemente, non aveva protestato, ma le aveva lanciato uno sguardo che Kinley non era riuscita a interpretare, prima di andarsene senza lamentarsi.

Era stata nervosa all'idea di incontrare Devyn, invece si era rivelata una persona semplice. Era davvero bellissima, ma non si comportava come le ragazze popolari che aveva conosciuto al liceo. Era alta un metro e ottanta e decisamente bella tanto da poter essere una modella, ma non sembrava preoccupata di essere sudata e di avere i capelli raccolti in uno chignon disordinato.

Kinley si sentì in colpa per averla giudicata prima di conoscerla. Non era stata altro che gentile e amichevole da quando erano state presentate.

«Vuoi dirci cosa c'è tra te e Lucky?» chiese Gillian a Devyn, sistemandosi sui cuscini del divano.

«No» rispose scontrosa.

«So che ci siamo appena conosciute, ma lui lo conosco da un po' di tempo ormai e di solito è il più allegro di tutti. È difficile turbarlo, ma sembra decisamente scosso.»

«Mi ha messo alle strette e fatto alcune domande spiace-voli» ammise con riluttanza.

Gillian si raddrizzò allarmata. «Ti ha molestata?»

Devyn sospirò e scosse la testa. «No, non in quel senso.»

«Mi dispiace» sbottò Kinley, immaginando di sapere di cosa stesse parlando. «Non volevo crearti problemi, ma gli ho detto io del livido sul fianco.»

La ragazza si voltò verso di lei e Kinley cercò di affrontarla con coraggio. «Glielo hai detto *tu*? Come facevi a saperlo?»

«L'ho visto quando hai preso una scatola. Cioè, non sono affari miei, ma mi è venuto in mente di quando avevo circa quindici anni e stavo antipatica a uno dei ragazzi che c'era nella mia stessa famiglia affidataria. Mi ha fatto trattenere dai suoi amici e mi ha presa a calci. Forte. Mi avrebbe fatto anche di peggio, ma è arrivato nostro "padre" e ha dovuto lasciarmi andare. Non ho detto nulla perché ciò avrebbe reso la mia vita ancora più spiacevole, ma avevo un livido proprio come quello e mi ha fatto malissimo per tanto tempo.» Stava blate-rando, ma voleva far sì che lei non la odiasse.

«Ero preoccupata per te. Hai sollevato scatole e altra roba per tutto il giorno. Non l'ho detto a Grover perché è tuo fratello e probabilmente non ne sarebbe stato affatto felice, ma non pensavo che Lucky avrebbe reagito così. Sono *davvero* dispiaciuta.»

Devyn la fissò per un lungo momento e lei trattenne il respiro. «Cos'è successo al tuo fratello affidatario?»

Kinley corrugò il naso. «In che senso?»

«Lui e i suoi amici ti hanno aggredita. Che ne è stato di loro?»

«Niente. Non l'ho detto a nessuno, ma ho parlato con la mia assistente sociale e l'ho pregata di trasferirmi in un'altra casa. Ovviamente *non* ce n'erano, perché non molte persone vogliono prendersi degli adolescenti. Le ho detto che avrei preferito stare in una casa-famiglia piuttosto che tornare da quella con il ragazzo che mi odiava. Ha acconsentito e mi sono trasferita subito quella settimana.»

Sentì Gillian mormorare: «Gesù» ma non distolse gli occhi da Devyn.

«Sto bene» disse infine in tono sommesso. «Grazie per non averlo detto a Fred. Sarebbe andato fuori di testa.»

Rimase confusa per un secondo, poi si rese conto che Fred doveva essere suo fratello. «E Lucky no?»

Devyn ridacchiò. «Sì, ma in un modo più contenuto rispetto a quanto avrebbe fatto mio fratello.»

«Cos'è successo?» le chiese Gillian.

Quando l'altra non disse nulla, ci riprovò. «So che non ci conosci, ma niente di quello che dirai farà andare fuori di testa *noi*. Capirai, sono stata tenuta in ostaggio e mi hanno quasi uccisa, e Kinley è in fuga dopo aver assistito agli ultimi momenti passati da un serial killer con la sua ultima vittima.»

A Devyn quasi uscirono gli occhi dalle orbite. «Dici sul serio?»

«Purtroppo sì. Ora spara prima che i ragazzi tornino.»

La donna sospirò, poi disse: «Non è chissà cosa. Il mio capo ha deciso che gli piacevo e quando ho rifiutato le sue numerose proposte di uscire con lui, si è incazzato. Ha cominciato a comportarsi da coglione al lavoro. Poi un giorno, quando secondo lui non mi sono mossa abbastanza velocemente, mi ha spinta. Ho colpito un lettino da visite e sono caduta, il bastardo ha tirato un calcio a un piccolo sgabello con le ruote che mi ha preso nello stesso punto. Sto bene, però. Mi sono licenziata subito e ora sono qui.»

Kinley fece una smorfia per solidarietà.

«Che stronzo» borbottò Gillian.

«Sì» concordò Devyn.

Avrebbe voluto porle un centinaio di domande. Innanzitutto perché fosse andata in Texas. Certo, c'era Grover, ma lei aveva ventinove anni, era abbastanza adulta da non nascondersi dietro a un fratello maggiore. Ne aveva anche un altro che abitava nella stessa città in cui viveva prima, nel Missouri. E avrebbe voluto sapere perché non avesse sporto denuncia contro il suo capo. Da tutto ciò che aveva detto Grover quel giorno, Devyn era una bravissima assistente veterinaria, quindi avrebbe potuto trovare un lavoro ovunque, compreso un altro nel Missouri.

Ma invece di fare le domande che le turbinavano in testa, rimase zitta. Lei e Gillian erano delle estranee per Devyn, era improbabile che si aprisse con loro. Era già abbastanza sorprendente che avesse spiegato come si era fatta il livido.

«Be', mi dispiace per ciò che ti è successo, ma penso che questa zona ti piacerà molto. Ho scoperto che la gente in Texas in genere è più gentile che in altre parti del Paese. Certo, ci sono anche qui stronzi e problemi, ma il più delle volte scoprirai che le persone vogliono aiutare piuttosto che far del male. Inutile dire che io e Kinley siamo qui se vuoi parlare o semplicemente stare in compagnia.»

«Grazie, lo apprezzo» disse.

Proprio in quel momento, la porta d'ingresso si aprì e Kinley si irrigidì finché non sentì la voce di Gage gridare: «Siamo tornati!»

Per quanto le piacessero Gillian e Devyn, la preoccupava passare del tempo con loro perché sapeva che le stava mettendo in pericolo. Chiunque avesse cercato di ucciderla era ancora là fuori e più tempo passava e rimaneva in un posto, più facile sarebbe stato per lui trovarla... se non lo avesse già fatto.

L'ultima cosa che voleva in assoluto era che qualcuno venisse ferito a causa di ciò che aveva visto. Prima avesse parlato con l'amico di Gage dell'FBI, meglio sarebbe stato. Voleva solo che tutta quella storia finisse, ma sapeva fin nel profondo che sarebbe passato molto tempo prima di poter riavere indietro la sua vita semplice e noiosa.

———

Quella sera Lefty osservò attentamente Kinley. Qualcosa la stava turbando e sperava che non fosse nervosa per la notte imminente. Non sembrava preoccupata quella mattina quando gli aveva chiesto di dormire nel suo letto con lei, ma avrebbe potuto avere dei ripensamenti.

«Tutto bene?» le chiese, quando tornò a sedersi sul divano dopo essersi alzata per la decima volta. «Sembri ... turbata. Se hai cambiato idea sulla sistemazione per la notte, non me la prenderò.»

«Non è quello. È solo che... sono sia nervosa sia ansiosa di parlare con il tuo amico dell'FBI.»

Lefty sospirò. «Vorrei poterti rendere le cose più facili. Far sparire i tuoi problemi.»

«Lo so. Ma non puoi. Non posso fingere di non aver visto e non posso nemmeno dimenticarlo. Soprattutto perché mentre ero in affidamento, nessuno ha mai visto *me*.»

«Io lo avrei fatto se ti avessi conosciuta allora» disse Lefty con fermezza.

Kinley gli sorrise e scosse la testa triste. «Non è vero, ma va bene così. Sono strana, ma allora lo ero ancora di più. Inoltre, non te lo sto dicendo perché cerco compassione, sto solo cercando di spiegare come mi sento.»

«Scusa, continua. Ma ti dispiacerebbe se ti stringessi mentre racconti? Immagino che questa storia non mi piacerà.»

Senza esitare, Kinley si spostò e si appoggiò a lui. Lefty le mise un braccio intorno alle spalle e la attirò contro il fianco.

«Mi prendevano sempre di mira» iniziò. «Voglio dire, ero la ragazzina in affidamento stramba e non c'era mai nessuno che mi difendesse. Non avevo amici né famiglia, ero un bersaglio facile. Sono stata tormentata ogni giorno per dodici anni e non ero diventata meno strana una volta arrivata al college, quindi le prese in giro sono continuate anche lì, ma non agli stessi livelli di prima, dato che le persone erano generalmente più interessate a cercare di essere promosse o a scopare. Comunque, quando ero in seconda liceo, c'era un ragazzo particolarmente cattivo, ogni giorno mi faceva cadere i libri dalle mani o trovava qualcosa su di me da prendere in giro: le scarpe, i capelli, i vestiti, cose così. È stato un periodo terribile, ma l'ho sopportato.

Un giorno, mi ha spinta così forte che sono caduta contro il muro e ho sbattuto la testa. Lui ci ha riso sopra, mi ha voltato le spalle e se n'è andato con il suo gruppo di amici. C'erano almeno una dozzina di persone che hanno visto tutto e nessuno si è offerto di aiutare. Nessuno è andato dal preside per denunciare l'accaduto. Nessuno voleva essere coinvolto e magari portare la sua attenzione su di loro.

Non voglio essere come quelle persone. Sarebbe di certo più facile se ignorassi ciò che ho visto a Parigi e continuassi la mia vita, ma poi sarei proprio come quei ragazzi al liceo. Non posso aiutare Emile o le altre vittime, è troppo tardi per loro, ma *posso* aiutare la prossima ragazza. Ho paura, Gage. Non vorrei farlo... ma devo.»

Lefty non era mai stato più orgoglioso di qualcuno in vita sua. «Non è facile fare la cosa giusta» le disse con dolcezza, baciandole la tempia. «È davvero molto difficile, ma non ti chiederei mai di tacere, anche se significherebbe che saresti al sicuro, perché so che ti farebbe soffrire psicologicamente. Odio che ti sia ritrovata coinvolta in questa storia, ma sono davvero orgoglioso che non molli e farò tutto il necessario per aiutarti in questo percorso. Un giorno alla volta, tesoro. È ciò che faremo. Ok?»

«Ok» rispose in tono sommesso.

«Penso che Cruz arrivi dopodomani. Gli dirai ciò che hai visto e penseremo ai passi successivi da fare.»

«Non voglio che tu sia la mia babysitter.»

«Sei una donna adulta, non ne hai bisogno.»

«Esatto, eppure trascorri tutto il tuo tempo libero rinchiuso qui con me. So che non è questa la tua idea di divertimento.»

«Guardami» disse Lefty in tono severo. Aspettò fino a quando lei non sollevò la testa ed ebbe la sua attenzione, prima di continuare. «Mi *piace* rimanere a casa con te. So che non ti vedi in questo modo, ma sei interessante e divertente. Infondi tranquillità. Non ho mai aspettato con impazienza di tornare a casa dopo il lavoro, perché il mio appartamento sembrava sempre buio e freddo. Ma ora non vedo l'ora di finire perché torno a casa da *te*. Non ho bisogno che mi prepari la cena o che tu faccia il bucato e pulisca. Mi basta trovarti seduta sul divano che mi sorridi mentre varco la soglia, per essere grato che tu abbia trovato la strada che ti ha portato in Texas, da me.»

Lo guardò scettica.

Lefty ridacchiò. «Non sto mentendo, Kins. Mi *piace* averti in casa mia.»

«Non voglio aver paura di lasciare il tuo appartamento, eppure è così.»

Si sentì stringere lo stomaco. Odiava che fosse spaventata. La esortò ad appoggiare di nuovo la testa contro di lui. «Non sei una prigioniera. Ho solo bisogno che tu stia molto attenta. Abbiamo portato la tua auto a pochi isolati da qui, nel parcheggio di un altro complesso di appartamenti, giusto per essere tranquilli. Ma se vuoi uscire, non te lo impedirò. Come ho detto prima, sei un'adulta e sei partita da Washington e arrivata in Texas sana e salva.»

«Ma è questo il punto, più a lungo rimango in un posto, maggiori sono le possibilità che chiunque abbia cercato di uccidermi mi trovi.»

Lefty annuì. «Lo so.» Una parte di lui *avrebbe voluto* chiuderla a chiave nel suo appartamento e non lasciarla andare.

Ma non poteva farlo. «Vorrei poter restare con te venti-quattro ore su ventiquattro anche se, probabilmente, inizie-resti a odiarmi perché ti stancheresti di vedermi seguirti ovunque e fissarti come un ragazzino innamorato perso.» Le strinse le spalle, facendole capire che stava scherzando... più o meno. «Ma ho un lavoro. Il mio capo è abbastanza compren-sivo, ma non sono sicuro che mi lascerebbe stare a casa a fare il pigro finché tutta la faccenda dell'Ambasciatore non sarà risolta.»

«Non te lo chiederei mai» ribatté Kinley.

«So che non lo faresti, ma verrà il momento in cui dovrò andare in missione e sarai da sola, e dovrai uscire per comprare cibo e altre cose necessarie.»

«Devo anche capire come comportarmi dal punto di vista economico» rifletté.

«Per ora, non devi preoccuparti di quello» disse Lefty con fermezza.

«Come puoi dire una cosa del genere?» gli chiese, allonta-nandosi ancora una volta da lui. «Devo mangiare. E non posso dormire nel tuo letto per sempre.»

«Perché no?» la domanda gli uscì senza pensarci. Sospirò. «Senti, sai già quanto mi piace averti qui. Per me non è assolu-tamente un problema. E non è che mangi così tanto da mandarmi in rovina. Ho un sacco di soldi, Kins, abbastanza da permetterti di rintanarti qui finché questa situazione non sarà risolta. Nel frattempo, Gillian ha detto che l'hai aiutata a fare alcune telefonate e a trattare, magari può assumerti part-time.»

Kinley lo fissò accigliata. «Non le chiederei mai soldi per aiutarla.»

«Ed è proprio per questo che probabilmente insisterebbe per pagarti» ribatté. «Ascolta, sto solo dicendo che non devi sistemare tutto in questo momento. Resta qui con me. Senza alcun obbligo.»

«Ma devi dirmi appena ti stanchi di avermi intorno» disse completamente seria.

Lefty non poté farci niente, rise.

«Non prendermi in giro.»

«Non lo sto facendo. Non lo farei *mai*. Ma il pensiero che mi stanchi di *te* è esilarante. Sei talmente discreta. Potrei dire che ci sono volte in cui dimentico che ci sei, ma sarebbe una bugia, perché anche quando leggi e non ci scambiamo una parola per ore, sono ben consapevole che sei qui con me.»

Kinley si leccò le labbra. «Provo la stessa cosa anch'io. Essendo stata sola per tutta la vita, pensavo che avrei avuto difficoltà a vivere con qualcun altro. Ma non è stato così. Mi piace alzare lo sguardo dal libro e vederti seduto accanto a me.»

«Bene. Sei stanca?» La domanda fu improvvisa, ma in quell'istante non riusciva a pensare a nient'altro che a sdraiarsi a letto e stringerla.

«Un po'.»

«Perché non vai a prepararti. Io intanto pulisco qui e chiudo a chiave. Sei ancora d'accordo che venga a dormire con te?»

Lei annuì timidamente. «Ma non sono ancora pronta per...»

«Lo so. Nemmeno io. Che tu ci creda o no, non vado a letto con le donne semplicemente perché sono disponibili.»

«Ok.»

«Ok.»

Gli sorrise, poi si alzò e andò in camera da letto.

Mentre riponeva i piatti che avevano usato quella sera, Lefty pensò che la sua vita in futuro avrebbe potuto essere così. Intima. Confortevole. Rilassata. E con la voglia di andare a letto insieme a Kinley.

Il suo cazzo si contrasse nei pantaloni e lo sistemò con fermezza. «Stai buono» mormorò prima di andare alla porta per assicurarsi che fosse chiusa a chiave. Anche se aveva detto a Kinley che rispettava la sua decisione di denunciare ciò che aveva visto a Parigi, non significava che gli piacesse. Odiava che si stesse mettendo in pericolo, ma avrebbe fatto tutto il possibile per proteggerla.

Le diede dieci minuti per essere sicuro che avesse un tempo sufficiente per cambiarsi e infilarsi a letto, poi aprì la porta della camera. Kinley aveva lasciato la luce accesa in bagno per far sì che non inciampasse su qualcosa mentre entrava.

Sorridendo per la sua gentilezza, fece le sue cose e si spogliò, rimanendo in boxer. Pensò di indossare un paio pantaloni della tuta, ma decise che anche se sarebbe stata una tortura, voleva tenerla contro di sé. Pelle a pelle.

Tirò indietro le coperte e inspirò profondamente, amando il lieve aroma di vaniglia che gli entrò nelle narici. Kinley non usava alcun profumo, ma le piaceva mettere una lozione che rilasciava quella discreta fragranza e sapeva che ogni volta l'avesse sentita non avrebbe potuto fare a meno di pensare a lei.

Senza esitare, allungò il braccio e la attirò al suo fianco. Sorrise quando si rannicchiò subito contro di lui, mettendogli un braccio sopra lo stomaco.

«Comoda?» le chiese.

«Sì.»

«Bene» mormorò con soddisfazione. «Se ti sembra che ti stia troppo addosso, non farti problemi ad allontanarti.»

«Non mi stai troppo addosso. Mi ricordi un orsacchiotto di peluche che avevo una volta. Ci dormivo ogni notte e mi confortava.»

«Che gli è successo?» chiese senza pensare.

Kinley si strinse nelle spalle. «Non lo so. Sono stata trasferita in un'altra casa e non ci stava nel sacco della spazzatura che mi avevano dato per metterci tutte le mie cose.»

«Un sacco della spazzatura?» chiese scioccato.

«Sì. Non ho avuto un vero borsone fino alle medie.»

Fece un respiro profondo e frenò la sua rabbia. «Be', mi va benissimo se vuoi pensare a me come a un vecchio orsacchiotto.»

Lei ridacchiò piano e Lefty memorizzò quel suono. Non rideva molto e di certo ridacchiava poco. «Cosa c'è di così divertente?» le domandò, cercando di suonare ferito.

Rise di nuovo. «Non offenderti. Voglio dire, sì, sei confortante, ma mi fai anche agitare lo stomaco e quando infili le dita tra i miei capelli, mi provochi i brividi sulle braccia. Con il mio orsacchiotto non è mai successo niente di tutto ciò.»

Sentirla esprimere le reazioni provocate dal suo tocco lo fece sospirare di sollievo. Non era l'unico scosso da quella vicinanza, e ciò rese in un certo senso più semplice godersi quel momento e non farsi risucchiare dal desiderio che sentiva fremere appena sotto la pelle.

«Dormi, tesoro. Un giorno alla volta.»

«Un giorno alla volta» ripeté lei.

Sorprendentemente, Lefty si addormentò quasi subito. Forse si stava abituando a tenerla stretta o magari era solo esausto per la lunga giornata. Qualunque fosse la ragione, sapeva che il mattino successivo si sarebbe sentito più riposato di quanto non succedesse da molto tempo. Forse da sempre.

CAPITOLO DODICI

KINLEY, in preda all'ansia, era seduta di fronte a Cruz Livingston, l'agente dell'FBI che Gage aveva conosciuto tramite amici di amici. Era alto persino più di Gage e del resto dei ragazzi del suo team, e almeno trenta centimetri più di lei. Solo quello la rendeva molto nervosa.

Aveva i capelli neri e corti... e al momento la guardava accigliato.

«Rilassati, Cruz» disse Gage in un tono quasi letale.

«Non è che siamo qui per bere un tè insieme» rispose l'altro.

Kinley non poté fare a meno di sorridere.

Quando Cruz ricambiò il sorriso, si rilassò un po'. Era molto contenta che avesse accettato di incontrarli lì, si sentiva più al sicuro nell'appartamento. Il solo pensiero di dover andare a San Antonio la stressava. Guidare in giro per il Texas, soprattutto in una grande città, le avrebbe dato la sensazione di avere un bersaglio sulla schiena.

«Mi pare di capire che abbia una storia incredibile da raccontare» disse.

Kinley annuì.

«Va bene. Si prenda il suo tempo. Non tralasci nulla, anche se crede che qualche dettaglio possa essere piccolo o irrilevante. Non sto dicendo che l'FBI se ne occuperà, ma se quel poco che già so è vero, allora penso che sia una situazione molto seria.»

Era una situazione seria. Non aveva dubbi. Fece un respiro profondo e iniziò a raccontare all'uomo di fronte a lei tutto ciò che aveva visto.

Ci vollero un paio d'ore, soprattutto dato che Cruz continuava a interromperla, chiedendo ripetutamente chiarimenti o maggiori informazioni. Quando finì, Kinley era esausta. Come se avesse appena corso una maratona o qualcosa del genere.

Durante il racconto della sua storia, Gage era rimasto seduto accanto a lei con una mano sulla sua coscia. Si era sentita confortata dalla sua presenza. Non l'aveva interrotta, non si era intromesso per aggiungere qualcosa che pensava potesse essersi dimenticata. Era rimasto lì e basta. Nessuno l'aveva mai supportata come lui, senza riserve e senza giudicare.

«Si rende conto che dato che gli omicidi dello Strangolatore dei Vicoli sono avvenuti a Parigi, l'FBI non ha giurisdizione sul caso, vero?» le chiese.

Kinley annuì. «Lo so. Ma ho pensato che forse avreste potuto lavorare con la loro polizia. Sono disposta a testimoniare ciò che ho visto, ma non so come fare per entrare in contatto con qualcuno in Francia.»

«Con quello possiamo aiutare» disse, ma era ovvio che fosse ancora immerso nei suoi pensieri.

«Cosa ne pensi?» gli domandò Gage.

«Che non possiamo accusare Stryker di aver ucciso quella ragazza... ma se quello non fosse il suo primo omicidio?»

«È quello che abbiamo pensato anche io e il team.»

«Potrebbe aver affinato la sua arte, per così dire, qui negli

Stati Uniti prima di essere nominato Ambasciatore in Francia. E la pornografia infantile potrebbe essere un'altra strada per arrivare a lui e anche a Brown.»

Gage annuì.

Kinley girava di qua e di là la testa tra i due uomini mentre parlavano.

«Ho bisogno di parlare con il mio supervisore, ma penso sia molto probabile che abbiamo in mano un buon caso» disse Cruz.

Si accasciò sulla sedia, sollevata perché non solo le aveva creduto ma l'avrebbe anche aiutata.

«Ma – e questo non le piacerà, Kinley – in base al fatto che qualcuno abbia cercato di ucciderla, le consiglio caldamente di entrare nel WITSEC.»

«No. Cazzo no!» esclamò Gage.

Kinley si accigliò. «Che cos'è il WITSEC?»

«Il programma di protezione testimoni» le rispose Gage a denti stretti, mentre continuava a fissare Cruz.

«Non è l'ideale, lo capisco...» iniziò l'agente, ma lui non lo lasciò parlare.

«Non è l'ideale?» sibilò. «È una battuta? Prima di tutto, Kinley non ha fatto niente di male. Sai bene quanto me che la maggior parte dei testimoni protetti nel programma sono dei criminali che hanno tradito qualcuno per ridurre la loro pena.»

«Non ho mai detto che fosse in torto» disse con tranquillità Cruz.

«Secondo» continuò Gage come se l'altro non avesse parlato «tenerla nascosta la allontanerebbe da tutti i suoi amici. La sua rete di supporto. Washington è piena di corruzione, basterebbe solo una parola alla persona sbagliata e lei diventerebbe un bersaglio. *No*, è una pessima idea.»

«Per quanto tempo?» chiese Kinley. Sentì gli occhi di Gage su di lei, ma non girò la testa.

Cruz scrollò le spalle. «Dipende dalla velocità con cui procederà il caso. Sembra che abbiamo molto lavoro da fare per investigare su Brown e Stryker. Mesi di sicuro. Molto probabilmente anni.»

Rabbrividì. Non voleva restare nascosta per anni. Magari non sarebbe stata così riluttante prima di andare in Texas, ma nel breve periodo in cui era rimasta con Gage, aveva finalmente capito cosa significasse avere degli amici. Non le era mai mancato ciò che non aveva avuto, ma sapeva senza ombra di dubbio che se se ne fosse andata per entrare nel programma di protezione testimoni, le sarebbero mancati terribilmente Gillian, Trigger e tutti gli altri.

Si voltò a guardare Gage e non riuscì proprio a immaginare di non vederlo o parlargli più per anni. Aveva sempre pensato di stare benissimo da sola, le piaceva e non aveva mai avuto la sensazione che le mancasse qualcosa. Ma ora? Averlo incontrato era stata sia una benedizione sia una maledizione. Si era resa conto che le mancava mentre era al lavoro. Le era difficile immaginare di tornare alla sua vecchia vita, a fare tutto da sola.

«Posso pensarci?» chiese.

Sapeva che Gage la stava guardando accigliato, ma aveva rivolto di nuovo la sua attenzione a Cruz.

«Certo. Ma ogni giorno che passa è un altro in cui chiunque sia stato assunto per farla tacere ha la possibilità di trovarla.»

Capiva che volesse mostrarsi cauto, forse voleva anche spaventarla... e stava funzionando.

«Non la troveranno» ringhiò Gage.

«Davvero? La stai sorvegliando ventiquattro ore su ventiquattro?» gli chiese. «Sei al suo fianco ogni minuto della giornata? E quando andrai in missione? Chi la proteggerà? Non puoi tenerla prigioniera nel tuo appartamento, Lefty. Almeno nel programma di protezione, potrebbe condurre una vita relativamente normale. Potrebbe avere un lavoro, uscire con gli amici... potrebbe frequentare qualcuno.»

Kinley sentì Gage irrigidirsi a quell'insinuazione, ma Cruz continuò a parlare.

«Vedi, è un bersaglio facile. Stiamo parlando di un amico del *Presidente*. Se pensassi che questo caso potrebbe essere aperto e chiuso, non suggerirei mai qualcosa come la protezione testimoni, ma penso che tu sappia bene quanto me che si trascinerà a lungo. Faranno tutto il possibile per proteggere i loro culi, il che significa che diffonderanno il nome di Kinley ovunque. Indagheranno su di lei per gettarle fango addosso, inclusa l'accusa di tradimento. Non potrà andare da nessuna parte senza essere riconosciuta. La stampa si accamperà qui fuori. E quando verrai inviato in missione, lei sarà qui da sola.»

«Non sarà sola» insistette Gage.

La voce di Cruz si addolcì un po'. «Sai cosa voglio dire. Qualcuno ha già cercato di ucciderla una volta. Quando le indagini saranno finite e Stryker, e forse Brown, verranno arrestati, allora scoppierà il vero casino. Chiunque abbia cercato di farla fuori sarà ancora più disperato di eliminarla prima che possa testimoniare.»

Kinley aveva cominciato a tremare senza rendersene conto. Non era divertente sentire che la sua vita stava per trasformarsi in un inferno. Era introversa, non voleva essere oggetto di pettegolezzi per la stampa.

Gage si spostò avvicinandosi di più e le mise un braccio intorno alle spalle, attirandola contro il suo fianco. Era una posizione scomoda, dato che erano ancora seduti sulle sedie, ma si sentì meglio semplicemente perché lui era lì.

«E se non testimoniasse?» chiese Gage.

Cruz si strinse nelle spalle. «Direi che le probabilità che qualcuno le dia la caccia sarebbero ancora del cinquanta percento.»

«Cazzo» mormorò.

«Voglio testimoniare» affermò Kinley con fermezza guardandolo. «Lo *sai* perché devo farlo.»

«Ragazzi, non dovete decidere ora» disse Cruz dopo un momento. «Devo tornare a San Antonio e fare alcune telefonate. Dobbiamo controllare le accuse di Kinley, vedere quanto sono fondate, prima di decidere di fare qualsiasi altra cosa. È improbabile che Stryker venga condannato solo per la sua testimonianza, avremo bisogno di trovare qualcosa di più. L'agenzia dovrà contattare i nostri colleghi a Parigi e ottenere alcuni dettagli sullo Strangolatore dei Vicoli. Cercare prove, video, impronte digitali, cose del genere. Una volta fatto, se verrà stabilito che Kinley potrebbe essere chiamata come testimone, potremo parlarne di nuovo.»

«Quanto ci vorrà?» chiese Gage.

«Un paio di settimane. Forse di più, forse meno» rispose.

Kinley si rilassò un po'. Per qualche ragione, aveva pensato di dover partire subito. Che sarebbe uscita dalla porta con Cruz e basta; qualunque cosa avesse pensato di poter avere con Gage sarebbe finita in un batter d'occhio.

L'agente si voltò verso di lei. «Ha fatto la cosa giusta» le disse.

Sbuffò. «Già. Ma la cosa giusta non mi fa sentire molto bene in questo momento.»

«Lo so» replicò in tono comprensivo. «Una volta ho lavorato sotto copertura, è stato un inferno. Ogni giorno mi sentivo come se avessi perso un pezzo della mia anima. Sapevo di fare la cosa giusta, ma è stato il lavoro più difficile che avessi mai fatto. Non mi piaceva essere qualcun altro. Ma quando si sono calmate le acque, abbiamo arrestato i criminali e non faranno mai più del male a nessun altro.» Cruz si voltò verso Gage mentre continuava. «E avevo pensato che quel lavoro avrebbe messo fine alla storia con la donna con cui sapevo di voler stare per il resto della mia vita. Anche se ha reso sicuramente le cose più difficili, alla fine, ci siamo legati di più.»

«Lavorare sotto copertura non è esattamente la stessa cosa che farla nascondere e non avere la possibilità di parlarci e vederci, Cruz.»

«Hai ragione, non lo è. Sto solo cercando di dire... capisco che sia un sacrificio. Chiedere a Kinley di considerare la protezione testimoni non è in cima alla mia lista di cose divertenti da fare.» Si frugò in tasca e tirò fuori un biglietto da visita. Lo mise sul tavolo davanti a lei. «Se succede qualcosa, a prescindere da quanto pensi che possa essere irrilevante, questi sono i miei recapiti. Ha un telefono usa e getta?»

«Sì» rispose Gage per lei.

«Bene. È meglio che per ora non abbia un nuovo cellulare a suo nome. Ha fatto un buon lavoro a tenere un profilo basso, ma con tutti i messaggi e le mail che Lefty le ha inviato prima che arrivasse qui, se qualcuno dovesse hackerare i suoi account, darà per scontato che abbia una connessione con lei.»

Era una cosa che aveva temuto. «Ma non gli ho risposto.»

«Vero. Ma non significa che qualcuno non verrà a cercarlo per vedere se in qualche modo vi siete tenuti in contatto. È un altro rischio che corre rimanendo qui con lui.»

Kinley digrignò i denti. Sapeva che venire da Gage avrebbe potuto essere pericoloso per lui, ma era convinta sarebbe stato in grado di proteggere entrambi. Qualsiasi altra cosa era stata troppo difficile da contemplare.

Quando nessuno dei due commentò, Cruz si alzò e lo seguirono fino alla porta.

L'agente le prese una mano e la strinse con delicatezza. «Per la cronaca, penso che quello che sta facendo sia fantastico. Non è facile tenere testa ai bulli e dal poco che so di Stryker, è decisamente un bullo. Mi farò sentire presto.»

Lei annuì e lo ringraziò di nuovo per essere andato fino a Killeen. Quando uscì, Gage chiuse la porta.

Sussultò sorpresa quando le prese bruscamente la mano e iniziò a trascinarla nell'appartamento, non poté fare altro che camminare incespicando dietro di lui.

Si sedette a un'estremità del divano e la tirò giù. Kinley gli atterrò sulle ginocchia e Gage le mise una mano sulla nuca per tenerla in posizione mentre serrò l'altra sulle sue gambe.

«Posso tenerti al sicuro» ringhiò.

Invece di aver paura di lui o essere irritata per i modi bruschi che stava usando, Kinley si eccitò: si sentì bagnare tra le gambe e i suoi capezzoli s'inturgidirono. Nessuno aveva mai osato trattarla in quel modo prima, c'erano stati quelli che si erano tenuti a distanza perché pensavano che fosse strana o altri che l'avevano a malapena toccata.

Gage la stava maneggiando come se fosse un suo diritto. Come se toccarla fosse una parte normale della loro relazione... e si rese conto che *era* così. L'aveva toccata più di quanto avesse fatto chiunque altro prima.

Da quel che ricordava, era sempre stata un osservatore esterno quando si trattava di affetto. Non aveva praticamente ricevuto baci o abbracci dai suoi genitori affidatari e crescendo, i pochi gesti affettuosi erano diventati ancora più rari.

Alcune persone avrebbero potuto incazzarsi se fossero state trascinate lungo un corridoio e costrette a sedersi sulle ginocchia di qualcuno. Avrebbero potuto essere *veramente* sconvolte di trovarsi bloccate in una presa così salda, da non aver altra scelta che guardare il volto carico di emozione di chi le tratteneva così con forza.

Forse Kinley era messa più male di quanto pensasse, perché le piaceva il modo in cui Gage la teneva. Le piaceva molto. Era una presa energica ma per niente dolorosa. Le ricordava come l'aveva stretta a letto, e che anche mentre dormiva l'aveva tenuta vicina come se non avesse voluto permettere a nessuno di portargliela via.

Kinley si afferrò al suo braccio con una mano e con l'altra strinse nel pugno la maglietta su un fianco.

«Mi hai sentito, Kins? Posso tenerti al sicuro.»

«Lo so» gli rispose.

«Sicura?»

Annuì come meglio poté con lui che le stringeva la nuca. «Ma Cruz aveva ragione, non puoi stare con me tutto il giorno, tutti i giorni. Hai un lavoro. Prima o poi verrai inviato in missione.»

Comprese che non sapesse cosa dire per controbattere quel punto; rimase a fissarla contraendo la mandibola.

Sentendosi audace e femminile come mai in vita sua, Kinley portò una mano sulla sua guancia. «Quando ho visto la notizia della ragazza assassinata ho capito che la mia vita era cambiata. Solo che non sapevo mi avrebbe portata da te.»

Le sue parole ottennero il risultato che sperava, attenuarono molto lo strazio che vedeva nei suoi occhi. «Non posso perderti quando ti ho appena trovata» le disse lui con dolcezza.

Le si chiuse la gola e non avrebbe potuto rispondere nemmeno se la sua vita fosse dipesa da quello. Gli aveva ripetuto in continuazione di non essere niente di speciale. Non aveva la minima idea di cosa vedesse in lei che nessun altro aveva mai visto prima. Però anche Kinley provava lo stesso sentimento verso di lui.

«Non dobbiamo decidere adesso» gli disse dopo aver ripreso il controllo delle sue emozioni. «L'FBI potrebbe arrivare alla conclusione che ciò che ho visto non era niente. Non è possibile che Stryker sia un assassino. Potrei anche aver immaginato che qualcuno mi abbia spinta; non ero esattamente in un buon stato mentale dopo essere stata licenziata.»

«Sai benissimo ciò che hai visto» disse Gage con fermezza.

«Non minimizzarlo. E se hai detto di essere stata spinta, è ciò che è successo. Non credo alle coincidenze. Il tempismo di tutte le azioni è troppo perfetto.»

Era esattamente ciò che credeva anche Kinley, ma era bello sentirlo avvalorare i suoi pensieri.

«Non voglio che entri nel programma di protezione» continuò dopo un momento. «Mi oppongo all'idea con tutto me stesso. Chiunque ti stia cercando potrebbe comunque trovarti e saresti una preda facile da sola. Almeno qui con me, hai degli amici e altre persone che ti coprono le spalle. Non è l'ideale, lo so, ma potrei parlare con Ghost, un mio amico che faceva parte di un'altra squadra Delta. È ancora nell'esercito, ma lui e gli uomini del suo team si sono ritirati dalle forze speciali. Possono aiutare a tenerti al sicuro quando sono in missione.»

Kinley non voleva essere rifilata a qualcun altro ma, d'altronde, Gage stava cercando di pensare a un modo di proteggerla quando lui non ci sarebbe stato. Come avrebbe potuto non apprezzarlo?

Senza pensarci, si sporse in avanti e gli sfiorò le labbra con le sue.

Si bloccò quando lo sentì ringhiare.

Per un secondo, pensò di essersi spinta troppo, di aver oltrepassato i suoi limiti. Ma quando Kinley provò a tirarsi indietro, lui glielo impedì stringendo di più la mano sulla sua nuca. Gage aprì le labbra sotto le sue e inclinò la testa, dando a entrambi un'angolazione migliore.

In quella posizione, non poté fare a meno di sentirsi avvolta da lui.

Il suo bacio fu qualcosa che non aveva mai sperimentato. Aveva baciato altri uomini, più per curiosità che altro e per capire perché vi dessero tanta importanza, ma non si era aspettata l'ondata di emozioni che le attraversarono il corpo quando la lingua di Gage scivolò oltre le sue labbra e toccò la sua.

Gli strinse più forte la maglia per avvicinarsi ancora, desiderando di più, e lui le offrì volentieri esattamente ciò di cui aveva bisogno.

Non aveva idea di quanto rimasero seduti sul divano a baciarsi, ma quando Gage alla fine si tirò indietro, Kinley gemette e cercò di seguire le sue labbra. Non voleva fermarsi, non avrebbe voluto *più* smettere.

«Kins» sussurrò lui. «Per quanto mi piaccia baciarti, dobbiamo fermarci.»

Lei aprì gli occhi e lo vide a pochi centimetri dal suo viso; le pupille dilatate e le labbra rosa e leggermente gonfie. Immaginò di avere lo stesso aspetto. Gemette.

Il sorriso che si aprì sul suo viso quasi bastò a farle accettare che lui avesse interrotto il bacio. Quasi.

«Lo so, credimi, non vorrei smettere neanch'io.»

«Allora perché l'hai fatto?» si lamentò.

Si sporse in avanti e le baciò la fronte prima di dire: «Perché se non mi fermo ora, finirò per prenderti proprio qui su questo divano.»

«E sarebbe brutto perché...?» gli chiese.

«Perché la tua prima volta *non* succederà sul mio divano, dopo aver passato una mattinata difficile a parlare con un agente dell'FBI di far finire dietro le sbarre un serial killer» rispose con fermezza.

Kinley poté solo fissarlo. Sapeva che Gage era un brav'uomo. Come avrebbe potuto non saperlo? Ma più tempo trascorreva con lui, più si rendeva conto di quanto fosse davvero eccezionale. «Alla maggior parte degli uomini non importerebbe» disse.

«Non sono come la maggior parte degli uomini» ribatté senza perdere un colpo.

«Lo so. Sei il tipo d'uomo che si preoccupa per una donna che non ha mai incontrato e che si è infilata in un pericolo pur inconsapevolmente. Sei il tipo d'uomo che mantiene la parola data, anche se la donna con cui sta cercando di comunicare non fa lo stesso. Il tipo che accoglie una donna ammalata nel suo appartamento e si prende cura di lei per due giorni, anche quando è delirante per la febbre e vomita dappertutto. Sei il tipo che cede il suo letto a quella donna anche quando non sta più male. E sei il tipo d'uomo che vede in me qualcosa che nessuno ha mai visto.»

«No» disse scuotendo la testa. «Sono il tipo d'uomo che non ha idea di cosa cazzo ci sia di sbagliato in tutti gli altri ragazzi che ti hanno conosciuta prima di me... e che sta accampando diritti su di te.»

«È ciò che stai facendo?»

«Sì» confermò con fermezza. «Voglio frequentarti, Kinley. Voglio che abbiamo una relazione esclusiva.»

Ridacchiò a quell'affermazione. «Gage, non è che ci sia la fila di ragazzi interessati a uscire con me.»

«Bene» replicò conciso. «So che questa può sembrare una cosa un po' fuori dal comune. Voglio dire, viviamo insieme, ma non voglio approfittare di te. Voglio continuare a conoscerti. Guardare film, cucinare, leggere e... anche se può sembrare strano, mi accontento di continuare a dormire stringendoti tra le braccia e svegliarmi accanto a te al mattino.»

La mano di Gage era ancora sulla nuca, ma aveva allentato la presa e ne stava accarezzando con il pollice la pelle sensibile, facendole venire la pelle d'oca dappertutto. «Ho paura che più tempo trascorrerai con me, più ti renderai conto che non mentivo sul fatto di essere strana» gli disse.

«E io ho paura che più tempo trascorrerai con *me*, più ti renderai conto che non sono l'uomo che ti sei raffigurata nella mente. Non sono un supereroe, Kins. Sono solo un ragazzo. Ho difetti come tutti gli altri. Sono autoritario, iperprotettivo e adoro un po' troppo guardare lo sport. Non potrò mai sopportare di guardare qualcuno di quegli stupidi reality show in TV, nemmeno per te. Ho un lavoro che è imprevedibile e dovrò abbandonarti qui più di quanto vorrei, per occuparmi di qualsiasi cosa spunti fuori. Vorrei poterti dire che ti metterò al primo posto nella mia vita, ma la realtà è che l'esercito viene prima... almeno fino a quando non mi congederò.»

Si fermò come se stesse aspettando una brutta reazione da parte sua, ma Kinley scrollò spalle. «E?»

«E cosa?»

«Tutto qua? Sarebbero questi tutti i tuoi difetti?»

Sorrise e scosse la testa. «No. È solo la punta dell'iceberg.»

«Gage, non mi aspetto che tu sia perfetto.»

«Meno male» ribatté subito.

«Lasciami parlare» si lamentò sbuffando.

«Scusa, aggiungi alla lista che ho il vizio di interrompere» disse con un sorriso.

Avrebbe voluto essere seccata con lui, ma non poteva, non quando era così carino. «Per tutta la vita... ho cercato di capire cosa ci fosse di sbagliato in me. Perché non fossi degna di essere amata. Perché nessuno volesse tenermi. Sono giunta alla conclusione che fosse destino che dovessi essere sola. E mi andava bene, Gage. Poi sei arrivato tu e mi hai fatta sentire... normale. Non hai esitato ad aiutarmi in Africa e mi hai trattata come se fossi una qualsiasi altra donna. No, non è vero, mi hai fatta sentire speciale.

Ti avevo già detto che ciò mi spaventava. Che pensavo avessi una visione distorta di me, ed è per quello che non ti ho risposto. Ma poi sei stato altrettanto fantastico a Parigi. Quando mi sono ritrovata a non aver nessun altro a cui rivolgermi, ho pensato subito a te. Ho pregato per tutto il viaggio verso il Texas che non appena mi avessi visto non mi chiedessi seccato cosa diavolo ci facessi lì. Non avevo intenzione di ammalarmi, ma credo che tutto lo stress, il fatto che non mangiassi bene e dormissi in macchina, sia stato troppo per il mio corpo. E ti sei preso cura di me. So che non capisci cos'abbia significato per me, ma è sufficiente dire che non lo aveva mai fatto nessuno. E non mi conoscevi nemmeno.»

«Sì che ti conoscevo» disse Gage.

Kinley scosse la testa. «Sai cosa voglio dire.»

«*So* cosa intendi, ma non mando mail e messaggi a tutte le donne che incontro durante un lavoro, Kinley. Sei l'unica persona con cui ho sentito una sintonia immediata.»

Lei deglutì a fatica e terminò la sua riflessione. «Non posso prometterti di non metterti in imbarazzo, perché dico sempre la cosa sbagliata. Né di essere molto socievole; il più delle volte preferirò restare a casa piuttosto che uscire e stare con gli altri. Ma *posso* prometterti di trattarti sempre con rispetto. Di non tradirti mai. Di esserci quando avrai bisogno di parlare del lavoro e quando *non* avrai voglia di parlarne. So che puoi trovare molto di meglio, ma giuro che farò tutto ciò che è in mio potere per semplificarti la vita.»

«Ah, tesoro» mormorò Gage, ma non approfondì.

La attirò a sé e lei lo lasciò fare, abbandonandosi contro il suo petto. Avvolse il braccio intorno al suo corpo e lo strinse come stava facendo lui.

«Non sono un indovino» le disse dopo un momento. «Non ho idea di cosa succederà con Stryker o con il caso, e sono sbalordito che nessuno abbia visto che tesoro sei, ma peggio per loro e meglio per me. Che ne dici se continuiamo a procedere un giorno alla volta? Ci frequentiamo, rimarrai nascosta qui finché non avremo più informazioni e vedremo come andranno le cose. Va bene?»

Kinley annuì. «Ok.»

Per un minuto o due rimasero avvolti dal silenzio poi lei disse: «Gage?»

«Sì?»

«Posso anche essere vergine, ma mi è piaciuto moltissimo il nostro bacio.»

Lo percepì ridacchiare più che sentirlo. «Anche a me, tesoro.»

«Se ci frequentiamo significa che lo faremo di più, giusto?»

Questa volta la sua risata fu più forte. «Oh, sì, lo faremo di più. So che hai detto di aver usato dei sex toy e di aver avuto già degli orgasmi, ma quanto sei *vergine* esattamente?»

Kinley si mise a sedere e lo guardò confusa. «Penso che ci sia solo un tipo di vergine, Gage.»

Le stava sorridendo in modo malizioso, ma lo sguardo nei suoi occhi era tenero. «Per me questa è una conversazione difficile perché il pensiero che qualcun altro ti abbia toccata mi fa venire voglia di fargli del male, ma... hai mai visto un cazzo? Cioè, dal vivo? Qualcuno ti ha mai toccato la fica? Ti ha fatto venire? Ti ha succhiato le tette? So di essere brutale, ma sto cercando di scoprire esattamente quanto sei innocente.»

Kinley era sicura di avere il viso in fiamme, ma se Gage riusciva a comportarsi da adulto e parlare di quelle cose, lo avrebbe fatto anche lei. «Ho già baciato con la lingua in passato, anche se quello che abbiamo appena fatto *noi* è stato, senza ombra di dubbio, molto meglio di qualsiasi cosa io abbia mai sperimentato. Un ragazzo una volta ha infilato una mano sotto la mia maglietta, ma mi ha stretto il seno troppo forte, così gli ho dato una ginocchiata sulle palle. Inutile dire che mi ha chiamata santarellina e quella è stata l'ultima volta che sono uscita con lui.»

All'espressione cupa negli occhi di Gage, proseguì velocemente. «C'è stato un ragazzo che me l'ha mostrato per un attimo, vale come averne visto uno, vero?»

«No» disse Gage, poi chiuse gli occhi e scosse la testa.

«E le foto di cazzi sui social? Quelle contano?»

Riaprì gli occhi. «Ora mi stai prendendo in giro, vero?»

Lei scosse la testa. «In realtà, no. Sto cercando di rispondere alla tua domanda e allo stesso tempo non sembrare una sfigata totale.»

«Non sei una sfigata se non hai visto o toccato il cazzo di un uomo, Kinley.»

«Ho ventinove anni e sono ancora vergine. È patetico» borbottò.

«È bellissimo» ribatté Gage.

«Mi sono masturbata» disse, sperando che quella conversazione finisse. «Ho usato un dildo, ma non ho capito cosa ci trovino di così straordinario. Mi ha fatto male e non mi è proprio piaciuto. Però mi piace usare il vibratore.»

«Usi qualche contraccettivo?» le chiese Gage con voce tesa.

Kinley scosse la testa. «Non c'è n'è bisogno. Ho le mestruazioni regolari e non avevo motivo di prendere la pillola.»

«Sei allergica al lattice?»

Scrollò le spalle. «Non lo so.»

Annuì. «Va bene, lo scopriremo dopo la nostra prima volta. Ma tutto questo mi dà qualcosa su cui lavorare.»

«Tu... vuoi comunque frequentarmi?» gli chiese timidamente.

«Se pensi che il fatto di usare il preservativo quando facciamo l'amore e che sarò il primo uomo a toccarti, assaporarti e a entrare dentro di te mi farà passare la voglia, sei pazza» le disse, completamente serio. «Kinley, più ti conosco, più sono interessato. Ci andremo piano per quanto riguarda l'intimità, ma devi sapere che ti desidero. Ti ho pensata per mesi, da quando ci siamo incontrati in Africa, e frequentarti a Parigi e nelle ultime settimane ha solo aumentato il mio desiderio di conoscerti di più.»

«Ok» sussurrò.

«Solo ok?»

Kinley annuì.

«E per la cronaca... puoi toccarmi quando e come vuoi. Niente è off limits per te.»

Sbatté le palpebre sorpresa. «Anche il tuo...» Non riuscì a dirlo, usò invece gli occhi per indicargli l'inguine.

Scoppiò a ridere. «Sì, anche il mio uccello» confermò. «Voglio che tu sia completamente a tuo agio con me prima di andare fino in fondo.»

«Hai intenzione di toccarmi anche tu?» gli chiese.

Passarono alcuni secondi prima che rispondesse: «Alla fine, sì.»

Kinley fece il broncio. Un broncio in piena regola. E non le importò nemmeno. «Non è giusto.»

«Sto cercando di essere un gentiluomo.»

«Non siamo nel diciottesimo secolo.»

«Ne sono consapevole. Ma non hai avuto dei buoni esempi o dei modelli di comportamento per quanto riguarda le relazioni. Voglio mostrarti cosa significa essere al centro dell'attenzione, per una volta.»

Non sapeva cosa rispondere.

«Per quanto non vorrei cambiare argomento, ne ho bisogno» disse Gage dopo un attimo. «Cruz ha ragione sul fatto che devi stare molto, molto attenta. Non abbiamo idea di quanto durerà questo caso e potresti essere in pericolo ogni minuto di ogni giorno. Non puoi mai dare per scontata la tua sicurezza. Va bene?»

Kinley annuì.

«Non sei una prigioniera in questo appartamento. Sei libera di andare e venire. Tuttavia, vorrei chiederti di prendere il mio pick-up invece della tua macchina. Indossa sempre un berretto e non parlare con nessuno che non conosci. Se potessi portare Gillian o qualcun altro con te, sarebbe l'ideale. Potrebbero comunque aprire un caso anche senza bisogno di te, ma non sarebbe così forte e solido, e più tempo passa, più

Stryker sarà disperato.» Le sfiorò la tempia con le labbra e continuò a parlare. «Ero serio. Ti ho appena trovata, Kinley. Non posso perderti.»

«Farò attenzione» lo rassicurò.

«Bene.»

Non era sicura di quanto rimasero seduti sul divano, sapeva solo che le piaceva sentire le sue mani toccarla e le sue cosce dure sotto di lei. Sì, era vergine, ma non era una suora. Desiderava sapere quanto potesse essere bello fare sesso. E voleva che glielo insegnasse Gage.

Quando alla fine lui si alzò, Kinley era riuscita a tenere sotto controllo la sua libido. Lo ascoltò telefonare a Trigger e raccontargli ciò che aveva detto Cruz. Poi le passò il telefono per farla parlare un po' con Gillian. In seguito, chiamò anche tutti gli altri membri del suo team, informandoli che era stata coinvolta l'FBI e che sperava che presto avrebbero saputo se sarebbe stata intentata una causa contro Stryker e Brown, e se le autorità francesi avrebbero voluto parlare con lei e perseguirli.

Trascorsero il resto della giornata rintanati nell'appartamento. Gage ordinò un paio di telecamere di sicurezza da installare all'interno per ogni evenienza e lei si perse nella lettura di un altro libro che Gillian le aveva prestato.

La giornata era stata intensa, ma quando alla sera si infilarono sotto le coperte, Kinley era sorprendentemente rilassata. Avrebbe dovuto sentirsi sulle spine, con la mente sovraccarica di pensieri riguardo al programma di protezione testimoni, e preoccupata di non essere creduta dall'FBI e di cosa avrebbe fatto Stryker quando avesse scoperto di essere indagato. Invece, non riusciva a pensare ad altro che a quanto fosse bello stare rannicchiata tra le sue braccia.

«Gage?» gli chiese, quando lui spense la luce e furono ben appiccicati sotto le coperte.

«Sì?»

«Non mi interessa se questa è una situazione fuori dal comune.»

«Neanche a me» rispose, stringendola per un momento.

Kinley chiuse gli occhi e cadde in un sonno senza sogni, felice di sapere di essere al sicuro tra le braccia di Gage e perché, per qualche miracolo, aveva visto qualcosa in lei che gli piaceva e voleva proteggere. Era una sensazione inebriante e sapeva che se lui un giorno avesse deciso di essersi sbagliato e di voler chiudere la loro storia, lei non sarebbe stata mai più la stessa.

«L'ho trovata» disse Simon King a Stryker.

«Dove?»

«In Texas. Sta con quel Gage, proprio come sospettavamo. Ma non sarà facile arrivare a lei.»

«Perché?» gli chiese.

«Perché non esce mai dal suo appartamento. Rimane nascosta lì. E quel tizio non è un normale soldato.»

«Merda. Quanto ci vorrà?»

«Non lo so» rispose King. «Non farò nulla che metta a repentaglio la mia libertà. Alla fine, farà un passo falso e io sarò lì per prenderla. Hai un altro problema, però.»

«E quale sarebbe?»

«Oggi ha avuto un incontro con un federale.»

«Cazzo!» esclamò Stryker. «Come lo sai?»

«Be', non è che avesse un cartello con su scritto che lo fosse, ma se credi che non riconosca un maledetto agente dell'FBI quando ne vedo uno, sei uno stupido. È andato nell'appartamento ed è stato lassù per ore. Se speravi che tenesse la bocca chiusa, direi che sei stato sfortunato.»

«Voglio che quella stronza soffra» ringhiò Stryker.

Simon era un uomo a cui non importava molto di nessuno.

Aveva vissuto una vita difficile e imparato che l'unica persona su cui poteva contare era se stesso. Era un solitario, che accettava lavori ben pagati quando stava per finire i soldi. Normalmente avrebbe rifiutato quel lavoro, perché essere coinvolto in qualsiasi cosa relativa alla politica significava solo rischiare di venire fregati, ma non poteva rinunciare a un compenso di un milione di dollari. Che erano diventati due. Ed era disposto a essere paziente, ad aspettare di colpire fino a quando non fosse arrivato il momento opportuno. A lui non importava di far soffrire la tipa, il suo compito era ucciderla. Punto. In qualunque modo lo richiedesse il cliente.

«Lo farà» affermò Simon fiducioso.

«Dico sul serio, non limitarti a spararle alla testa. Voglio che sappia perché la stai torturando e che morirà di una morte lenta.»

Simon ridacchiò. «Sei un po' assetato di sangue, eh?»

«Vaffanculo» ribatté Stryker. «C'è tutta la mia *vita* in gioco qui e se quella puttana pensa di potermi distruggere, si sbaglia. Ho baciato un sacco di culi per arrivare dove sono e non lascerò che una nullità qualunque rovini tutto!»

«Bene. Ma dovrai essere paziente. Ho bisogno di osservare e imparare gli orari del suo ragazzo per trovare il momento migliore per rapirla.»

«Fammi sapere quando hai finito il lavoro.»

«Certo.»

«E chiamami di nuovo solo se hai buone notizie.»

«Avrò bisogno di altri cinquemila per tirare avanti.»

L'Ambasciatore rimase in silenzio all'altro capo della linea per un momento. «Sei un figlio di puttana» alla fine ringhiò.

«Ehi, non dormirò in macchina. Assolutamente no. Ho bisogno di mangiare e inoltre non è facile mimetizzarsi quaggiù. Sono un uomo grande e grosso e quel Delta e il suo amico prima o poi mi noteranno. Ora che i federali sono coinvolti, devo cercare di non dare nell'occhio e per farlo, ho bisogno di finanze. Dato che sono qui perché *tu* mi hai mandato, mi fornirai ciò di cui ho bisogno per tenere un basso profilo, altrimenti posso tranquillamente fregarmene e andarmene domani.»

«Va bene. Cinquemila, ma non di più» lo avvertì Stryker. «Devi porre fine a questa merda.»

«Lo farò, tra poche settimane, quando avrà abbassato un po' la guardia e sarò sicuro che ci sia poca o nessuna possibilità che mi becchino. È stato un piacere parlare con te» disse Simon, poi riattaccò senza preavviso.

Odiava Drake Stryker, ma amava i soldi più di quanto non gli piacesse lavorare per lui.

Non provava nulla per Kinley Taylor. Era solo un obiettivo. Nulla di personale, erano solo affari.

Sarebbe rimasto a osservarla ancora per un po', scoprendo magari il suo punto debole. Tutti ne avevano uno. Poi l'avrebbe fatta uscire da quell'appartamento per finire il lavoro.

Non vedeva l'ora di divertirsi un po' con lei. Era passato parecchio da quando aveva avuto modo di prendersi un po' di tempo con una vittima. La maggior parte dei clienti volevano che uccidesse rapidamente i loro nemici, facendolo sembrare un incidente o un delitto casuale.

Sorrise, ripromettendosi di andare al negozio di bricolage e comprare del nastro adesivo. Sì, insegnare alla signorina Taylor che avrebbe dovuto badare ai fatti suoi sarebbe stato divertente... per lui.

CAPITOLO TREDICI

KINLEY NON AVEVA idea di come diavolo si fosse ritrovata seduta in un ristorante a pochi chilometri dall'appartamento di Gage, a ridere a crepapelle con Devyn, Gillian e le sue tre amiche Wendy, Ann e Clarissa.

Non le era mai successo di sentirsi così in sintonia con altre donne, non aveva mai avuto molto in comune con nessuna. Ma nell'ultima settimana aveva passato del tempo con Gillian quasi tutti i giorni. Kinley l'aveva aiutata nella ricerca di luoghi in cui organizzare eventi e di nuove ed entusiasmanti opzioni da offrire ai suoi clienti.

Un giorno, quando era andata nell'appartamento di Trigger, aveva trovato lì anche Devyn. All'inizio si era sentita a disagio, dato che non la conosceva molto e a causa dell'episodio imbarazzante quando aveva fatto notare il livido sul fianco a Lucky. Ma lei non aveva accennato a quel fatto, né al motivo per cui avesse deciso di trasferirsi a Killeen, raccontando invece storie divertenti su Grover e su quanto fosse stato protettivo e un po' cazzuto, anche crescendo.

Ogni giorno che passava e nessun uomo nero sbucava da dietro i cespugli per tenderle un'imboscata, Kinley prendeva sempre più coraggio nel condurre le attività quotidiane. Però non era stupida, usciva sempre con qualcun altro, soprattutto con Gage, a volte con Gillian e non rispondeva mai quando qualcuno bussava alla porta nei giorni in cui lui era al lavoro, almeno quando non era sicura di chi potesse esserci.

Quasi ogni giorno, riceveva anche chiamate dall'FBI; alcune volte era Cruz, mentre altre erano da parte di altri agenti che stavano lavorando al caso. Erano sempre gentili e accorti, dando i loro nomi e chiedendole di chiamare l'ufficio di San Antonio per verificarne l'identità prima di parlare con loro del caso. La faceva sentire meglio che si preoccupassero così della sua sicurezza.

Aveva telefonato anche un procuratore distrettuale di Washington per informarla che avrebbero proseguito con il caso contro Brown e Stryker non appena avessero avuto informazioni sufficienti. Si erano assicurati i mandati di perquisizione per i loro dispositivi elettronici e le aveva detto di non avere dubbi sul fatto che sarebbero stati accusati almeno di pornografia infantile.

La polizia francese era *estremamente* interessata a parlare con lei, entusiasta di poter finalmente avere una pista nel caso dello Strangolatore dei Vicoli. Kinley non era contenta della possibilità di dover tornare a Parigi per essere interrogata su ciò che aveva visto, ma Gage l'aveva rassicurata che se fosse successo, avrebbe fatto tutto il possibile per essere lì con lei.

Cruz l'aveva informata che le cose stavano procedendo molto rapidamente, almeno per quanto veloce poteva muoversi il governo federale. Nutriva grandi speranze che Stryker e Brown sarebbero stati arrestati entro poche settimane o al massimo un mese. Però, anche se stavano facendo del loro meglio per portare avanti in modo discreto le indagini, era possibile che le informazioni trapelassero quindi, se o quando fosse accaduto, avrebbe dovuto stare ancora più attenta alla sua sicurezza.

Sebbene fosse felice che i casi contro Stryker e Brown stessero decisamente proseguendo, lo era ancora di più perché sembrava che si fosse fatta delle vere amiche

Gillian aveva detto di recente che lei e le altre non uscivano da un po' di tempo, quindi avevano deciso di incontrarsi. Ed era stato *Gage* a convincerla ad accettare di andare a cena con loro, cosa che l'aveva sorpresa. Insisteva sul fatto che avesse bisogno di uscire e di mostrare al mondo che non si sarebbe nascosta come se avesse fatto qualcosa di sbagliato.

Si era lasciata convincere solo quando l'aveva rassicurata che lui, Trigger e Lucky sarebbero stati lì a vegliare su di loro.

Si stava divertendo molto. Si sentiva normale, come una donna qualunque a cena con le amiche, senza alcuna preoccupazione al mondo.

Devyn aveva raccontato loro della sua ricerca di un lavoro, che sembrava non stesse andando come sperava. La maggior parte delle cliniche veterinarie della zona non stavano assumendo e dato che non aveva referenze, quelli che avevano bisogno di personale erano diffidenti a darle un impiego senza che nessuno garantisse per lei.

Ann, Wendy e Clarissa erano esilaranti come solo amiche che si conoscevano da anni potevano esserlo. Kinley aveva pensato di potersi sentire un'estranea, ma avevano fatto di tutto per coinvolgerla. Era fantastico.

«Wendy, come vanno le cose tra te e Wyatt?» le chiese Ann. «Avete già parlato della cosa che inizia per M?»

«Moneta? Menage? Mammina?» scherzò l'amica.

Ann alzò gli occhi al cielo. «Del matrimonio, scema.»

«Ci frequentiamo solo da circa sei mesi, è un po' presto per parlarne. Non possiamo essere tutti come Gillian e Walker.»

«Ehi, non tirarmi in mezzo!» disse l'interessata con una risata.

«Siete andati a vivere insieme e vi siete fidanzati in tre secondi» incalzò Clarissa.

Era evidente che le amiche la stessero solo prendendo in giro, ma la conversazione mise comunque Kinley a disagio.

«Quando l'uomo a cui non riesci a smettere di pensare ti fa trasferire da lui per tenerti al sicuro, che fai, ti rifiuti?» chiese con un sorriso. Non aspettò risposta e continuò a parlare. «No. Ti dichiari d'accordo e cogli l'opportunità per conoscerlo meglio, nella speranza che sia meraviglioso come pensavi. E quando scopri che lo *è*, non esiti a dire di sì quando ti mostra l'anello di fidanzamento più perfetto chiedendoti di passare il resto della tua vita al suo fianco.»

«Allora, quand'è il grande giorno?» chiese Ann.

Gillian sorrise. «Non lo so. So solo che sarà una cosa molto discreta. Non voglio una festa enorme e stravagante. Ho già detto a Walker che *non* lo organizzerò io. Mi occupo già abbastanza di quelle cose nel mio lavoro. Un giorno, probabilmente, andremo a sposarci in municipio e via.»

«Non andrò mai a vivere con un uomo» disse di punto in bianco Devyn.

Le rivolsero tutte uno sguardo curioso.

«Voglio dire, esteriormente sembra che siano tutto composti e controllati. Sono gentili con le vecchie signore nei negozi e dicono le cose giuste. Ma quando meno te lo aspetti, sbam! Si rivoltano contro di te. Dicono cose offensive, mentono, rubano e si preoccupano solo di loro stessi. Non ho intenzione di rischiare di innamorarmi di qualcuno, solo per ritrovarmi davanti a un voltafaccia. No, grazie. Rimarrò single per il prossimo futuro. È più semplice.»

Kinley rimase un po' sconcertata dal suo discorsetto che fu seguito da un lungo silenzio.

«Accidenti Devyn. Cos'è successo?» le chiese Gillian.

Lei sospirò. «Non ha importanza. *Sono* felice per te e Trigger. Sembra davvero un bravo ragazzo, ma no, niente uomini per me.»

«Lucky lo sa?» domandò Ann, indicando con la testa gli uomini seduti al bar.

«Lucky?» Devyn arrossì.

«Ultimamente è stato molto premuroso» disse Gillian. «L'ho sentito chiedere a Grover di te l'altro giorno.»

«Cosa gli ha detto?» domandò.

Tutte sorrisero al suo evidente interesse. «Voleva solo sapere se ti stavi ambientando e se avessi avuto fortuna nella ricerca del lavoro.»

Scrollò le spalle. «Oh. Vabbè. È amico di Grover, tutto qui.»

«Non sono sicura che sia così» insistette. «Walker dice di non averlo mai visto così concentrato su una donna prima d'ora.»

Devyn sbuffò. «Sì, come no. Con un nome come Lucky, sono sicura che non gli manchino le donne.»

«Non ha quel soprannome perché è fortunato con le donne» ribatté Gillian. «Almeno non da quello che ho capito. Credo sia super fortunato nelle missioni. Per esempio è sempre al posto giusto al momento giusto, è riuscito a evitare di farsi sparare per un pelo più volte di quante ne possano contare e sembra sia sempre lui quello che trova le prove che stanno cercando.»

«Vabbè» ripeté. «Non mi interessa.»

«*Hmmm*» mormorò Clarissa.

«Davvero» insistette. «Comunque non capisco perché stiate tutti spettegolando su di *me*. Dovremmo torchiare Kinley per sapere cosa sta succedendo tra lei e Lefty.»

«Be', ci hai appena fatto un lungo discorso contro gli uomini, perché *non dovremmo* provare a farti cambiare idea?»

Risero tutte quante.

«Ma ora che lo hai fatto notare... che sta succedendo tra te e Lefty?» chiese Clarissa in modo non proprio innocente.

Kinley aveva appena bevuto un sorso del suo Margarita quando cinque paia di occhi si voltarono verso di lei e quasi si strozzò con il drink. «Dici a me?» chiese, scervellandosi per trovare qualcosa per cambiare argomento, inutilmente.

«Sì a te. Stai convivendo con Lefty. Le voci sono vere? Gli uomini mancini sono più bravi a letto?» chiese Wendy con un sorriso.

Tutte ridacchiarono, ma lei arrossì per l'imbarazzo. Non era pronta per quel tipo di battute. Non aveva mai avuto un'amica con cui spettegolare e non aveva una conoscenza del sesso tale da indurre le ragazze a pensare che fosse più esperta di quanto era in realtà.

Gillian le mise la mano sopra la sua. «Non ti stiamo prendendo in giro» disse in tono tranquillo.

«Lo so. È solo che... non lo so.»

Per un momento calò il silenzio intorno al tavolo.

«Non sai cosa?» chiese Clarissa.

«Non so se Gage sia più bravo di altri uomini a letto perché non ho mai fatto sesso.»

Kinley non aveva avuto intenzione di lasciarsi sfuggire che fosse vergine, ma ormai sembrava un'abitudine.

Era *davvero* strana. Perché l'aveva ammesso?

«Sul serio?» domandò Ann.

Bevve un bel sorso del suo drink e annuì.

«Io penso che sia bello» disse Wendy. «Voglio dire, ho perso la verginità quando avevo quindici anni e me ne sono pentita subito. Vorrei aver resistito più a lungo.»

«Infatti» concordò Clarissa. «Più sei vecchia quando la perdi, meglio conosci te stessa e ciò che ti piace.»

«Esatto» confermò Ann. «La mia prima volta è stata *orribile*. Mi ha fatto così male che pensavo mi avesse spezzata a metà. E al ragazzo non importava niente, ha continuato a spingersi dentro di me cercando di venire, fregandosene del fatto che mi stavo contorcendo per il dolore sotto di lui.»

«Ragazze...» disse Gillian, ma Ann era partita per la tangente.

«Non ho nemmeno avuto un orgasmo fino ai vent'anni e anche allora dovevo arrangiarmi perché il ragazzo non aveva idea di cosa fosse un clitoride.»

«Avete perso molto sangue la prima volta?» chiese Wendy. «Io no e ho pensato che fosse strano, e il mio ragazzo all'epoca non ha creduto che fossi vergine.»

«Ragazze!» provò di nuovo Gillian, ma le sue amiche non le prestarono attenzione.

«Oh mio Dio, io ho sanguinato dappertutto» disse Ann. «E quando il ragazzo ha finito, si è tirato fuori e ha guardato in basso, pensava di aver rotto qualcosa dentro di me. Invece di confortarmi, ho dovuto rassicurarlo io. Era pronto a portarmi all'ospedale.»

«Basta!» urlò Gillian. «State spaventando Kinley!»

Le quattro amiche si voltarono a guardarla e sapeva di avere un'espressione di orrore sul viso.

«Merda, scusa. In realtà non è stato poi così male» cercò di rimediare Ann in tono poco convincente.

Kinley non riuscì a trattenersi e scoppiò a ridere, e una volta iniziato non riuscì più a smettere. Tra l'alcol che aveva bevuto e l'imbarazzo, continuò a ridacchiare. Poi le altre si unirono a lei, finché tutte e sei non risero fino alle lacrime.

«S-Scusate» disse, quando riuscì a parlare di nuovo. «Ann aveva appena finito di dire che pensava sarebbe morta aperta in due e poi è tutta: "Non è stato così male"» terminò quasi soffocandosi. E ciò le fece scoppiare tutte a ridere di nuovo.

Quando alla fine si calmarono, Gillian le disse. «Ti ammiro per non aver ceduto e fatto sesso solo così tanto per farlo.»

Kinley sollevò una mano per fermarla. «Lo avrei fatto molto tempo fa se ci fosse stato qualcuno interessato.»

Nessuno ebbe niente da dire in proposito e lei sapeva di aver appena reso le cose di nuovo imbarazzanti. «Io non sono come voi. Non sono carina, non mi trucco, non posso mettere i tacchi alti perché mi fanno male i piedi e cadrei di faccia se provassi a camminare. Sono molto introversa. Non molti ragazzi si sono presi il tempo di conoscermi e i pochi che lo hanno fatto, si sono resi conto abbastanza rapidamente che ero noiosa e non valeva la pena.»

«Ascoltami» disse Devyn, sporgendosi in avanti e afferrando la mano di Kinley dall'altra parte del tavolo. «Fanculo a quei ragazzi. È meglio aspettare di trovare l'unico uomo che riesca a capirti, capirti *davvero*, piuttosto che imparare a proprie spese che sono tutti stronzi. E credimi, la maggior parte degli uomini *sono* stronzi. Ok, sei strana, ma se gli altri non riescono a vedere quanto possa essere eccezionale essere strani, ci perdono loro, non tu.»

Kinley non avrebbe voluto emozionarsi per quelle parole, ma non poté farci niente.

«Lefty è uno degli uomini più in gamba in circolazione» le disse Gillian. «Credo che non sarà un errore permettergli di introdurti al sesso.»

«So che è in gamba» ribatté Kinley. «Probabilmente *troppo* per me.»

«Fanculo» sbottò Wendy. «Qualcuno ti ha messo in bocca quelle parole. Non conosco la tua storia passata, ma devi riconoscere la tua unicità. Dovresti pensare che *tu* sei troppo in gamba per la maggior parte degli uomini là fuori, non il contrario.»

«Esatto» concordò Ann. «Perché dovresti concederti a chiunque? No, devono lavorare per ottenerlo, dimostrarti che valgono il *tuo* tempo.»

Kinley sorrise. Le piaceva. Non era completamente d'accordo, ma l'idea le piaceva.

«Ora, raccontaci come sta andando la convivenza con

Lefty» disse Gillian. «So che stai lì a causa del pericolo in cui ti trovi, ma parlaci di *lui*.»

«Aspetta... sei in pericolo?» chiese Wendy, raddrizzandosi sulla sedia.

«Cosa possiamo fare per aiutare?» domandò Clarissa.

«Sul serio? Che è successo?» incalzò Ann.

Gli occhi di Kinley si riempirono di lacrime. Quelle donne praticamente non la conoscevano, eppure erano preoccupate per lei. «Grazie, ragazze, ma Gage ha tutto sotto controllo» le rassicurò.

«Se hai bisogno di qualcosa, siamo qui» insistette Wendy.

«Va bene, va bene.» Gillian le fermò con un gesto della mano. «Devi dirci com'è convivere con Lefty.»

«Dormiamo insieme.»

Quando tutte la fissarono con le sopracciglia inarcate, Kinley scosse la testa. «*Dormiamo*. Questo è tutto. Lui ha dormito sul divano per un po', ma una mattina sono andata in soggiorno e mi sono addormentata con lui, così abbiamo deciso di provare a condividere il letto.»

«Tu e Lefty condividete un letto, ma solo per dormire?» chiese Ann incredula.

Annuì. «Mi ha detto che potevo toccarlo quando e dove volevo.»

«Meraviglioso» sospirò Clarissa.

«E l'hai fatto?» s'informò Wendy.

Kinley era di nuovo imbarazzata, ma in un certo senso era facile parlare con loro, o forse era la tequila. Scosse la testa.

«Perché no?» domandò Ann.

«È solo che... non voglio rendere le cose strane. Be', più strane di quanto non siano già. Adoro dormire tra le sue braccia e l'ultima cosa che voglio fare è fargli perdere la voglia di stare lì con me.»

«E per quale motivo toccarlo dovrebbe fargli perdere la

voglia di dormire con te?» chiese Wendy, sinceramente confusa.

«Non lo so. Credo solo di essere spaventata.»

«Kinley» disse Gillian seria «se Lefty dice che va bene che tu lo tocchi, vuol dire che *puoi* farlo.»

Per i dieci minuti successivi, le amiche le diedero ogni sorta di consiglio su come e dove toccare Gage. Quando ebbero finito era color rosso acceso, ma i loro suggerimenti furono d'aiuto.

Non poté fare a meno di arrossire di nuovo quando i tre uomini si avvicinarono al loro tavolo.

«Sembra che vi stiate divertendo» disse Trigger.

«Decisamente» concordò Gillian. «Ma siamo pronte per andare, non è vero ragazze?» chiese, facendo l'occhiolino a Kinley.

«Sì, assolutamente» ribatté Wendy.

«Probabilmente Tom mi sta aspettando con ansia» disse Ann.

«E Johnathan non sa di essere ansioso che io torni a casa... ma lo è» replicò Clarissa con un sorriso.

I ragazzi sembrarono confusi, ma Kinley scambiò uno sguardo d'intesa con Gillian.

«Pago io il conto questa volta» avvisò Ann.

Gage scosse la testa. «Ci ho già pensato io».

«Stronzo» borbottò Trigger. «Quando sei andato in bagno, vero?»

Si limitò a sorridere.

«Lungi da me lamentarmi del fatto che qualcun altro paghi cibo e bevande» disse Ann con un sorriso. «Grazie!»

«Figurati» le rispose.

Lucky non disse nulla, ma quando le ragazze iniziarono ad alzarsi dal tavolo, andò a dare una mano a Devyn. Kinley si chiese se tra i due ci fosse più di quanto lei avesse lasciato intendere, ma non ci pensò a lungo perché nel momento in cui si alzò, oscillò pericolosamente.

Gage fu lì all'istante. Le mise un braccio intorno alla vita e si chinò. «Quanti Margarita hai bevuto?» le chiese.

Kinley scrollò spalle. «Due. Aspetta... forse tre?»

Lui ridacchiò. «Andiamo, ubriacona. Ti porto a casa.»

Casa. Adorava il suono di quella parola.

Salutò tutti e lasciò che Gage la conducesse al suo pick-up. L'aiutò a salire prima di andare al lato del conducente. Lo vide guardarsi intorno, in cerca di un eventuale pericolo. Quell'attenzione la fece sentire ancora più al sicuro.

Il viaggio di ritorno verso l'appartamento fu veloce e prima che se ne rendesse conto, si ritrovò in soggiorno. «Riesci a prepararti per andare a letto senza cadere?»

Kinley gli sorrise. Era ubriaca, ma ancora consapevole di tutto ciò che le accadeva intorno. «Sì.»

«Cazzo, sei adorabile. Vai, allora. Arrivo dopo aver chiuso a chiave.»

Annuì e andò in camera da letto. Non si preoccupò di dove lanciasse i vestiti mentre si spogliava, ma si prese il tempo di lavarsi i denti prima di indossare un'altra delle magliette di Gage e infilarsi a letto.

Lo vide entrare e scomparire in bagno. Riemerse non molto dopo con addosso un paio di pantaloni della tuta.

Andò a letto come ogni sera, ma per una volta Kinley non si accontentò di accoccolarsi e addormentarsi. Forse era l'alcol che le scorreva nelle vene o forse tutti i consigli che aveva ricevuto dalle ragazze su come toccarlo, ma voleva fare qualcosa di più che dormire.

Quando lui si sdraiò sulla schiena e la cinse con un braccio, Kinley mise una gamba sopra la sua coscia, e posò la mano sul suo stomaco nudo. Lo sentì contrarsi sotto il palmo e quando le sue dita gli sfiorarono la cintura, Gage s'irrigidì.

«Kins?»

«Hmmm?»

«Non sei stanca?»

Lei lo guardò e disse un succinto: «No.»

«Cazzo» imprecò chiudendo gli occhi e lasciando cadere la testa sul cuscino.

Kinley esitò un attimo, ma quando non le spinse via la mano, sorrise e lasciò vagare le dita.

Tracciò gli addominali scolpiti e i muscoli lungo i fianchi che puntavano all'inguine, che si tesero sotto il suo tocco, ma quando lui gemette e si dimenò, proseguì l'esplorazione.

Scivolò sotto l'elastico dei pantaloni e si rese subito conto che non indossava biancheria intima. I peli tra le sue gambe le solleticarono le dita, ma si bloccò quando gli sfiorò il cazzo duro.

«Non fermarti» le sussurrò.

Fu tutto l'incoraggiamento di cui aveva bisogno.

Muovendosi lentamente, Kinley vi avvolse la mano intorno ed esplorò.

Nonostante fosse così duro la pelle era morbida. Lo sentì pulsare e quando fece scorrere il palmo fin sulla punta e di nuovo verso il basso, sparse le gocce della sua eccitazione lungo l'erezione, rendendo più facile il movimento.

Gemendo, Gage si spostò sul fianco e spinse i pantaloni fin sotto il sedere, liberando l'uccello dalla restrizione dei vestiti. Volendo vederlo, Kinley gettò da parte le coperte.

Si sentì bagnare e i suoi capezzoli s'inturgidirono sotto la maglietta. In un impeto di coraggio non si era messa le mutandine e, per la prima volta, stava iniziando a comprendere quanto potesse essere eccitante il sesso. Non si era mai sentita così smaniosa con nessun altro. Non si era eccitata in quel modo nemmeno guardando un porno. Ma sentire il cazzo di Gage nella mano e vedere di persona quanto gli piacesse ciò che gli stava facendo, fu quasi da orgasmo.

Sostenendosi sul gomito, Kinley si concentrò a mettere a frutto tutti i consigli che aveva ricevuto quel giorno.

Lui iniziò quasi subito a spingere i fianchi verso l'alto mentre lo accarezzava. Presero il ritmo e quando lanciò un'occhiata al viso di Gage, non le interessò più guardare ciò che stava facendo la sua mano.

Aveva gli occhi chiusi e stava inspirando ed espirando bruscamente attraverso il naso. Stringeva nel pugno le lenzuola all'altezza dei fianchi e i suoi capezzoli erano tesi e duri. Era una visione di una bellezza straordinaria.

Kinley si sentì più potente che mai. Era *lei* che gli stava provocando quelle reazioni. Lei. La ragazza stramba che non aveva mai avuto amici. Si rese conto che probabilmente avrebbe reagito in quel modo con qualsiasi donna avesse le mani intorno al suo cazzo, ma relegò quel pensiero in un angolo della mente; in quel momento c'era *lei* che gli stava dando tutto quel piacere.

Proprio in quell'istante, spalancò gli occhi, come se avesse percepito che lo stava guardando. Riuscì a malapena a vedere il castano delle iridi da quanto erano dilatate le sue pupille. Gage si leccò le labbra e prima che Kinley si rendesse conto di ciò che stava per fare, si allungò afferrandola dietro il collo. Lei perse un attimo il ritmo mentre la tirava giù e si attaccava alla sua bocca.

Quando iniziò a spingere la lingua dentro e fuori in modo erotico, lei riprese il ritmo con la mano.

Gage staccò la bocca dalla sua e ansimò: «Sto per venire, tesoro.»

Fu un avvertimento inutile per Kinley, dato che aveva sentito le sue palle sollevarsi verso il corpo. Distolse lo sguardo dal suo viso e abbassò gli occhi. Ogni muscolo del suo stomaco era teso e i fianchi sussultavano spasmodicamente mentre si avvicinava all'orgasmo.

«Kins!» gemette spingendosi contro di lei ancora una volta.

Rimase affascinata nel vedere lo sperma uscire dalla punta. Continuò ad accarezzarlo e presto si ritrovò le dita ricoperte dal suo seme. Non riuscì a trattenere un sorriso e quando lui gemette e le spinse via la mano iniziando ad accarezzarsi come voleva, lei sospirò soddisfatta.

Tutta l'esperienza, dal momento in cui aveva infilato le dita nei suoi pantaloni fino a quello in cui era venuto, non doveva essere durata più di sei minuti o giù di lì, ma non le importava quanto in fretta fosse successo, era elettrizzata che le avesse permesso di toccarlo e non si fosse imbarazzato per aver avuto un orgasmo di fronte a lei.

Guardandosi la mano coperta di sperma, ebbe l'improvviso bisogno di sapere che sapore avesse. Prima di pensare a ciò che stava facendo, se la portò alla bocca e si leccò il dito indice con esitazione.

Era un po' salato e amaro e per niente come lo aveva immaginato.

Quando lui gemette, sollevò gli occhi e vide che la stava fissando.

Arrossì e distolse lo sguardo, imbarazzata. Prima che potesse allontanarsi da lui per andare a lavarsi la mano, Gage rotolò, portandola con sé.

Kinley lo guardò sorpresa. Le si era sollevata la maglietta e sentì il suo uccello bagnato contro la coscia. Non era duro, ma non poté fare a meno di allargare le gambe per dargli spazio.

Lui stava ancora ansimando e non riuscì a interpretare lo sguardo nei suoi occhi. Per un secondo ebbe paura. Era una donna e si era messa in una posizione vulnerabile. Era più grande di lei, gli aveva appena reso molto facile prendere ciò che voleva.

Imprecando tra sé e sé per non essersi messa le mutandine, lo fissò turbata.

«Non aver paura di me» le disse con dolcezza.

E in un attimo, si rilassò. Quello era Gage. Non le avrebbe fatto del male.

Non sapeva cosa fare della mano appiccicosa, quindi la tenne di lato. Ma lui non glielo permise, la prese e intrecciò le dita con le sue portando le mani unite tra di loro.

«Gage, devo lavarla.»

«Il sesso sporca» disse.

Lei inclinò la testa. «Cosa?»

«Il sesso sporca» ripeté. «Non c'è nulla di cui imbarazzarsi.»

«Ehm... va bene.»

«E non c'è niente di off limits tra di noi. *Niente*.»

Kinley si rilassò un po' di più. «Ok.»

«E devo dire che è stato meravigliosamente fenomenale. Non sono durato affatto quanto avrei voluto. Voglio dire, nel momento in cui hai chiuso la mano intorno a me, ero pronto a esplodere. La prossima volta andrò meglio.»

Kinley si leccò le labbra e annuì.

«Grazie, tesoro. Ti è piaciuto?»

«Sì.»

«Bene. E ti piace il mio sapore?»

Chiuse gli occhi per un secondo, poi pensò che le aveva detto di non imbarazzarsi con lui. Li riaprì e incontrò il suo sguardo. «Mi ero solo chiesta che sapore avesse. Non è terribile, ma non sono nemmeno sicura che sia così buono.»

Lui ridacchiò. «Ne prendo atto. Ma per la cronaca, non vedo l'ora di assaggiarti.»

Kinley si sentì arrossire.

Come se sapesse di essersi spinto troppo, Gage si girò sulla schiena e la attirò contro il suo fianco. Si spostò e si tirò su i pantaloni afferrando nel contempo le coperte.

«Non ti vuoi pulire?» gli chiese.

«Non particolarmente» borbottò. «Ho appena avuto l'orgasmo più incredibile e sono stanco. Sei tra le mie braccia e mi sto godendo la sensazione di averti contro di me. Mi piace la Kinley un po' ubriaca, ma bada che voglio che tu lo faccia di nuovo quando non lo sei. Va bene?»

Annuì contro di lui e chiuse gli occhi. Il suo corpo vibrava di desiderio, ma era bello sapere che Gage non avrebbe insistito per ricambiare o fare qualsiasi altra cosa. Le era piaciuto farlo sentire bene, sapere di essere riuscita a farlo venire in pochi minuti.

Proprio mentre si stava addormentando, Gage si allungò sopra di lei e si sporse verso il comodino accanto al letto.

«Cosa c'è?» gli chiese.

«Niente, mi sono solo dimenticato di dartelo prima. L'ho ordinato online. È di un'azienda che si chiama FLATOUT-bear. Ha sede in Australia. È fatto di pelle di pecora australiana ed è la cosa più morbida che abbia mai sentito in vita mia. Il corpo non ha imbottitura, è solo cuoio ricoperto da pelle di pecora. Ho pensato che ti sarebbe piaciuto.»

Kinley fissò l'orsacchiotto che le stava porgendo. Era marrone scuro e sembrava un po' strano. Il corpo era completamente piatto, come suggeriva il nome e aveva la testa leggermente larga. Era stato un gesto straordinariamente dolce... e non sapeva cosa dire. Lo prese con la mano pulita.

Nel momento in cui toccò il peluche, si innamorò. *Era* la cosa più soffice che avesse mai toccato.

«Dopo che mi hai parlato dell'orsacchiotto che avevi perso da piccola, ero dispiaciuto e ho voluto trovare un sostituto. Non posso essere sempre qui a coccolarti, in particolare quando sono in missione o devo lavorare fino a tardi, così ho pensato che ti sarebbe piaciuto.»

Nessuno aveva mai fatto qualcosa del genere per lei prima. Oh, le avevano fatto dei regali, ma nessuno era stato così significativo. Non volendo sporcarlo, lo posò sul petto di Gage e ci strofinò contro la guancia. «Lo adoro» sussurrò.

«Sono contento» sussurrò a sua volta.

Le sfuggì una lacrima, ma non si mosse. Era sopraffatta dalle emozioni.

Aveva degli amici.

Aveva toccato Gage e non era stato strano.

E ora le aveva fatto il regalo più amorevole che avesse mai ricevuto.

La sua vita poteva sembrare orribile vista dall'esterno, stava fuggendo da un assassino e c'era la possibilità che dovesse testimoniare contro alcuni uomini politici piuttosto potenti ma, in tutta sincerità, non era mai stata più felice.

CAPITOLO QUATTORDICI

Era trascorsa un'altra settimana e Lefty si sentiva cautamente ottimista. Cruz si era tenuto costantemente in contatto e li aveva informati che molto probabilmente quel giorno o al massimo quello successivo Brown sarebbe stato interrogato. Stryker era sotto sorveglianza in Francia e Cruz sperava che gli investigatori parigini presto gli avrebbero parlato.

Inoltre, non aveva visto nessuno di sospetto in giro per il suo complesso di appartamenti; non aveva avuto l'impressione che qualcuno li osservasse o che sembrasse fuori posto. Ciò non significava che non ci fosse nessuno nascosto nell'ombra però, più tempo passava e maggiori erano le possibilità che chiunque la stesse cercando non avesse scoperto dov'era andata o non fosse più interessato a trovarla.

Kinley aveva cominciato a uscire un po' di più senza di lui. Non era pazza da andare in giro da sola – quello era un modo sicuro per cercare guai – ma era andata a fare shopping con Gillian e aveva accompagnato Devyn a un colloquio.

Lefty amava vederla sbocciare mentre l'amicizia con le

altre donne si approfondiva. Se mai ci fosse stata una persona che aveva bisogno e meritava degli amici, quella era Kinley.

Ma ciò che lo faceva sentire meglio erano i loro momento d'intimità. Era curiosa e dopo la prima sera che l'aveva fatto venire, non era stata reticente a toccarlo. Ma sebbene ciò rendesse le notti piacevoli per lui, erano anche frustranti. Voleva farla sua come aveva sognato, ma stava rispettando i suoi tempi. L'ultima cosa che voleva era farla sentire a disagio in qualsiasi modo.

La sera precedente, gli aveva chiesto di poter provare a fare sesso orale su di lui. Non aveva potuto dire di no a quello. Nel momento in cui aveva avvolto le labbra intorno al suo cazzo, aveva dovuto recitare le statistiche del baseball per trattenersi e non esplodere. Sapeva come la pensasse Kinley riguardo al fatto di ingoiare e anche se gli era piaciuto avere la sua bocca su di lui, non aveva voluto fare nulla che potesse portarla a negargli il sesso orale in futuro. Così aveva finito con la mano... e poi chiesto timidamente se gli sarebbe piaciuto toccarla.

Aveva aspettato che glielo chiedesse per un'intera e lunghissima settimana. Era stata una tortura per lui non toccarla allo stesso modo. Odiava non poter ricambiare lo stesso piacere che lei gli aveva dato, ma aveva promesso che non avrebbe fatto nulla per cui non era pronta.

Due secondi dopo che quelle parole avevano lasciato la sua bocca, le sue dita erano già tra le sue gambe. Era fradicia e non c'era voluto molto per portarla all'orgasmo.

Gage di solito non era un uomo paziente. Da figlio unico, aveva sempre ottenuto praticamente qualsiasi cosa avesse desiderato, quando l'aveva desiderata. Ma sapeva, senza ombra di dubbio, che aspettare che Kinley si concedesse a lui sarebbe risultato essere uno dei migliori regali che avesse mai ricevuto in vita sua. E avrebbe aspettato tutto il tempo necessario a far sì che lei si sentisse sicura di donargli la sua verginità.

Non aveva mai voluto la pressione di stare con una vergine. Anche al liceo e all'università, era stato lontano dalle ragazze inesperte. Ma non poteva pensare a nient'altro che a quanto sarebbe stata bella la loro unione.

Era ora di pranzo e aveva appena parlato al telefono con Kinley. Da lì a poco sarebbe andata a fare la spesa con Gillian. Aveva in programma una cena a sorpresa per lui e non vedeva l'ora. Non era una cuoca bravissima, diceva di non aver mai avuto il desiderio di imparare o qualcuno interessato a insegnarle, ma ora che viveva con lui voleva che trovasse dei pasti nutrienti quando tornava a casa alla sera.

Aveva appena chiuso la chiamata dopo averle detto di fare attenzione quando si voltò e vide la sua squadra che lo osservava.

«Che c'è?» chiese.

«Sembra che le cose tra te e Kinley stiano andando bene» disse Brain.

Lefty non riuscì a interpretare il suo tono. «Sì, ma non so perché dovrebbero essere affari tuoi.»

«Sono affari nostri perché sei nostro amico, e lei ci piace» intervenne Oz.

«Vive con te da alcune settimane ormai. Sappiamo che il suo caso si sta muovendo in fretta, con gli interrogatori, la sorveglianza e tutto il resto, ma comunque... in questi giorni non ti vediamo molto spesso al di fuori del lavoro. Vogliamo solo sapere che sta bene» incalzò Grover.

Non sapeva se essere incazzato per il fatto che i suoi amici potessero pensare che *non* stesse bene, o contento che tenessero abbastanza a lei da chiederglielo. «Kinley è... lei è diversa» replicò, cercando di trovare le parole per spiegare la loro relazione.

«Lo sappiamo» disse Lucky. «È il motivo per cui ci chiediamo cosa sta succedendo tra voi. Anche noi siamo preoccupati per lei, sai.»

«Perché, cosa pensate? Che stia fingendo di preoccuparmi del fatto che sia stata testimone degli ultimi momenti di vita di una ragazza, solo per avere un po' di fica?»

Nessuno disse niente per un lungo momento e le parole di Lefty sembrarono rimbombare nella piccola stanza relax che stavano usando per pranzare.

Alla fine Trigger disse: «Penso che siano solo preoccupati per entrambi. Era ovvio per tutti noi quanto ti piacesse e poi si è presentata qui, l'hai trasferita nel tuo appartamento e ti sei lasciato coinvolgere nei suoi problemi senza pensarci due volte. Però ci stai aggiornando sul caso e non sulla vostra relazione. Stiamo solo cercando di capire come stanno le cose tra di voi.»

Aveva ragione. *Non aveva* parlato molto di Kinley semplicemente perché gli sembrava scortese, l'ultima cosa che avrebbe voluto fare era parlare alle sue spalle. Soprattutto una volta trasferita a casa sua. Non era mai stato *quel* tipo di persona e non aveva intenzione di iniziare adesso.

Decise di mettere le cose in chiaro nel modo più schietto possibile. «Non sto facendo sesso con lei.»

Gli sguardi sui volti dei suoi amici andavano dalla sorpresa alla confusione.

«Ah, no?» chiese Brain.

«No.»

«Perché?»

La domanda di Lucky era un po' offensiva, ma Lefty sapeva che non stava cercando di essere uno stronzo.

«Perché non è come le altre donne. È stata ferita in passato. *Molto.* Prova a immaginare di avere sei anni e di vivere con una famiglia. Ti piacciono e sono gentili, le persone più gentili con cui tu abbia mai vissuto. Non ti picchiano, non ti fanno morire di fame o ti ignorano. Poi un giorno torni a casa da scuola e ti danno un sacco della spazzatura pieno dei tuoi vestiti e ti dicono che sono dispiaciuti, ma si stanno trasferendo e non possono portarti con loro, che dovrai andare a vivere con un'altra famiglia. Come ti sentiresti?»

Quando Kinley gli aveva raccontato quella storia, Lefty si era incazzato. Per lui era incomprensibile come qualcuno potesse essere così crudele con un bambino.

«È stata delusa in continuazione, finché non ha imparato a non fidarsi di nessuno tranne che di se stessa. Quando è andata al liceo ormai era conosciuta come la "povera ragazza in affidamento" che nessuno voleva. Era riservata e i suoi compagni si tenevano a distanza – quando non la tormentavano. In qualche modo è riuscita a superare il college e a trovarsi un ottimo lavoro. Ma quel lavoro era a Washington DC, e sapete bene quanto me quanto possano essere false e orribili le persone in politica. Non ha mai avuto dei veri amici.

Prima che si presentasse qui in Texas, ero affascinato da lei. In Africa, è riuscita a mantenere la calma in mezzo a quei teppisti. Poi abbiamo parlato e mi sono reso conto che era intelligente e mi piaceva davvero molto stare con lei. Quando eravamo a Parigi, abbiamo legato ancora di più. Il punto è, che siamo prima di tutto amici. L'ultima cosa che voglio è metterle fretta per qualsiasi tipo di relazione. Ma – e mi fa incazzare dirlo a *voi* prima di parlarne con *lei* – voglio che rimanga qui. Voglio continuare a conoscerla meglio. E sì, mi vedo stare con lei per molto tempo, ma mi sto muovendo lentamente. Non voglio spaventarla e portarla a decidere che non sono poi un buon candidato come fidanzato.»

Lefty sapeva che stava parlando troppo, che non stava permettendo ai suoi amici di intromettersi nel suo monologo, ma non poteva fermarsi. Fece un respiro profondo, poi ammise qualcos'altro.

«Non ha mai avuto un vero fidanzato. Non è *mai stata* con nessuno... se capite cosa intendo. All'inizio, mi preoccupava, ma più tempo passo con lei più sono sciocatto. Qualcuno avrebbe dovuto già accaparrarsela. È fantastica. Generosa, gentile e ha un'anima d'acciaio. Deve averla per essere riuscita a sopravvivere alla sua infanzia senza diventare una maniaca omicida.

Sì, vive con me. Sì, dormiamo insieme, ma non facciamo sesso. Non l'ho toccata... molto. Voglio che lei mi desideri tanto quanto la desidero io. Ogni notte mi addormento pensando di essere il bastardo più fortunato al mondo ad averla al mio fianco e vorrei uccidere ogni singola persona che nella sua vita l'ha fatta sentire come fango sulle loro scarpe. Odio che sia spaventata. Odio non sapere se qualcuno la sta ancora cercando, e odio *davvero* tanto che alla fine arriverà il momento in cui saremo mandati in missione e dovrò lasciarla sola. Ma odierei ancora di più dovermi separare da voi ragazzi perché non potete o non volete capire quanto lei sia speciale per me.»

Stava praticamente ansimando quando finì, ma non gli importava. I suoi amici dovevano capire quanto fosse importante Kinley e se avessero fatto qualcosa per farla sentire a disagio, avrebbero dovuto rispondere a lui.

Ma invece di essere incazzati, stavano tutti sorridendo.

«Non posso credere che ti sia trovato un'autentica vergine» lo prese in giro Doc.

Lefty non sorrise nemmeno.

Il suo amico si rese conto di avere probabilmente esagerato e fece subito marcia indietro. «Voglio dire, è fantastico, amico. Non ha importanza, almeno non per noi.»

«Che non esca una parola di ciò che vi ho detto da questa stanza» disse a denti stretti. «Sapete cosa? Ho vissuto una vita piuttosto fortunata. I miei genitori sono ancora insieme e felicemente sposati. Ho avuto un'infanzia straordinaria e ammetto di essere stato viziato. Mi è piaciuto il periodo del liceo e avevo molti amici. Mi sono arruolato nell'esercito ed ero abbastanza forte da far parte delle squadre speciali e ora ho una fantastica amicizia che mi lega a tutti voi. La vita di Kinley è stata *tutt'altro* che facile. È passata di casa in casa senza che una sola famiglia fosse interessata a tenerla per sempre. I suoi anni scolastici sono stati un inferno e anche quando ha trovato un lavoro a Washington era comunque sola. Ma nel profondo, so che è al cento per cento più forte di me. Quello che ha passato avrebbe distrutto praticamente chiunque, invece è una persona gentile, compassionevole, amichevole e per qualche miracolo... sembra che le piaccia.

Stare insieme a lei mi fa capire quante cose non ho vissuto pienamente. Abbiamo una connessione. Vera. Mi piace passare il tempo con voi ma c'è qualcosa, nel sapere che mi sta aspettando a casa mia, che mi fa sentire completo. Non riesco a spiegarlo.»

«Ho capito» disse Trigger con un cenno del capo. «È difficile da spiegare finché non hai una donna che ami e che ti ricambia.»

«Non so se sia amore» ribatté Lefty.

Il suo amico ridacchiò e alzò gli occhi al cielo. «La ami» replicò con convinzione. «Se così non fosse, non saresti qui a difenderla. Ti prenderesti le nostre prese in giro e finirebbe là.»

Ci pensò su un momento. Invece di sentirsi sconvolto all'idea, gli sembrò giusta.

«Non ti abbiamo fatto quelle domande su di lei per essere dei ficcanaso» gli disse Brain. «È perché Kinley ci piace. Ed è ovvio che ti guarda con gli occhi che brillano.»

Era una bella sensazione.

«Quali sono le ultime novità sul caso?» chiese Oz.

Lefty era contento di passare a parlare di qualcosa di cui

erano tutti esperti piuttosto che del suo rapporto con Kinley,
così raccontò della sua ultima telefonata con Cruz.

«Quindi oggi arrestano Brown?» domandò Grover.

«Quello è il piano» rispose annuendo.

«E stanno osservando Stryker? Stanno monitorando le sue
telefonate?» chiese Lucky.

«Sì.»

«Kinley come la sta prendendo?» s'informò Doc.

«Bene, per quanto sia possibile in una situazione come
questa. Per un po' è stata molto nervosa, non voleva lasciare
l'appartamento, ma penso che si senta molto meglio ora che
altri sanno ciò che ha visto e le credono.»

«Deve comunque continuare a essere cauta» lo avvertì
Brain.

«Lo so, e lo è. Lo *siamo* entrambi. Ma è un'adulta, non
posso essere al suo fianco ogni minuto della giornata e lei lo
sa. Le ho detto da cosa deve stare in guardia. Di non rispondere alla porta se non ci sono io e se non sta aspettando
nessuno, e di non uscire mai di casa da sola. Stiamo prestando
la massima attenzione possibile, senza che si senta una prigioniera. Cruz ci aveva parlato della protezione testimoni e
abbiamo deciso che non fosse il caso.»

Non appena le parole gli uscirono di bocca, si rese conto che
non era stato esattamente sincero. Non avevano mai parlato
veramente della possibilità di entrare nel programma di protezione dopo che Cruz se n'era andato. Le aveva detto che non
voleva lo facesse e lei si era limitata a baciarlo. Il pensiero che
dovesse star nascosta da qualche parte, di nuovo senza amici e
senza sapere di chi potersi fidare, era ripugnante. Odiava il
pensiero che dovesse subirlo, soprattutto ora che aveva sperimentato quanto fosse importante avere dei veri amici.

«Il programma di protezione testimoni?» chiese Brain. «È
una cosa seria.»

Lefty annuì. «Stryker è un amico personale del Presidente. Immagino che molte persone non saranno felici di vedere trasmessi in TV i suoi particolari affari sporchi, soprattutto se ciò include il fatto che sia un assassino.»

«Quindi Kinley testimonierà?» chiese Oz.

«Sì. La parte egoista di me vorrebbe che non lo facesse, perché si metterebbe direttamente nel mirino di chissà quante persone, ma è irremovibile. È solo un'altra delle tante cose di lei con cui mi stupisce ogni dannato giorno. Avrebbe potuto semplicemente dimenticare ciò che aveva visto o affermare di essersi sbagliata, invece è determinata a difendere ciò che è giusto. Per quelle ragazzine assassinate in Francia e per tutte le altre a cui Stryker e Brown potrebbero aver fatto del male.»

Gli uomini rimasero in silenzio per un secondo, poi Brain disse: «Se hai bisogno di qualcosa, di qualunque cosa, sai che tutto ciò che devi fare è dirlo, vero?»

Lo sapeva. Magari non si trovava sempre d'accordo con i suoi amici ma sapeva, senza ombra di dubbio, che avrebbe potuto chiamarli giorno e notte e sarebbero stati lì. Per lui *e* per Kinley, soprattutto ora che sapevano come stavano le cose tra loro. «Lo apprezzo. Davvero.»

Trigger sospirò. «Ora che ci siamo levati di mezzo questa cosa, siamo pronti a lavorare per capire cosa cazzo stanno combinando i terroristi ultimamente?»

Gli amici annuirono e iniziarono a uscire dalla sala relax. Grover rimase per ultimo e si fermò davanti a Lefty che stava tenendo la porta aperta per tutti. «Sono felice per te e Kinley» disse.

«Non esserlo troppo, per ora» ribatté lui. «Ce la stiamo cavando alla meno peggio. Non sono sicuro di cosa penso del mio rapporto con lei e dobbiamo superare tutta la storia della testimonianza.»

«Ne verrete a capo» replicò senza esitazione. «Kinley è perfetta per te e tu sei decisamente quello giusto per lei.»

«Grazie amico.»

Grover annuì.

«Hai scoperto qualcosa di più sulla situazione di Devyn nel Missouri?» gli chiese Lefty.

Lui scosse la testa. «No, e mi sta facendo impazzire. Continua solo a dirmi che è un'adulta e ha tutto sotto controllo, ma non posso fare a meno di preoccuparmi. Sai che ha avuto la leucemia quand'era piccola e ciò ci ha resi tutti estremamente protettivi nei suoi confronti.»

«Ha avuto la *leucemia*?»

Lefty lanciò un'occhiata a Lucky, non si erano accorti che si era fermato e ovviamente aveva sentito la loro conversazione.

«Sì. Per un po' è stata in una situazione critica, ma è riuscita a venirne fuori e anche se ha quasi trent'anni, io e le altre mie sorelle sentiamo ancora il bisogno di vegliare su di lei. Non sono sicuro che a mio fratello Spencer interessi qualcuno che non sia lui, ma questa è una storia per un'altra volta. In ogni caso, un giorno, sbam, ho ricevuto quel messaggio vocale dove mi diceva che si sarebbe trasferita qui a Killeen. Non ha senso, so che ama l'avventura ed è impulsiva, ma non credo che avrebbe lasciato il lavoro senza pensarci due volte. È successo qualcosa e non vuole parlarmene. È esasperante» disse Grover passandosi una mano tra i capelli.

Lefty non riusciva a distogliere lo sguardo da Lucky che sembrava molto agitato di sentire quelle informazioni riguardo a Devyn. Troppo. Avevano conosciuto tutti la sorella di Grover nelle ultime due settimane, ma la sua reazione sembrava un po' strana.

«Comunque, ho intenzione di insistere. Ha chiamato stamattina per dirmi che ha ottenuto il lavoro dall'ultimo posto a cui ha fatto domanda, quindi è una cosa positiva perché mi fa sperare che rimarrà da queste parti per un po'. Ho tempo per lavorarmela e riferire al resto della famiglia.»

«Alla fine ti racconterà tutto» lo rassicurò.

«Lo spero.»

E con quello, i due uomini lasciarono la stanza seguendo Lucky, mentre tornavano alla riunione che avevano interrotto prima di pranzare.

———

Kinley sorrise a Gillian mentre uscivano dal supermercato e andavano alla sua Rav4. Si sentiva un po' sciocca a prendere così a cuore la cena che aveva programmato per Gage, ma Gillian non aveva riso di lei.

Sapeva che lui cercava di mangiare sano perché doveva mantenere il suo corpo nella miglior forma possibile. Poteva essere chiamato in missione in qualsiasi momento e anche mettere su solo quattro o cinque chili, avrebbe potuto fare la differenza tra l'essere in grado di combattere in modo efficace ed essere un peso per la sua squadra.

Quindi aveva cercato online diverse ricette per preparare il pollo, che era carne magra e piena di proteine, e sebbene non volesse condirlo con roba piena di grassi, voleva anche fare qualcosa di più elaborato che solo grigliarlo.

Aveva trovato una ricetta per il pollo in crosta di parmigiano che aveva un aspetto appetitoso e, soprattutto, non era eccessivamente complicata. E quella era un'ottima cosa dato che Kinley aveva scoperto di essere una cuoca orribile. A Gage bastava vedere un piatto e riusciva a mettere insieme gli ingredienti e a preparare un pasto delizioso, ma quando ci aveva provato lei, il sapore era stato simile a qualcosa che avrebbe fatto un bambino di tre anni, in cortile con il fango e dei pezzettini di legno.

Aveva controllato gli armadietti e si era resa conto di

dover andare a comprare alcuni ingredienti e Gillian si era offerta di andare con lei. Kinley aveva trascorso la mattinata con l'amica, aiutandola a trovare idee e cose che fossero divertenti e non troppo banali, da far fare a dei bambini di nove anni a una festa di compleanno a tema pirati. Dopo pranzo erano andate al supermercato.

«Sei sicura che non sia un grosso problema venire ad aiutarmi?» chiese Kinley a Gillian.

«Assolutamente. Sono felice di farlo. Voglio dire, non sono una chef professionista, ma sicuramente in due possiamo capire la ricetta e non dar fuoco alla casa.»

Ridacchiarono entrambe. Poi Gillian disse: «Non avevo intenzione di chiedertelo... ma devo farlo. Le cose continuano ad andare bene tra te e Lefty?»

Kinley arrossì e annuì. «Non abbiamo... sai, ma ci stiamo arrivando. Sono davvero sorpresa di quanto mi piaccia ciò che facciamo insieme. Pensavo che sarebbe stato imbarazzante, ma invece viene tutto naturale e ora ne capisco l'attrattiva.»

«L'attrattiva del sesso?» chiese con uno sbuffo e poi sorrise. «Oh, sì, sicuramente quella c'è.»

E per la prima volta, Kinley comprese lo sguardo di soddisfazione che attraversò il viso della sua amica. In passato, aveva sempre fatto finta di sapere di cosa si trattasse, ma dopo le ultime due notti, dopo aver avuto il coraggio di lasciare che Gage la toccasse... aveva la sensazione di essersi persa veramente molto. Ma d'altronde, pensava che non si sarebbe sentita allo stesso modo se fosse stato qualcun altro a toccarla. Lui le aveva risvegliato qualcosa dentro. Nel momento in cui l'aveva incontrato si era sentita... a casa.

Quella era davvero una cosa importante dato che lei non ne aveva mai avuta veramente una. Almeno non una vera. Gli appartamenti in cui aveva vissuto erano stati solo un posto in cui dormire. Ma quello di Gage era un luogo in cui rifugiarsi. In cui sentirsi sicura. E quando c'era anche lui, anche solo seduto accanto mentre lei leggeva, era più soddisfacente di qualsiasi relazione avesse avuto prima.

Sì, poteva dire con certezza che Gage Haskins era la cosa migliore che le fosse mai capitata. La spaventava da morire, perché aveva sempre perso tutto ciò che avesse significato qualcosa per lei. Da quell'orsacchiotto di un tempo, ai genitori affidatari che aveva pensato di poter amare.

Se avesse perso Gage, non si sarebbe mai ripresa. Lo sapeva fin dentro all'anima. Lo amava e allo stesso tempo era spaventata a morte da lui; aveva il potere di distruggerla se avesse deciso di non poter affrontare i suoi problemi o la sua stranezza. Quindi, il suo piano sarebbe stato di tacere riguardo ai sentimenti che provava e vedere cos'avrebbe portato il futuro.

Se lui la desiderava, se per qualche miracolo fosse riuscito ad amarla, non avrebbe mai fatto nulla per fargli cambiare idea.

Si stavano avvicinando al piccolo SUV di Gillian quando Kinley notò un uomo che camminava verso di loro. Indossava un paio di pantaloni neri e una camicia bianca a maniche lunghe. La sua cravatta scura si intonava ai pantaloni, e pensò che fosse uno dei tanti pellegrini religiosi che frequentavano la zona.

Infastidita dal fatto di dover trattare con lui − perché Kinley cercava sempre di essere gentile anche se non aveva alcun desiderio di ascoltare un discorso sulla salvezza dell'anima − fu sorpresa quando l'uomo pronunciò il suo nome mentre si avvicinava.

«Kinley Taylor, sono così felice di averla trovata.»

Gillian fermò il carrello e si mise davanti a lei. «E lei chi sarebbe? Cosa vuole?»

«Scusate!» esclamò, facendo un passo indietro. «Mi chiamo Robert Turner. Sono dell'FBI. Ci sono stati alcuni sviluppi nel caso della signorina Taylor e riteniamo che potrebbe essere in pericolo. Mi è stato ordinato di portarla nella sede operativa più vicina, ad Austin precisamente, finché il signor Haskins non sarà informato e potrà raggiungerla.»

Il cuore di Kinley iniziò a battere all'impazzata. «Che è successo?»

L'uomo le rivolse uno sguardo comprensivo. «Walter Brown è stato arrestato e Drake Stryker è attualmente interrogato a Parigi. Dobbiamo davvero portarla al sicuro da qualche parte, signorina Taylor.»

Gillian tese la mano e disse: «Se è davvero dell'FBI, mi faccia vedere il tesserino.»

L'uomo non esitò. Infilò la mano nella tasca posteriore e tirò fuori un portafoglio di pelle. Lo aprì e lo sollevò. Da un lato c'era un distintivo d'argento e dall'altro le parole FBI, la sua foto e il nome.

«Mossa intelligente chiedere le prove. Non si può mai essere troppo sicuri, soprattutto nella sua situazione, signorina Taylor.»

Il fatto che avesse mostrato subito il tesserino d'identificazione e che le elogiasse per essere state caute, contribuì notevolmente a farla sentire meglio.

Robert Turner aveva un bell'aspetto curato. Probabilmente non arrivava al metro e ottanta. Il suo viso era ben rasato e gli occhi azzurri guardavano dritti nei suoi, senza esitazione.

«Non è al sicuro qui all'aperto» la rimproverò.

«L'ha mandata Cruz?» chiese Kinley.

«Cruz? Oh, sì. Certo. Sarebbe venuto qui lui stesso, ma è impegnato a cercare di ottenere quante più informazioni possibili dalle autorità francesi» disse Robert. Poi si voltò e indicò una berlina nera a quattro porte. «La mia macchina è proprio qui.»

Gillian si voltò a guardare lei, poi di nuovo l'agente

dell'FBI. Aveva la fronte aggrottata e sembrava preoccupata. «Come ha fatto a rintracciare Kinley qui al supermercato?»

«Sono andato prima a casa sua e la vostra vicina mi ha detto dove stavate andando. Sono venuto qui sperando di riuscire a beccarla» disse tranquillamente Robert.

Aveva senso. Kinley aveva visto una vicina di Lefty quand'era uscita. Aveva scambiato dei convenevoli con la donna e le aveva chiesto se avesse bisogno di qualcosa dal supermercato, dato che ci stava andando.

«Penso che dovremmo chiamare Cruz e assicurarci che sia tutto legittimo» disse Gillian.

Kinley annuì e tirò fuori il cellulare e toccò il numero che aveva memorizzato. Il telefono squillò, ma non rispose nessuno. «Non risponde.»

«Perché è immerso fino al collo in tutto ciò che sta accadendo» spiegò l'agente dell'FBI. «Sono sicuro che la chiamerà non appena avrà un minuto o due di tempo.»

Si sentì subito in colpa. «Ha ragione.» Convinta e sollevata dal fatto che sia Walter Brown sia Drake Stryker fossero in custodia, si voltò verso Gillian. «Mi dispiace» si scusò. «Non avevo idea che sarebbe successo tutto oggi. Non ti avrei mai portata in pubblico con me se lo avessi saputo.»

«Va tutto bene» la tranquillizzò l'amica.

«Odio dovertelo chiedere, ma potresti portare la mia spesa a casa tua finché non torno? Anche se non sono sicura di quando sarà.»

«Certo. Non preoccuparti.»

«Mi aiuterai un'altra volta a preparare il pollo?» chiese Kinley.

«Ovvio.»

«Grazie.» Kinley guardò l'agente dell'FBI. Non sembrava impaziente, cosa che apprezzò, girava di qua e di là la testa come se fosse costantemente alla ricerca di un pericolo. Le ricordava qualcosa che avrebbe fatto Gage. Abbracciò Gillian e la ringraziò di nuovo.

«Smettila di ringraziarmi» la rimproverò. «Anche tu lo faresti per me senza battere ciglio e non è un grosso problema. Metterò la tua roba nel mio frigorifero finché non tornerai a casa.»

«Va bene. Ti chiamo appena possibile per aggiornarti su quello che sta succedendo.»

«Sarà meglio. Vai. Ci vediamo presto.»

Kinley si rivolse a Robert. «Va bene, sono pronta.»

L'agente dell'FBI annuì e le fece cenno di precederlo mentre andavano verso la sua macchina. Aprì la portiera dal lato passeggero e aspettò che lei si sedesse prima di chiuderla e affrettarsi dall'altra parte. Non le lanciò la minima occhiata mentre avviava il motore e si allontanava.

Kinley si girò a guardare Gillian e la vide ancora ferma in mezzo al parcheggio. La salutò con la mano, ma apparentemente lei non la vide, dato che non ricambiò.

Si voltò e fece un respiro profondo. Aveva temuto che accadesse, ma dalle ultime informazioni che aveva sentito sarebbero dovuti passare alcuni giorni prima che Stryker fosse interrogato dalla polizia parigina. Si chiese cosa fosse successo per farli muovere prima. Francamente, era un sollievo.

Erano in viaggio da un po' sull'autostrada, diretti a sud verso Austin, quando Kinley si chinò per prendere la sua borsa.

«Cosa sta facendo?» le chiese Robert.

«Chiamo Gage. So che ha detto che mi avrebbe raggiunta, ma sono sicura che sarà preoccupato per me.»

«Ho paura che non possa farlo» le disse

«Che cosa? Perché?»

«Perché il suo telefono potrebbe essere intercettato.»

«È usa e getta» lo informò. «Me l'ha detto proprio Cruz di usarlo.»

Vide la sua mascella contrarsi.

«Che c'è?» gli chiese, sentendosi improvvisamente molto nervosa.

La fissò e lei rabbrividì allo sguardo nei suoi occhi. «Quasi mi dispiace doverlo fare... ma in realtà no» disse Robert.

Kinley si accigliò. «Fare cosa?»

«Questo.»

Prima che si rendesse conto di ciò che stava per succedere, le tirò un pugno in faccia.

La testa di Kinley scattò all'indietro e sbatté contro il finestrino. Lasciò cadere la borsetta per portarsi le mani sulla guancia pulsante.

Prima che potesse fare qualcosa di più che chiedersi cosa diavolo stesse succedendo, la colpì di nuovo. E di nuovo ancora.

«Basta!» urlò, cercando di portare su le mani per proteggersi il viso, ma Robert − o come si chiamava − si limitò a ridere.

«Stryker ha detto che potevo prendermi il mio tempo e divertirmi un po' con te... e non avevo ancora deciso se ucciderti e farla finita velocemente o meno. Penso di avere appena deciso di giocare un po'.»

Fece a malapena in tempo ad assimilare le sue parole prima che il suo pugno tornasse a muoversi verso di lei.

Cercò di spostarsi, di afferrargli il braccio, ma lui era troppo veloce. Le colpì lo zigomo già pulsante, e questa volta il dolore fu troppo da sopportare; perse conoscenza al suono di una risata malvagia che le risuonava nelle orecchie.

CAPITOLO QUINDICI

QUANDO KINLEY SI RIPRESE, le ci volle un momento per capire dove fosse e perché il viso le facesse così male. Aprì gli occhi – be', uno, l'altro rimase chiuso perché era gonfio – e si rese conto di essere in una specie di magazzino.

«Ti sei svegliata finalmente, eh?» disse qualcuno.

Si voltò e vide il falso agente dell'FBI che stava sbattendo ripetutamente nel palmo una mazza da baseball di legno, mentre andava verso di lei. Si era cambiato e indossava un paio di jeans e una maglietta nera. La cravatta e la camicia bianca erano sparite e sembrava decisamente malvagio.

«Non vuoi parlarmi? Va bene. In realtà preferisco che le mie donne stiano zitte.»

«Chi sei?» gracchiò Kinley, cercando di temporeggiare; se solo fosse riuscita a far funzionare il cervello, magari avrebbe potuto trovare una via d'uscita.

Accidenti, ma chi stava prendendo in giro? Era nella merda fino al collo e lo sapeva.

Il tizio si fermò a circa un metro e mezzo da lei e fece un inchino, come se fosse un gentiluomo d'altri tempi. «Simon King, al tuo servizio» rispose con un sorrisetto. «E per chiarire le cose, nel caso tu stessi considerando l'idea di rimanere viva per vedere il domani... Stryker mi ha assunto per ucciderti.»

Kinley inspirò bruscamente. Merda.

«Devo ammetterlo, mi hai reso difficile guadagnare i due milioni di dollari che mi pagherà per fare questo lavoro. Pensavo che sarebbe stato facile farti fuori, ma in qualche modo sei stata fortunata a Washington. Sarebbe stato tutto più veloce se fossi caduta sotto a quel treno.» Scosse la testa e fece un verso disgustato. «Ma sei riuscita a fuggire e ho dovuto darti la caccia. Sei stata anche più intelligente di quanto pensassi, soprattutto per essere una donna. Ti osservavo da *settimane* per cercare di capire i vostri programmi ed elaborare un piano per avvicinarti. Cominciavo a pensare che avrei dovuto far fuori il tuo ragazzo o quella bella signora con cui eri oggi. Di solito cerco di non provocare danni collaterali, ma nel tuo caso avrei fatto un'eccezione.»

A Kinley si gelò il sangue e fissò l'uomo mandato per ucciderla. Quello era il motivo per cui aveva esitato ad andare in Texas in primo luogo, perché non voleva coinvolgere nessun altro nei suoi problemi. Non voleva che nessun altro si facesse male a causa sua.

Simon si accovacciò e la fissò nell'unico occhio buono. «Non è nulla di personale. Sono solo affari» continuò in tono quasi colloquiale. «Sono stato assunto per ucciderti ed è ciò che farò. Come ho detto, ci sono due milioni di dollari che mi aspettano quando sarai morta.»

«Uccidermi non ti renderà migliore di lui» disse Kinley, facendo del suo meglio per non piangere.

Simon sbuffò e rise. «Non. Me. Ne. Frega.» Scandì le parole. «Faccio questa professione da una vita e nessuno mi ha ancora preso. Sono bravo. Il migliore. Tutto ciò che mi interessa sono i soldi. Tu non sei niente per me. Non sei nessuno. Ucciderti non mi turba minimamente.»

Si alzò in piedi e Kinley vide le sue dita stringersi intorno al manico della mazza.

«Sei pronta?»

«Vai a farti fottere» sussurrò.

Sorrise. «Naa, non è il mio genere di perversione. Mi eccito con il dolore, tesoro, e stai per sperimentare quanto sono bravo a infliggerlo.»

Prima che potesse balzare in piedi e tentare di scappare, Simon fece oscillare la mazza.

Kinley urlò quando la colpì al fianco. Sentì qualcosa spezzarsi e capì che era una delle sue costole. Poi lo fece di nuovo. E di nuovo ancora.

Nonostante il dolore, poteva dire che lui non stesse mettendo tutta la forza in quei colpi. Stava giocando con lei, proprio come aveva avvertito che avrebbe fatto.

Quando si stancò di picchiarla con la mazza, iniziò a usare i piedi. La prese ripetutamente a calci, ridendo per tutto il tempo.

Quando Kinley pensò di non poter resistere ad altro, lui cadde in ginocchio e trascinò il suo corpo inerme sotto di sé. Le si mise a cavalcioni sul busto e le avvolse le mani intorno al collo.

Kinley cercò di artigliargli il viso, ma il bastardo si tenne appena fuori dalla sua portata. Riuscì a ficcargli le unghie sul collo, ma lui strinse la presa su di lei e presto non riuscì a pensare ad altro che a far entrare aria nei polmoni.

Non ebbe altra scelta che fissare il suo viso sorridente. «Non preoccuparti, tesoro. Non ti ucciderò ancora. Ho appena iniziato.»

———

Lefty era stanco. Ultimamente i giorni lavorativi erano stati lunghi, dato che si stavano preparando per un'altra missione.

Stavano facendo ricerche su alcuni gruppi terroristici in Medio Oriente e sembrava che da lì a poco il governo li avrebbe inviati a scovare un altro obiettivo importante.

Lo preoccupava lasciare Kinley da sola, soprattutto dato che presto l'FBI e le autorità parigine avrebbero proceduto contro Brown e Stryker. Sembrava che più le cose andavano meglio tra di loro, più diventasse incerto tutto ciò che li circondava.

Aveva partecipato a riunioni tutto il giorno, alcune su stronzate politiche e altre più interessanti, che riguardavano possibili casi futuri in cui lui e il suo team Delta avrebbero potuto essere coinvolti. Ora non vedeva l'ora di tornare a casa e stare con Kinley.

Guardò il telefono e vide che aveva perso una chiamata di Gillian, il che gli sembrò un po' strano; non capiva perché la fidanzata di Trigger avrebbe dovuto chiamarlo.

Toccò per ascoltare la segreteria e si irrigidì quando sentì ciò che aveva da dire.

Ehi, Lefty, sono Gillian. Kinley e io siamo andate al supermercato e quando siamo uscite un agente dell'FBI ci ha fermate, dicendo che era stato mandato a prendere Kinley per portarla ad Austin. Ha detto che Walter Brown era stato arrestato e Drake interrogato a Parigi. Si chiama Robert Turner e ci ha mostrato il suo distintivo e tutto il resto. Kinley ha provato a chiamare Cruz, ma non ha risposto. Sembrava tutto ok, ma dopo il casino che ho fatto quando non ho detto subito a Walker o a te che Kinley era in città, non volevo farne un altro. Sono sicura che non è niente e che va tutto bene, ma volevo che lo sapessi. Ci sentiamo dopo. Oh, e ho qui la spesa che ha fatto Kinley, quindi puoi venire a prenderla in qualsiasi momento. Ciao.

. . .

Lefty si sentì morire. «Cazzo» imprecò, correndo il più veloce possibile verso la sua macchina. Aveva bisogno di più informazioni e ne aveva bisogno subito. E il modo migliore per ottenerle era parlare con Gillian.

Guidando a tutta velocità, compose il numero di Cruz.

Non appena l'altro uomo rispose, disse: «Cruz, sono Lefty. Ti prego, dimmi che l'FBI ha organizzato di andare a prelevare Kinley per portarla ad Austin per sicurezza.»

Capì di averlo colto alla sprovvista, ma l'altro non perse un colpo. «No, cazzo. Non che io sappia. Dimmi che è successo.»

Lefty gli disse tutto ciò che sapeva, che non era molto. «Sto entrando ora nel mio condominio. Aspetta un attimo che vado a parlare con Gillian.» Corse su per le scale fino all'appartamento di Trigger. La porta si aprì praticamente nell'attimo in cui Lefty iniziò a bussare.

Oltrepassò il suo amico senza dire nulla, cercando Gillian. Era in piedi in mezzo al soggiorno, con gli occhi spalancati e preoccupati.

«Dimmi tutto dell'uomo che ha detto di essere un agente dell'FBI.»

«Non lo era... vero?» gli chiese.

«Ne dubito.»

«Stavo per chiamarti» disse Trigger. «Mi ha detto cos'è successo non appena sono tornato a casa.»

«Ho Cruz in vivavoce. Gillian, raccontaci tutto ciò che ricordi.»

E così fece. Descrisse il tipo di macchina e l'uomo che si era fatto passare per un agente, che nome avesse dato e tutto ciò che aveva detto loro.

«Per quanto ne so, oggi Brown è stato arrestato in modo discreto a Washington» li informò Cruz. «È accusato di diversi reati, il più grave è quello di pornografia infantile. Il suo computer del lavoro era pulito, ma usava il cellulare governativo per scaricare video e il suo portatile personale a casa era pieno di quella merda. Stryker dovrebbe essere ancora sotto sorveglianza. Le autorità parigine stanno ancora indagando e cercando di raccogliere prove contro di lui. Non vogliono che gli arrivi una soffiata così che possa scappare prima che siano pronti ad arrestarlo.»

«E senza Kinley, il loro caso è molto più debole» disse Lefty. Non era una domanda e Cruz non tentò nemmeno di contraddirlo. «L'ha presa» sussurrò. «Se non la troviamo presto... è spacciata.»

«Non pensarlo» ordinò Cruz. «Chiamo rinforzi. Gillian ha detto che erano diretti ad Austin, quindi dirameremo una segnalazione per la sua macchina e ci assicureremo che ogni poliziotto della zona tenga gli occhi e le orecchie aperti.»

Apprezzò che si fosse messo subito in azione, ma dentro di sé sapeva che non sarebbe stato sufficiente. Non voleva pensarlo, ma aveva la sensazione che la sua Kinley fosse già morta. Se il sicario di Stryker fosse stato efficiente, le avrebbe messo una pallottola in testa non appena portata via dal supermercato.

«Oh! Lefty!» esclamò Gillian. «Quasi dimenticavo, ho annotato il numero di targa del tizio prima che si allontanasse troppo, ho pensato che potesse essere una buona idea.»

«Datemelo» ordinò Cruz, avendo ovviamente sentito.

Lefty lesse i numeri e le lettere che aveva annotato Gillian sul suo telefono.

«Questa è una cosa molto importante» disse Cruz. «Ottimo.»

Avrebbe voluto essere contento, ma sapeva che la possibilità che qualcuno riuscisse a trovare l'auto prima che fosse troppo tardi era remota. Abbassò la testa e ringraziò Cruz. «Tienimi aggiornato» lo pregò.

«Ovvio. Devo riattaccare e fare alcune chiamate» si scusò l'agente.

«Va bene. Grazie per tutto il tuo aiuto. Significa molto.»

«So che ti sembra una situazione disperata, ma ho degli amici molto intimi che si sono ritrovati nei tuoi stessi panni. Avevano perso ogni speranza, ma è successo il miracolo. Non smettere di credere nei miracoli, Gage.»

Sentire il suo nome di battesimo lo fece sussultare. Le uniche persone che lo chiamavano così erano sua madre... e Kinley. «A dopo» disse, e chiuse la chiamata. Apprezzava il tentativo di Cruz di dargli speranza, ma al momento era molto difficile credere che un killer professionista avrebbe commesso un errore. Era probabile che Kinley fosse già morta da ore.

«Ho mandato un messaggio a Doc e sta chiamando gli altri» lo informò Trigger. «Andremo a cercarla.»

«E dove?» chiese Lefty agitato. «Potrebbe essere ovunque ormai. Sono passate ore da quando è stata rapita. Sai bene quanto me che l'Hill Country intorno ad Austin è incredibilmente vasto. È probabile che abbia già scaricato il suo corpo da qualche parte. Per non parlare del fatto che forse non è nemmeno andato a sud, visto che è ciò che ha *detto* che avrebbe fatto. Magari adesso è su un aereo diretto a Washington. *Cazzo*!»

Senza pensarci, Lefty si voltò e lanciò il telefono con più forza possibile. L'apparecchio volò attraverso la stanza e andò in frantumi quando colpì il muro. Udì Gillian urlare, ma non riusciva a togliersi dalla testa l'immagine di una Kinley pestata e sanguinante che giaceva impotente per terra da qualche parte. Morente o già morta. E non poteva farci niente.

Per una volta, Trigger non ebbe nulla da dire. Era sempre quello che faceva discorsi di incoraggiamento alla squadra e li incitava a resistere, convincendoli che sarebbe andato tutto bene. Ma Lefty non pensava che questa volta le cose sarebbero andate bene.

«Be', non ci limiteremo a stare qui ad aspettare» decise infine il suo amico.

Fece un respiro profondo e annuì, e cercò di riprendere il controllo. Kinley aveva bisogno di lui e che fosse dannato se l'avrebbe delusa.

———

Kinley non aveva idea di che ora fosse, sapeva di essere nel bagagliaio dell'auto di Simon da quella che sembrava un'eternità. Era abbastanza certa che si fosse perso e sarebbe stata una cosa divertente se non fosse stata tanto spaventata e non si sentisse così male.

A quanto pareva a Simon piaceva soffocarla fino a farla svenire, poi la lasciava andare e aspettava che riprendesse conoscenza. Era successo almeno tre volte e con ognuna aveva pensato che fosse la fine. Che sarebbe morta. Ma l'ultima volta che l'aveva strangolata aveva capito che non appena smetteva di combatterlo e si afflosciava, lui la lasciava andare. Così aveva pensato che quella successiva forse avrebbe potuto usare quel metodo contro di lui. Se ce ne fosse stata una, ecco.

Non aveva letteralmente possibilità di lottare. L'ultima volta che aveva ripreso conoscenza, si era resa conto che Simon le aveva legato le mani davanti al corpo con il nastro adesivo, poi glielo aveva avvolto intorno al busto e alle gambe. In pratica era come una mummia; non poteva muovere le braccia per proteggersi il viso e la gola e non poteva nemmeno prenderlo a calci.

L'aveva presa in braccio senza troppe difficoltà e poi buttata nel bagagliaio della macchina, ridendo quando lei aveva girato la testa e vomitato per il terribile dolore alle costole provocato da quel movimento. Gli occhi erano così gonfi che riusciva a vedere solo attraverso le fessure, ma in qualche modo era ancora viva.

Mentre rotolava di qua e di là nel bagagliaio, sentendo

Simon imprecare e fare un sacco di inversioni a U, ripensò a una cosa che le aveva detto Gillian, cioè che le persone in genere non sapevano quanto potessero essere forti finché non avevano altra scelta. Kinley non si era mai sentita forte. Aveva vissuto una vita pessima ed era riuscita in qualche modo a cavarsela, ma non si era mai considerata particolarmente forte.

Però, distesa lì, si rese conto che se voleva sopravvivere a quella situazione, *doveva* esserlo. Simon non le aveva sparato come avrebbero fatto la maggior parte dei carnefici. No, aveva deciso di infliggerle più dolore possibile. E aveva fatto un ottimo lavoro perché stava soffrendo in modo indescrivibile. Ma pensare a come si sarebbe sentito Gage quando avrebbe capito che lei e Gillian erano state ingannate, le faceva ancora più male.

Kinley decise che avrebbe fatto tutto il necessario per sopravvivere. Aveva guardato programmi di cronaca nera e letto libri. Alcune vittime si fingevano morte e altre reagivano. Be', contrattaccare era fuori discussione, ci aveva provato e fallito. La sua unica altra opzione era far credere a Simon di essere riuscito a ucciderla.

Naturalmente, avrebbe potuto non funzionare e c'era un'alta probabilità che non avrebbe mai più visto la luce del giorno, specialmente se le avesse sparato alla testa.

Kinley era consapevole anche di essere da sola. Sapeva che Gage e i suoi amici avrebbero fatto del loro meglio per trovarla... ma avrebbero fallito. Era ovvio che nemmeno Simon sapesse dove fossero, come avrebbe potuto trovarla Gage? E a giudicare dalle curve e controcurve delle strade che avevano percorso, Kinley sospettava che non si trovassero più nell'area di Killeen. Stimava che probabilmente fossero da qualche parte sulle colline intorno ad Austin. A ogni cambio di pendenza del veicolo le si agitava lo stomaco, era decisamente mal d'auto e le succedeva solo quando era in montagna.

Kinley voleva che Simon si fermasse e allo stesso tempo che proseguisse. Respirava a piccoli sbuffi perché faceva male farlo profondamente, e ogni movimento del suo corpo che rotolava nel bagagliaio era straziante. Ma sapeva che quando si fosse fermato, il suo incubo sarebbe continuato. Simon le aveva decisamente rotto parecchie ossa e non avrebbe mai dimenticato lo sguardo di eccitazione sul suo viso mentre era sopra su di lei e le stringeva il collo con le mani.

Non sapeva dire se fossero passati dieci minuti o un'ora quando lo sentì imprecare di nuovo e l'auto iniziò a rallentare.

Fece del suo meglio per prepararsi, ma sussultò comunque quando si aprì lo sportello.

Fuori era completamente buio e Simon incombeva su di lei

«È ora di morire» le disse in tono tranquillo, come se stesse parlando di una cosa stupida come il tempo. Si chinò e l'afferrò per le spalle, la tirò fuori dal bagagliaio e la lasciò cadere a terra. Il movimento fu sufficiente per farle vedere i puntini neri davanti agli occhi; avrebbe potuto benissimo averle dato una pugnalata al fianco dal dolore lancinante che sentì.

Provò ad alzare la testa, ma le faceva troppo male, quindi la girò di lato. Vide che si trovavano nel mezzo di una stretta strada di campagna e le sembrò di sentire il gorgoglio dell'acqua provenire da qualche parte lì vicino. Ma non sentì altri suoni. Nessuna macchina, nessun uccello, nessun rumore di civiltà. C'erano persino erbacce che crescevano sull'asfalto, come se la strada non fosse molto percorsa. Si sentì sprofondare lo stomaco.

Era evidente che Simon avesse fretta, perché non perse tempo a tormentarla e a dirle esattamente ciò che aveva pianificato di farle, cosa che invece aveva fatto in precedenza. Si chinò sulle sue gambe e iniziò ad avvolgervi qualcosa intorno.

Kinley cercò di scalciare, ma i suoi tentativi erano deboli e Simon si limitò a deriderla. Quando finì qualunque cosa stesse facendo, borbottò soddisfatto e si mise di nuovo a cavalcioni sul suo petto. «È stato divertente torturarti» disse, mentre avvolgeva ancora una volta le mani intorno al suo collo. «Ma ho due milioni di dollari che mi aspettano e devo capire dove diavolo sono finito e come andarmene da qui. Non era esattamente ciò che avevo pianificato, ma devo portare a termine questo lavoro mentre è buio. Hai qualcosa da dire prima di morire. Un'ultima parola?»

«Il karma è uno stronzo» gracchiò Kinley. Avrebbe voluto dire altre cose, ma ebbe appena il tempo di fare un respiro profondo prima che Simon stringesse la presa.

Lottò d'istinto, perché non voleva *affatto* morire, ma fu inutile. Lui era più forte e lei aveva le mani e le braccia completamente immobili; non c'era assolutamente nulla che potesse fare per proteggersi.

Ricordando ciò che aveva pensato mentre si trovava nel bagagliaio, si costrinse a rilassare il corpo e ad afflosciarsi.

Andò interiormente nel panico quando lui non rimosse subito le mani.

Questa volta *l'avrebbe* uccisa davvero. Non si stava più divertendo a tormentarla.

L'ultimo pensiero di Kinley prima che tutto diventasse nero fu quanto sarebbe stato devastato Gage quando qualcuno, un giorno, avesse trovato le sue ossa.

———

Simon King si diresse verso est allontanandosi dal fottuto ponte e selezionò il numero che aveva per contattare Drake Stryker. Il telefono suonò e suonò, e alla fine passò alla segreteria telefonica.

Imprecando contro la sua sfortuna di merda e pronto a concludere quel maledetto affare, lasciò un messaggio.

«Sono King. È fatta. Ho inviato una foto come prova. Se non avrò i soldi che abbiamo concordato nel mio conto entro ventiquattr'ore, vengo a prenderti. Non fregarmi, Stryker. Non sono un uomo che vuoi far incazzare.»

Spense il telefono e lo gettò sul sedile accanto a lui.

Quel lavoro non era stato altro che una rottura di coglioni fin dall'inizio. Aveva dovuto girare per la cazzo di Killeen molto più a lungo di quanto avrebbe voluto. C'erano troppi soldati e la gente era tutta troppo amichevole. Aveva reso più difficile mimetizzarsi e non far saltare la sua copertura. Non avrebbe voluto avvicinarsi al suo bersaglio a metà giornata e in pubblico, ma lei non gli aveva dato altra scelta.

Si era comportata in modo troppo intelligente. Troppo diffidente. E la sua convivenza con quel cazzo di Delta non aveva aiutato.

Simon sorrise. Ma le aveva dimostrato di cosa fosse capace. Non sempre aveva la possibilità di torturare la vittima designata. Era stato divertente picchiarla, gli era piaciuto sentirla urlare e piangere. Sentire il suo corpo afflosciarsi sotto di lui mentre la strangolava, lo aveva riempito di eccitazione. Avrebbe potuto tormentarla per giorni... ma voleva i soldi più di quanto gli interessasse sentire il suo pianto e le sue suppliche.

Aveva individuato un posto perfetto per scaricarla nel fiume Colorado, ma si era perso. Al buio le strade sembravano completamente diverse. Alla fine, aveva dovuto accontentarsi di un cazzo di ponte in cui si era imbattuto. Dopo averla strangolata, aveva scattato una foto con il telefono come prova della sua morte. Non aveva idea di quanto fosse stata lontana l'acqua, ma dopo aver lanciato un sasso dal ponte gli era sembrato che il rumore del tonfo fosse piuttosto lontano. Poi aveva legato un blocco di cemento alle caviglie della stronza per appesantirla e l'aveva scaricata.

Il rumore emesso dal suo corpo quando era entrato in acqua gli aveva dato un senso di soddisfazione che non avrebbe mai potuto spiegare.

Stava sognando di come avrebbe speso tutti quei soldi, compiaciuto per aver svolto bene un altro lavoro, quando vide le luci blu nello specchietto retrovisore.

«Merda. Maledizione. *Cazzo*!» imprecò. Fece un respiro profondo e borbottò: «Giocatela bene, King. Non sanno un cazzo.»

Mise la freccia e si fermò sul ciglio della strada. Sembrò che ci volesse un'eternità prima che l'agente di polizia scendesse dall'auto.

Ma invece di avvicinarsi alla sua portiera, Simon lo vide estrarre l'arma.

«Mostrami le mani!» gridò l'ufficiale.

Gli si contrasse lo stomaco.

«Merda!» imprecò di nuovo. Non solo il lavoro era stato una rottura di coglioni sin dal primo giorno, ma sembrava che la sua sfortuna continuasse anche ora che aveva completato l'incarico.

C'era solo una ragione per cui il poliziotto lo avrebbe tenuto sotto tiro prima di avvicinarsi al suo veicolo per parlargli. Be', se volevano arrestarlo avrebbero scoperto che Simon King non si arrendeva facilmente.

Aprì la portiera e scappò nella natura selvaggia che costeggiava la strada, senza voltarsi indietro.

———

Lefty, seduto sul sedile del passeggero della Dodge Challenger del 2008 di Brain, stava cercando di rimanere positivo. Era la cosa più difficile che avesse mai dovuto fare in vita sua.

Dentro di lui tutto gli urlava di risolvere la situazione, ma non poteva. Nessuno poteva.

Erano diretti a sud, verso Austin, a girovagare senza meta, ma non aveva avuto il coraggio di dire alla sua squadra che molto probabilmente non sarebbe stato di alcuna utilità; immaginava che già lo sapessero, come lui.

Il telefono di Brain suonò e Lefty rispose. Il suo cellulare era attualmente in mille pezzi senza speranza di essere recuperato, quindi doveva fare affidamento sui suoi amici per ottenere informazioni. Si era pentito del suo sfogo, soprattutto perché ora Kinley non avrebbe potuto chiamarlo se fosse miracolosamente riuscita a scappare, ma ormai non poteva cambiare ciò che aveva fatto.

«Pronto?»

«Sono Oz. La polizia ha fermato un'auto che corrisponde alla descrizione fornita da Gillian. Targa e tutto il resto.»

L'adrenalina di Lefty ebbe un'impennata. «Davvero?»

«Sì.»

«Dove?»

«Sulla State Road 1431, diretta a est verso Round Rock.»

«E?» chiese con impazienza.

«È tutto ciò che sappiamo al momento.»

«Kinley è nella macchina?»

«Sembrerebbe di no, ma sono le uniche informazioni che abbiamo.»

Quel pensiero gli fece venir voglia di vomitare, ma riuscì a controllarsi. «Brain, dobbiamo prendere la 1431. È a ovest» disse Lefty.

«Be', cazzo, un po' più vago no, eh?» si lamentò Brain, rallentando subito e mettendo la freccia per prendere l'uscita successiva.

«Non so se sia una buona idea che tu vada lì. Se il tizio fosse riuscito a uccidere Kinley...» La voce di Oz si affievolì.

«Fanculo. Se quello stronzo si trova lì, allora o l'ha scaricata da qualche parte lungo quel percorso o Kinley è con lui. Ad ogni modo, devo esserci. A prescindere da qualsiasi cosa sia successa.»

«Ok. Siate prudenti. Se fate un incidente non la aiuterete. Anche noi stiamo andando tutti lì.»

«Grazie.»

«Nessun problema. Lo sai» replicò Oz. «A dopo.»

Lefty chiuse la chiamata e visualizzò subito una mappa. «Va bene, esci qui e prosegui a destra. Ti porto alla 1431.»

Brain non commentò, accelerò mentre si precipitava lungo la rampa d'uscita.

Venticinque minuti dopo, videro davanti a loro le luci rosse e blu lampeggianti. Erano davvero nel bel mezzo del nulla e si sentì prendere dall'inquietudine al pensiero di ciò che poteva aver fatto il sicario lì fuori. Trattenne il respiro mentre si avvicinavano alle macchine. Brain si fermò e prima ancora che spegnesse il motore Lefty era fuori e si stava dirigendo verso il poliziotto più vicino.

«Aspetti» disse un agente sollevando la mano. «Si fermi lì.»

«Qual è la situazione? Quell'uomo ha rapito la mia ragazza» disse con urgenza.

Le sue parole non ebbero alcun effetto. «Devo chiederle di allontanarsi» insistette in tono duro.

Cercò di guardare al di là dell'uomo e il suo cuore perse un colpo quando vide il bagaglio aperto e niente Kinley nelle vicinanze.

Brain era arrivato dietro di lui e provò a spiegare al soldato chi fossero e perché si trovassero lì. Gli ci volle tutta la sua parlantina per persuaderlo – Lefty non sarebbe riuscito a pronunciare una parola coerente nemmeno se la sua vita fosse dipesa da quello – ma alla fine il poliziotto chiamò un superiore per farli parlare con lui.

«Mi dispiace, ma nel veicolo c'era solo il conducente» spiegò.

«Cos'è successo? Dov'è? Cos'ha detto di Kinley?» Lefty sparò le domande a raffica al pover'uomo senza dargli la possibilità di rispondere.

«È fuggito. Nell'istante in cui è stata fermata la macchina, è scappato. L'agente gli ha dato la caccia ma non è riuscito a raggiungerlo prima che scomparisse.»

«Avete portato un cane?»

«Ci stiamo lavorando» rispose.

Abbassò la testa sconfitto e si mise una mano sul viso. Non riusciva a crederci. Non potevano essere arrivati così vicino, solo per fallire. Non solo Kinley non c'era, ma l'uomo che l'aveva rapita, molto probabilmente un sicario, era scappato.

«E l'auto? C'è qualche indizio?» chiese Brain.

Il poliziotto sembrò a disagio. «C'era un telefono usa e getta sul sedile del passeggero e ci sono prove che ci sia stata una persona nel bagagliaio.»

«Quali prove?» domandò Lefty, temendo la risposta.

«Sangue. E un rotolo di nastro adesivo.»

«E basta?» chiese Brain.

Il poliziotto scrollò le spalle. «Potrebbe esserci qualcos'altro, ma non volevamo contaminare le prove, quindi ci siamo fermati e stiamo aspettando un carro attrezzi. Riporteremo la macchina alla stazione e chiederemo alla scientifica di esaminarla minuziosamente. Lo stesso vale per il telefono.»

Erano tutte cose giuste, ma ciò non avrebbe aiutato a trovare Kinley.

Sentendo del trambusto alle sue spalle, Lefty si voltò e vide che era arrivato anche il resto della squadra. Andò verso di loro senza dire un'altra parola al poliziotto. Sentì Brain ringraziarlo per il suo tempo.

«Che succede?» chiese Trigger.

«È l'auto giusta e Kinley era nel bagagliaio, ma ora non c'è più. L'autista è scappato e ha fatto perdere le sue tracce» riassunse.

«Hanno qualche idea di dove abbia nascosto Kinley?» chiese Grover.

«No. Ma è lì da qualche parte. Non sarebbe stato su questa strada se così non fosse» rispose con convinzione.

«Allora, andiamo a cercarla» disse Lucky in tono pratico.

Brain s'intromise. «Dobbiamo coordinarci. Non possiamo andare in giro a caso.»

Lefty annuì, ma si allontanò dai suoi amici e fissò l'oscurità che lo circondava. Chiuse gli occhi. Poteva sentire il suo team organizzarsi, suddividendo per ognuno le zone in cui cercare, e le forze dell'ordine parlare in lontananza.

Sperava di imbattersi nell'uomo che l'aveva rapita durante la ricerca così lo avrebbe ucciso senza pensarci due volte.

Le cicale erano rumorose quella notte e il suono lo calmò. Era lo stesso che lui e Kinley avevano sentito dal suo letto, quando un paio di sere prima avevano aperto la finestra dopo un raro temporale. L'aveva appena leccata portandola all'orgasmo e lei aveva ricambiato per poi finire con la mano. Erano rilassati e felici, e lei aveva fatto un commento riguardo agli insetti che stavano facendo loro una serenata.

Sembrava fosse passata una vita, invece erano solo pochi giorni. Il pensiero di non sentire mai più la sua risata o di non tenerla tra le braccia era straziante.

«Tieni duro, Kins. Ovunque tu sia, resisti. Sto venendo a prenderti.»

Le sue parole sembrarono riecheggiargli addosso, come a prenderlo in giro per la loro futilità.

«Sei pronto, Lefty?» lo chiamò Brain.

Non sapeva per quanto tempo fosse rimasto sul ciglio della strada a fissare l'oscurità, ma si diede una scossa. «Pronto» rispose e si voltò per raggiungere i suoi amici. Se c'era qualcuno che poteva trovare Kinley, era la sua squadra.

CAPITOLO SEDICI

Kinley, sdraiata nel fango, rimase il più immobile possibile. Aveva girato la testa in modo da poter respirare, ma aveva paura di muoversi nel caso Simon stesse guardando dalla strada al di sopra.

Non ricordava cosa fosse successo dopo l'ultima volta che l'aveva soffocata, ma da come le faceva male il corpo, sapeva che doveva averla gettata dal ponte.

Era stesa nella melma fredda e viscida di un fiume che scorreva veloce. Per qualche miracolo, non era atterrata sulla moltitudine di rocce e detriti che si trovavano a poco più di un metro da lei e non era stata gettata nel punto più profondo.

Era buio pesto, Kinley riusciva a malapena a vedere l'acqua che sentiva scorrere. Simon doveva aver avuto parecchia fretta e forse aveva pensato che il fiume fosse più largo, magari come il ponte. Ma, fortunatamente per lei non era così ed era stata ancora più fortunata che non si fosse preoccupato di assicurarsi che fosse morta prima di gettarla giù.

Era un sicario di merda, non che si stesse lamentando.

Accidenti, magari *era* morta, o forse aveva smesso di respirare per un po' e quando il suo corpo aveva colpito il suolo, poteva aver subito una sorta di shock che aveva riattivato la respirazione. In realtà non aveva idea di cosa potesse essere successo, sapeva solo che era viva per miracolo.

Ma sapeva anche di non essere fuori pericolo. Proprio per niente. Simon sarebbe potuto tornare; avrebbe potuto esserci un'inondazione improvvisa; avrebbe potuto morire per un'emorragia interna, perché sentiva che dentro di lei c'era qualcosa che non andava. Non riusciva a fare un respiro profondo e quando inspirava, le sembrava come se qualcuno la stesse accoltellando.

Le faceva male la testa e aveva la nausea, probabilmente a causa di una commozione cerebrale. Per non parlare del fatto che la caviglia destra pulsava ed era sicuramente rotta. Il fango le aveva salvato la vita, ma ciò non significava che la caduta dal ponte non avesse causato gravi danni.

Dopo quelle che le sembrarono ore, Kinley decise che era il momento di fare *qualcosa*. Non poteva restare sdraiata lì e sperare che qualcuno guardasse giù dal ponte mentre passavano a novanta chilometri all'ora... non che avesse sentito passare molte macchine in tutto il tempo in cui era rimasta lì.

Ogni volta che aveva sentito il rumore di un'auto, aveva pensato che fosse la fine, che Simon fosse tornato per terminare ciò che aveva iniziato. Ma quando passavano senza rallentare, Kinley aveva iniziato a rendersi conto di essere comunque in guai grossi. Aveva bisogno di aiuto e l'unico modo per ottenerlo era uscire dal fiume e raggiungere la strada. Ma nelle sue condizioni, arrivarci sarebbe stato come percorrere un centinaio di chilometri.

Kinley cercò di muoversi e si rese subito conto di avere qualcosa legato intorno alle caviglie che la appesantiva.

Simon aveva davvero programmato di gettarla in acqua così se in qualche modo fosse riuscita a sopravvivere a tutto quello che le aveva fatto, sarebbe comunque annegata.

Kinley iniziò a piangere presa dalla disperazione; non era sicura di riuscire a tirarsi fuori da quella situazione.

Usando tutta l'energia che riuscì a racimolare, rotolò sulla schiena. Avrebbe voluto urlare perché il movimento fece sembrare le sue ferite ancora peggiori di due secondi prima, ma poi sentì qualcosa al di sopra del rumore dell'acqua.

Cicale. Erano assordanti, sembrava come se la stessero chiamando. Urlandole di darsi una mossa. Di non restare lì sdraiata come un inutile ammasso di carne.

Ripensò a quando lei e Gage le avevano sentite mentre erano distesi a letto, dopo una delle esperienze più strabilianti della sua vita.

Solo pensare a lui le diede la spinta di cui aveva bisogno.

Non era morta. Simon aveva fallito. Si rifiutava di pensare che molto probabilmente ci avrebbe riprovato, non solo perché poteva ancora testimoniare contro Stryker se fosse stata viva, ma perché si sarebbe arrabbiato per aver fallito la prima volta. E Kinley sapeva che se avesse avuto una seconda possibilità, si sarebbe assicurato di non fallire. Si sarebbe ritrovata con una pallottola, o due o venti, in testa, prima di rendersi conto di cosa stesse succedendo.

Prima di tutto, doveva togliersi il nastro adesivo dal corpo. Non avrebbe potuto strisciare come un verme per uscire dal letto del fiume e risalire la scarpata.

Le faceva malissimo muoversi, non aveva mai provato un dolore del genere in tutta la sua vita, ma se voleva tornare da Gage, avrebbe dovuto sopportarlo.

Si perse nella sua testa, chiedendosi se lui e i suoi amici fossero mai stati feriti durante una missione.

Certo che sì, erano operatori della Delta Force. Non si limitavano ad andare in giro per il deserto dicendo alla gente di "comportarsi bene".

Usò quell'immagine divertente per riuscire a proseguire. Strofinò il nastro adesivo intorno al busto contro le poche rocce sotto di lei, dimenandosi e contorcendosi come meglio poté. Era atroce, ma non si fermò.

Ci volle un bel po' di tempo, ma la melma sotto di lei sembrò aiutare ad allentarlo, o almeno a rendere lei abbastanza scivolosa da muoversi con più facilità. Quando riuscì a spingerlo verso il basso intorno alla vita, fu più facile muovere le braccia e non richiese molto tempo liberarsi dei chilometri di nastro adesivo che aveva intorno alle mani.

Stava per gettarlo il più lontano possibile, quando le venne in mente una cosa. Probabilmente c'era del DNA sul nastro. Aveva visto Simon usare i denti per strapparlo dal rotolo. Doveva tenerlo, proteggerlo da ulteriori contaminazioni.

Tra dolori lancinanti, lo appallottolò il più possibile, assicurandosi che l'estremità dove Simon aveva usato i denti fosse all'interno, al riparo dalle intemperie.

Ora doveva lavorare su quello intorno alle gambe. Non poteva mettersi seduta, il dolore alle costole era troppo forte e respirare quasi impossibile, quindi fu un lavoro lungo. Ma alla fine riuscì a rimuovere anche quello.

Ormai la palla di nastro adesivo era di buone dimensioni e Kinley ebbe dei ripensamenti sul fatto di portarsela dietro. Ma le avrebbe dato qualcosa da fare. Avrebbe potuto lanciarla davanti a sé e usarla come incentivo per strisciare in avanti.

L'unica cosa che le restava da rimuovere, prima di poter iniziare il percorso fino alla strada, era il blocco di cemento ancora legato alle caviglie. Non poteva raggiungere la corda senza mettersi a sedere e riusciva a sopportare quel dolore lancinante solo per dieci secondi alla volta, prima di doversi sdraiare di nuovo e prendere fiato.

«Non ce la faccio più» disse ad alta voce dopo quella che sembrava la centesima volta che si sedeva per cercare di sciogliere la corda. Si sdraiò di schiena nel fango e pianse. Pianse perché stava soffrendo terribilmente e aveva bisogno di Gage.

Continuò a piangere a lungo... ma poi giurò di aver sentito la sua voce chiamarla.

«Gage?» gridò, ma non ottenne risposta.

Dopo molti altri tentativi di attirare la sua attenzione, si rese conto di avere le allucinazioni. Gage non c'era. Non c'era nessuno lì. Era da sola. E l'unica persona che avrebbe potuto salvarla era lei stessa.

Non puoi sapere quanto sei forte, finché essere forte è l'unica scelta che hai.

Continuò a ripetere quelle parole nella sua testa. Non aveva altra scelta che farlo. Non importava quanto facesse male, quanto tempo ci sarebbe voluto. Nessuno l'avrebbe vista lì nel fango. Doveva salvarsi da sola.

Non era sopravvissuta a un'infanzia di merda?

Non era sopravvissuta alla solitudine?

Non era sopravvissuta lavorando a Washington DC per tutto quel tempo?

Questo in confronto era un gioco da ragazzi.

Ok, non proprio, ma scacciò i dubbi dalla mente e tornò a lavorare sul nodo che teneva legato il blocco di cemento al suo corpo.

Ci vollero altri venti tentativi per scioglierla ma, *finalmente*, la corda cadde nel fango su entrambi i lati dei suoi piedi.

Kinley sorrise e poi gemette a causa del forte dolore, si sdraiò di nuovo, ma questa volta con un senso di trionfo piuttosto che di disperazione. Ce l'aveva fatta! Era riuscita a tirarsi fuori dal nastro adesivo e si era tolta quel cazzo di peso dalle caviglie.

Era ancora buio pesto ma, in un certo senso, le sembrò di vedere un po' di luce rispetto a dieci secondi prima. Muovendosi molto lentamente, rotolò sullo stomaco e si rese subito conto che era una sofferenza immane. Si mise a carponi e ansimò mentre il dolore le attraversava il corpo. *Dio.*

Passò dal sentirsi trionfante al trovarsi ancora una volta in preda alla disperazione. Come diavolo avrebbe fatto a uscire da quel maledetto fiume quando anche solo il *pensiero* di muoversi faceva male? Accidenti, anche i capelli sembravano pesare una tonnellata ed erano troppo da trasportare.

Del sangue le colava sul viso da una ferita sulla testa, ma dato che aveva gli occhi gonfi, se ne accorse a malapena. Digrignando i denti, Kinley prese la palla di nastro adesivo rimosso in precedenza e la lanciò con un tiro debole verso la riva. Probabilmente era atterrato a nemmeno due metri da lei, ma le sembrava comunque troppo lontano. Spostò con esitazione una mano, poi un ginocchio e si trascinò in avanti.

Il fango si spiaccicò sotto le sue dita e sprofondò nel terreno morbido, ma riuscì a rimanere carponi.

Sposto l'altra mano e il ginocchio in avanti e quasi si piegò in due dal dolore che le attraversò il bacino. Ormai stava piangendo senza sosta, ma dato che comunque riusciva a malapena a vedere, non ci fece nemmeno caso.

Le ci vollero forse quindici minuti per arrivare alla palla di nastro adesivo, ma ci riuscì.

Kinley si voltò per mettersi sulla schiena e riposare. Riuscì a intravedere le stelle sopra di lei. Doveva trovarsi nel bel mezzo del nulla, perché non c'era inquinamento luminoso a distorcere la vista della Via Lattea.

Guardò il cielo a lungo, prima che il canto delle cicale penetrasse di nuovo nei suoi sensi. Era come se la stessero provocando, sfidandola a proseguire. Così lottò per rimettersi a carponi e raccolse la palla di nastro adesivo. La lanciò ancora una volta davanti a sé e trascinandosi lentamente e dolorosamente la raggiunse.

Continuò in quel modo e quando la scarpata diventò troppo ripida per lanciare la palla verso l'alto, continuò a spingerla con la testa. Era come se stesse scalando l'Everest. C'erano momenti in cui pensava davvero che non ce l'avrebbe fatta, non riusciva a respirare molto bene e quando inspirava le sembrava di avere un elefante seduto sul petto.

Ad un certo punto, si sdraiò sulla schiena e fece un pisolino, o svenne, non ne era certa.

Quando si svegliò non sapeva quanto tempo fosse passato dato che era ancora buio, ma non si sentiva meglio nonostante la pausa. Non aveva più lacrime ormai e avrebbe ucciso per bere dell'acqua dal fiume che si era lasciata alle spalle.

L'unica cosa che la faceva andare avanti era Gage. Teneva i suoi occhi castani nella mente e ogni centimetro in avanti che faceva era per lui. Voleva vederlo di nuovo. Voleva sentire le sue mani sul corpo. Voleva sentirlo *dentro* il suo corpo. Non aveva subito tutto ciò che le era successo nella vita solo per perderlo adesso.

Ma più di tutto, non voleva che si torturasse perché lei era stata stupida da salire in macchina con uno sconosciuto, soprattutto sapendo che qualcuno stava cercando di ucciderla. Anche se Simon aveva mostrato il tesserino e detto tutte le cose giuste, avrebbe dovuto essere più furba. Avrebbe dovuto continuare a cercare di contattare Cruz per verificare l'identità dell'uomo.

Gage si sarebbe preso la responsabilità del suo rapimento, anche se non era stato lì si sarebbe comunque sentito in colpa. Doveva vivere se non altro per dirgli che non era lui quello da biasimare.

Quindi prosegui, un doloroso centimetro dopo l'altro. Le mani e le ginocchia sanguinavano a causa delle rocce sotto di lei, ma se ne accorse a malapena con i dolori lancinanti che aveva nel resto del corpo.

Quando finalmente arrivò in cima alla scarpata, quasi non ci credette.

Ce l'aveva fatta.

Ora doveva solo trascinarsi sulla strada. "Solo"... certo. Ma rispetto a quello che aveva appena fatto, era una passeggiata.

Doveva anche assicurarsi di non finire di nuovo nelle grinfie di Simon. Avrebbe dovuto stare attenta, mostrarsi solo quando fosse stata sicura che l'auto non era una berlina scura. Ma con la lentezza con cui si muoveva, non sarebbe stato facile provare a vedere la marca e il colore di un'auto e poi nascondersi, se le fosse sembrato che potesse essere quella del sicario.

Ma prima di tutto... doveva arrivare sulla strada.

Raccolse la palla di nastro adesivo, la lanciò ancora una volta davanti a sé trascinandosi lentamente verso di essa. Poi ricominciò.

Gage, Gage, Gage, cantilenava a ripetizione nella mente. Lui sarebbe stato la sua ricompensa per tutto il dolore e la sofferenza che stava provando in quel momento.

Il tempo non aveva significato. Tutto ciò su cui Kinley riusciva a concentrarsi era la palla. Ignorò tutto il resto. La sua forza stava svanendo e stava cominciando a pensare che non sarebbe riuscita a raggiungere la strada. Dopo tutto ciò che aveva passato, quello sarebbe stato l'ultimo schiaffo in faccia. Non poteva fermarsi adesso.

Le ci volle un momento per rendersi conto che il terreno sotto le mani e le ginocchia era cambiato; non era più morbido.

Sollevò lo sguardo e si rese conto di avercela fatta! Era arrivata sull'asfalto, sul bordo di una strada!

Per un secondo si fece prendere dal panico. Se fosse restata in vista, Simon avrebbe potuto vederla, avrebbe portato a termine il compito che pensava di aver eseguito... cioè, ucciderla.

Kinley scosse la testa. Avrebbe dovuto correre il rischio. Sperava solo che lui se ne fosse andato da tempo, credendola morta nel fiume. Però, se non l'avessero ritrovata sarebbe morta comunque nel giro di poche ore. Lo sapeva fin nel profondo della sua anima.

Il compito di risalire la scarpata aveva preso il sopravvento su tutto il resto nella sua mente, ma ora che era riuscita a raggiungere la strada, si sentì all'improvviso esausta. Si abbassò con cautela a terra e si girò sulla schiena.

Le faceva male muoversi. Le faceva male respirare. Le faceva male anche la pelle. Era ancora buio, ma le sembrava che il cielo si fosse schiarito un po'; le ci era voluta tutta la notte per uscire dal fiume e arrivare lì.

I suoi respiri erano superficiali e ognuno era più doloroso del precedente. Le formicolavano le dita, forse a causa della mancanza di ossigeno, non ne aveva idea, ma più a lungo restava lì sul bordo, più si rilassava.

Chiuse gli occhi e le sembrò di galleggiare. All'improvviso, non sentiva più male, voleva fare un pisolino. Se solo avesse potuto riposare per un secondo, si sarebbe sentita meglio.

NON ADDORMENTARTI!

La voce fu forte nella sua testa e sussultò sorpresa, poi gemette perché quel movimento scosse il suo corpo contuso e martoriato.

Per un momento, non si rese conto di dove fosse e perché soffrisse così tanto, poi le tornò in mente tutto. Voltò la testa e vide la palla di nastro adesivo accanto a lei. Se qualcuno non fosse passato presto, quella strada sarebbe stata il suo letto di morte.

Poi sentì un rumore in lontananza.

Come se i suoi pensieri avessero evocato il veicolo, vide dei fari avvicinarsi. Non sembrava il motore di una berlina e le luci sembravano essere più alte da terra rispetto all'auto che guidava Simon. Almeno lo sperava.

Sapendo che se si fosse trascinata in mezzo alla carreggiata probabilmente sarebbe stata investita, e rendendosi conto anche di non poter nemmeno alzarsi in piedi per cercare di attirare l'attenzione del conducente, Kinley ci mise tutte le sue forze per sollevare un braccio e agitarlo.

Le luci si facevano sempre più vicine, ma l'auto non stava rallentando; le sarebbe solo passata accanto.

Il suo stomaco sprofondò. Il braccio le pulsava, ma non smise di agitarlo.

Un secondo prima l'auto si stava avvicinando e quello successivo sfrecciò davanti a lei.

«No!» urlò con voce roca e disperata.

Ma nel momento in cui la macchina la oltrepassò, vide le luci di stop accendersi e sentì le gomme stridere. Il conducente aveva frenato.

Grazie a Dio.

«Ti prego, non essere un serial killer» sussurrò. «Mi basta solo questo adesso.»

Non poteva spostarsi dalla posizione supina perché le faceva troppo male, quindi girò la testa per guardare la macchina che faceva retromarcia molto lentamente. Quando si fermò vide un uomo scendere e correrle incontro.

Lo fissò mentre torreggiava su di lei.

«Santo cielo, sta bene?»

Era una domanda stupida, ma Kinley lo perdonò. Dopotutto, era probabile che non avesse mai visto una donna percossa e sanguinante che era quasi stata uccisa, sdraiata sul ciglio di una strada.

«No» sussurrò lei.

Come se l'apparizione dell'uomo fosse ciò che stava aspettando, il suo corpo finalmente cedette. Era riuscita a continuare a muoversi per pura volontà. Pensare a Gage l'aveva fatta andare avanti, ma ora che la salvezza era vicina, fu come se la sua mente e il suo corpo si fossero spenti.

L'ultima cosa che ricordò fu l'uomo che tirava fuori un telefono e se lo portava all'orecchio.

———

Brain e Lefty giravano da ore. Non avevano idea di cosa stessero cercando, ma nessuno dei due voleva ammettere la sconfitta e tornare a Killeen.

Lefty guardava fuori dal finestrino e faticava a pensare con chiarezza. Era esausto e disperato. Voleva solo tenere Kinley tra le braccia, dirle quanto l'amava e prometterle che non avrebbe mai permesso a nessuno di toccarla. Non aveva idea di come avrebbe potuto riuscirci, ma in qualche modo lo avrebbe fatto.

La suoneria del telefono di Brain lo spaventò così tanto che sobbalzò sul sedile, ma si riprese in fretta e afferrò il cellulare.

«Pronto?»

«Sono Trigger. L'hanno trovata.»

Per un secondo, le parole non penetrarono poi, quando successe, il suo corpo s'irrigidì.

«È...» Non riuscì a costringersi a pronunciare quella parola.

«La stanno portando all'ospedale, al Westlake Medical Center. Probabilmente da lì la porteranno in elicottero a Fort Worth.»

Chiuse gli occhi con sbalordito sollievo. Kinley era viva. *Porca puttana, era viva!*

«Torniamo indietro» abbaiò a Brain. «Kinley è viva e la stanno portando al Westlake Medical.»

«Davvero?» chiese stupito, fermandosi a bordo strada.

«Sì.»

«È in pessime condizioni» lo avvertì Trigger.

E il sollievo di Lefty fu disintegrato in un istante.

«Quanto pessime?» gli chiese.

«Non lo so. Il poliziotto che mi ha chiamato non aveva dettagli. Ma, Lefty... è viva. Dobbiamo concentrarci su questo.»

Annuì, ma non riuscì a far funzionare il cervello. «Dov'è stata trovata?»

Trigger gli raccontò che un uomo che stava percorrendo una strada secondaria, a chilometri di distanza da dove stavano cercando loro, aveva visto una donna sdraiata sul ciglio della strada che agitava un braccio per cercare di fermarlo.

«Stai andando in ospedale?» gli domandò Lefty.

«Ovvio. Non so per quanto tempo Kinley rimarrà lì, ma immagino che i dottori vorranno stabilizzarla prima di metterla su un elicottero per Fort Worth.»

«Arriveremo il prima possibile» disse al suo amico, poi riattaccò. «Prosegui per altri otto chilometri, poi svolta a destra» ordinò a Brain.

«Non andiamo direttamente in ospedale?» gli chiese.

«No. Prima devo vedere una cosa.»

Brain non fece altre domande, seguì semplicemente le sue indicazioni.

Dopo venti minuti arrivarono sul luogo in cui avevano recuperato Kinley. Non era stato difficile da trovare, dato che c'erano tre auto della polizia parcheggiate lungo la strada, oltre a un furgone della scientifica. Brain parcheggiò a poca distanza e Lefty scese senza dire una parola.

C'era abbastanza luce per vedere chiaramente e non si prese la briga di avvicinarsi a nessuno dei poliziotti o detective che lavoravano sulla scena. Rimase semplicemente alla fine del ponte in cima alla scarpata e guardò in basso.

Non sapeva cosa fosse successo, ma poteva immaginarlo.

Il sicario molto probabilmente aveva gettato la sua donna da quel ponte.

Osservando in basso, sembrava impossibile che potesse essere sopravvissuta. Il fiume si muoveva velocemente, ma era un po' in secca perché aveva piovuto poco quell'estate. Il lato destro era per lo più fangoso... e se il blocco di cemento con la corda attaccata e la profonda rientranza nel terreno erano un'indicazione, quello era il punto dov'era atterrata Kinley.

Gli venne da vomitare, ma si costrinse a restare lì ancora per qualche istante.

Vide la traccia lasciata quando doveva aver strisciato fuori dal fango e lungo la sponda ripida, che spariva tra alcuni alberi. I suoi occhi seguirono il percorso più probabile che doveva aver preso prima di arrivare sull'asfalto sul bordo strada. C'era una palla di nastro adesivo lì, con dei coni arancioni disposti tutto intorno.

Ma fu il sangue che brillava nella luce del mattino sull'asfalto nero che gli raggelò il corpo.

Era il sangue di *Kinley*. Era sdraiata sanguinante sul ciglio della strada, quando l'uomo l'aveva notata passando e aveva chiamato il 9-1-1.

Lefty si era ritrovato in molte situazioni potenzialmente letali, aveva visto abbastanza sangue da renderlo immune agli orrori della guerra. Ma quella non era la guerra e la vittima non era uno sconosciuto. Era la donna che amava. La donna che aveva tenuto tra le braccia meno di ventiquattr'ore prima.

Il pensiero che fosse arrivata così vicina alla morte, che potesse *comunque* morire, era troppo da sopportare.

Si voltò e vomitò proprio lì, sul ciglio della strada. Poi rimase piegato in due, con le mani sulle ginocchia e cercò di ritrovare l'equilibrio.

Brain gli si avvicinò e gli mise una mano sulla spalla. «È viva, amico. Devi tenerlo a mente.»

Lefty annuì, ma faticava a muoversi.

«Forza. Ha bisogno di te.»

Quelle parole furono proprio ciò che Lefty aveva bisogno di sentire. Si alzò e si pulì la bocca con il dorso della mano. Annuì al suo amico e tornarono alla macchina.

Senza dire altro, Brain si diresse verso Austin.

Lefty non avrebbe mai saputo perché il sicario avesse scelto quella strada. Quel ponte. Ma ne era felice, perché se non fosse stato per il fango, Kinley avrebbe potuto rompersi la testa sulle rocce. Oppure sarebbe potuta annegare. Sapeva che c'era ancora la possibilità che potesse morire a causa delle complicazioni di quell'esperienza traumatica, ma nel profondo aveva la sensazione che sarebbe andata bene. Aveva sempre pensato che avesse un'anima d'acciaio e vedere dove aveva combattuto quella brutale battaglia per la sua vita, lo aveva solo rafforzato.

Resisti ancora un po', Kins. Ce la puoi fare.

CAPITOLO DICIASSETTE

UN SECONDO PRIMA KINLEY ERA INCOSCIENTE E quello successivo completamente sveglia, ma non lo fece capire. Se Simon fosse stato ancora lì, doveva fingere di essere morta. Ne aveva la certezza quanto era sicura di chiamarsi Kinley Taylor.

Ma nel momento in cui sentì la voce profonda e familiare di Gage, gemette.

Aveva rapito anche lui? La sua vita era in pericolo?

«Kins?» la chiamò, e percepì il suo tono scioccato.

Provò a parlare ma non uscì altro che un verso roco.

«Piano, tesoro. Va tutto bene. Sei al sicuro. Mi capisci?»

Era come se lui sapesse esattamente ciò che aveva bisogno di sentire. Annuì e anche quel lieve movimento fu doloroso.

«Hai diverse costole fratturate, anche una caviglia, uno dei polmoni è stato perforato e hai una grave commozione cerebrale. I medici ti hanno messo in coma farmacologico per un po', per cercare di far guarire il tuo corpo. Ma è tutto ok. Sei viva e ci sono io qui.»

Le sue parole sembravano fluttuare intorno alla sua testa e

avrebbe voluto disperatamente aprire gli occhi e dirgli che lo amava, che pensarlo l'aveva aiutata a rimanere in vita, ma era davvero tanto stanca.

«Rilassati, Kins. Sono qui.»

Gli strinse la mano e ritornò nella felice terra del sonno, dove non sentiva alcun dolore.

———

Lefty non si era mai sentito così sollevato in tutta la vita.

Erano stati tre lunghi giorni. Quando finalmente gli avevano dato il permesso di entrare nella sua stanza d'ospedale a Fort Worth, e aveva visto Kinley, ci era voluta tutta la sua buona volontà per non vomitare di nuovo.

Ancora adesso aveva un aspetto orribile.

Il viso era tumefatto. Le labbra screpolate e lacerate da un evidente pestaggio. I lividi sulla gola erano terribili e raccontavano la loro storia. Era stata soffocata. Più di una volta, se i segni a forma di dito sovrapposti erano un'indicazione. I palmi e le ginocchia avevano tagli profondi per aver strisciato verso la salvezza.

Una notte, quando l'infermiera era entrata per lavarla, aveva visto i bruttissimi lividi sul busto, che la polizia pensava provenissero dalla mazza da baseball che avevano trovato sul sedile posteriore dell'auto del sicario.

Il pensiero che la sua Kinley venisse picchiata fino a essere ridotta in fin di vita era quasi insopportabile.

Eppure, in qualche modo, lei era ancora lì. Viva.

Doveva esserci una ragione. Il sicario aveva tentato di ucciderla *due volte*, fallendo entrambe.

Semplicemente non era successo.

Seduto al suo fianco, Lefty si rese conto di non voler passare la vita senza di lei. Era tutto per lui. Era impressionato e intrigato da qualsiasi cosa la riguardasse e non voleva restare nemmeno un giorno senza parlarle, senza ridere con lei. Aveva bisogno di Kinley nella sua vita.

Mentre era lì seduto a tenerle la mano, bussarono alla porta. Si voltò e vide sua madre infilare la testa dentro.

Anche i suoi compagni di squadra si erano alternati a farle visita, venivano in auto da Killeen solo per vederla per alcune ore e assicurarsi che stesse bene. Per lui significava molto avere i suoi amici al suo fianco e vederli altrettanto preoccupati per lei.

Anche Gillian e Devyn erano passate. Gillian si sentiva in colpa per non aver impedito a Kinley di andarsene con il falso agente dell'FBI, ma lui l'aveva rassicurata che non aveva nulla da rimproverarsi. E ci credeva davvero. Il sicario era un professionista, Lefty non l'aveva nemmeno notato mentre osservava l'appartamento, ed era stato addestrato a notare quel genere di cose.

«Posso entrare?» chiese sua madre sottovoce.

Le fece cenno di avvicinarsi. C'erano solo lui e Kinley nella stanza, i suoi amici erano tornati tutti a casa.

Quando sua madre aveva saputo cosa fosse successo, era salita su un aereo presentandosi lì il giorno successivo. Lefty era rimasto sorpreso, ma lei aveva semplicemente detto: «Il mio ragazzo ha bisogno di me e una ragazza ha bisogno di una mamma, e dato che lei non ce l'ha, faccio da sostituta.»

Sapeva che a sua madre era piaciuta subito Kinley quando avevano parlato a Parigi, ma non aveva idea di quanto l'avesse impressionata.

Molly Haskins si avvicinò in punta di piedi al letto e baciò la testa del figlio. Gli mise una mano sulla spalla e disse: «Ha un aspetto migliore.»

Lui cercò di non sbuffare. Non aveva idea di come potesse dire una cosa del genere, Kinley aveva ancora un aspetto orribile.

«Dico sul serio» insistette come se potesse leggergli nella

mente. «Non è più molto pallida e i respiri sembrano più profondi.»

Lefty cercò di guardare obiettivamente la donna che amava, ma non servì.

«Dovresti farti una doccia. Mangiare qualcosa» disse Molly.

Lui scosse la testa. «Non me ne vado.»

«Non era un suggerimento» replicò con fermezza. «So che sei un uomo adulto, ma puzzi. E non le sarai per niente di aiuto se crolli sulla sedia. Prometto di non lasciare il suo fianco finché non tornerai. Inoltre, sai che non se ne andrà neanche Cruz.»

Fece un respiro profondo e guardò di nuovo verso la porta. Sapeva che l'agente dell'FBI si sentiva responsabile per ciò che era capitato a Kinley, proprio come lui. Era stato di guardia fuori dalla stanza d'ospedale da quando era arrivata e per quanto ne sapeva, se n'era andato solo una volta per fare rapporto ai suoi superiori e per un breve sonnellino di tre ore. Cruz temeva per la sicurezza di Kinley tanto quanto Lefty e il suo team. Era preoccupato che non avessero ancora trovato il sicario e non sapeva quale fosse il piano successivo per quanto riguardava le testimonianze di Stryker, Brown e Kinley, ma non gli importava. Tutto ciò che gli interessava era vedere i bellissimi occhi nocciola della sua Kins aprirsi e riconoscerlo.

«Va bene. Ci metterò solo una quindicina di minuti» disse a sua madre.

Lei scosse la testa. «Almeno un'ora. Se torni prima, dirò a Cruz di non farti entrare.»

Lefty strinse le labbra. Voleva essere lì nel caso in cui si svegliasse di nuovo. Non voleva perderselo. *Non poteva* mancare.

«Ti chiamo se penso che si stia svegliando» gli promise. «Vai, figliolo. Fai una pausa.»

Sospirando, annuì. Si portò la mano di Kinley alla bocca e la baciò. «Torno presto» sussurrò. «Ti amo.» Poi si alzò, baciò la guancia di sua madre e uscì dalla stanza.

———

Si perdeva il senso del tempo in ospedale. Kinley sapeva di essere lì, sapeva che Gage era al suo fianco, ma ogni volta che si svegliava, era davvero difficile non riaddormentarsi. Ma questa volta, quando si svegliò, le sembrò di avere più energia.

Aprì gli occhi e li richiuse subito.

«Chiudi le tende» ordinò Gage a qualcuno. «Mi dispiace, Kins. Riprova. Apri i tuoi bellissimi occhi e guardami.»

Incapace di resistere a quell'ordine, li socchiuse... e guardò dritto nelle iridi dell'uomo che amava.

«Ehi» le disse con un sorriso.

Leccandosi le labbra, lei gracchiò: «Ciao.»

Gage chiuse gli occhi per un momento, poi Kinley si ritrovò di nuovo a fissare quell'intenso sguardo castano. «Come ti senti?»

«Malissimo» disse subito. «Ma sono viva, quindi vado alla grande.»

«Sì, è così» mormorò lui.

Le posò una mano sulla guancia. Faceva male, ma Kinley si assicurò di non farlo vedere dato che amava che lui la toccasse. Soprattutto perché c'era stato un momento in cui aveva pensato che non sarebbe più successo.

«Vuoi un po' d'acqua» le chiese.

«Sì, per favore.»

Senza togliere la mano dal suo viso, prese il bicchiere con una cannuccia e glielo portò alla bocca. Lei ne bevve con gratitudine qualche sorso. Faceva male deglutire, ma l'acqua fresca dava una sensazione incredibile alla sua gola.

«Va meglio?»

«Sì, grazie. Da quanto tempo sono qui?»

«Sei giorni» rispose Gage.

Kinley sbatté le palpebre sorpresa. «Veramente?»

«Già. Sei a Fort Worth. Sei stata portata qui da Austin. Ti hanno curato per un polmone collassato e hai diverse costole fratturate. I medici ti hanno tenuta in coma farmacologico per cercare di aiutare il tuo corpo a guarire. Ora però stanno riducendo pian piano i farmaci.»

Annuì. «Cos'altro?»

«Hai una caviglia rotta, tagli, graffi, contusioni, una commozione cerebrale» le elencò senza esitazione.

Apprezzava che lui non ci girasse intorno.

«E Simon?»

«Come scusa?»

«Simon King. Ha detto che era quello il suo nome» gli disse. Osservò il viso di Gage indurirsi, poi lo vide voltarsi e schioccare le dita. «Mamma, porta qui Cruz.»

Kinley sussultò e lui ovviamente lo sentì.

«Che c'è?» le chiese preoccupato.

Lei cercò di sporgersi per vedere chi ci fosse nella stanza con loro, ma anche quel piccolo movimento le provocò un dolore che le lacerò il corpo, così inspirò bruscamente.

«Sei al sicuro qui» la rassicurò, fraintendendo quel respiro.

Dopo pochi secondi, l'agente dell'FBI arrivò al fianco di Gage. «È sveglia?» chiese.

«Sì. Simon King. È questo il nome del bastardo.»

Cruz annuì e tirò fuori un blocchetto di carta. «Cos'altro ricorda?»

«Sono sdraiata proprio qui» si lamentò Kinley. «Può chiederlo a *me*.»

L'uomo fece una smorfia. «Scusi. Dato che di solito stava sonnecchiando, sono abituato a parlare con Lefty.» Le fece l'occhiolino, facendole capire che la stava prendendo in giro. «Cos'altro può dirci?»

Le faceva male la gola e aveva di nuovo sonno, ma si costrinse a concentrarsi. «È lo stesso uomo che ha cercato di uccidermi a Washington» disse. «Ha detto che Stryker lo avrebbe pagato due milioni di dollari per eliminarmi.»

«Le ha detto *proprio* che Stryker l'ha assunto?» chiese Cruz.

«Sì.»

«Può dirmi altro?»

«Era qui da settimane. Ma non riusciva ad avvicinarmi» continuò.

Poi Kinley si ricordò un'altra cosa che le aveva detto... cioè che se non fosse riuscito a prenderla presto se la sarebbe presa con Gage o Gillian.

Deglutì a fatica e le vennero le lacrime agli occhi, sia per il dolore causato dalla deglutizione, sia per il pensiero che i suoi amici erano stati in pericolo a causa sua, proprio come aveva pensato potesse accadere.

Era tutta colpa *sua*.

Però non disse niente; sapeva che le avrebbero detto che non era il momento di preoccuparsene.

«Cazzo» imprecò Gage.

«Controlla il linguaggio» lo rimproverò una donna alle sue spalle.

«Perché tua madre è qui?» sbottò. «Va tutto bene?»

Per qualche ragione, Gage sorrise. «È qui perché stavi male» rispose.

Kinley era scioccata. «Davvero?»

«Certo.»

Poi Molly Haskins apparve dall'altra parte del letto. «Perché sei così sorpresa? Sei importante per mio figlio, sei stata ferita e poi mi piaci molto quindi, eccomi qui.»

Era così commossa che avrebbe voluto piangere. «Ma mi conosce a malapena» sussurrò.

«Ma ci tengo a te. Sei una persona straordinaria e sono davvero felice che tu sia entrata nella vita di Gage. So che ami Notre Dame quanto me. So che sei intelligente e divertente e hai bisogno di una mamma. Voglio dire, mio figlio è fantastico, ma non può sostituire il tocco amorevole di una madre. Quindi ho pensato di venire a dare una mano.»

La fissò per un attimo, poi strinse gli occhi e questa volta iniziò *davvero* a piangere.

Molly le posò una mano sulla fronte e le lisciò i capelli all'indietro. «Shhh. Non piangere» cantilenò.

Finché Gage non si era preso cura di lei quando era stata ammalata, nessuno si era mai dato da fare per starle vicino quando non si sentiva bene. Mai una volta da quello che riusciva a ricordare. Ma ecco che la mamma di Gage la trattava come se fosse importante. Amata. Era una cosa travolgente, e avrebbe voluto così tanto essere sua figlia, che era quasi più doloroso di ciò che le aveva fatto Simon.

«Mamma, Cruz, dateci un secondo» disse Gage.

Kinley non aprì gli occhi, ma li sentì lasciare la stanza.

«Guardami, Kins» le ordinò.

Troppo stanca per combatterlo, fece come aveva richiesto.

«Ti amo» le confessò non appena incontrò il suo sguardo.

Il suo cuore accelerò e i monitor accanto a lei iniziarono a suonare.

Gage sorrise e non sembrava preoccupato. «Probabilmente ho sbagliato ad ammetterlo in questo momento prendendoti di sorpresa, ma non mi interessa. Quando mi hanno detto che eri stata rapita, giuro su Dio che la mia vita si è fermata. Non riuscivo a respirare e sapevo che se non ti avessi riavuta indietro non mi sarei mai ripreso. Non te lo sto dicendo per metterti pressione. Andremo avanti come prima, piano e gradualmente, ma non potevo *non* dirtelo. Mia madre è qui per *te*, Kins. Sei incredibile e lei lo sa. Non importa ciò che succederà tra noi due, l'avrai sempre. Hai capito?»

Kinley annuì.

«Sei stanca» osservò.

Annuì di nuovo.

«Senti dolore?»

«Un po'.»

Gage premette il pulsante attaccato alla flebo. «Un po' di morfina dovrebbe calmarlo. Chiudi gli occhi e riposati, tesoro.»

«E Simon? È stato catturato?»

Capì la risposta prima che lui dicesse qualcosa, semplicemente dallo sguardo sul suo viso. «Purtroppo no. Era stato fermato dalla polizia la notte in cui sei stata trovata, ma è scappato e i cani non sono riusciti a seguire il suo odore. Ma non preoccuparti, sei al sicuro» ribadì in fretta. «Ha commesso un errore, ha dimenticato di prendere il telefono. Da quanto ho capito, l'ultimo numero che ha chiamato è stato quello di un cellulare usa e getta a Parigi. Non ci sono dubbi su chi stesse chiamando. Non importa il tempo che ci vorrà, mi assicurerò che non si avvicini a te.»

Le si formò un nodo alla gola. Simon era ancora là fuori e non era riuscito ad ucciderla. Si sarebbe incazzato perché non avrebbe ricevuto i due milioni di dollari e sarebbe tornato per lei. La prossima volta si sarebbe assicurato che fosse morta. Non si sarebbe "divertito" con lei. Le avrebbe sparato alla testa e basta. Ne era convinta.

Non sarebbe sopravvissuta a un terzo tentativo. Ma ancora più importante... chi avrebbe fatto fuori per arrivare a lei?

«Dormi, Kinley. Cruz è qui a vegliare su di te e il mio comandante mi ha dato il permesso di restare finché non ti dimetteranno. Sei al sicuro.»

Chiuse gli occhi e cercò di rilassarsi, ma la felicità che

aveva provato un attimo prima, quando Gage le aveva detto
che l'amava, era svanita. *Non* era al sicuro. E nemmeno
chiunque fosse entrato in contatto con lei. Com'era possibile
che la sua vita fosse diventata così maledettamente
complicata?

CAPITOLO DICIOTTO

ERANO PASSATI altri due giorni e quando Gage e sua madre andarono a fare colazione – su sua insistenza – Kinley sapeva che quella sarebbe stata la sua unica possibilità di parlare in privato con Cruz.

I ragazzi del team avevano fatto qualche fugace apparizione ed era sorpresa che lui avesse accettato di lasciarla sola, ma non disse niente. Aveva la possibilità di parlare con l'agente dell'FBI e doveva approfittarne.

Aveva ancora molti dolori, ma i medici l'avevano rassicurata che era normale perché le costole rotte impiegavano molto tempo per guarire. Il gonfiore sul viso si era finalmente attenuato abbastanza da permetterle di vedere di nuovo chiaramente. Si era guardata allo specchio la prima volta che era andata zoppicando a fare una doccia e aveva pianto. La madre di Gage la stava aiutando e all'inizio si era allarmata, ma poi l'aveva tenuta stretta finché non aveva ripreso il controllo delle sue emozioni.

Era ricoperta di lividi. Il busto era brutto da vedere e Kinley ricordava ogni volta che Simon l'aveva colpita con quella maledetta mazza. Ma era il collo che le aveva fatto più impressione. Ricordava chiaramente l'eccitazione negli occhi di quel mostro quando si era inginocchiato sul suo corpo indifeso e le aveva avvolto le mani intorno alla gola. Gli era *piaciuto* strangolarla.

Ma ogni livido l'aveva resa più determinata a vivere. Non avrebbe dato a Simon King o a Drake Stryker la soddisfazione di sapere che l'avevano uccisa.

In quel momento, davanti allo specchio, si era formata un'idea nella sua mente e aveva passato gli ultimi due giorni a cercare di dissuadersi... inutilmente.

Era l'unico modo. Faceva schifo e non avrebbe voluto farlo, ma Simon non sarebbe scomparso. L'avrebbe perseguitata per sempre se *non* l'avesse fatto.

Quindi, quando Molly e Gage lasciarono la stanza, chiamò Cruz. Apparve dopo pochi secondi, con un aspetto impeccabile, come se non l'avesse sorvegliata nell'ultima settimana.

«Voglio entrare nel programma di protezione testimoni» gli disse senza preamboli.

I suoi occhi si addolcirono e avvicinò una sedia al letto. «Perché ora? Brown è in prigione e la polizia parigina ha arrestato Stryker. Ha un buon avvocato, ma da quanto dicono verrà condannato.»

«Per omicidio?» chiese Kinley.

Vide la risposta negli occhi di Cruz ancor prima che scuotesse la testa. «No, non senza la sua testimonianza. Hanno un video di sorveglianza in cui si vede mentre cena al ristorante dell'hotel con Emile, ma non ci sono prove sufficienti che l'abbia uccisa. Il suo DNA era dentro di lei, ma lui sostiene che il rapporto fosse consensuale. Verrà incriminato per violenza sessuale su minore, dato che ha fatto sesso con lei, ma afferma che la ragazza ha lasciato l'albergo da sola e che quella è stata l'ultima volta che l'ha vista.»

«Hanno bisogno della mia testimonianza per collegarlo al suo omicidio» disse Kinley in tono piatto.

Cruz sospirò e annuì.

«Simon non si fermerà finché non sarò morta.»

«Ha ricevuto i soldi» la informò Cruz.

Quello la sorprese, ma non le fece cambiare idea. «Non importa. Se non sa già che sono sopravvissuta, lo scoprirà presto e si arrabbierà. Verrà di nuovo a cercarmi per finire il lavoro.»

L'agente la fissò ma non commentò.

«Lo farà» sussurrò. «E non gli importerà di chi si frappone tra lui e la mia morte. Ha minacciato Gage. E Gillian. E so che non gli importerebbe se dovesse ferire qualcuno degli altri. Mi ha tenuta d'occhio per *settimane*, Cruz. Sa chi è importante per me, darà loro la caccia solo per tormentarmi. Ha *giocato* con me... parola sua, non mia. Farà del male o ucciderà tutti quelli a cui tengo prima di ficcarmi finalmente una pallottola nel cervello. Voglio che Stryker paghi per ciò che ha fatto. Voglio che Emile e tutte le altre ragazze abbiano giustizia. Ma soprattutto, devo proteggere l'unica persona che mi abbia mai amata.»

«Lefty» disse Cruz.

«Gage» concordò Kinley.

Dopo un momento, le spiegò: «Se entrerà nel programma, non potrà contattarlo. Niente lettere. Nessuna mail. Niente di niente.»

«Lo so.»

«Non si sa quanto tempo impiegherà il caso di Stryker per arrivare al processo.»

Kinley annuì.

«E anche allora, se ciò che dice è vero, non sarà comunque al sicuro. Potrebbe non rivederlo mai più. *Mai*. È disposta a sacrificare la sua felicità e probabilmente anche quella di Lefty?»

«Sì.»

«Non sarà d'accordo. Cercherà di dissuaderla.»

«Ecco perché non voglio che lo sappia finché non me ne sarò andata.»

Cruz inspirò bruscamente. «Non è giusto verso di lui.»

Gli occhi di Kinley si riempirono di lacrime. «*Devo* farlo in questo modo, altrimenti riuscirà a convincermi a restare. Ha un lavoro, non può vegliare su di me ventiquattro ore su ventiquattro. Simon mi troverà prima o poi e non posso permettere che Gage abbia quel peso sulla coscienza.»

Cruz contrasse la mascella con disapprovazione. Alla fine disse: «Non può andarsene senza spiegare il suo ragionamento.» Sollevò una mano per fermare la sua protesta. «Glielo deve. Gli lasci *almeno* un biglietto. La ama» continuò, sporgendosi in avanti. «Uomini come Lefty e i suoi compagni di squadra non amano facilmente. Sanno di vivere vite pericolose e l'ultima cosa che vogliono è lasciare una donna o una famiglia nei guai se dovessero morire durante una missione. Se scompare senza lasciare traccia, perderà la testa. Non capirà. Non sarà in grado di concentrarsi sul suo lavoro. Non è quello che vuole, giusto?»

Scosse la testa e le lacrime che aveva fatto di tutto per trattenere alla fine si riversarono.

«Ci pensi bene prima di fare questo passo. Quando entrerà nel programma, sarà sola e non potrà contattare nessuna delle persone cha ha incontrato qui.»

«Sono sempre stata sola» mormorò in tono triste Kinley. «Non mi sarei mai aspettata di trovare un uomo come Gage. Non so come o perché mi ama, ma lo sto facendo per *lui*.»

Cruz aveva un'espressione triste. «Lo so, e penso che sia la cosa più coraggiosa e onorevole a cui abbia mai assistito in vita mia.»

«Voglio andarmene presto. Prima lo facciamo, meglio è» disse Kinley tirando su con il naso.

«Non credo che stia ancora abbastanza bene per essere

trasferita. Sarà molto stressante e l'ultima cosa che le serve è avere una ricaduta.»

«Devo farlo il prima possibile» insistette. «Mi ucciderà mentire a Gage e sa bene quanto me che probabilmente Simon ormai avrà saputo che sono sopravvissuta. La storia che hanno trovato una donna picchiata e quasi morta sul ciglio della strada è stata su tutti i giornali, anche se non hanno usato il mio nome. Non è stupido, lo scoprirà. Scalpiterà per catturarmi.»

«Va bene. Adesso ha un po' di tempo per scrivere la sua lettera. Quando avrà finito la dia a me e mi assicurerò che Lefty la riceva dopo che se ne sarà andata. Capisce che nemmeno io saprò dove sarà, vero?»

Lei annuì. La spaventava da morire sapere che sarebbe stata portata in una città sconosciuta e fondamentalmente lasciata da sola, ma se significava tenere Gage al sicuro, l'avrebbe fatto.

Cruz si alzò e si sporse in avanti, baciandola sulla fronte.

«Pensi solo a questo» disse Kinley tentando di fare un sorriso. «Dopo che me ne sarò andata, potrà tornare a casa dalla sua famiglia e non dovrà più farmi da babysitter.»

«Mickie sa abbastanza di ciò che sto facendo, da essere completamente d'accordo che io rimanga qui per tutto il tempo necessario.»

«Sembra una donna in gamba.»

«Lo è» confermò Cruz.

E per un momento fu gelosa. Voleva essere quella donna per Gage, ma non era destino.

«Sarò qui fuori. Busserò alla porta se vedo tornare Lefty e Molly, così potrà nascondere la lettera. Se finisce prima che tornino, mi chiami così vengo a prenderla.»

«Grazie.»

«Non mi ringrazi» disse Cruz in tono burbero. «Non sono affatto contento di questa situazione, ma non significa che non penso sia la cosa giusta da fare. Farò tutto il possibile per trovare Simon King per lei, Kinley. Per fare in modo che possa tornare a casa da Lefty.»

Poté solo annuire a causa del nodo in gola. *A casa da Lefty.* Non esistevano parole più belle di quelle. Tranne forse quando le aveva detto che l'amava.

Cruz prese un blocco di carta e una penna dal tavolo dall'altra parte della stanza e glieli porse, poi annuì e si avviò verso la porta, lasciandola sola con i suoi pensieri.

Kinley pensava che sarebbe stato difficile scrivergli quella lettera, ma le parole fluirono dalla penna. Non sapeva se sarebbe riuscita a spiegare i suoi sentimenti in un modo che Gage avrebbe capito, ma sapeva fino in fondo al suo cuore che stava facendo la cosa giusta. Se Simon fosse tornato a cercarla, avrebbe scoperto che se n'era andata e non avrebbe avuto motivo di far del male a nessun altro. Almeno sperava che sarebbe andata così.

Chiamò Cruz e lui si mise in tasca la lettera giusto un attimo prima che Gage e sua madre tornassero, insieme a Brain.

«Avete fatto una bella colazione?» chiese. «Non sapevo che Brain stesse arrivando.»

«Nemmeno io. E sì, un'ottima colazione. Ti ho portato un regalo.» Le porse una tazza. «Frappè alla vaniglia» disse con un sorriso.

Kinley la prese e si costrinse a non piangere. Si era ricordato della storia che gli aveva raccontato di quando una delle sue madri affidatarie preferite, una di quelle che pensava potessero adottarla, l'aveva portata a cena per il suo compleanno e le aveva comprato un frappè alla vaniglia. Da allora aveva amato quella donna, anche quando le cose non erano andate in porto con quella famiglia.

Lo assaporò, rise, chiacchierò e cercò di dimenticare ciò che stava per succedere.

La mamma di Gage se ne andò quel pomeriggio sul tardi e Kinley memorizzò tutto ciò che poté di lui mentre calava la sera. Quella poteva essere l'ultima volta che l'avrebbe visto e voleva che il tempo si fermasse. Ma ovviamente non era possibile.

In qualche modo, la sera prima, lei e Molly erano riuscite a convincerlo a lasciare l'ospedale e ad andare in un hotel a dormire un po'. Gli aveva fatto molto bene, dato che sembrava meno stressato quando era tornato quella mattina.

Tutto ciò che Kinley doveva fare era convincerlo di nuovo a non restare per la notte, a tornare in albergo. Ci volle un po', ma alla fine accettò di andarsene verso le otto. Aiutò il fatto che Brain si fosse offerto volontario per restare e vegliare su di lei.

«Se non sapessi che non è così, direi che stai cercando di sbarazzarti di me» scherzò.

Kinley sperava che il senso di colpa che provava non si manifestasse sul viso. «Mai» disse. «In un mondo perfetto, non lascerei mai il tuo fianco. Ti resterei attaccata come una cozza. Dovresti camminare zoppicando con me appiccicata addosso come un parassita o qualcosa del genere.»

Lui ridacchiò ed era stata proprio quella la sua intenzione. Anche se le sue parole erano spiritose, era ciò che pensava davvero. «Un po' come quell'orsacchiotto attaccato al tuo fianco, eh?»

Kinley annuì. Gage le aveva portato il morbido orsacchiotto che le aveva regalato, ed era riuscito a rendere il mondo sterile dell'ospedale un po' più tollerabile. «Lo amo. Se non sembrasse fuori luogo per una donna adulta andare in giro con un orsacchiotto di peluche, lo porterei con me ovunque.»

«Fai quello che vuoi, tesoro» le disse con un sorriso. «Manda a farsi fottere chiunque ti prenda in giro per il peluche.»

Lei gli sorrise.

«Ci vediamo domattina presto» mormorò Gage con dolcezza. «Vuoi che ti porti qualcosa?»

Lei scosse la testa, sapendo che se avesse parlato sarebbe scoppiata in lacrime. Avrebbe voluto così tanto dirgli che lo amava, ma non poteva. Per la sua sanità mentale, doveva mantenere quell'ultima piccola distanza tra loro.

Gage si chinò e l'abbracciò e lei inspirò profondamente, assorbendo la sua essenza nelle narici un'ultima volta.

«Ti amo, Kins. Dormi bene. Sarai al sicuro con Brain che veglia su di te.»

«Lo so» mentì. Non era al sicuro, e nemmeno chi le stava vicino.

La baciò. Non fu un bacio appassionato, ma nemmeno casto. Le leccò delicatamente le labbra ancora screpolate. «Ci vediamo domani» sussurrò raddrizzandosi.

«A presto» disse lei con voce roca.

La salutò con la mano uscendo dalla stanza.

Kinley chiuse gli occhi e si costrinse a non scoppiare a piangere. Brain era intelligente, si sarebbe accorto che qualcosa non andava e avrebbe chiamato Gage in un baleno, dicendogli di tornare.

«Tutto bene?» le chiese Brain.

«Sono solo stanca» disse con un sospiro. Non era una bugia. Le faceva male tutto il corpo e sapeva che quella notte sarebbe stata dura, mentalmente e fisicamente. Cruz aveva trovato un momento per dirle che era tutto organizzato e che le persone a cui era stato assegnato il compito di portarla fuori dall'ospedale sarebbero state lì intorno a mezzanotte.

Chiacchierò con Brain per un po' e imparò altre cose su di lui. Per esempio che conosceva un mucchio di lingue, anche se lui aveva semplicemente alzato le spalle e detto di avere un "talento naturale", il che era un eufemismo. Poi aveva ammesso di non aver frequentato molte donne solo perché non ne aveva trovata una con cui fosse scoccata la scintilla.

«E cosa ti serve per farla scoccare?» gli chiese, sinceramente interessata a sentire la sua risposta.

Brain scrollò le spalle. «Una donna che sia interessata a qualcosa di più del colore dello smalto da mettere» spiegò in modo vago. «Voglio qualcuno con cui parlare, che mi capisca.»

«Quindi, stai punendo le donne in generale per le ex fidanzate che non ti hanno capito?» chiese, con un tono un po' più acido di quello che avrebbe avuto se non fosse stata stressata per la notte imminente.

«Non ho detto questo.»

«Davvero? Perché a me è sembrato così. Non molte persone sono intelligenti come te, Brain. Voglio dire, non ricordo niente del corso di algebra che ho seguito al liceo e l'unica cosa che so dire in spagnolo è *"¿Dónde está el baño?"*. Secondo i tuoi standard elevati, non dovresti nemmeno essere mio amico.»

«Non mi interessa che in spagnolo tu sappia solo chiedere dove sia il bagno» disse lui sbuffando. «Sei la donna di Lefty, quindi significa che sei anche mia amica.»

«Oh, be', accidenti, grazie per avermi apprezzato per ciò che sono» ribatté Kinley, poi trasalì quando si mosse nel modo sbagliato e le sue costole protestarono.

«Tutto bene?»

«Sì. Soffro ancora quando mi muovo nel modo sbagliato.» Sospirò. «Mi dispiace di essere scontrosa. Sono stressata e preoccupata per tutto. Ma, Brain... penso che tu stia rischiando di perderti una donna davvero eccezionale solo perché stai cercando qualcuno che sia al tuo stesso livello accademico, che possa capirti intellettualmente.»

«In realtà non ho detto che volevo che fosse intelligente» insistette.

«*Sì*, invece» ribatté Kinley. «Non sono una che mette lo

smalto, ma se lo fossi, probabilmente lo vorrei abbinato agli abiti. O almeno che fosse un colore neutro in modo da non stonare. Significherebbe che in quel caso non vorresti essere mio amico?»

«No» disse Brain.

«Allora *cosa* intendevi?»

«Non lo so» rispose, suonando anche lui un po' scontroso.

«Allora sii più tollerante con le donne» replicò Kinley con dolcezza. «Molte di noi nascondono al mondo chi sono, per ottime ragioni. Abbiamo paura di come potremmo essere trattate. O di essere guardate con disprezzo a causa del nostro passato o per come siamo nel profondo. Magari cerca di avere una mentalità un po' più aperta verso di loro. Potresti rimanere sorpreso scoprendo con chi ti trovi in sintonia.»

Finita la sua piccola predica Kinley era esausta. Non sapeva che risposta aspettarsi da Brain, ma di certo non pensava di vederlo fare un respiro profondo, soffiarlo fuori e abbassare la testa.

«Hai ragione.»

«Lo so» confermò con un piccolo sorriso.

«È solo che... per tutta la vita sono stato utile solo per tutte le cose che so. Voglio bene ai ragazzi, ma anche loro mi vedono solo come un cervello ambulante. È per quello che ho quel soprannome.»

«Stronzate. So che a Gage non importa quanto sei intelligente. Voglio dire, sì, sono sicura che torna utile nelle missioni, ma non puoi lasciare che le persone si affidino a te per certe tue abilità e poi arrabbiarti quando non riescono a vedere oltre a quello. Non possono vedere oltre se non li lasci entrare, Brain. Va bene lo stesso se non hai tutte le risposte, nessuno si aspetta che tu sia perfetto.»

«Tu dici?» ribatté.

«Sì. Perché essere perfetto è noioso. Sii te stesso e se stai cercando di impressionare le donne con quel tuo grande cervello, smettila. *Sii solo te stesso.* E permetti a *lei* di essere se stessa. Potrebbe non avere una laurea o non conoscere venti lingue, ma non significa che non possa amarti con tutto il cuore. Vuoi sapere cosa vuole veramente la maggior parte delle donne?»

«Dio, sì. Per favore» la supplicò con sarcasmo.

Kinley non poté fare a meno di sorridere. «Vogliamo essere desiderate. Tutto qua.»

Brain sembrava scettico.

«Alla fine dei conti, desideriamo un uomo che voglia noi e noi soltanto. Che non abbia paura di farcelo sapere. Non abbiamo bisogno di regali costosi e case enormi, ma che il nostro uomo ci dedichi del tempo. Abbiamo bisogno dei suoi sorrisi, delle piccole cose come orsacchiotti e frappè per farci sapere che sta pensando a noi. Tutto qui, Brain. Quando troverai una donna a cui vuoi dare il mondo e che per *lei* sei tutto ciò che ha sempre desiderato, saprai di aver trovato quella giusta.»

Brain la studiò e Kinley non distolse lo sguardo dal suo. «Lo fai sembrare facile.»

Lei sbuffò. «Non lo è. Ci sono molte stronze là fuori, lo sai bene quanto me. Donne che non hanno capito che la cosa peggiore nella vita è non essere amate. Se ne trovi una che ha bisogno di te esattamente così come sei, tienitela stretta e non lasciarla mai andare, qualunque cosa accada.»

«È un po' quello che ha fatto Lefty con te, eh?»

E con quelle parole, il dolore di sapere che avrebbe ferito l'uomo che amava tornò. Anche sapere che stava facendo la cosa giusta non fu sufficiente ad alleviare l'angoscia nel suo cuore. «Sì» sussurrò.

Parlarono ancora un po' e poi Brain accese la televisione. Stavano guardando un film – Kinley non aveva idea di quale fosse, dato che non stava prestando attenzione a nient'altro che al ticchettio della lancetta dei secondi dell'orologio sul muro, che dimostrava che l'ora di sparire si stava avvicinando rapidamente – quando un'infermiera che non aveva mai visto prima bussò alla porta.

«È l'ora della doccia» disse tutta allegra.

«E questo sottintende che per me è il momento di fare due passi» affermò Brain con un sorriso. «Sei d'accordo?»

«Certo» gli rispose, con il cuore che martellava nel petto.

Era giunto il momento. Non faceva mai la doccia di notte, quindi sapeva che l'infermiera doveva far parte del piano per portarla via dall'ospedale. Non avrebbe più rivisto Brain. Non era angosciante quanto dire addio a Gage, ma faceva male comunque. Tuttavia, non poteva dire nulla che lo rendesse sospettoso.

«Torno tra un'ora, è sufficiente?» chiese.

«Assolutamente» rispose l'infermiera.

Brain la salutò dalla soglia. «Non aver paura di prendere gli antidolorifici, Kins» le disse.

«Ok» sussurrò, poi lui se ne andò.

Venti secondi dopo, apparve Cruz sulla soglia. «Pronta?» le domandò.

No, non lo era. Stava avendo circa un milione di ripensamenti, ma doveva farlo. Ricordare quanto fosse malvagio Simon e la gioia nei suoi occhi quando l'aveva torturata, rese la decisione molto più facile.

«Aiutala a salire sulla sedia a rotelle» disse all'infermiera.

«Sì, Signore» rispose la donna, e Kinley si rese conto che non era affatto un'infermiera. Doveva essere un'agente. La sua responsabile. La persona che l'avrebbe portata via dal Texas e da Gage.

«Prima prenda questa.» Le porse una pillola e un bicchiere d'acqua. «Da adesso in poi non sarà molto piacevole ma la aiuterà con il dolore quando la porteremo fuori da qui.»

Kinley non chiese nemmeno cosa fosse. Ingoiò la pillola e a fatica cercò di mettersi a sedere. Una fitta lancinante le attraversò il torace ma non sussultò. Aveva preso la decisione di farlo e doveva resistere e andarsene prima che Brain tornasse.

Non sapeva cosa gli avrebbe detto Cruz e come avrebbe fatto a impedirgli di chiamare subito Gage, ma non era un suo problema. In quel momento, poteva solo concentrarsi per riuscire ad andare dal letto alla sedia a rotelle, poi dalla sedia a rotelle alla macchina in cui l'agenzia l'avrebbe portata via di nascosto. Un minuto alla volta. Si sarebbe comportata come quando aveva risalito quella scarpata, pensando a Gage in ogni fase del percorso.

Proprio quando stava per essere portata fuori dalla stanza, gridò: «Aspettate!»

Si fermarono tutti.

«Per favore, avevo quasi dimenticato il mio orsacchiotto» sussurrò.

Cruz si avvicinò al letto e raccolse il suo amatissimo peluche, glielo posò tra le braccia e si chinò per baciarla sulla testa. «Buona fortuna, Kinley. Come ho detto prima, farò tutto il possibile per trovare Simon King e assicurarmi che non sia una minaccia per lei o per le persone che ama, così potrà tornare a casa.»

«Grazie» disse prima che l'"infermiera" iniziasse a spingerla fuori dalla stanza.

Lanciò un'occhiata dietro alle spalle un attimo prima che entrassero nell'ascensore, e vide Cruz che le osservava. Sollevò una mano e la agitò come una stupida, e in cambio ottenne un cenno del mento.

Sapeva che quella sarebbe stata l'ultima volta che avrebbe visto qualcuno della sua vecchia vita per molto tempo, forse per sempre. Pianse per tutto il percorso fino alla macchina, e continuò per ore.

CAPITOLO DICIANNOVE

LA MATTINA SUCCESSIVA, Gage percorse il corridoio verso la camera di Kinley sorridendo. Stava migliorando rapidamente e presto i medici l'avrebbero dimessa.

Aveva iniziato a fare progetti per quando fosse tornata a casa. Aveva fatto installare un sistema di allarme, era un po' eccessivo per un appartamento, ma non voleva correre rischi con la sua sicurezza. Aveva ordinato un localizzatore da farle portare addosso, così lui e il suo team avrebbero sempre saputo dove si trovasse.

Non era riuscito a fare nulla per quanto riguardava il lavoro... ma una volta tornato alla base, avrebbe parlato con il suo comandante sulla possibilità di lasciare il team.

Odiava farlo, perché amava essere un operatore della Delta Force, ma amava di più Kinley e non avrebbe potuto tenerla al sicuro se fosse stato in un altro Paese, a migliaia di chilometri di distanza. Avrebbe parlato con Ghost per vedere cosa ne pensasse del fatto di unirsi eventualmente alla sua squadra in veste di addestratore alla base, e poi avrebbe deciso.

Si preoccupò quando notò che Cruz non era di guardia fuori dalla stanza di Kinley. I suoi pensieri rilassati virarono verso la paura e praticamente corse per il resto del percorso.

Aprì la porta ed entrò, e il cuore quasi smise di battere quando vide che la stanza era vuota. Il letto era stato rifatto, la porta del bagno era aperta e Kinley non si vedeva da nessuna parte.

Si girò e andò quasi addosso a Brain e Cruz. Chiaramente erano entrati dietro di lui e non li aveva nemmeno sentiti.

«Dov'è Kinley?» sbraitò.

«Se n'è andata» disse Cruz.

Il sangue defluì dal viso di Lefty. «Ma... ma stava bene ieri sera.»

Imprecando, l'agente scosse la testa. «Scusa, amico, non intendevo dire *andata* in quel senso, ma che è andata via. È entrata nel programma di protezione.»

Ci volle un momento prima che le parole dell'agente dell'FBI penetrassero e, quando lo fecero, Lefty s'infuriò come mai in vita sua. Si lanciò verso Cruz con il braccio piegato all'indietro pronto a sferrare un pugno quando Brain glielo afferrò.

«È stata una sua decisione!» gli disse il suo compagno di squadra.

Rivolse tutta la sua rabbia all'amico e si strattonò via dalla sua presa. «Che ne sai tu?» sbottò.

«Non sapevo *niente di niente* finché non sono tornato da una passeggiata intorno a mezzanotte e ho trovato la sua stanza così. Mi sono spaventato a morte anch'io ed ero pronto a chiamare rinforzi quando Cruz mi ha fatto sedere e mi ha spiegato cosa fosse successo. Ti avrei chiamato non appena avesse finito, ma i suoi superiori, forti della loro autorità, mi hanno preso il telefono e non mi hanno permesso di lasciare l'ospedale.»

«Questa è una stronzata!» ringhiò Lefty. Non poteva credere che stesse accadendo. Poi si rivolse a Cruz. «Che *cazzo* è successo? Avevamo deciso che non sarebbe entrata nel programma e comunque non era ancora guarita da potersene andare! Qualcuno inizi a parlare. *Adesso*!» gridò disperato. Non riusciva a capire cosa stesse succedendo. Kinley se n'era *andata*? L'avevano costretta a entrare nel programma di protezione? In tal caso, sarebbe andato a cercarla e non avrebbe smesso finché non l'avesse trovata e non fosse stata di nuovo tra le sue braccia.

Cruz gli porse un pezzo di carta e Lefty avrebbe voluto strapparglielo di mano in un gesto infantile.

«È una lettera. Te l'ha scritta Kinley» gli disse.

La fissò ma non volle toccarla. Non voleva sapere perché se n'era andata. Aveva fatto qualcosa di sbagliato? Aveva pensato che non potesse proteggerla? Gli venne da vomitare.

«Leggila, Lefty» gli ordinò.

Prese il foglio lentamente, sapendo che le sue parole lo avrebbero distrutto.

Lo aprì e avrebbe voluto piangere vedendo la sua calligrafia. Era disordinata, un misto di corsivo e stampatello e l'avrebbe riconosciuta ovunque.

Gage,

non arrabbiarti con Cruz, la decisione è stata mia e mia soltanto.

Abbiamo parlato di ciò che mi ha fatto Simon, ma quello che non ti ho detto è che lui mi aveva avvertita che se non fosse stato in grado di trovarmi, sarebbe venuto a cercare te. O Gillian. O gli altri ragazzi della squadra.

Quando ho deciso di non ignorare ciò che avevo visto, non avevo idea di quali sarebbero state le conseguenze, ma anche se l'avessi avuta... avrei comunque parlato.

È stata una mia decisione e non ho intenzione di mettere a rischio le uniche persone che mi hanno fatta sentire amata in tutta la vita. Quando non hai mai avuto quel genere di affetto, fai tutto il necessario per tenertelo stretto. E questo significa assicurarsi che nessuno di voi sia in pericolo a causa mia.

Simon è ancora là fuori. Non si fermerà finché non sarò morta. Quindi, per proteggere Gillian e te... devo andare.

Non preoccuparti per me. Starò bene. Ho passato tutta la vita da sola, non sarà un grosso problema. Ma devi sapere che penserò a te ogni giorno. Ogni volta che sentirò una cicala, penserò a te. Ogni volta che abbraccerò l'orsacchiotto che mi hai regalato, penserò a te. E ogni volta che guarderò il telegiornale, mi chiederò se stai bene.

Ti prego, fai attenzione. Posso fare questa cosa perché so che sei là fuori da qualche parte. Vivo e vegeto. Se non fosse così, non so cosa farei.

Ti amo. Non te l'ho detto prima perché avevo paura che se lo avessi fatto, mi sarebbe stato impossibile andarmene. Ma è giusto che tu lo sappia.

Vorrei dirti di aspettarmi. Di non smettere di sperare nel mio ritorno. Ma potrebbero passare anni prima che sia sicuro... o potrebbe non succedere mai. Quindi, non aspettarmi, Gage. Vivi la tua vita. Sii felice.

Non ti dimenticherò mai.

Con amore, Kins

Lefty notò l'inchiostro sbavato alla fine, come se avesse pianto. Avrebbe voluto accartocciare il foglio e gettarlo contro il muro. Non si era mai pentito tanto di qualcosa come della sua decisione di andarsene la sera prima.

Piegando con cura il biglietto, se lo mise in tasca e fece un profondo respiro. Dopo pochi minuti, si voltò verso Cruz e Brain. «Quindi è fatta» disse senza emozioni.

«Le ho promesso che avrei fatto tutto il possibile per trovare Simon King e assicurarmi che non fosse più un pericolo per lei.»

Annuì. «Grazie.»

I due uomini si guardarono a lungo. «Mi dispiace, Lefty» gli disse infine Cruz.

Non sapeva cosa rispondere così annuì di nuovo.

«Se hai bisogno di qualche giorno libero in più, posso parlare con il comandante» s'intromise Brain.

«Sto bene. Ho la sensazione che tornare al lavoro sia la cosa migliore da fare» ribatté Lefty.

Il suo amico si limitò a fissarlo.

«Se volete scusarmi, devo chiamare mia madre e farle sapere cos'è successo, e vedere se riesco a trovarle un volo per tornare a casa. Cruz, apprezzo che tu sia stato qui e anche se sono incazzato perché non mi hai avvertito che stava pensando di farlo, sono sicuro che alla fine me ne farò una ragione.» Fece un cenno con il mento a entrambi gli uomini e uscì dalla stanza.

Non ricordava di aver attraversato l'ospedale e di essere tornato al pick-up, ma si ritrovò seduto al volante prima di rendersene conto.

Tirò fuori il biglietto e lo lesse ancora una volta.

Kins lo amava.

Avrebbe voluto gridare di rabbia per l'ingiustizia della situazione. Kinley aveva passato tutta la vita a cercare l'amore e glielo avevano strappato via dalle mani.

Poi pianse, singhiozzi enormi che scossero il suo corpo.

Pianse per tutto quello che lei aveva subito e perché lo rendeva dannatamente orgoglioso. Odiava che avesse preso quella decisione a sua insaputa, ma non poteva essere arrabbiato.

Quando finalmente riuscì a riprendersi, fece un respiro profondo, si asciugò il viso con il braccio e prese il suo nuovo cellulare. In quel momento non poteva stare al suo fianco, ma non significava che non avrebbe fatto tutto ciò che era in suo potere per tenerla d'occhio.

Compose un numero che aveva memorizzato molto tempo prima. Pensava che non avrebbe mai avuto motivo di usarlo, ma non poteva pensare a una ragione migliore di Kinley.

«Pronto?» rispose l'uomo dall'altra parte.

«Sono Gage Haskins, forse mi conosci come Lefty. Ho bisogno del tuo aiuto.»

«Certo, so chi sei, Lefty. Cosa posso fare per te?»

Era quasi irreale che stesse parlando con il famoso Tex. L'ex SEAL era stato congedato per ragioni mediche dopo aver perso parte della gamba, era diventato un genio del computer e faceva l'impossibile per aiutare il personale militare di tutta la Nazione.

«La mia donna è appena entrata nel programma di protezione testimoni. Ho bisogno che tu la tenga d'occhio. Non ti sto chiedendo di dirmi dov'è o quello che sta facendo. In effetti, preferirei che non lo facessi. Ho la sensazione che se sapessi qualcosa di ciò che sta passando, sarebbe impossibile per me fare il mio lavoro e superare la giornata.»

Continuò spiegando a Tex perché era andata sotto protezione e un po' del suo passato.

«La amo» concluse. «Ho sempre pensato che l'amore sarebbe stato questo sentimento semplice e dolce che mi avrebbe reso felice. Ma non lo è. Mi ha reso feroce e ansioso, e so che userei tutto ciò che ho imparato nel corso degli anni per uccidere per lei, se necessario. Ho solo bisogno di sapere che la sta proteggendo qualcun altro oltre al governo. Devo avere la certezza che abbia ciò di cui ha bisogno per essere al sicuro. Puoi farlo?»

«Sì» disse subito Tex. «Per te posso decisamente farlo. Prometto che farò tutto il possibile per assicurarmi che sia al sicuro finché non tornerete insieme.»

«Non so se sarà possibile» disse Lefty con sincerità. «Ma sapere che non è completamente sola mi farà sentire meglio.»

«Non sarà sola» gli assicurò.

«Grazie.»

«Non ringraziarmi» disse l'altro in modo brusco. «So che se fosse mia moglie, o i miei figli, faresti lo stesso.»

«Sono in debito con te.»

«Se non la smetti, mi arrabbio» ribatté.

Avrebbe riso se non fosse stato così triste. L'odio di Tex per qualsiasi tipo di ringraziamento era leggendario.

«Hai detto che il nome del sicario è Simon King?» gli chiese

«Sì.» Solo sentire quel nome lo faceva incazzare. «Almeno è quello che le ha detto. Probabilmente è un alias.»

«Hmmm. Ho del lavoro da fare e alcuni favori da riscuotere. Conosco alcune persone che saranno più che felici di far sparire dal pianeta un altro pessimo essere umano. Hai la mia parola che la tua donna sarà protetta. Ci sentiamo.» Poi riattaccò.

Lefty spense il telefono e lo gettò sul sedile accanto a lui. Strinse forte il volante e rimase seduto nel parcheggio per un po'. La sua mente era in subbuglio. Non gli interessava se Tex avrebbe trovato Simon King e mandato delle persone a ucciderlo, anzi, prima fosse successo meglio sarebbe stato, per quanto lo riguardava.

I suoi pensieri tornarono a Kinley. Era sorpreso che pur essendo una donna che non aveva mai conosciuto affetto e sperimentato solo una perdita dopo l'altra, avesse più amore dentro di chiunque altro conoscesse. Aveva sacrificato la propria felicità per lui. Per Gillian. E per la sua squadra.

Scuotendo la testa, alla fine accese il motore. Sarebbe andato all'hotel di sua madre e le avrebbe parlato di persona. Poi sarebbe tornato a Killeen e avrebbe preso le cose un giorno alla volta. Kinley aveva fatto un immenso sacrificio per lui; avrebbe reso onore al suo gesto non affogando nel dolore.

———

Due mesi dopo

Il primo mese dopo la partenza di Kinley era stato difficile. Lefty viveva ogni giorno come uno zombi. Teneva le sue emozioni per sé, parlava raramente, rideva raramente. Sapeva che i suoi amici erano preoccupati per lui, ma non riusciva a interessarsi a nulla.

Mangiava da schifo e ogni notte dormiva a malapena a sufficienza per tirare avanti.

Le cose erano precipitate durante una missione in Medio Oriente, in cui dovevano trovare ed eliminare un obiettivo di grande importanza. Lefty si era comportato in modo irresponsabile, buttandosi nelle situazioni senza assicurarsi che fossero sicure. Per fortuna, nessuno era stato ferito o ucciso, ma il team lo aveva massacrato di parole mentre tornavano negli Stati Uniti.

«Devi darti una regolata!» gli aveva detto furioso Trigger. «Ti farai ammazzare.»

«Che importa?» aveva gridato Lefty.

«Importa!» gli aveva urlato in faccia a sua volta Trigger. «So che stai soffrendo. Ma dannazione, Lefty, come pensi si sentirà Kinley quando tornerà dopo che tutto questo sarà finito, solo per scoprire che non sei riuscito a superare il dolore e ti sei fatto ammazzare?»

«Non tornerà!» aveva esclamato, serrando i pugni, pronto a combattere.

«Non lo sai!» aveva ribattuto Trigger con forza. Poi aveva fatto un respiro profondo. «Chiamami pazzo, ma con un amore come il vostro, credo sia impossibile che *non* ritorni. Non so come e non so quando, ma *quando tornerà,* vuoi dirle che mentre era via sei stato un coglione, o che hai onorato il suo sacrificio e la sua forza andando avanti con la vita ed essendo forte per lei?»

Quella conversazione era stata un punto di svolta per Lefty. Trigger aveva ragione. Voleva essere il tipo d'uomo degno dell'enorme sacrificio che Kinley aveva fatto. Era andata via per proteggerlo e se si fosse fatto ammazzare perché non riusciva ad affrontare la sua decisione, avrebbe mancato di rispetto a quella decisione nel modo peggiore.

Quindi, anche se non era esattamente felice, sarebbe riuscito a soffocare il dolore abbastanza da poter andare avanti.

Tornare al suo appartamento alla fine di ogni giornata era la parte più difficile della vita senza Kinley. Il suo profumo era svanito e il più delle volte dormiva sul divano per non affrontare il letto vuoto.

L'unica consolazione che aveva era aprire le finestre e sentire le cicale. Sperava che, ovunque fosse Kinley, anche lei le stesse ascoltando pensando a lui.

Era in cucina intento a mangiare un pasto al microonde, quando squillò il telefono. Immaginando che fosse Gillian o uno della sua squadra che lo chiamavano per controllarlo, come erano soliti fare, rispose senza guardare e si portò il telefono all'orecchio. «Pronto?»

«Lefty, sono Cruz. Ho delle notizie per te.»

Il suo stomaco si contrasse e i pochi bocconi che aveva ingoiato del pasto che sapeva di cartone, gli si rimescolarono nella pancia. «Ah sì?»

«Simon King è morto.»

Non era quello che si era aspettato di sentire. «Sei sicuro?»

«Assolutamente. C'è stato un incidente nel Montana. Un

poliziotto si è fermato per controllare un'auto abbandonata sul ciglio della strada. C'era un uomo al posto di guida, morto. È stato solo quando gli hanno fatto l'autopsia che si sono resi conto che era stato ammazzato. Gli hanno iniettato morfina sufficiente a far fermare il suo cuore in pochi minuti. Non aveva documenti su di sé, quindi il suo DNA è stato inserito nel database nazionale per vedere se riuscivano a scoprire chi fosse. Hai presente la palla di nastro adesivo che Kinley aveva così faticosamente spinto su per la scarpata? C'era del DNA, proprio come aveva pensato lei. Saliva, dove Simon l'aveva strappato con i denti e corrispondeva al cadavere del Montana.»

Il corpo di Lefty si rilassò per il sollievo. «Kinley è nel Montana?» gli chiese.

«Non da quello che mi è stato detto» rispose Cruz.

Ringraziò mentalmente Tex per il tipo di connessioni che aveva. Nessun altro avrebbe potuto trovare King.

Poi gli venne in mente una cosa. «Quindi può tornare a casa ora che il sicario è morto, è al sicuro.»

«Sai bene quanto me che non è così. Anche se Stryker e sotto custodia in Francia, non significa che non possa assumere qualcun altro per finire il lavoro. Finché lei non avrà testimoniato e lui non finirà in galera per sempre, è più al sicuro restando nel programma di protezione.»

Lefty lo *sapeva*, ma si era aggrappato a una piccola speranza che forse, sarebbe potuta tornare. Il dolore nel cuore causato dalla sua mancanza era costante. Ne era venuto a patti, ma non significava che non avrebbe fatto tutto il necessario per riaverla indietro.

«C'è qualche notizia su quando si svolgerà il processo?» gli chiese.

«Purtroppo no. Ma l'FBI sta lavorando a stretto contatto con gli ispettori francesi per ottenere quante più prove possibili contro Stryker.»

«Il suicidio di Brown farà la differenza? Danneggerà il caso?»

Il vecchio capo di Kinley era stato trovato morto nella sua cella una settimana e mezza prima. Era stato archiviato come suicidio, ma Lefty aveva i suoi dubbi. Non conosceva i dettagli, ma sembrava troppo una coincidenza che si fosse ucciso poche ore prima di incontrare gli investigatori. Girava voce che stesse per vuotare il sacco e dare Stryker in pasto ai lupi per cercare di farsi ridurre la pena.

«Non dovrebbe. L'FBI è in possesso della corrispondenza tra lui e Stryker che includeva video di giovani ragazze. Si sono scritti dei messaggi anche la notte in cui Emile Arseneault è stata uccisa, in cui pianificavano di incontrarsi per cena e di bere qualcosa nella stanza di Brown. Ciò li lega tutti e due alla ragazza. Hanno anche trovato il DNA di entrambi sul suo corpo.»

«Ma ciò non contraddice l'affermazione di Stryker, secondo cui l'ultima volta che ha visto Emile è stata quando ha lasciato la stanza intorno a mezzanotte.»

«No. Può farlo solo la testimonianza di Kinley» disse Cruz.

Lefty sospirò. «Apprezzo che tu mi abbia fatto sapere di King.»

«Figurati. Mi farò sentire quando avrò altre notizie sul caso.»

«Grazie.»

«Finirà prima o poi» disse l'agente solennemente.

«Lo so.» E lo pensava davvero. Sperava solo che una volta arrivato il momento, Kinley sarebbe tornata in Texas e avrebbero potuto riprendere da dove avevano interrotto.

Chiuse la chiamata dopo averlo salutato e buttò via il resto della cena. Andò verso il divano e si passò una mano sul viso.

Era esausto. Mentalmente e fisicamente. Ma sarebbe andato avanti, un giorno alla volta. Era il minimo che potesse fare per la sua Kinley. In qualche modo era riuscita a strisciare fuori da quella scarpata con ferite che avrebbero dovuto ucciderla. In confronto, quello che stava attraversando lui era una cosa da nulla.

Aspetterò tutto il tempo necessario, giurò tra sé e sé.

―――――

Tre mesi dopo, Lefty era appena entrato nel suo appartamento quando bussarono forte alla porta. Aveva sperato di avere tre giorni di solitudine, per sentire la mancanza di Kinley in pace e riprendersi dall'intensa missione da cui lui e il suo team erano appena tornati. Erano stati in Sud America e Lefty non avrebbe mai pensato di doverlo ammettere, ma preferiva di gran lunga il deserto alla giungla.

Aprì la porta e trovò Trigger. Aveva visto il suo compagno di squadra letteralmente meno di un minuto prima, quando si erano separati per andare nei rispettivi appartamenti.

«Vieni a casa mia, subito!» gli ordinò.

Temendo che fosse successo qualcosa a Gillian, Lefty non ci pensò due volte, si precipitò fuori dalla porta e lo seguì. Entrarono nel suo appartamento e fu sollevato di vederla seduta sul divano sana e salva.

Ma non ebbe nemmeno il tempo di salutarla che il suo amico indicò la televisione e disse: «Guarda.»

Confuso, Lefty rivolse la sua attenzione alla notizia. Gillian aveva in mano un telecomando e quando fu sicura che lui stesse guardando, premette il pulsante per avviare il video.

Il processo contro l'Ambasciatore statunitense in Francia Drake Stryker è iniziato oggi a Parigi. È accusato di essere Lo strangolatore dei Vicoli e di aver ucciso non solo Emile Arseneault, ma anche almeno altre cinque adolescenti.

È stata vista entrare nel tribunale la misteriosa testimone dell'accusa, la signorina Kinley Taylor. Poiché in aula non era consentita la stampa, nessuno sa esattamente cos'abbia visto e che tipo di testimonianza porterà, ma dicono che le sue dichiarazioni saranno cruciali per la tesi del pubblico ministero.

Il Presidente non ha rilasciato commenti sul caso se non per dire che il signor Stryker è stato sostituito come Ambasciatore dopo essere stato arrestato. Seguiremo con molta attenzione questo caso e vi forniremo ulteriori informazioni non appena saranno disponibili.

Gillian mise di nuovo in pausa.

Lefty era confuso. Era contento che il processo fosse finalmente iniziato e gli era piaciuto poter vedere Kinley, ma era davvero per quello che Trigger gli aveva quasi fatto venire un infarto? «Quindi?» chiese ai suoi amici.

«Guardalo di nuovo» ordinò Trigger.

E anche se era una tortura vedere Kinley e non poterla toccare o parlarle, guardò di nuovo il video. Sembrava abbastanza in salute, anche se con qualche chilo in meno. Avrebbe voluto prenderla tra le braccia e, più di ogni altra cosa, comprare un biglietto aereo per Parigi per riuscire a vederla anche solo di sfuggita.

Lefty non aveva ancora capito cosa voleva che vedesse e si voltò verso di lui con uno sguardo confuso.

«Cazzo. Ok, guardalo *di nuovo* e presta attenzione alla persona che le cammina *accanto*» gli disse.

Questa volta, quando ripartì il video, invece di fissare Kinley si concentro sull'uomo al suo fianco. Inspirò bruscamente e si voltò verso il suo amico. «È...?»

Trigger annuì.

In quel momento suono il cellulare di Lefty, lo schermo diceva "numero non disponibile" ma rispose: «Pronto?»

«Sono Merlin» disse l'uomo all'altra parte della linea.

«Ti sto guardando alla TV in questo momento» disse Lefty.

«Dannazione. Speravo di contattarti prima che lo vedessi» ribatté l'altro operatore della Delta. «Siamo stati inviati all'improvviso in missione speciale a Parigi, per proteggere un testimone molto prezioso in un brutto processo. Siamo tutti e cinque qui e stiamo sorvegliando attentamente la testimone. Da quello che abbiamo capito, qualcuno ha fatto pressioni perché fossimo noi a fare il lavoro.»

Lefty chiuse gli occhi e barcollò. Sentì Trigger afferrargli il gomito e guidarlo verso il divano. Si lasciò cadere sopra. «Lei sta... dannazione.» Non sapeva cosa chiedere.

«È fantastica» disse Merlin. «In questo momento è nella stanza d'albergo a giocare a *Go Fish!* con Woof, Zip e Jangles... e a prenderli a calci in culo, potrei aggiungere. Ha fatto sorridere anche Duff, riesci a crederci? Non pensavamo fosse possibile.

E la cosa divertente è che... dopo questo lavoro, verremo trasferiti in Texas. Se non sapessi che è impossibile, direi che qualcuno ha contribuito a farci uscire da Washington. E non fraintendermi, ne siamo molto felici. Dopo tutto quello che abbiamo visto e sentito, proteggere i politici non è in cima alla nostra lista di cose divertenti da fare.»

«Venite in Texas con un cambio di stazione permanente?» chiese Lefty.

«Sì.»

Tex. Doveva essere stato lui. Non solo era riuscito a trovare Simon e fatto in modo che qualcuno facesse fuori quel figlio di puttana, ma aveva fatto assegnare a Kinley l'altra squadra Delta e organizzato *anche* il loro trasferimento in Texas.

Cazzo, era in debito con lui. Gli doveva tantissimo.

Non che Tex avrebbe mai ammesso di aver fatto qualcosa.

«Non sa che ti ho chiamato» disse Merlin. «Ma se vuoi parlare con lei...» lasciò in sospeso la frase.

Voleva parlare con la donna che amava più della vita? Cazzo, sì.

Ma non l'avrebbe fatto.

Lefty curvò le spalle abbattuto. Sembrava che Kinley se la passasse bene. Merlin e la sua squadra l'avrebbero tenuta d'occhio e protetta. L'ultima cosa di cui aveva bisogno era affrontare lo sconvolgimento emotivo di parlare con lui nel bel mezzo di quel dannato processo. Si sentiva stupido a sentirsi insicuro quando c'era di mezzo Kinley, ma non voleva creare altri drammi nella sua vita. Era meglio lasciare che le cose andassero come dovevano.

«Vorrei, ma non posso» replicò con voce roca. «Mi devasterebbe sentire la sua voce. Ma, per favore... proteggetela per me.»

«Non devi nemmeno chiederlo. Conosciamo la sua storia, era nel plico informativo che abbiamo ricevuto. Lei è il motivo per cui facciamo questo lavoro. Proteggere gli innocenti e via dicendo. Te lo giuro come Delta, tornerà a casa sana e salva.»

Avrebbe voluto chiedere cosa significasse. Tornare a casa da lui, o tornare alla casa che si era creata con l'aiuto del programma di protezione? Ma era troppo codardo per chiederlo. «Sta bene?» domandò in tono sommesso.

«È un po' troppo magra per i miei gusti ed è ovviamente stressata, ma tiene duro. L'altro giorno ha scherzato riguardo a cosa avrebbe pensato il giudice se avesse portato con sé in aula uno strano peluche piatto come supporto emotivo.»

Lefty sorrise. Aveva ancora l'orsacchiotto che le aveva regalato. Era una piccola cosa, ma per lui significava tutto. Per la prima volta da mesi, si sentì più leggero.

Forse, *forse*, c'era ancora speranza per loro.

«Non vedo l'ora che voi stronzi arriviate qui in Texas. Sarà divertente prendervi a calci in culo agli allenamenti.»

«Sì, certo» ribatté Merlin con uno sbuffo.

Poi Lefty tornò serio. «Se vi serve qualcosa, devi solo chiedere. Tieni Kinley al sicuro per me e sarò per sempre in debito con te.»

«Lo *faremo*, e sono offeso che pensi ci serva aiuto per fare il nostro lavoro.»

«Lei è più di un lavoro. È tutta la mia vita.»

«Una ragione in più per assicurarci che sia protetta» disse Merlin.

Lefty sentì qualcuno dire qualcosa in sottofondo ma non riuscì a capire del tutto.

«Devo andare. La testimone ha fame ed è il mio turno di andare a comprare dei macarons e del caffè espresso.»

«Quelli alla vaniglia sono i suoi preferiti» sussurrò.

«Perfetto. Lefty?»

«Sì?»

«Tieni duro. Finirà presto.»

«Lo spero. Ciao.»

«Ci sentiamo» lo salutò Merlin chiudendo la chiamata.

Rimase lì scioccato e faticando a capacitarsi di ciò che aveva appena sentito.

«Quindi Jangles e la sua squadra verranno in Texas?» chiese Trigger.

Annuì.

«Grande. Sarà bello avere alla base un'altra squadra che conosciamo e di cui ci fidiamo.»

«Lefty?» lo chiamò Gillian e sentì la sua mano sul braccio. «Tutto bene?»

Fece un respiro profondo e annuì. «Sì. Credo di sì.» E non appena quelle parole uscirono dalla sua bocca, si rese conto che *stava* bene. Kinley gli mancava ancora da morire e si preoccupava per lei ogni secondo di ogni giorno, ma sapere che il processo stava finalmente giungendo al termine e che aveva cinque uomini che si assicuravano che fosse al sicuro, aiutò molto ad alleviare l'ansia. Sapere dove fosse e che non era sola, lo faceva sentire molto meglio.

«Grazie per avermi mostrato il video» disse alzandosi.

«Vuoi restare qui?» gli chiese Gillian.

Lefty fece una risatina; era un po' arrugginito, ma gli diede una bella sensazione. «Non ho intenzione di restare con voi la prima notte dopo una missione.»

Lei arrossì e Trigger si limitò a sorridere.

Andò alla porta con il suo compagno di squadra alle calcagna. «Grazie ancora per essere venuto a chiamarmi.»

«Figurati. Sicuro che sia tutto a posto?»

«Stranamente, sì. Ogni giorno da quando Kinley se n'è andata ho avuto lo stesso incubo, lei in una stanza che piange perché è sola. Ora che Merlin e la sua squadra sono con lei, so che *non* è sola. Sembra stupido, ma...»

«Non è stupido» lo rassicurò. «Spero che torni presto a casa. Ora che Simon è morto e lei ha testimoniato, nessuno ha motivo di volerla morta.»

«A meno che Stryker non sappia perdere» disse Lefty con un'alzata di spalle.

«Onestamente? Penso che in questo momento abbia già abbastanza a cui pensare. Dovrebbe pagare a qualcuno una bella somma per ucciderla, e non sono sicuro che dopo aver perso due milioni di dollari con Simon, sarebbe disposto a ripercorrere quella strada. Non solo, ma tra il divorzio e il pagamento delle spese legali, scommetto che *non ha* nemmeno i soldi che gli servirebbero per assumere qualcuno per fare quel lavoro. Non sono un sensitivo, ma credo che quando il processo sarà finito, sarà finito proprio tutto.»

«Lo spero.»

«Tornerà» disse Trigger con sicurezza.

«Ribadisco, lo spero» ripeté Lefty. «Vado a dormire.»

«Fammi sapere se senti qualcos'altro.»

«Certo. Ci vediamo.»

«A domani.»

Tornò nel suo appartamento sentendosi un po' più leggero di quando se n'era andato. Con un po' di fortuna, presto avrebbe riavuto Kinley nella sua vita e tra le sue braccia. Tutto quello che poteva fare era aspettare e sperare che lei trovasse la strada di casa e che fosse la sua.

CAPITOLO VENTI

KINLEY STAVA PER VOMITARE.

Erano passati più di sette mesi da quando aveva visto o parlato con Gage. Duecentoquindici giorni, per essere precisi. E aveva pensato a lui fino all'ultimo di quei duecentoquindici giorni. Andava a dormire con lui nella mente e si svegliava sentendo la sua mancanza.

Non si era fatta amici mentre viveva a New York. Non solo, ma non era riuscita a dormire con le finestre aperte per ascoltare il suono delle cicale, perché lì si sentivano solo clacson, sirene e voci. Le era mancato il Texas e non vedeva l'ora di lasciare la città.

Come parte del suo trasferimento, le avevano assegnato un lavoro alla New York Public Library sulla cinquantatreesima strada e aveva passato la maggior parte delle giornate a rifornire gli scaffali. Un vantaggio di lavorare lì era stato poter leggere quanto voleva, ma ciò le aveva fatto solo mancare Gillian e tutti gli altri ancora di più.

Il suo monolocale era semplice e spoglio e si adattava perfettamente al suo umore di tutti i giorni. Quando aveva saputo che Simon era stato ucciso, aveva avuto la fugace speranza di poter tornare in Texas, ma i suoi responsabili l'avevano subito cancellata dicendole che era ancora in pericolo.

Testimoniare al processo di Stryker era stato terrificante, ma avere Merlin, Woof, Jangles, Zip e persino il cupo Duff al suo fianco, a ogni passo del percorso, aveva aiutato molto a farla sentire meglio. Li conosceva dalla sua vecchia vita e anche quella piccola connessione era stata sufficiente a tranquillizzarla.

Stryker era stato giudicato colpevole di pornografia infantile ma, cosa più importante, condannato per l'omicidio di Emile Arseneault. Non era stato accusato degli omicidi delle altre adolescenti, che i detective ritenevano fossero state uccise dallo Strangolatore dei Vicoli, perché non c'erano prove sufficienti, ma la sentenza a sessant'anni senza condizionale valeva quanto una condanna a morte. Non sarebbe mai uscito dalla prigione francese e Kinley non avrebbe potuto essere più sollevata.

Mentre era a Parigi aveva incontrato i genitori di Emile e, nonostante la barriera linguistica, in qualche modo erano andati subito d'accordo. Era stata una bella sensazione fare la differenza in quel processo. La sua testimonianza non avrebbe riportato indietro la figlia, ma aveva impedito a un'altra famiglia di soffrire come loro.

Kinley aveva pensato che una volta lasciata Parigi sarebbe andata direttamente in Texas, ma non era stato così. A quanto sembrava, il governo si muoveva molto lentamente, anche quando si trattava di permettere a qualcuno di tornare alla vecchia vita.

I suoi responsabili le avevano suggerito che per sicurezza, forse sarebbe stato meglio rimanere a New York e non cercare di reintegrarsi nella vita che si era lasciata alle spalle, ma Kinley sapeva di doverci provare. Forse Gage non sarebbe riuscito a perdonarla per averlo lasciato in quel modo; era stata vigliacca a non parlargli della sua decisione, ma all'epoca le era sembrata l'unica scelta possibile.

Le ci era voluto un po' per guarire dalle ferite, ma proprio come in quella scarpata, aveva preso le cose un minuto alla volta. Un giorno alla volta. Una settimana alla volta.

E ora era a Killeen.

Merlin le aveva dato il suo numero e detto che lui e la sua squadra si sarebbero trasferiti in Texas. Kinley sapeva che avrebbe potuto chiamare Trigger o chiunque altro nella squadra di Gage, ma era troppo spaventata.

Si fidava di Merlin. Era rimasto sveglio con lei una notte e aveva ascoltato tutta la sua triste storia, a cominciare da quand'era una ragazzina in affidamento indesiderata e mai adottata, a quando aveva deciso di entrare nel programma di protezione testimoni. Non l'aveva interrotta né detto che fosse strana. Era rimasto semplicemente ad ascoltare. Poi l'aveva abbracciata dicendole che Gage era un uomo fortunato. Le aveva dato il suo numero e detto di chiamarlo quando fosse stata pronta per tornare a Killeen.

Così l'aveva fatto.

E lui era riuscito a organizzare l'incontro di quella sera.

Lì, fuori dal bar, Kinley stava avendo un milione di ripensamenti. Era stata un'idea stupida. E se fosse entrata e avesse visto Gage flirtare con un'altra? E se ormai si fosse trovato un'altra ragazza? Il suo ritorno avrebbe reso le cose imbarazzanti per tutti.

Poi fece un respiro profondo. Non era la stessa persona di sette mesi prima. O anche di nove. Superare tutto ciò che aveva vissuto e amare Gage, l'aveva cambiata. Si sentiva più forte. Non le importava più di essere strana. Era ciò che era e non aveva importanza se a qualcuno non fosse piaciuto.

Gage le aveva mostrato che non c'era niente di sbagliato in lei. Lui e sua madre avevano fatto quello che nessuno era riuscito a fare in ventinove anni... le avevano mostrato che era degna di essere amata esattamente così com'era. Erano riusciti a farle *amare* se stessa.

Raddrizzò le spalle e fece un altro respiro profondo. Qual era la cosa peggiore che poteva essere successa in quei mesi? Che Gage fosse stato così arrabbiato da disinnamorarsi di lei e trovare un'altra. Giusto?

Certo, l'avrebbe devastata, ma in ogni caso ce l'avrebbe fatta a sopportarlo. Aveva superato tutto il resto che la vita le aveva gettato addosso, sarebbe sopravvissuta anche a quello.

Andò decisa fino alla porta del bar e l'aprì prima di ripensarci.

Il rumore all'interno era assordante e sentì subito la testa iniziare a martellare. Dopo la commozione cerebrale, aveva scoperto di essere molto più sensibile ai rumori forti, ma si rifiutò di tirarsi indietro.

Il locale era buio e le luci lampeggianti sulla pista da ballo rendevano difficile riconoscere qualcuno, ma proseguì verso l'area del bar; Merlin le aveva mandato un messaggio dicendole che erano tutti lì. Kinley aveva aspettato quel giorno per sette lunghi mesi ed era più che pronta ad andare fino in fondo, a prescindere da cosa sarebbe successo.

Ma nel momento in cui vide Gage, la sua spavalderia scomparve all'istante. Si sentiva come quando, a sette anni, stava aspettando di sentire dal suo assistente sociale se la famiglia con cui viveva volesse adottarla (non l'avevano fatto).

Uno dopo l'altro, gli uomini che stavano intorno a Gage la videro e si bloccarono. Sarebbe stato comico se non fosse stata la sua vita; Trigger diede una gomitata a Brain, che diede una gomitata a Oz e lentamente ma inesorabilmente, tutta la squadra si voltò a fissarla.

Poi la vide Zip e fece un cenno a Merlin, e Jangles e Woof fecero un gran sorriso quando la notarono. Ma fu Duff a fare la prima mossa, le si avvicinò, si chinò e la baciò sulla guancia.

«Era ora che arrivassi» disse burbero mentre agganciava il braccio con il suo e la girava verso il gruppo.

«Kinley!» ansimò sorpresa Gillian, le lacrime già le rigavano le guance.

Notò a malapena Devyn, Ann, Wendy e Clarissa lì in piedi... i suoi occhi erano incollati a quelli di Gage.

Ma poi lui le voltò le spalle, posò il drink, mise le mani sul bancone e abbassò la testa.

Lo stomaco di Kinley sprofondò.

Non sapeva che *reazione* aspettarsi, ma di certo non quella.

Strappò via il braccio da quello di Duff e si voltò barcollando alla cieca verso la porta.

Si era sbagliata. Non *poteva* sopportare il rifiuto di Gage. Non dopo tutto quello che aveva sacrificato. Tutti i discorsetti che si era fatta riguardo all'accettare qualunque cosa fosse successa erano stronzate. Non riusciva a respirare e sapeva che se non fosse uscita da lì, si sarebbe messa in imbarazzo scoppiando in lacrime.

Aveva appena fatto qualche passo quando qualcuno le afferrò il braccio, la fece girare su se stessa e all'improvviso si ritrovò con il viso piantato nel petto di Gage.

Per un secondo rimase immobile, paralizzata, ma appena inspirò il suo familiare profumo legnoso, si sciolse.

Lo sentì stringere di più le braccia e lei lo imitò. Si premette forte contro di lui, desiderando fondere il corpo con il suo. Rimasero lì, nel mezzo di un bar affollato senza dire una parola, con la musica a tutto volume e la gente che sbatteva contro di loro. Semplicemente aggrappati l'uno all'altra. Non poteva proprio staccarsi.

Dopo diversi momenti di profonda emozione, si rese finalmente conto che non erano le persone che le sbattevano addosso... ma era il corpo di Gage scosso dai singhiozzi.

Sentirlo crollare in quel modo le fece perdere la sua battaglia contro le lacrime.

Dopo qualche altro istante, le sussurrò all'orecchio: «Sei tornata.»

Kinley annuì. «È sempre stato quello il mio piano, sarei tornata non appena fosse stato sicuro per te.»

«Non lasciarmi mai più!» la supplicò. «Non potrei sopportare di nuovo una cosa del genere.»

Lei si tirò indietro finché non si guardarono negli occhi. «Non lo farò» gli disse.

«Promettilo» le ordinò.

«Lo prometto.»

«Sposami» si lasciò sfuggire Gage.

«*Cosa?*»

«Sposami» ripeté. «Se siamo sposati, nessuno potrà mai più separarci. Non senza una strenua battaglia.»

Kinley si sentì stringere lo stomaco. «È quello l'unico motivo?»

«Cazzo, no!» rispose senza esitazione. «Ti amo. Penso di amarti di più oggi dell'ultima volta che ti ho vista. Ho avuto molto tempo per pensare a ciò che hai fatto e la tua forza mi stupisce ogni giorno che passa. Io non sono nemmeno lontanamente forte come te, ma spero che tu riesca a instillarmene almeno po'.»

Kinley sbuffò e scosse la testa.

Le prese il viso tra le mani e la tenne ferma mentre si chinava e le baciava teneramente la fronte. Il naso. Le guance. E finalmente le sfiorò le labbra con le sue. «Ti amo, Kins. Non mi sarei mai immaginato di poter provare un sentimento così forte per qualcuno. La tua partenza mi ha fatto capire quanto contassi sul fatto di averti nella mia vita. Anche solo dopo poche settimane. Vuoi fare di me un uomo onesto?»

Come proposta di matrimonio, non era stata esattamente la più romantica. Si trovavano nel bel mezzo di un bar affollato con una boy band stile anni novanta che suonava in sottofondo, ma per Kinley era la cosa più romantica che le fosse mai capitata.

«Non credo di poter rispondere fino a quando non avrò scoperto che tipo di amante sei» scherzò, sentendosi coraggiosa e più felice di quanto non fosse mai stata nella vita. «Voglio dire, e se non fossimo compatibili a letto? Ti amo e tutto il resto, ma ciò a lungo andare renderebbe il matrimonio imbarazzante e molto deludente.»

Senza dire nulla, Gage si asciugò le lacrime... e Kinley non aveva mai visto uno sguardo così carnale sul viso di un uomo. Almeno non rivolto a *lei*. Lui non si voltò per salutare i suoi amici, le prese solo la mano e iniziò a trascinarla verso la porta.

Kinley invece riuscì a salutare tutti e vide Gillian alzare il pollice e il mignolo e mimare con la bocca "chiamami".

Gli undici uomini vicino al bancone, tutti sorridenti, si stavano dando il cinque a vicenda e tintinnavano i bicchieri di birra.

Era elettrizzata che fossero felici per loro, ma tutto ciò a cui riusciva a pensare era cosa le avrebbe fatto Gage una volta tornati a casa sua.

Aveva sognato quel momento e si era chiesta come e quando sarebbe finalmente successo. Ma non avrebbe potuto immaginare niente di più bello, che vedere Gage perdere il suo controllo ferreo e prenderla come se non potesse sopportare di restare separato da lei un secondo di più.

———

Lefty non ricordava di aver guidato fino al suo appartamento. Era riuscito solo a pensare alla donna seduta accanto a lui; gli aveva appoggiato una mano sulla coscia che sembrava bruciare i suoi jeans. Aveva bisogno di lei. *Subito.*

Kinley lo amava. Aveva letto quelle parole nella sua

lettera, ma non le aveva sentite fino a pochi minuti prima, e se voleva essere sicura che fossero compatibili a letto prima di accettare la sua proposta di matrimonio, era più che felice di accontentarla.

La sua coscienza cercava di dirgli di prendere le cose con calma, che aveva bisogno di parlarle, di scoprire dove fosse stata negli ultimi sette mesi. Di imparare a conoscerla di nuovo prima di introdurla in qualcosa per cui avrebbe potuto non essere pronta. Ma quando le sue dita si mossero in modo non troppo innocente lungo l'interno della sua coscia e gli sfiorarono il cazzo già duro come la roccia, tutti quei pensieri volarono fuori dalla finestra.

In un certo senso, sembrava diversa. Più sicura di sé. Aveva amato la persona che era stata prima, ma aveva la sensazione che questa nuova Kinley lo avrebbe lasciato senza parole.

Dopo aver parcheggiato, la trascinò sul sedile verso di lui senza darle il tempo di uscire dal pick-up. La prese tra le braccia, scese e chiuse la portiera con il fianco. Poi salì a grandi passi le scale fino al suo appartamento come se non pesasse più di un bambino.

Tra l'uno e l'altra, riuscirono ad aprire la porta e a entrare, un attimo prima che potesse perdere completamente il controllo da arrivare a prenderla contro il muro fuori dal suo appartamento.

Ma nel momento in cui la porta si chiuse dietro di loro e dopo aver disattivato il sofisticato sistema di allarme che aveva installato per tenerla al sicuro, qualcosa dentro Lefty si rilassò. Kinley era lì. A casa. Dentro il loro appartamento. Una parte del bisogno impellente che aveva provato nel vederla svanì.

La rimise in piedi e lei rimase lì, a fissarlo con uno sguardo di amore assoluto negli occhi.

«Devi essere sicura» le disse.

«Lo sono» rispose senza esitazione. «Non ho pensato a nient'altro che a te per mesi. Be', ok, è una piccola bugia. Non ho pensato al sesso fino a quando le costole non sono guarite, perché cavoli, se facevano male, ma una volta che sono stata bene e sono riuscita a raggiungere di nuovo l'orgasmo senza provare dolore, non ho potuto fare a meno di pensare a te.»

Lefty inclinò la testa e studiò la donna di fronte a lui. «Sei diversa» disse.

Lei aggrottò la fronte. «Ed è una cosa brutta?»

«Niente affatto. È solo un'osservazione.»

«Ho avuto molto tempo per pensare. Per tutta la vita, ho lasciato che ciò che gli altri pensavano di me definisse ciò che pensavo *io* di me. Non credevo affatto di essere forte. Ma quando le cose si sono messe male, ho dimostrato a me stessa che *lo ero*. E anche se non mi pentirò mai di essere entrata nel programma di protezione testimoni, devi sapere che è stata la cosa più difficile che abbia mai fatto in vita mia. Il pensiero di lasciarti e non sapere se avresti voluto rivedermi, mi ha perseguitata ogni giorno. Quando mi hai visto ho pensato che fossi infastidito. Che ti dispiacesse vedermi.»

«Mai» sussurrò Lefty. «Non riuscivo a credere a ciò che vedevo. Che tu fossi davvero lì. Avevo bisogno di un secondo per ricompormi e quando mi sono voltato te ne stavi andando! Non avrei mai lasciato che accadesse. Per niente al mondo. Sei tornata da me e non ti lascerò andare mai più. L'hai promesso. Eventuali future minacce, le affronteremo insieme. Capito?»

Kinley sorrise. «Capito.»

«Ora... penso che dobbiamo parlare di questi orgasmi che ti sei procurata... dettagliatamente» disse con un sorrisetto, camminando all'indietro e portandola con sé mentre percorreva il corridoio verso la loro camera da letto.

«Meno chiacchiere, più azione» scherzò Kinley.

Lefty rise, sentendosi più felice di quanto non fosse da

mesi. «Come vuoi.» Le prese la mano e si voltò, camminando più in fretta. Aprì la porta della camera e la trascinò vicino al letto.

Senza dire nulla, portò le mani sull'orlo della sua maglia nera aderente e iniziò a sollevarla. Lei non protestò e alzò le braccia, rendendo il suo compito più facile mentre gliela sfilava dalla testa. Non si fermò a guardarla, ma andò subito sul bottone dei jeans.

Kinley fece altrettanto con lui ed entrambi si tolsero i pantaloni. Lefty si sfilò freneticamente la maglietta poi rallentò un attimo per fissare la donna più bella che avesse mai visto in vita sua. Il suo reggiseno e le mutandine erano semplici, di cotone nero, ma non era mai stato così eccitato come in quel momento.

«Dovrai guidarmi tu questa prima volta» gli disse nervosa. «Voglio dire, so come funziona, ma dal momento che non l'ho mai fatto mi sento un po' a disagio.»

«Mi prenderò cura di te, Kins» ribatté Lefty, senza sentirsi minimamente nervoso. Non era mai stato con una vergine, ma lei era Kinley, non le avrebbe mai fatto del male. Mai. La attirò contro il suo corpo, amando la sensazione del contatto pelle a pelle. La abbracciò forte e chiuse gli occhi, più grato di quanto potesse ammettere che fosse a casa.

———

Kinley era nervosa, più che altro era un'ansia causata dall'emozione. Amava la sensazione di Gage contro di lei, ma voleva, *aveva bisogno*, di molto di più.

Proprio quando aprì la bocca per dirgli di iniziare, lui si tirò indietro. Portò le mani dietro di lei e le slacciò il reggiseno. Kinley abbassò le braccia timidamente, lasciando cadere l'indumento sul pavimento ai loro piedi. Non la guardò, ma mise le mani sui suoi fianchi, spingendo giù, e togliendole, anche le mutandine. Scostò le lenzuola e le fece cenno di salire sul letto e nel frattempo lui si tolse i boxer.

Intravide il suo cazzo lungo e duro prima che si stendesse sul materasso con lei. Prima che potesse preoccuparsi di dove mettere le mani e di cosa sarebbe successo, la bocca di Gage fu sulla sua. Non fu tenero, ma riversò in quel bacio sette mesi di preoccupazione e lontananza, e lei fece lo stesso.

Kinley gli afferrò con una mano la schiena e con l'altra il bicipite, e lo tenne stretto mentre si baciavano come se le loro vite dipendessero da quello. La sua lingua era esigente e lei rispose prontamente, lasciandolo entrare come se lo avesse fatto per tutta la vita. Gage fece scivolare una mano lungo il suo corpo fino a fermarsi sul seno. Le sue dita giocarono con il capezzolo, pizzicandolo e tirandolo, facendola sussultare e inarcare la schiena.

Scese con le labbra sulla sua gola, succhiando e leccando fino ad arrivare al petto. Le sue labbra presero il posto delle dita, baciando e torturando il suo capezzolo turgido fino a quando Kinley giurò di poter sentire il battito del cuore pulsare anche lì.

Dopo aver succhiato entrambi i capezzoli e lasciato alcuni succhiotti sui suoi seni, Gage scese lungo il suo corpo. Le aprì le cosce e si sistemò tra le sue gambe. L'aveva già fatto, ma non quando era completamente nuda e per qualche motivo, sembrava molto più intimo. Forse perché sapeva cosa sarebbe successo dopo. Finalmente avrebbe fatto l'amore con lei nel modo in cui aveva sognato per tanto tempo.

Invece di leccarla lentamente come aveva fatto l'ultima volta, Gage si attaccò alla sua fica come un uomo affamato. Lei gridò e si aggrappò alla sua testa mentre banchettava tra le sue gambe. La sua lingua la lambì e quando le succhiò ripetutamente il clitoride, fu quasi doloroso. Ma Kinley non aveva intenzione di lamentarsi. Per niente al mondo.

Amava Gage e non aveva mai immaginato che a un uomo

potesse piacere così tanto leccare una donna come sembrava fosse per lui.

Quando fece scivolare un dito nel suo corpo vergine, non poté far altro che gemere. Ne aggiunse un altro continuando a succhiare il clitoride. Quel doppio assalto le fece perdere il controllo.

Venne con un piccolo urlo e sentì Gage gemere di piacere. Quando alzò la testa, il velo di barba sul viso era ricoperto dai suoi umori. S'infilò il dito in bocca, leccando ogni goccia della sua eccitazione.

Poi si alzò in ginocchio e si spostò in avanti, allargandole le gambe.

Kinley pensava che sarebbe stata imbarazzata di trovarsi in quella posizione davanti a un uomo per la prima volta, ma si trattava di Gage. Inoltre, non riusciva a distogliere lo sguardo dall'enorme erezione nella sua mano mentre si accarezzava, gemendo.

«Voglio scoparti senza preservativo» disse in tono roco. «Sono pulito. Lo giuro. Non sono stato con nessuna da quasi due anni. Da molto prima di conoscerti.»

«Sì» sibilò Kinley, desiderando sentirlo dentro di lei più di quanto volesse respirare.

«Però non voglio lasciarti incinta» continuò. «Per quanto non veda l'ora di vedere la tua pancia rotonda che porta nostro figlio, ti voglio tutta per me per un po'.»

Kinley sospirò profondamente. Le piaceva quel pensiero. Anzi lo adorava. «Sto prendendo la pillola» ammise.

Lo sguardo di Gage si concentrò su di lei e inclinò la testa in una muta domanda.

«Sapevo che sarei tornata e che desideravo facessi l'amore con me. Volevo essere preparata nel caso le cose avessero funzionato.»

I suoi occhi s'incupirono di desiderio. «Grazie, cazzo» disse sommessamente, poi prese un cuscino e glielo sistemò sotto i fianchi. Strofinò la punta del suo cazzo contro le sue pieghe bagnate, ma non entrò in lei. Continuò a farlo per così tanto tempo che Kinley diventò impaziente, così portò una mano tra di loro e la chiuse attorno alla sua erezione. La tirò delicatamente verso di sé. «Smettila di perdere tempo e fammi tua, Gage» gli disse.

«Sei *già* mia» replicò. Poi, abbassando lo sguardo in mezzo alle sue gambe, si infilò tra le sue pieghe e cominciò a spingere piano. «Dimmi se ti faccio male» sibilò a denti stretti.

Non credeva fosse possibile, dato che aveva fatto lavorare molto il vibratore che aveva acquistato pochi mesi prima. L'aveva usato facendo finta che fosse Gage. Era piuttosto sicura che non le avrebbe fatto male e di certo la sensazione era molto più bella di un pezzo di silicone.

«Di più» gemette quando fu mezzo dentro.

«Sei sicura?»

«Molto» lo rassicurò. Gli afferrò il sedere quando lui si chinò su di lei e cercò di trascinarlo dentro.

«Ok, ci sono» sussurrò mentre spingeva lentamente ma costantemente la sua erezione fino in fondo.

Bruciò un po' ed era più lungo del suo vibratore, ma la penetrazione non le fece malissimo. Conosceva bene la differenza tra un po' di disagio e dolore vero.

Rimase immobile dentro di lei e stavano ansimando entrambi mentre assorbivano la sensazione di essere uniti.

«Dannazione» disse lui dopo un momento. «Sul serio, non ho mai provato niente di così bello in vita mia. E non lo sto dicendo così per dire. Sei calda e bagnata e stai strizzando il mio cazzo così forte, che mi è quasi impossibile non esplodere all'istante.»

Kinley aveva pensato che parlare sporco durante il sesso sarebbe stato imbarazzante, ma era sexy da morire. Strinse ancora di più i muscoli interni e sorrise quando lui gemette.

«Ti piace torturarmi?» le chiese, ma non le diede la possibilità di rispondere. Si tirò fuori, poi scivolò di nuovo dentro lentamente.

Fu il turno di Kinley di gemere.

«Ti piace così?»

«Mi pare ovvio» ansimò.

Gage ridacchiò. «Ora aumento il ritmo ma dimmi se fa male.»

Lei annuì e si aggrappò ai suoi bicipiti mentre iniziava a muovere i fianchi più velocemente. La penetrò ripetutamente, e Kinley non poté far altro che gemere e sussultare. Affondò le unghie nella sua pelle e cercò di allargare le gambe ancora di più. Non riusciva a credere a quanto fosse bello sentirlo in quel modo. I momenti intimi da sola erano niente al confronto. *Niente*.

«Più forte!» lo implorò.

«Toccati» le ordinò Gage.

Lo guardò confusa.

«So che sai come fare. Metti la mano tra di noi e fatti venire. Voglio sentirti esplodere di piacere mentre sono dentro di te.»

Sorrise quando tutti i suoi muscoli si strinsero al pensiero.

«Ti piace, vero? Come ti piace sapere che quello mi farà perdere la testa.»

Era vero. Non rispose, ma portò subito una mano tra di loro e iniziò ad accarezzarsi. La sua pancia le colpiva la mano a ogni spinta e l'angolazione non era proprio perfetta, ma niente di tutto ciò aveva importanza. Ciò che importava era Gage e il fatto che stessero finalmente facendo l'amore. Sembrava la più grande ricompensa dopo tutto ciò che avevano passato.

«Sbrigati, tesoro» ansimò. «Sono proprio al limite, e sentire la tua fica calda e bagnata che mi stringe, sapendo di essere l'unico e *ultimo* uomo che l'avrà, non aiuta.»

Kinley avrebbe voluto alzare gli occhi al cielo per quel

pensiero da cavernicolo, ma non poteva. Anche lei era al limite e voleva raggiungere l'orgasmo con Gage dentro il suo corpo più di quanto volesse fare qualsiasi altra cosa. Si accarezzò più velocemente e lui seguì il suo ritmo con i fianchi. La penetrò con forza e dopo qualche spinta, Kinley sentì di esserci vicina.

«Vengo!» lo avvertì prima di gettare indietro la testa, inarcare la schiena e spingere i fianchi contro di lui.

«Cazzo, sì» gemette Gage. Si sollevò, si sistemò il suo sedere sopra le cosce e tenendola contrò di sé si lasciò andare e venne anche lui. Kinley si sentì bagnare tra le gambe ma non poté fare altro che rimanere nella sua presa e cercare di respirare.

Senza uscire da lei, Gage si girò di schiena e la trascinò sopra di sé. Lei posò la testa sul suo petto sudato, aspettando di riprendere fiato. Era dolorante ma in modo piacevole e si sentiva completamente stremata.

«Be'?» le chiese dopo un momento.

Kinley riuscì ad aprire gli occhi e a sollevarsi per guardarlo. «Be' cosa?»

«Hai testato la merce, per così dire. Adesso mi vuoi sposare?»

Non poté fare a meno di fare una risatina, poi scoppiò a ridere tanto da non riuscire quasi più a smettere. Sentì Gage scivolare fuori dal suo corpo e avrebbe voluto lamentarsi, ma non ci riuscì perché continuava a ridacchiare.

Prima di rendersene conto, si ritrovò di nuovo supina con Gage che incombeva su di lei. Stava sorridendo.

«Che c'è?» gli chiese quando riuscì a respirare di nuovo.

«Non ho mai visto niente di più bello di te nuda nel mio letto che ridi» disse serio.

Kinley si sentì sciogliere. «Sì, Gage.»

«Sì, mi vuoi sposare?»

Lei annuì.

«Mio padre vorrà accompagnarti lungo la navata e mia madre vorrà venire insieme a te a scegliere il vestito, ma ciò non significa che aspetterò dei mesi per ufficializzare le cose tra di noi. Dovrai fare tutto in fretta.»

Gli occhi di Kinley si riempirono di lacrime. «Davvero?»

Gage sapeva il perché di quella commozione. «Sì. Mia madre ti adotterebbe se potesse, ma sarebbe troppo strano. La mia famiglia è la tua famiglia, tesoro. Probabilmente inizierà troppo presto a tormentarti per avere dei nipoti, ma tu ignorala. Non stavo scherzando quando ho detto che per un po' ti voglio tutta per me. Non so, più o meno cinque anni. Non sarà sicuro per te avere figli se aspettiamo di più, ma *vorrei* rimandare per un po'. Sei d'accordo?»

Kinley annuì. Non aveva mai pensato di avere dei figli. Accidenti, avrebbe dovuto fare sesso perché ci fosse una possibilità, ma quel pensiero non l'aveva mai sfiorata minimamente.

«Non ho un anello, ma presto ne comprerò uno. Qualsiasi tipo tu voglia.»

«Niente di enorme» ribatté subito.

«Va bene.».

«Dico sul serio» lo avvertì. «Più sarà grande l'anello, più rischierò di essere un bersaglio per i ladri.»

Lefty sbiancò ma annuì. «È vero. Ok, tesoro. Ti prenderò qualcosa di elegante e unico, proprio come te.»

«Ti amo» gli sussurrò.

«Ti amo anch'io» replicò lui.

Kinley chiuse gli occhi e lasciò che le sue parole penetrassero. Quando li riaprì, la stava ancora fissando. «Pensavo che non avrei mai sentito quelle parole in tutta la vita. Non pensavo che qualcuno potesse *amarmi*. Poi ho incontrato te.»

«Poi hai incontrato me» concordò Gage.

Mosse i fianchi e Kinley sentì il suo cazzo sfiorarle le pieghe ancora bagnate. «Ti fa male?» chiese.

Un po' sì, ma non abbastanza da negare a nessuno dei due ciò di cui avevano bisogno, così scosse la testa.

Come se sapesse che era una bugia, Gage entrò in lei lentamente e con dolcezza. Poi fece l'amore come se fosse un pezzo di vetro fragile. L'amplesso non ebbe la stessa disperata urgenza di prima, ma non fu meno bello.

Non raggiunse l'orgasmo, ma fu quasi altrettanto eccitante vedere Gage lasciarsi andare mentre era sprofondato nel suo corpo. Lui si girò tirandola sopra di sé ancora una volta. Non avevano mai dormito in quel modo; era solita stare mezza stesa di lui. Kinley fece per spostarsi, ma la bloccò.

«Rimani così» mormorò.

Obbedì e si rannicchiò di più contro l'uomo che amava. Sapeva che la loro vita non sarebbe stata sempre rose e fiori, ma erano già sopravvissuti all'inferno più assoluto. Affrontare il suo lavoro e qualunque altra cosa la vita avrebbe gettato loro addosso, sarebbe stata una passeggiata in confronto.

EPILOGO

Brain era felice per Trigger e Lefty, ma anche molto irritato dai loro discorsi continui riguardo a quanto fossero fantastiche le loro fidanzate. E ora stavano torturando il resto del team con i progetti matrimoniali.

Gillian e Trigger stavano pianificando di andare a sposarsi in municipio, presto, e poi di fare una festa tranquilla. Lefty e Kinley avrebbero fatto il grande passo a San Francisco. Sua madre stava organizzando una festa enorme per loro e così avevano pensato di fare lì anche tutto il resto.

Brain voleva bene ai suoi amici, ma il pensiero che non avrebbe mai avuto ciò che avevano loro, gli pesava molto ultimamente.

Lui era l'intelligentone. Il tecnologico. L'uomo di riferimento quando avevano bisogno di fare ricerche.

Era anche l'ultimo del gruppo con cui le donne ci provavano quando uscivano.

Non gli aveva mai dato fastidio, ma assistere ogni giorno alla felicità di Trigger e Lefty gli aveva fatto capire quanto volesse una donna tutta sua.

Però, desiderare qualcuno da amare e sapere come trovarlo, erano due cose completamente diverse.

Quando erano stati trasferiti in Texas, Brain aveva comprato una casa. Gli era sembrato un buon investimento. Il mercato immobiliare all'epoca favoriva gli acquirenti e se l'esercito avesse cambiato la sua sede di servizio, avrebbe sempre potuto affittarla. Ma vivere in una casa con tre camere da letto in un bel quartiere lo faceva sentire ancora *più* solo.

Sospirò. Stava rimandando il più possibile il ritrovo al bar con i ragazzi. Non era proprio dell'umore giusto per essere socievole, ma sapendo che se non fosse andato sarebbe rimasto seduto a casa a rimuginare su cose che non poteva controllare, prese il portafoglio, lo infilò nella tasca posteriore dei pantaloni e andò in garage.

Salì sulla sua Dodge e uscì in retromarcia dal vialetto.

Brain arrivò al bar e prese un respiro profondo poi si costrinse a scendere dall'auto. Aprì la porta del locale mentre ripassava mentalmente la scusa che avrebbe usato per andarsene presto.

Aveva appena oltrepassato la soglia cercando con gli occhi i ragazzi, quando all'improvviso una donna andò dritta verso di lui con uno sguardo determinato – e nervoso? – sul viso.

Ebbe il tempo di apprezzare il fatto che fosse alta quasi quanto lui, circa un metro e ottanta, e che probabilmente avesse la sua stessa età. Indossava dei jeans neri che le aderivano al corpo in modo intrigante, un paio di Converse e una maglietta con la scritta "Offro consulenza medica per i tacos" completavano il suo abbigliamento. Gli occhi castani sembrarono penetrare i suoi mentre continuava a camminare verso di lui.

Brain le sorrise – e rimase scioccato quando entrò nel suo spazio vitale e gli mise le braccia intorno al collo.

«Ti do venti dollari se mi baci come se lo volessi davvero.»

La sua voce era roca e Brain poté giurare di avervi sentito

una nota disperata. Non ebbe il tempo di dirle che sarebbe stato molto felice di baciarla, ma non per soldi, quando lei gli mise una mano dietro la testa e si sporse in avanti.

All'inizio il loro bacio fu titubante, solo uno sfioramento di labbra, ma poi Brain avvolse un braccio intorno alla vita della donna e fece un passo avanti, piegandola all'indietro.

Lei ansimò sorpresa e spostò le mani dal suo collo per aggrapparsi ai bicipiti.

Brain approfittò della sua bocca aperta e cambiò leggermente l'angolazione... e la baciò come non baciava una donna da *molto* tempo. In modo lento e profondo.

I piccoli gemiti che fece lo incoraggiarono a non fermarsi. Poteva dire che era muscolosa e forte, ma in quel momento, piegata all'indietro, era completamente indifesa tra le sue braccia.

E ciò gli piacque moltissimo.

Sentendo alcuni fischi intorno a loro, Brain capì di doversi fermare, ma ci volle un momento prima che il suo cervello comunicasse con la bocca e gli arti. Alla fine si staccò da lei e la raddrizzò. Rimasero a fissarsi per un lungo, intenso secondo.

Brain si accorse che stavano entrambi ansimando e amò vedere le sue labbra tutte gonfie e rosa. Non poté fare a meno di notare che i suoi capezzoli si erano inturgiditi sotto la maglietta e il reggiseno.

«Bastava solo che mi dicessi che eri andata avanti con la tua vita, Aspen» disse una voce irritata alle sue spalle.

La donna si leccò le labbra e sospirò frustrata. La vide mimare "scusa" con la bocca prima di cancellare ogni emozione dal viso e voltarsi verso l'uomo dietro di lei. Avvolse un braccio intorno alla vita di Brain e lui non ebbe problemi a stringersela contro il fianco.

«Te *l'ho detto*, Derek. Te l'ho detto un mese e mezzo fa, quando ti ho lasciato. Te l'ho detto almeno tre volte nei messaggi e *di nuovo* stasera, quando ti sei presentato qui implorandomi di tornare insieme. Sono andata avanti. È ora che tu faccia lo stesso.»

L'uomo sembrava avere circa trentacinque anni e l'espressione imbronciata non gli stava facendo alcun favore. Ma fu il luccichio di pura e autentica rabbia nei suoi occhi che preoccupò Brain.

«Quando l'hai *conosciuto*? Insomma, ti alleni con i Ranger ogni giorno.»

«Ci conosciamo da un po'» rispose Aspen.

Sapendo che le cose sarebbero potute diventare imbarazzanti molto rapidamente, Brain tese la mano all'altro uomo. «Sono Kane Temple. Ma la gente mi chiama Brain.»

Derek guardò disgustato la mano che gli stava porgendo, poi guardò Aspen con la fronte aggrottata. «Brain? Sul serio?»

Lei si limitò a scrollare le spalle.

«Be'. Non tornare strisciando da me quando ti spezzerà il cuore.»

«Non lo farò» gli assicurò vivacemente.

«Penso che sia ora che te ne vada» disse Brain, infastidito dal fatto che l'altro uomo non capisse l'antifona.

Quando Derek aprì la bocca per dire qualcosa di cui probabilmente si sarebbe pentito, Brain pose fine alla questione. «Dai, piccola. Ho visto i miei amici. Sono sicuro che ci hanno tenuto dei posti.» Si allontanarono dall'uomo arrabbiato e addolorato, e la condusse verso i suoi compagni di squadra.

Aspen lanciò un'occhiata dietro le spalle. Brain suppose che Derek se ne fosse andato perché smise di camminare e lui non ebbe altra scelta che fare altrettanto.

«Grazie mille, mi dispiace tanto di averti coinvolto. Ma non voleva lasciarmi in pace e l'unica cosa che mi è venuta in mente di fare è stata dargli prove concrete che avessi voltato pagina.» Fece per prendere qualcosa dalla piccola borsa che teneva a tracolla.

«Se *provi* a pagarmi per quel bacio, mi arrabbierò» le disse.

Lei si bloccò e lo guardò a occhi spalancati.

«Che ne dici di ricominciare da capo?» suggerì. Fece un passo indietro e tese la mano. «Sono Brain.»

«Aspen Mesmer» replicò stringendogliela.

Lui fece altrettanto, poi se la portò alle labbra e ne baciò il dorso.

«Sul serio, non devi sentirti obbligato a stare con me, sono sicura che se ne sia andato» disse Aspen. «Anche le mie amiche sono appena andate via e dovrei farlo anch'io.»

«Non devi aver paura di me» le ordinò Brain, non apprezzando lo sguardo nervoso nei suoi occhi.

Lei raddrizzò le spalle e con una punta d'orgoglio ribatté: «Non ho paura di te.»

«Bene. Non stavo mentendo. I miei amici mi stanno aspettando e ci sono anche le fidanzate di Trigger e Lefty. Non sarai l'unica donna del gruppo e saranno tutti entusiasti di sapere ciò che è appena successo.»

Lei esitò.

«A rischio di suonare come il nerd che sono, è passato *molto* tempo dall'ultima volta che ho provato un'emozione così intensa baciando una donna, e lasciarti andare senza prima conoscerti mi farà sentire come se mi avessi usato.»

Le sue labbra ebbero un guizzo. «Be', in un certo senso ti ho usato, no? Immagino che il minimo che possa fare sia offrirti una birra.»

«Bene, è deciso» disse Brain, sentendosi eccitato come non succedeva da moltissimo tempo. «E dal momento che ora ci stiamo frequentando, credo sia giusto che tu incontri i miei amici.»

«Non ci stiamo frequentando» sostenne, ma non si tirò indietro quando lui le prese la mano.

«Ma lo hai appena detto al povero Derek. Non sarebbe credibile se non ce ne andassimo insieme e magari lui stesse aspettando di parlare con te nel parcheggio, giusto?»

«Ti credi molto intelligente, vero?» gli chiese.

Brain scrollò le spalle. «Non mi hanno soprannominato Brain perché sono stupido.»

«Signore salvami dai soldati presuntuosi» borbottò Aspen, alzando gli occhi al cielo.

«Come fai a sapere che siamo soldati?» le domandò.

«Ho a che fare troppo spesso con persone come te nel mio lavoro.»

«Che sarebbe?»

«Sono un soccorritore militare» rispose.

Brain inclinò la testa mentre studiava la donna accanto a lui. Quella era l'ultima cosa che si aspettava dicesse, e non poteva negare che lo intrigasse. Ma prima che potesse chiederle di più in proposito, sentì chiamare il suo nome.

«Ehi, Brain, era ora che arrivassi!» gridò Oz.

«Chi è la tua amica?» chiese Doc mentre si avvicinavano.

«Amici, lei è Aspen. La mia ragazza.»

«No, non lo sono» ribatté lei.

Brain non poté fare a meno di ridere per gli sguardi confusi sui volti dei suoi amici. Ci sarebbe stato da divertirsi.

―――――

Cerca il prossimo libro della serie Team Delta Due:
La forza di Aspen

Trovare Kenna
Trovare Monica
Trovare Carly
Trovare Ashlyn (7 Febbraio)
Trovare Jodelle (22 Luglio)

Armi & Amori: verso il futuro
Soccorrere Caite
Soccorrere Brenae
Soccorrere Sidney
Soccorrere Piper
Soccorrere Zoey
Soccorrere Avery
Soccorrere Kalee
Soccorrere Jane

Delta Force Heroes
Salvare Rayne
Salvare Emily
Salvare Harley
Il Matrimonio di Emily
Salvare Kassie
Salvare Bryn
Salvare Casey
Salvare Sadie
Salvare Wendy
Salvare Mary
Salvare Macie
Salvare Annie

Armi e Amori
Proteggere Caroline
Proteggere Alabama
Proteggere Fiona

Il Matrimonio di Caroline
Proteggere Summer
Proteggere Cheyenne
Proteggere Jessyka
Proteggere Julie
Proteggere Melody
Proteggere il Futuro
Proteggere Kiera
Proteggere i figli di Alabama
Proteggere Dakota

Mercenari di Montagna

Difendere Allye
Difendere Chloe
Difendere Morgan
Difendere Harlow
Difendere Everly
Difendere Zara
Difendere Raven

Ace Security

Il riscatto di Grace
Il riscatto di Alexis
Il riscatto di Bailey
Il riscatto di Felicity
Il riscatto di Sarah

Una raccolta di storie brevi

Un momento nel tempo

BIOGRAFIA

L'autrice best seller del *New York Times*, *USA Today*, e *Wall Street Journal*, Susan Stoker ha un cuore grande come lo stato del Texas, dove vive, ma questa tipica ragazza americana ha trascorso gli ultimi quattordici anni vivendo nel Missouri, in California, in Colorado, e nell'Indiana. È sposata con un ex militare dell'esercito, che ora la segue in tutto il Paese.

Ha debuttato con la sua prima serie nel 2014, seguita dalla serie SEAL of Protection, che ha consolidato il suo amore per la scrittura, e la creazione di storie in cui i lettori possono perdersi.

Se ti è piaciuto questo libro, o qualsiasi libro, per favore considera di lasciare una recensione. Gli autori lo apprezzano più di quanto tu possa immaginare.

www.stokeraces.com
susan@stokeraces.com

CPSIA information can be obtained
at www.ICGtesting.com
Printed in the USA
BVHW051530100223
658272BV00018B/1357

9 781644 993200